剑来

14

江清月近人

◎烽火戏诸侯　著

浙江文艺出版社
Zhejiang Literature & Art Publishing House

第一章 十年之约已过半

竹楼这边的动静实在太大，裴钱被惊醒后，立即穿好衣裳，配好刀剑错，手持行山杖，冲出门去。

粉裙女童晚于她半步，也打开了屋门，见着了裴钱快步奔出院子的灵巧背影，便瞅出些异样，赶紧掠去，跟上裴钱，果然看到裴钱板着脸，杀气腾腾，一边跑一边嘀嘀咕咕。粉裙女童大致清楚裴钱的脾气，赶紧劝说道：“可别冲动啊，老爷早些年在山上练拳，一直是这样的。”

粉裙女童倒不是不心疼自家老爷，而是知晓轻重利害，不愿意裴钱在竹楼那边吃亏，何况崔老先生，对老爷真没坏心。

裴钱埋头狂奔，握紧行山杖，气呼呼道：“老王八蛋真是要造反，这座山头都是我师父的，竹楼更是我师父的，老家伙死皮赖脸霸占着一楼不说，师父才刚刚上山，就被两三拳打晕过去，一睁眼，不过是与我们聊了会儿，没过多久，就又挨了拳头，现在又来！师父是回家乡享福的，不是给老家伙欺负的！”

裴钱越说越恼火，不断重复道：“气杀我也，气杀我也……”

粉裙女童到底是一条跻身了中五境的火蟒精魅，轻灵飘荡在裴钱身边，怯生生道：“崔老先生真要造反，我们也没辙啊，咱们打不过的。”

裴钱歪头吐了口唾沫，没有放缓脚步，咬牙切齿道：“那就不打架，我跟老王八蛋讲理去！我就不信了，天底下还有这样不厚道的客人，欺负我师父好说话不是？我裴钱可不是什么善茬！我是师父的开山大弟子，是崔东山的大师姐！”

粉裙女童倒退着飘荡在裴钱身边，瞥了眼裴钱手中的行山杖，腰间的竹刀竹剑，欲言又止。

裴钱住处附近，青衣小童坐在屋脊上，打着哈欠。这点小打小闹，不算什么，比起当年他一趟趟背着浑身浴血的陈平安下楼，如今竹楼二楼那种“切磋”，就像从边塞诗翻篇到了婉约词，不值一提。裴钱这黑炭，还是江湖阅历浅啊。

郑大风和朱敛在院中饮酒赏月，不聊陈平安，只聊女人，不然两个大老爷们，大晚上聊一个男人，太不像话。

朱敛聊那远游桐叶洲的隋右边，聊太平山女冠黄庭，聊大泉王朝还有一个名叫姚近之的狐媚女子，聊桂夫人身边的侍女金粟，聊那个脾气不太好的范峻茂。

郑大风便聊了已经叛出神诰宗的贺小凉，不幸跌入山下泥泞中的正阳山仙子苏稼，大骊那位身材矮小却风情万种的宫中娘娘。后来扯远了，郑大风还聊到了早年给骊珠洞天看大门那会儿，在小镇上土生土长的出彩女子，有泥瓶巷顾氏，更早几十年，还有杏花巷一位妇人，前些年才当上了龙须河的河婆，成为山水神祇后，得以返老还童，恢复了年轻时候的姿容，长得真是不赖，可就是嘴巴刻薄了点，吵起架来，比他嫂子还要厉害几分。

郑大风抿了口酒，咂巴咂巴嘴，满脸陶醉，道：“月夜清风，与挚友畅饮，说尤物美妇，真是神仙日子。”

桌上这套青瓷酒具，有些年月了，一看就是小镇一座龙窑烧造出产的贡品，几近完美。作为大骊宋氏的御用贡品，按照惯例，稍有瑕疵的次品，一律会被窑务督造官衙署的官吏严格筛选出来，敲碎后丢在老瓷山。郑大风爱喝酒，脑子又灵光，偷偷弄来些本该搁置在大骊皇宫的瓷器，不难。对于郑大风这些狗屁倒灶的小事，药铺杨老头当年估计都不稀罕动一下眼皮子。

朱敛正提起酒壶，往空荡荡的酒杯里倒酒，突然停下动作，放下酒壶，却拿起酒杯，放在耳边，歪着脑袋，竖耳聆听，眯起眼，轻声道：“富贵门户，偶闻瓷器开片之声，不输市井巷弄的杏花叫卖声。”

朱敛听过了那一声细微声响，双指拈住酒杯，笑语呢喃道：“小器大开片，仿佛乡野少女，情窦初开，兰花香草。大器小开片，宛如倾国美人，策马扬鞭。”

郑大风听着这些颇为醋酸的文人措辞，竟是半点不觉得别扭，反而跟着朱敛一起怡然自得。照理说，一个老厨子，一个看门的，就只该聊那些屎尿屁和鸡毛蒜皮才对。

明月朗朗，清风习习。

对坐两人，心有灵犀。

人间美事，不过如此。

郑大风笑道：“朱敛，你与我说老实话，在藕花福地混江湖那些年，有没有真心喜欢过哪位女子?”

朱敛轻轻放下酒杯,感慨道:“喜欢女子之时,岂可不真心,岂敢不用心。只是家国江湖,处处事事,身不由己。年轻的时候,心比天高,总觉得男女情爱,风流极致犹嫌小,而纵横捭阖,功高盖世,力挽狂澜,青史留名,这些个词,早年在书上一瞧见就像……”

郑大风顺嘴接话道:“就跟一条老光棍在深山老林,窥见了美人出浴图,一下子就热血上头了。”

朱敛赶紧给双方倒满酒,就凭这句话,就该满饮一杯。

两人轻轻碰杯,朱敛一饮而尽,抹嘴笑道:“与挚友的碰杯声,比那豪阀女子沐浴脱衣声,还要动人了。”

郑大风问道:“如此天籁,你真听过?”

朱敛点点头,道:“过眼云烟,俱往矣。”

郑大风心悦诚服,竖起大拇指,赞道:“高人!”

青衣小童翻了个白眼,实在想不明白,这两个武夫,怎么只要厮混在一起,既不聊武学,也不大碗吃肉,偏偏聊那吃也不能吃还最耗钱财的女子?女子长得再好看,又能如何?凡俗夫子,即便如花似玉,花能开多久?人老珠黄又需要几年?便是山上女修,再好看,可好看能当饭吃吗?能当神仙钱买法宝吗?青衣小童觉得这两人的江湖,真俗气,太无趣。

关键是郑大风也好,朱敛也罢,分明都是东宝瓶洲最出类拔萃的纯粹武夫,明明如此爱慕女子颜色,又偏偏身边一个佳人也无。

世俗江湖,所谓的江湖宗师,哪怕不过六境七境,想要偎红倚翠的话,还不简单?

青衣小童后仰倒去,用双手做枕头。他想不明白,为什么陈平安就能跟他们做朋友,而且是真正的朋友。

竹楼那边,裴钱见着了站在二楼廊道的光脚老人。

老人笑问道:“怎么,要给你师父打抱不平?”

裴钱眨了眨眼睛,问道:“老先生,咱们都是混江湖的英雄好汉,所以要讲道义,要知恩图报,对吧?”

老人没有说话。

他俯瞰着这个怎么看怎么都是块武运坯子的黑炭丫头,有些纳闷:陈平安这家伙别的不说,眼光还是有点的,不该瞧不出裴钱的天资根骨才对,怎么就舍得不用心雕琢这块绝世璞玉?怎的就由着楼底下这个小惫懒货吃不住疼,就真不去刻苦习武了,成天想着一夜练出绝世剑术,两天练出个天下无敌?

只是小丫头认了陈平安当师父,还算死心塌地,那么老人就不好随便插手,这才是真正的江湖道义。哪怕小黑炭每天游手好闲,暴殄天物,老人也只能等到陈平安返回落魄山，才好说道一二。至于最后陈平安如何对裴钱传授武学，依旧是这对师徒二人的自家事。

老人不说话，裴钱就越没有底气，打是肯定打不过的，喊上老厨子都没用，还是怪自己那套疯魔剑法太难练成，否则哪里容得老王八蛋如此嚣张跋扈，早打得他跪地磕头，给自己师父认错了。

只是裴钱今儿胆子特别大，就是不愿转头走人。

粉裙女童扯了扯裴钱的袖子，示意她见好就收。

裴钱轻轻拍掉粉裙女童的手，昂首挺胸，大声道："老先生，咱们下五子棋，规矩由我来定，谁赢了听谁的，敢不敢？"

老人面无表情道："不敢。"

裴钱愣在当场。

老人突然说道："是不是哪天你师父被人打死了，你才会用心练武？然后练了几天，又觉得吃不消，就干脆算了，只要每年像是去给你师父爹娘的坟头磕头那样，跑得殷勤一些，就可以心安理得了？"

裴钱眼泪盈盈，紧抿起嘴，伸手死死握住腰间刀柄。

就在此时，一袭青衫摇摇晃晃走出屋子，斜靠着栏杆，对裴钱挥挥手道："回去睡觉，别听他的，师父死不了。"

裴钱泫然欲泣道："万一呢？"

陈平安气笑道："那就上楼，师父让他帮你揉拿筋骨，就跟隋右边当时在老龙城差不多，要不要？我数到三，如果还不回去睡觉，就把你抓上来，想跑都跑不了，以后师父也不管你了，一切交由老前辈处置。"

陈平安刚数了个一，裴钱就开溜了，一边跑一边嚷嚷道："没有万一，哪有什么万一，师父厉害着哩。"

老人冷笑道："良心也没几两。"

陈平安咳嗽几声，眼神温柔，望着两个小丫头片子远去的背影，笑道："这么大孩子，已经很好了，再奢望更多，就是我们不对。"

老人摇头道："换成寻常弟子，晚一些就晚一些，裴钱不一样，这么好的苗子，越早吃苦，苦头越大，出息越大。十三四岁，不小了。如果我没有记错，你这么大的时候，也差不多拿到那本《撼山谱》，开始练拳了。"

陈平安笑道："反正我才是裴钱师父，你说了不算。"

老人斜眼道："怎么，真将裴钱当女儿养了？你可要想清楚，落魄山是需要一个无法无天的富家千金，还是一个筋骨坚韧的武运坯子。"

陈平安双手放在栏杆上，道："我不想这些，我只想着裴钱在这个岁数已经做了许多自己不喜欢的事情，抄书啊，走桩啊，练刀练剑啊，够忙的了，又不是真的每天在那儿游手好闲，那么总得由她做些她喜欢做的事情。”

老人问道：“小丫头的那双眼睛，到底是怎么回事？”

陈平安摇头道：“从藕花福地出来后，就是这样了。东海观道观的老观主，好像在她眼睛里动了手脚，不过应该是好事。”

老人不是拖泥带水的人，问过了这一茬，不管答案满不满意，立即换了一茬询问：“这次去往披云山，谈过心后，是不是又手欠了，给魏檗送了什么礼物？”

陈平安有些尴尬，没有隐瞒，轻声道：“一块杜懋飞升失败后坠落人间的琉璃金身碎块。”

老人是见过世面的，直接问道：“多大？”

陈平安回答道：“孩子的拳头大小。”

陈平安本以为老人要骂他败家，不承想老人点点头，说道：“不能只欠魏檗的人情，不然将来落魄山众人，在心境上被你连累，一辈子寄人篱下，抬不起头来看那披云山。”

老人又问：“知不知道我为何两拳将你打到溪畔的阮秀身前？”

陈平安摇头。

老人说道：“阮秀当年跟随粘杆郎去往书简湖，知道吧？”

陈平安点头道：“差点碰面。”

老人嗤笑道：“那你知不知道她宰了一个大骊势在必得的少年？连阮秀自己都不太清楚，那个少年，是藩王宋长镜相中的弟子人选。当初在芙蓉山上，大局已定，拐走少年的金丹地仙已经身死，芙蓉山祖师堂被拆，野修都已毙命，而大骊粘杆郎却完好无损，你想一想，为何没有带回那个本该前途似锦的大骊北地少年？”

陈平安是真不知道这一内幕，陷入沉思。

老人泄露了一些天机，道：“宋长镜相中的少年，自然是百年难遇的武学天才，大骊粘杆郎之所以找到此人，在于此人早年破境之时，还是武道的下三境，就引来数座武庙异象，而大骊向来以武立国，武运起伏一事，无疑是重中之重。虽说最后阮秀帮助粘杆郎找了三位粘杆郎候补，可其实在宋长镜那边，多多少少是被记了一笔账的。”

陈平安疑惑道：“跟我有关？”

老人差点又是一拳递去，想要将这个家伙直接打开窍。

陈平安心有所动，已经横移出去数步，竟是逆行那撼山拳的六步走桩，并且无比自然。

老人稍稍消气，这才没有继续出手，说道：“你只争‘最强’二字，不争那武运，可是阮秀会这样想吗？天底下的傻闺女，不都是希望亲近的身边男子，尽可能得到万般好处？在阮秀看来，既然有了同龄人蹦出来跟你争抢武运，那就是大道之争，她是怎么做的？

打死算数，斩草除根，永绝后患。”

陈平安神色黯然。

老人一手负后，一手摩挲栏杆，道：“我不乱点鸳鸯谱，只是作为上了岁数的过来人，希望你明白一件事，拒绝一位姑娘，你总得知道她到底为你做了哪些事情，知道了，到时候仍是拒绝，与她原原本本讲清楚了，那就不再是你的错，反而是你的本事，是另外一位女子的眼光足够好。可是你如果什么都还不清楚，就为了一个自个儿的问心无愧，看似铁石心肠，实则是蠢。”

老人转头问道：“这点道理，听得明白？”

陈平安点点头，答道：“听得明白。”

老人又问：“那该怎么做？”

陈平安说道：“不知道。”

老人一挑眉头。

陈平安见机不妙，身形飘荡而起，单手撑在栏杆，向竹楼外一掠出去，却不是直线轨迹，猛然间使了一个千斤坠，落在地面，同时不惜使出一张方寸缩地符，又一拍养剑葫，让初一、十五护住自己身后，再驾驭剑仙先行一步，重重踏地，身如奔马，踩在剑仙之上，坚决不御剑去往那视野开阔的云海之上，而是紧贴着地面，在山林之间，绕来绕去，快速远遁。

一气呵成，显然是早就打好腹稿的逃跑路线。

二楼老人没有出拳追击，道：“若是对待男女情爱，有这跑路本事的一半，你这会儿早就能让阮邛请你喝酒，大笑着喊你好女婿了吧。”

夜幕中，寅时末。

天即将亮。

陈平安独自坐在临近落魄山山巅的台阶上。

一身酒气的朱敛拾阶而上，坐在陈平安脚边，转头笑道：“少爷，有家不得回，确实惨了些。”

陈平安叹了口气，道：“是我自找的，怨不得别人。”

朱敛问道：“天快亮了，如果少爷不困，不如我们一起去趟龙泉新郡城，去接了那位如今算是半个落魄山子弟的外乡少女？实不相瞒，老奴这副尊荣，是好说歹说，磨破了嘴皮子，才让他们相信自己是落魄山的山上人，但是那户人家也提了要求，希望落魄山的主事人，能够露一面，不然他们不敢就这样让那少女离家入山。所以说还是得少爷你亲自出马。”

陈平安点头笑道：“行啊，刚好会路过北边那座风凉山，我们先去董水井的馄饨铺子瞧瞧，再去那户人家接人。”

朱敛呵呵笑道：“那咱们还可以路过龙泉剑宗的祖山呢。”

陈平安一脚轻轻踹去，朱敛不躲不闪，硬挨了一下，“哎哟”一声，叫道：“我这老腰哦。”

陈平安站起身，吹了一声口哨，哨声悠扬。

那匹并未拴起的渠黄，很快就奔跑而来。

陈平安没有翻身上马，只是牵马而行，缓缓下山。他只是习惯了与渠黄相依为命游历四方而已。

陈平安问道：“郑大风睡了？”

朱敛搓手笑道：“未必，估计大风兄弟这会儿还躺在被窝里，看我借给他的一本神仙书吧。”

陈平安黑着脸，后悔有此一问，赶紧转移话题，问：“那郡城少女姓甚名谁？”

朱敛答道：“岑鸳机。”

陈平安说道：“挺怪的一个名字。”

朱敛继续道：“这么一位豆蔻少女，身材高挑，比老奴还要高不少，瞧着纤细，仔细观察之后，就发现腴瘦得当，是天生的衣裳架子，尤其是一双长腿……”

陈平安无奈道：“你是给落魄山挑弟子，还是给自己挑媳妇？”

朱敛喟叹道：“老奴是有心杀贼惜无力啊。”

陈平安瞥了眼朱敛，问：“一个远游境武夫，你自己信吗？”

朱敛改口道：“那就是老当益壮，有力杀贼，没奈何洁身自好，无心杀贼？”

陈平安说道：“以后她到了落魄山，你和郑大风，别吓着她。”

朱敛笑道：“少爷未免太小瞧我和大风兄弟了，我们才是世间顶好的男儿。”

陈平安停步不前，将咫尺物交给朱敛，道：“我自己去郡城那边接人，地址我记得。将咫尺物交给郑大风，他晓得开山之法，本就是他送给我的，我并未重新炼化。这里边的酒水，还有一些草书字帖，以及许多小件的古董珍玩，各自应该埋在何处，放在何地，你朱敛是行家，与郑大风一起谋划谋划，我信得过你们的眼光。”

朱敛只得接过了那块咫尺物素白玉牌，转身登山，好心提醒道：“接到了岑鸳机，少爷不用着急赶路，适宜踏秋，赏景缓行，莫要错过了沿途景色。就是……小心阮师傅误会了少爷。”

陈平安刚想要让朱敛陪在身边，一起去往龙泉郡城，佝偻老人如一缕青烟，转瞬间就已经消逝不见。

陈平安牵马下山，忧心忡忡。

随后一人一骑，跋山涉水，只是比起当年跟随姚老头风餐露宿，上山下水，顺利太多。除非是陈平安故意想要马背颠簸，拣选一些无主山脉的险峻小路，不然就是一路坦途。两种风景，各自得失，入眼的画面是好还是坏，就不好说了。

在一天黄昏中，陈平安牵马来到风凉山的半山腰，找到了那家馄饨铺子，见着了身材愈发高大的董水井。

董水井满脸笑意，也无太多热情寒暄，只说稍等，就去后厨亲手烧了一大碗馄饨，端来桌上，坐在一旁，看着陈平安在那边细嚼慢咽。

陈平安笑着感慨道："如今就只能希冀着这馄饨味，不要再变了，不然庄稼地无人耕作，小镇的熟面孔越来越少，陌生的邻居越来越多，处处起高楼，说好也不好。"

董水井笑着不说话。

除了齐先生之外，李二，还有眼前这个年轻人，是少数几个早年真正"看得起"他董水井的人。

尤其难能可贵的，还在于陈平安当初与林守一相伴远游，而董水井主动选择放弃了去大隋书院求学的机会，照理说陈平安与林守一更加亲近，可是跟他董水井相处起来，还是两个字——真诚，既不故意拉拢关系，刻意热情，也从不为之疏远，看轻了他满身铜臭。

董水井会珍惜的。

陈平安依旧像上次返乡与董水井相聚时差不多，聊了山崖书院那拨人的近况，也说些自己远游别洲的趣闻。董水井也说了自己在风凉山和龙泉郡城的事情。

久别重逢，双方的故人故事，都在一碗馄饨里边了。

听说陈平安第一次去龙泉郡城，董水井便打算稍早些打烊，关了铺子，只是一想到有可能会有香客赶夜路下山，就将钥匙交给店里伙计，这才陪着陈平安离开风凉山，往北边的郡城行去。那边，灯火辉煌如昼，远远望去，就是歌舞升平的盛世景象。

董水井又问了大骊铁骑南下后东宝瓶洲中部的形势。

陈平安一一说了。

董水井轻声道："大乱之后，商机蛰伏其中，可惜我本钱太少，在大骊军伍中，也谈不上什么人脉，不然真想往南边跑一趟。"

陈平安想了想，道："在书简湖那边，我认识一个朋友，叫关翳然，如今已是将军身份，是位相当不错的世家子弟，回头我写封信，让你们认识一下，应该对胃口。"

董水井直截了当道："行啊，若是真做成了买卖，就从我那边，抽一成给你。"

陈平安点头道："没问题。"

董水井笑道："还担心你会拒绝。"

陈平安也笑了，道："那以后还怎么与你做朋友？"

董水井犹豫了一下，又道："如果可以的话，我想参与经营牛角山包袱斋留下来的仙家渡口，如何分成，你说了算，你只管使劲压价，我所求不是神仙钱，是那些跟随乘客走南闯北的……一个个消息。陈平安，我可以保证，为此我会尽力打理好渡口，不敢有丝毫怠慢，也无需你分心。不过这里边有个前提，若是你对那个渡口收益有预估，先说出来，如果我可以让你挣得更多，才会接下这个盘子，如果做不到，我便不提了，你更无需愧疚。”

陈平安思量一番，道：“行，那我先与人商量一下，回头报个价给你，在商言商，不会跟你客气。”

董水井微笑道：“已经跟我很客气了。”

陈平安沉默片刻，递给董水井一壶珍藏在方寸物当中寥寥无几的酒水，自己则摘下养剑葫，各自饮酒。陈平安说道：“其实当年你没跟着去山崖书院，我挺遗憾的，总觉得咱们俩最像，都是穷苦出身，我当年是没机会读书，所以你留在小镇后，我有些生气。当然了，这很不讲理了，而且回头来看，我发现你其实做得很好，所以我才有机会跟你说这些心里话，不然就只能一直憋在心里了。”

董水井喝了口酒，道：“我知道自己的斤两，读书凑合，不算太差，可是绝对比不上林守一，不如做点自己擅长的事情。”

陈平安笑道：“你们俩都这么喜欢李槐的姐姐啊。”

董水井脸色微红，不知是几口酒喝的，还是因为别的。

董水井喝了一大口酒，小声道：“有一点我肯定现在就比林守一强，如果我和林守一，李柳哪个都瞧不上，到时候林守一肯定会气个半死，而我不会，只要李柳过得好，我还是会……有些开心。当然了，不会太开心。很开心这种骗人的话，没必要瞎扯，否则就糟蹋了手中这壶好酒。但是我相信怎么都比林守一看得开。”

陈平安点点头。

董水井提起手中酒壶，问：“很贵吧？”

陈平安笑道：“真是不便宜。”

董水井小喝了一口，笑道：“那就越来越好喝了。”

陈平安哈哈大笑，道：“像我！”

两个出身相似的同乡人，就这样闲聊着，徒步而行，一路往北。

到了龙泉郡城南门，有城门武卒在那边查看版籍。陈平安倒是随身携带，只是不承想董水井不过是象征性拿出户籍文书，城门武卒的小头目接也没接，随便瞥了眼，便笑着与董水井寒暄几句，就直接让两人入城了。

陈平安看在眼中，没有说话。

显然董水井比自己想象的混得更好一些。

郡守吴鸢，国师崔瀺的弟子，寒族出身的官场俊彦。窑务督造官，曹氏子弟。县令，袁氏子弟。风凉山之巅的山神庙神祇，龙泉郡城几位腰缠万贯的富豪。与董水井这个卖馄饨起家的年轻人，竟然都熟稔。

董水井将陈平安送到那户人家所在的街道，然后双方分道扬镳。分别前董水井说了自家地址，欢迎陈平安有空去坐坐。

陈平安看着年轻人的高大背影，沐浴在晨曦中，朝气勃勃。

根据董水井的说法，龙泉郡城，如今只需要看住在哪条街巷上，就可以大致看出家底的深浅了。

陈平安所在这条街道，名为嘉泽街，多是大骊寻常的殷实人家，来此购买宅邸，地价不低，宅子不大，谈不上实惠，难免有些打肿脸充胖子的嫌疑。董水井也说了，如今嘉泽街北边一些更富贵气派的街道，最大的大户，正是泥瓶巷的顾璨他娘亲，看她那一买就是一片宅子的架势，说明不缺钱，只是来得晚了，好些郡城寸土寸金的风水宝地，她有钱也买不着，听说如今在打点郡守府邸的关系，希望能够再在董水井那条街上买一栋大宅。

这位衣锦还乡的妇人曾经带着那几位婢女，去风凉山那边烧香拜神，路过了董水井的馄饨铺子，听说董水井曾经也上过学塾后，便与他聊了几句，询问董水井在郡城是否有落脚地儿，若是攒了些银子，她与郡守府关系很熟，可以帮忙问问看。只是言语之中的倨傲，气坏了店里的两个伙计。董水井一个做生意的，什么样的客人没见过，开门迎客百样人，自然不以为意，也就任由妇人显摆她的风光，只说自己有住处，反正一个人吃饱全家不愁的，宅子小些没关系。妇人当时的眼神，便有些怜悯。

后来郡守府一位管着一郡户籍的实权官员，亲自登门，问董水井能否卖出那栋闲置的大宅子，说是有位顾氏妇人，出手阔绰，是个冤大头，这笔买卖可以做，可以挣不少银子。董水井以已经有京城显贵瞧上了为理由，婉拒了那位官员。可卖可不卖，董水井就不卖了。

顾氏妇人，想必怎么都弄不明白，怎的她明明出了那么高的价钱，也买不着一栋空着的宅子。

如今在龙泉郡城，董水井家底越来越厚，人脉越来越宽，但是很奇怪，“董半城”的名声反而越来越小，短短一两年，好像郡城就没了这么一号大地主。

其实这才能够说明，董水井是真有钱了。

在规模不大的那栋宅子门前，陈平安与门房禀明情况，说自己是从落魄山来的，叫陈平安，来接岑鸳机。

门房将信将疑，陈平安只得拿出那份通关文牒，但是没有交给门房，只是摊开了一些，给门房看清楚了姓名籍贯，不然其余那些两洲诸国的钤印官印，太吓人。

门房这才去禀报。

很快有四个人一起赶来大门这边，见到了在门外牵马而立的陈平安，他们赶紧跨过门槛。

三男一女，中年人与他两儿一女，站在一起，一看就是一家人。中年男子也算一位美男子，兄弟二人，差着五六岁，亦是十分英俊。其中那位少女，应该就是岑鸳机，听朱敛说才十三岁，可是亭亭玉立，身段婀娜，瞧着已是十七八岁女子的模样，眉眼已开，容颜确实有几分似隋右边，只是不如隋右边那般清冷，多了几分天然妩媚，难怪小小年纪，就会被觊觎美色，连累家族搬出京畿之地。

陈平安再次自报名号，用大骊官话，而不是龙泉当地方言。

那位中年男子深深作揖道："岑正拜见落魄山陈仙师。"

直起腰后，岑正道歉道："事关重大，岑正不敢擅自与家族他人提及仙师名讳。"

陈平安摇头道："无妨。"

陈平安转头望向那个少女，问道："可有言语要与家人说？到了落魄山后，你便不可能随随便便下山入城。哪怕是书信往来，也会有些山头规矩要讲。所以你有话要说，我可以等你说完。"

岑鸳机摇摇头。

陈平安牵马转身，道："那就走了。"

既没有登门喝口热茶，也没有给岑家男人吃什么定心丸，陈平安就这样带着少女离开了街道。

到了另外一条街道的一座府邸，陈平安让少女看着马匹，在门外等候。

少女默默点头。

这座府邸，名为顾府。

如今在龙泉郡城名气挺大，传说是一位极有钱的妇人，并且在大骊靠山极大。

门房一听说"陈平安"三个字，赶紧领着貌不惊人的青衫年轻人，直接入了府。

陈平安见到了顾璨的娘亲，喝了一杯茶水，又在顾氏的挽留下，任由一个对自己充满敬畏神色的原春庭府婢女，再添了一杯，缓缓喝尽，与顾氏详细聊了顾璨在书简湖以南大山中的经历，让顾氏宽心许多，这才起身告辞离去。顾氏亲自送到宅子大门口，陈平安牵马后，顾氏甚至跨出了门槛，走下台阶，陈平安笑着说了一句"婶婶真的不用送了"，她这才罢休。

一男一女渐渐远去，顾氏看了眼那个不知根脚的少女背影，似有所悟，转头瞥了眼身后大门那边，她从青峡岛带回的貌美婢女，然后姗姗而行，走回大门，拧了婢女耳朵一下，笑骂道："不争气的玩意，给一个乡野少女比了下去。"

妙龄婢女其实姿色颇为出彩，便有些无辜。

陈平安带着名为岑鸳机的京畿少女，一路往南返回群山，一路上并无言语交流。

少女其实一直在偷偷观察这个朱老神仙嘴中的“落魄山山主”。

只是她看来看去，也没看出门道，便有些失望。

本以为是位仙风道骨的老神仙，不然就是位名士风流的儒雅男子。

哪里想到，会是个形神憔悴的年轻人，瞧着也没比她大几岁嘛。

一路上，陈平安走在前边，松开马缰绳，反复思量着崔东山留给自己的那封信。事关重大，加上有些事情，顺着某条脉络，能延伸出去千万里，以至于他全然忘记了身后还跟着位脚力不济的少女。

等到陈平安回过神，已经身在大山中，这才转过头去，发现一瘸一拐而行的少女眉头紧蹙，但是从头到尾，都没有吭声。

陈平安歉意道：“对不起，想事情想出神了。”

岑鸳机抿起嘴唇，仍是一言不发。

她心中愤愤，想着这个家伙肯定是故意用这种蹩脚法子，以退为进，好假装他与那些登徒子不是一类人。

她一定要多加小心！到了落魄山，尽量跟在朱老神仙身边，莫要遭了这个陈姓年轻人的毒手！只要见到了老神仙，她应该就安全了。

陈平安见她不说话，只得问道：“会骑马吗？”

她摇头。

会也不骑！天晓得这个看似憨厚实则油滑的浪荡子，是不是借此机会，偷看那些登徒子都想看到的画面？

山上人，真是城府深沉，比京畿那些心计肤浅的色坯，实在是道行高深太多了。

少女不断告诫自己：岑鸳机，你一定要小心啊。

陈平安哪里知道这个少女此刻的脑子想岔了十万八千里，便说道：“那咱们就走慢点，你要是想休息，就告诉我一声。”

瞧瞧，先做恶人，再来柔情，环环相扣，层出不穷的手段。

少女愈发肯定，这个家伙，怎么看怎么都不是个好东西。

陈平安总觉得少女看自己的眼神，有些古怪深意。

转过身，牵马而行，陈平安揉了揉脸颊，怎的，真给朱敛说中了？如今自己行走江湖，务必小心招惹风流债？

陈平安摘下养剑葫，喝了口酒，犹豫要不要先让岑鸳机独自去往落魄山，他自己则去趟小镇药铺。

一见到那人喝酒，少女环顾四周，四下无人的荒郊野岭，她有些欲哭无泪，该不会是这个家伙要打着醉酒的幌子，做那歹事吧？

陈平安吃一堑长一智，察觉到身后少女的呼吸紊乱和步伐不稳，便转过头去，果真看到了她脸色惨白，便别好养剑葫，说道：“停步休息片刻。”

岑鸳机一看到那家伙喝过了酒，放好了酒葫芦，果然就要出手了！

她一下子哭出声，掉头就跑，晃晃悠悠，慌不择路。

陈平安挠挠头，喃喃道：“走到一半，想家了？”

陈平安叹了口气，只得牵马缓行，就想着总不能将她一个人晾在深山中，要不就将她送出大山以外的官道，让她独自回家一趟，什么时候想通了，再让家人陪伴去往落魄山便是。

陈平安刚要提醒她走慢些，结果就看到岑鸳机一个身形踉跄，摔了个狗吃屎，然后趴在那边号啕大哭，反复嚷着不要过来，最后转过身，坐在地上，拿石子砸陈平安，大骂他是色坯，不要脸的东西，一肚子坏水的登徒子，她要与他拼命，做了鬼也不会放过他……

陈平安蹲在远处，捂着额头。

陈平安站起身，轻轻跺脚，无奈道：“魏檗，帮个忙！我知道你在看着这边，笑话看够了吧？”

转瞬之间。

一袭白衣、耳垂金环的魏檗潇洒出现，山间清风流转萦绕，衣袖飘摇如水纹。

陈平安再也不看那个少女，对魏檗说道：“麻烦你送她去落魄山，再将我送到真珠山。这匹渠黄也一并带到落魄山，不用跟着我。”

魏檗忍着笑，打了两个响指。

陈平安独自一人，已经来到真珠山之巅。

魏檗则陪着那个伤心至极的少女来到落魄山的山脚，那匹渠黄率先撒开蹄子，登山。

一身泥土的少女惊魂不定，还有些晕眩，弯腰干呕。

魏檗看也不看她一眼，抬头望向落魄山高处，微笑道：“岑鸳机，能够把陈平安当做浪荡子，你也算独一份了。”

少女后退几步，小心翼翼问道：“先生你是？”

寻常人，哪里有资格知晓一位大骊山岳正神的名讳。

魏檗笑而不语，率先登山。

少女犹豫了一下，拉开一段距离，默默跟在这位白衣神仙的身后。

到了朱敛和郑大风的院子，魏檗幸灾乐祸，将此事大略说了一遍，郑大风捧腹大笑，朱敛抹了把脸，悲从中来，觉得自己要吃不了兜着走了。

岑鸳机见着了那位最熟悉的朱老神仙，才放下心来。

只是不知道为何，三位世外高人，如此神色各异。

陈平安走下真珠山，去了小镇，这次总算没有吃闭门羹，被那个名为石灵山的少年领着走到了后院。

杨老头坐在台阶那边，依旧是抽着旱烟在那儿吞云吐雾。

陈平安没来由想，这般场景，一百年，一千年，还是一万年了？又想起当年自己选中落魄山后，为何说及姚老头时，眼前这位老人，会流露出那副神色？

陈平安心间有太多问题，想要跟这位老人询问。因为杨老头必然知道答案，就看老人愿不愿意说破，或者说肯不肯做买卖了。但是到最后，陈平安开口所问的不过是一句：“郑大风以后怎么办？”

杨老头淡然道：“等等看。”

陈平安不再言语，只是安静坐着。

老人也不赶人。

不久就下起了蒙蒙细雨，很快雨越下越大。

陈平安跟那个不情不愿的药铺少年石灵山，借了一把雨伞。

陈平安站在药铺门口的屋檐下，驻足看了许久的冷清街道，然后一步跨出，走入雨中。

离开了杨家药铺，去了趟那座既未毁弃也没启用的老旧学塾，陈平安撑伞站在窗外，望向里边。

耳畔似有琅琅书声，一如当年自己年幼，蹲在墙根旁听先生讲课。

离开了学塾，去了龙尾溪陈氏创立的新学塾，远比旧学塾更大，陈平安在牌坊楼外停步，转身离开。

走过家乡俗称螃蟹坊的那处地方，有圣人亲笔的四块匾额，儒家的“当仁不让”，佛家的“莫向外求”，道家的“希言自然”，兵家的“气冲斗牛”，陈平安仰头望去，绕行一圈。

骊珠洞天破碎下坠后，这几块匾额被大骊朝廷以秘术层层拓印，剥离了所有曾经蕴含其中的精气神，这几桩机缘，又不知花落谁家。

其间仰头看着那个“希”字，想到崔东山在信上所说，陈平安眼神晦暗不明，思绪悠悠。

之后经过了那座铁锁井，如今被私人购买下来，成为禁地，已经不许当地百姓汲水，在外边围了一圈低矮栅栏。

陈平安便想起了得到铁链的蜂尾渡青年，宫柳岛刘老成的弟子，一个身材高大、性情温和的黑衣青年，不单单是自己如此觉得，就连裴钱都觉得他是个好人，想必真是好人了，后来陈平安之所以胆敢涉险登上宫柳岛，多亏了他——总觉得能教出这么个弟子的野修刘老成，不至于坏到烂肚肠，事实证明，陈平安赌对了。不过与刘老成的勾心斗角，每每事后想起，仍是会让陈平安心有余悸。

陈平安突然笑了起来，不知为何，此时此刻站在围栏外看着那口水井，有点像是当初在倒悬山，远远看着那道去往剑气长城的“天门”，那里有一个坐在石碑顶部的抱剑汉子，一个坐在蒲团上看书的小道童。陈平安远游各地，觉得唯一能够跟脚下这座小镇比拼藏龙卧虎的地方，估计就只有倒悬山了，作为浩然天下最大的一座山字印，正是道老二的通天大手笔。

陈平安仰头望天。

收回视线后，去远远看了几眼分别供奉有袁、曹两姓老祖的文武二庙，一座选址在老瓷山，一座在神仙坟，都很有讲究。

陈平安没有靠近祠庙，尤其是那座他打小就不怎么去的老瓷山，与它相距极远。不过在修缮一新的神仙坟那边，陈平安逛了很久，许多菩萨、天官神像都已让大骊的能工巧匠，一尊尊一座座，重新竖立起来，修旧如新，不过尚未彻底完工，还有许多匠人在高高的木架上忙碌。

据说大骊朝廷打算继续扩建文武庙，然后将佛家菩萨、道教天官各自安置在祠庙内，到时候此地的文武庙，虽是县城祠庙，却会是整个大骊最恢宏壮观的文武庙，届时达官显贵必然会络绎不绝地前来烧香敬神。

其实最早是陈平安托付阮秀帮忙出钱修缮神像，搭建屋棚，不过很快就被大骊官府接管过去，此后便不允许任何人插手。其中三尊原本倒塌的神像，陈平安当年还丢入过三枚金精铜钱，虽然如今急需此物，他却没有半点想要追寻线索的念头，若是还在，就是三份香火情，若是给稚童、村民无意间撞见了，成了他们的意外之财，也算缘分。不过陈平安觉得后者的可能性更大，毕竟前些年当地百姓，上山下水，翻箱倒柜，掘地三尺，就为了寻觅祖传宝贝和天材地宝，然后拿去牛角山包袱斋卖了换钱，再去龙泉郡城买豪门大宅，增添丫鬟仆役，一个个过上以往做梦都不敢想的舒坦日子。

陈平安没觉得他们这般做就是错了，只是觉得即便要卖，也该晚一些出手，同样是一件仙家器物，晚卖几年，翻几番都有可能。

牛角山包袱斋为何要与清风城许氏一样，当初主动撤出龙泉郡，放弃一座耗资巨大的仙家渡口，白白为大骊宋氏做嫁衣裳？

陈平安一开始，是觉得包袱斋押注押错了，押在了朱荧王朝身上，现在看来，极有可能是当初低价收购了太多的小镇宝贝，所赚神仙钱，已经多到了连包袱斋自己都觉得过意不去的地步，所以当东宝瓶洲中部形势明朗后，包袱斋就权衡利弊，用一座仙家渡口，为各处铺子向大骊铁骑换取一张护身符，就等于和大骊宋氏多续上了一炷香火，从长远来看，包袱斋说不定还会赚更多。

陈平安觉得自己这个想法，多半就是真相了。

与官家做偏门生意，来钱快，去也快，终非正道。至于如何做不偏财的买卖，如今陈平安自然也不清楚，想必老龙城孙嘉树、珠钗岛刘重润这几位，比较清楚里头的规矩，将来有机会可以问一问。

神仙坟格局变了许多，故地重游，许多想去的地方去不成，以往去不得的地方，却已经有了凉亭、观景台。

陈平安在一座翘檐小亭子中歇脚。

匠人的众多帮手当中，夹杂着不少当年迁徙到龙泉郡的卢氏遗民，陈平安当年见过许多刑徒，因为落魄山建造山神庙和烧香神道，就有刑徒的身影。比起当年，如今在神仙坟忙碌打杂的这拨遗民，多是少年和青壮，依旧言语不多，只是身上没了最早的那种心如死灰，大概是年复一年，在苦日子里边各自熬出了一个个小盼头。

于禄，谢谢，一位是卢氏王朝的亡国太子，一位是山上仙家的天之骄子，不能说是漏网之鱼，其实是崔瀺和大骊娘娘各自拣选出来的棋子，一番幕后交易往来，结果就都成了如今大隋山崖书院的学子。

于禄跟高煊关系很好，有点难兄难弟的意思，一个流亡他乡，一个在敌国担任质子。

至于谢谢，前些年确实是给崔东山欺负惨了。

但是就像崔姓老人不会插手他陈平安和裴钱的事情，陈平安也不会仗着自己是崔东山的"先生"，就指手画脚。

如何对他人给予善意，是一门大学问。

不是"我觉得"三个字，就可以弥补所有因为好心办坏事带来的后果。

当初与马苦玄厮杀的地方，格局大变，外人已经无法涉足。魏檗提过一嘴，神仙坟和老瓷山两地，白天随便游览，并无禁忌，只是晚上阴阳家和墨家大修士就会出现，设置阵法，负责牵连山根水运，到时候就不适合夜游了。

没能重返那处与马苦玄拼命的"战场遗址"，陈平安有些遗憾，沿着一条经常会在梦中出现的熟悉路线，缓缓而行，走到半路，蹲下身，抓起一把泥土，停留片刻，这才重新动身，去了趟并未一起搬去神秀山的铸剑铺子。听说有位被风雪庙驱逐出门的女子，认了阮邛做师父，在此修行，顺便看守"祖业"，连握剑之手的大拇指都自己砍掉了，就为了向阮邛证明与以往做了了断。陈平安沿着那条龙须河缓缓而行，注定是找不到一颗蛇胆石了，机缘稍纵即逝。陈平安如今还有几颗上等蛇胆石，五颗还是六颗来着？倒是普通的蛇胆石，原本数量众多，但如今所剩不多。

陈平安没有就此返回落魄山，而是跨过那座早已拆去桥廊恢复原貌的石拱桥，去找那座小庙。当年庙内墙壁上，写了许多的名字，其中就有他陈平安、刘羡阳和顾璨的，三人扎堆在一起，写在墙壁最上头的一处空白处，梯子还是刘羡阳偷来的，木炭则是顾璨从家里拿来的。结果陈平安走到那边，发现供人歇脚的小庙没了踪迹，好像就从未出现过，这才记起已经被杨老头收入囊中，就是不知道这里头又有什么名堂。

回到龙须河畔，陈平安顺流而下。对面的道路，已经拓宽为龙泉郡驿路之一，曾是陈平安第一次出门远游的离乡之路，最早的时候，身边就只跟着一个红棉袄小姑娘。他一路照顾着小姑娘，走过青山绿水。可事实上，何尝不是小姑娘默默支撑着泥腿子少年小师叔的心境，才让他能够远游他乡，一直没有放弃。

陈平安路过一座被大骊朝廷纳入正统的水神祠庙，几无香火，名分也怪，好像只是有了金身和祠庙，连别国地方上的淫祠都不如，因为连一块像样的匾额都没有，到现在都没几个人搞得清楚，这到底是座河神庙，还是座神位垫底的河婆祠。倒是再往下那条铁符江的江神庙，建造得无比壮观，小镇百姓宁肯多走百余里路途，去江神娘娘那边烧香祈愿。当然还有一个最重要的原因，听小镇老人讲，祠庙那位娘娘塑像，长得实在是太像杏花巷一个老姨婆年轻时候的模样了。老人们，尤其是街巷老妪，一有机会就跟晚辈使劲念叨，千万别去烧香，容易招邪。

陈平安没有走入那座破败的水神祠庙，而是继续往下，打算一直走到那座铁符江江神庙。

铁符江如今是大骊头等江河，神位尊崇，故而礼制规格极高，比起绣花江和玉液江都要高出一大筹，因为龙泉如今是郡，所以由郡守吴鸢出面，否则就是应该由封疆大吏的刺史，每年亲自来此祭奠江神，为辖境百姓祈求风调雨顺，无旱涝之灾。反观绣花、玉液两条江水，一地太守亲临江神庙，就足够了，偶尔事务繁忙，让佐属官员祭奠，都不算是什么冒犯。

陈平安走远之后，他身后那座没有匾额的祠庙内，那尊香火凋零的泥塑神像，涟漪阵阵，水雾弥漫，露出一张年轻妇人的容颜，她唉声叹气，愁眉不展。香火几无，让她忍不住怨天尤人，只是骂了一会儿，就没了以往在杏花巷骂人的那份心气，真是饿治百病。

陈平安加快步伐，越走越快。

最后终于开始六步走桩，已经放下《撼山谱》三个拳桩足足三年没有练习，略微生疏。

依照崔姓老人的行家说法，如今陈平安的身体状况，有好有坏。好的是武夫体魄，在书简湖沉寂三年，根本底子，依旧无碍，加上北俱芦洲的火龙真人凌空三次“指点”，裨益极大，不然估计陈平安真要走着进入青峡岛，躺着离开书简湖。

只是修道一事，可谓命途多舛。碎去那颗金身文胆后，后遗症极大，而当初打造五行之属的本命物，成为重建长生桥的关键。

这与品秩高低也息息相关，崩坏之后，那就是品秩越高摔得越重，碎后重建，难上加难，这就使得赶紧炼化第三件本命物，成了燃眉之急。

所以崔东山改变了初衷，他留在竹楼的那封密信建议陈平安这位先生，五行之土的本命物，还是选取当初陈平安已经放弃的大骊新五岳土壤。崔东山并未细说缘由，只说让先生信他一次。作为大骊“国师”，一旦吞并整座东宝瓶洲，让一洲成为大骊一国之地，选取哪五座山头作为新五岳，自然是早就胸有成竹，例如大骊本土龙泉郡，披云山晋升为北岳，整座大骊，知晓此事之人，连同先帝宋正醇在内，当年不过一手之数。

中岳正是朱荧王朝的旧中岳，不但如此，那尊迫于大势，不得不改换门庭的山岳大神，依旧得以维持祠庙金身，百尺竿头更进一步，成为一洲中岳。作为回报，这位“原封不动”的神祇，必须帮助大骊宋氏，稳固新河山的山水气运，任何辖境之内的修士，既可以受到中岳的庇护，但是也必须受到中岳的约束，不然，就别怪大骊铁骑翻脸不认人，连它的金身一起收拾。

墨家豪侠许弱，亲自负责此事，坐镇山岳祠庙附近。

届时阮邛也会离开龙泉郡，去往新西岳山头。新西岳，名为甘州山，与风雪庙相距不算太远，一直不在当地五岳之中，此次算是一步登天。

而一拨大骊头等供奉，皆是金丹、元婴这类地仙修士，会去往名为磺山的那座新东岳，一同巡视边境，防止在各地负隅顽抗的亡国修士破坏当地山水。

至于南岳，范峻茂，会是那边的山岳正神。关于大骊新南岳的选址，崔东山卖了一个关子，说先生可以拭目以待，到时候就会明白何谓“积土成山”了。

崔东山在信上坦言，他会借此机会，早早从其余新四岳的山根上刨土，读书人的事，能叫偷吗？再说了，即便先生最终仍是不愿选取山岳五色壤，作为下一件本命物，一箩筐一箩筐的珍稀土壤，至少也该装满一件方寸物，这就是好大一笔小暑钱，趁着如今看管不严，不要白不要。至于北岳魏檗那边，反正先生你与他是穿一条裤子的，客气作甚？

陈平安不知不觉就已经到了那座气度森严的江神庙。

此处香火不是太旺盛，比不得埋河水神庙，大半夜还有千余香客在外等候，苦等入庙烧香，毕竟龙泉郡一带，百姓还是少。等到龙泉由郡升州，大骊朝廷不断移民来此，到时候这座大骊江神庙的热闹场景是完全可以想象的。

陈平安犹豫了一下，步入其中，古柏郁郁，多是从西边大山移植而来。

到了主殿那边，陈平安跨过门槛，抬头望向那座彩绘泥塑神像，高四丈，栩栩如生，彩带萦绕，似要飞升。

金身神像的高矮，很大程度就意味着一位神祇在一国朝廷内的山水谱牒位次的前后。像先前陈平安路过的那座祠庙，神像高不过一丈余。

陈平安知道此间秘事。

这位江神娘娘本名杨花，曾是大骊娘娘的贴身侍女，怀抱一把金色长穗的古剑，只是后来不知为何，舍了人身，死而为神，成为这条江水的神灵。她在水中承受巨大痛苦，自塑神祇金身的时候，曾经引来异象，金身品秩极高，使得大骊朝廷极其重视，先是将河升江，再将这位水神娘娘直接提拔到江神中的最高位。

陈平安既没有请香烧香，也没有做出任何礼敬举动，待了片刻，就离开大殿，走出占地广袤的祠庙，原路返回。

从头到尾，江神庙气象寂然，唯有香火袅袅。

陈平安这次没有劳驾魏檗，等到他徒步走回落魄山，已是第二天的暮色里，其间还逛了几处山头。当年得了几袋子金精铜钱，阮邛建议他购买山头，陈平安带着窑务督造署绘制的堪舆图，独自走遍群山，最后挑中了落魄山、真珠山在内的五座山头。如今想来，真是恍若隔世。

陈平安登山后，先去了趟竹楼，跑得了和尚跑不了庙，总不能每天都躲着老人。再说了，老人真要揍他，也躲不掉。

陈平安在一楼写了几封信，打算分别寄去山崖书院、青峡岛刘志茂和顾璨、梳水国宋雨烧所在山庄。其中寄给顾璨的那封信，还要顾璨帮忙捎话给珠钗岛刘重润。至于寄给刘志茂的飞剑传讯，则提了一下春庭府女官红酥的处境。

刘志茂大难不死，如今不但已经安然走出宫柳岛水牢，重返青峡岛，并且摇身一变，与刘老成一样，成了玉圭宗下宗的供奉，并且排名第三。当年对青峡岛落井下石的书简湖诸多势力，估计要吃不了兜着走。至于青峡岛内的弟子、供奉，更要吃挂落，例如那个万般谋划都以师父刘志茂必死作为前提的聪明人——素鳞岛金丹修士田湖君。

所以老话说的做人留一线，还是很有道理。

最后一封信，是写给桐叶洲太平山钟魁的，需要先寄往老龙城，再以跨洲飞剑传讯。其余书信，牛角山渡口有座剑房，一洲之内，只要不是太偏僻的地方和势力太弱小的山头，皆可顺利到达。只不过剑房飞剑，如今被大骊军方牢牢掌控，所以还是需要扯一扯魏檗的大旗，这是没办法的事情，换成阮邛，自然无需如此费劲，说到底，还是落魄山未成气候。

陈平安写过一封封书信，找到裴钱和朱敛，让他们送往牛角山。

裴钱兴致勃勃，就想要喊上青衣小童和粉裙女童一起赶路，独乐乐不如众乐乐嘛。

只是被陈平安制止了，裴钱只好与朱敛一起下山。不过问了师父能否牵上那匹渠黄，陈平安说可以，裴钱这才大摇大摆走出院子。

本来以为自己只有下次闯荡江湖，才能跟师父讨要一匹小毛驴，不承想如今就能骑上高头人马了，不如以后就别混江湖了吧，骑马在落魄山周边逛荡，不也算走江湖？还不用碰着那么多不喜欢的坏人，饿了就能跑回落魄山，不愁吃不愁穿，这样的江湖，小归小，可她很中意啊。

郑大风已经不在山上，说是去龙泉郡城那边结几笔账，然后再来落魄山长住。估计郑大风是跟酒楼客栈欠了一屁股债，这不，跟朱敛借了钱，至于还不还，什么时候还，天晓得。

那个名叫岑鸳机的少女，当时站在院子里，手足无措，满脸涨红，不敢正视那个落魄山年轻山主。

陈平安自然不会介意那点误会，说实话，起先一番自作多情，误以为朱敛一语中的，不承想很快被天真少女当头一棒，陈平安还有点失落来着。

倒不是陈平安真有花花肠子，而是世间男子，哪有不喜欢自己模样周正、不惹人厌？

陈平安也没有故意冷落岑鸳机，再次将先前龙泉郡城岑家门口的言语说了一遍，既然到了落魄山，要在这里习武，规矩必须得有，最好先与朱敛一一问清楚，然后只要在规矩之内，再做什么说什么，便没了忌讳，而且即便将来受了责罚，觉得自己没有错，也不用担心，可以直接找他陈平安讲道理，绝对不会有人拦阻，只要她讲得对，陈平安就认她的理。

岑鸳机迷迷糊糊，点了点头，还是不说话。

她既宽心又忧心，宽心的是落魄山不是龙潭虎穴，忧心的是除了朱老神仙，从年轻山主、山主的开山大弟子再到那对青衣、粉裙小书童，都与她心目中的山上修道之人，差了很多。唯一一个最符合她印象中仙人形象的"魏檗"，竟然还不是落魄山上的修士。

至于那个名叫石柔的老头子，不爱说话，更是古怪，瞧着就瘆人。

岑鸳机心中叹息，不管了，还是安心习武吧。

陈平安带着青衣小童和粉裙女童，一起走向竹楼那边的崖畔石桌。

粉裙女童坐在陈平安身边，位置靠北，如此一来，便不会遮挡自家老爷往南眺望的视野。青衣小童则坐在陈平安对面。

一伸手，粉裙女童便掏出一把瓜子，与最喜欢嗑瓜子的裴钱相处久了，她都有些像是卖瓜子的小贩了。

陈平安正色说道："你们始终没个正式的名字，也不是个事。以后落魄山可能会有个门派，说不定连祖师堂都会有。不过你们的本命名字，你们还是自己藏好，我这些年都没问你们，以后也不会，就算落魄山日后成为了真正的修行山头，同样不会跟你们索要，我现在就可以把话撂在这里，以后谁嘴碎，拿这个说事，你们跟我说，我来跟他聊。但是将来可以记录在祖师堂谱牒上的名字，终归得有，所以你们有没有喜欢的化名？"

山川湖泽的精怪妖物，所谓的本命姓名，必须小心翼翼篆刻在心湖、心扉、心田某处。尤其是化作人形之后，这个名字必不可少，等于是"昭告天下"，如同立国的国号。

山上秘传，若是精怪妖物不愿被"记录在册"，就会被浩然天下的大道所排挤，坎坷不断。许多远离人间的山泽精怪，不谙此道，修行路上又没有人告知此事，导致百年千年，始终无名无姓，跌跌撞撞，破境缓慢，成道极难，不被浩然天下认可。只是一旦真名被修士掌握，精怪妖物就等于被拿捏住一个大把柄。所以陈平安从未询问过青衣小童和粉裙女童的本命真名。

陈平安突然笑了，自信满满道："如果你们自己想不好，没关系，我来帮你们取名字，这个我擅长啊。"

原本还在摇头晃脑嗑瓜子的青衣小童，给雷劈了似的，丢了瓜子在桌上，双手撑在石桌上，哀号道："使不得啊！我可以自己慢慢想名字啊，老爷你已经如此辛苦了，就别再劳心了……"

就算是最亲近陈平安的粉裙女童，粉扑扑的可爱小脸蛋，都开始脸色僵硬起来。

陈平安看了眼青衣小童，又看了眼粉裙女童，问道："真不用我帮忙？过了这村可就没这店，别后悔啊。"

青衣小童赶紧揉了揉脸颊，嘀咕道："他娘的，劫后余生。"

粉裙女童怕自家老爷伤心，就假装没那么开心，绷着粉嫩小脸儿。

陈平安犹不死心，试探性问道："我返乡路上，琢磨出了好些个名字，不然你们先听听看？"

青衣小童泫然欲泣："老爷啊，我听说读书人的学问，用掉一点就少一点，四把剑，初一十五，降妖除魔，老爷你的学识、才情应该已经用得差不多了啊，就省着点用吧。"

青衣小童一头磕在石桌上，装死，只是实在无聊，偶尔伸手去抓起一颗瓜子，脑袋微微歪斜，偷偷嗑了。

陈平安叹了口气，道："那行吧，什么时候后悔了，就跟我说。"

青衣小童脸贴着桌面，朝粉裙女童做了个鬼脸。

粉裙女童掩嘴而笑。

陈平安笑脸温柔，揉了揉她的小脑袋。

返乡路上，陈平安骑马而行，翻看着一枚枚竹简，仔细浏览上边的美好文字，就为了给这两个小家伙取个好听的名字。

可惜了，英雄无用武之地。

聊完了正事，两个小家伙起身告辞，跑得飞快。

陈平安哑然失笑。坐在原地，桌上还剩下青衣小童没吃完的瓜子，陈平安一颗颗捡起，独自嗑着。自己与大骊宋氏签订山头契约一事，朝廷会出动一位礼部侍郎来处理。陈平安拍拍手，掏出那张日夜游神真身符，有些犹豫。

魏檗说过，福禄街李氏虽然底蕴不浅，可是李氏老祖当初强行破开金丹瓶颈，一举跻身元婴，耗费了大量家底。而且这位相对外边修士而言"极其年轻"的元婴修士，在骊珠洞天的禁制破开后，习惯了早年那种小天地，如今重归大天地，当年的惠泽反而是祸事了，根基太浅，境界太高，以至于形成了海水倒灌的险峻形势，需要消耗神仙钱来筑造堤坝，防止阴煞浊气源源不断的侵袭。

除此之外，李氏如今在大骊京城那边接手了一栋落魄王侯子孙的大宅子，诸如此类，开销极大，所以李家现在是真缺银子。

最早小镇上的福禄街、桃叶巷那四大姓十大族，已经大变样。

一些已经迁了出去，然后就杳无音信，一些已经就此沉寂，不知是蓄势，还是在不为人知的幕后谋划中伤了元气，而一些当年不在此列的家族，例如桃叶巷谢氏，由于蹦出个北俱芦洲天君谢实的老祖宗，如今在桃叶巷已经是首屈一指的大族。

二楼那边，老人说道："明天起练拳。"

陈平安应了一声，站起身，去了竹楼后边的小池塘。池水清澈见底，魏檗开辟出这方小塘后，这源头活水，出处可不简单，直接来自披云山，之后就将那颗金莲种子丢入其中。

陈平安蹲在一旁，伸手轻轻拍打地面，笑道："出来吧。"

一个莲花小人破土而出，身上没有半点泥泞，咯咯而笑，拽着陈平安那袭青衫，一下子坐在了陈平安肩头。

陈平安已经跟魏檗说过，让他帮着照看莲花小人。魏檗当时眼神恍惚，只是点头。

看了一会儿小池塘，当然没能看出一朵花来。

陈平安站起身，带着莲花小人走向一楼，这里算是陈平安的正式住处。

许多物件都留在这边，陈平安不在落魄山的时候，粉裙女童每天都会打扫得纤尘不染，而且还不允许青衣小童随便进入。

陈平安坐在桌旁，蓦然而笑，当下依旧青衫，那就再做一回账房先生，仔细盘点一下如今的家当？

莲花小人跳到桌上跑来跑去，查看桌上的物件和书籍是不是摆放整齐了，瞅得一丝不苟，稍有不齐整，就要轻轻搬动，十分忙碌。

陈平安突然瞥见桌上的一只印章盒，打开后，里边是一方私章，数次游历，都未随身携带，误打误撞，大概算是落魄山如今的镇山之宝了。

陈平安高高举起印章，上面篆刻着三个字：陈十一。

陈平安将这枚印章横放在桌上，下巴枕在叠放的双臂上，凝视着印章底部的篆文。

陈平安坐起身，手腕拧转，驾驭心神，从本命水府当中"取出"那枚本命物的水字印，轻轻放在一旁。

两枚印章，终于都不再形单影只了。

陈平安重新趴在桌上，自言自语道："希望有朝一日，当有人以不讲理与我讲理之时，先问过我的拳与剑答不答应。只是如今拳法也不高，剑术也不成，十年之约已经过半了，怎么办呢？"

就在此刻，背后鞘内剑仙，如点睛之龙，作壁上鸣。

第二章 陈平安的落魄山

竹楼一楼，已经摆放了一排博古架，木色素雅，错落有致，只是格子多，宝贝少。

陈平安就想要从方寸物和咫尺物当中取出些物件，装点门面，结果愣了一下。照理说陈平安这么多年远游，也算见识和经手过不少好东西了，可貌似除了陆抬购自扶乩宗喊天街的所赠之物、吴懿在紫阳府馈赠的礼物，再加上陈平安在池水城猿哭街购买的那幅仕女图，以及老掌柜当彩头赠送的几样小物件，最后也没剩下太多，家底比陈平安自己想象中要薄一些，一件件宝贝，如一叶叶浮萍在水中打个旋，说走就走，说没就没。

陈平安没来由想起石毫国和梅釉国边境上的那座关隘，“留下关”，名为留下，可其实哪里留得住什么。

有些是暂借给别人的，例如在魏羡身上的祖宗甘露甲“西嶽”，卢白象腰间的狭刀“停雪”，隋右边背后的“痴心”剑，魏檗手上的“吾善养浩然气”玉牌，顾璨那边的两座“下狱”阎王殿和仿造琉璃阁，等等。

更多是直接送出手了，比如彩衣国胭脂郡得来的那枚城隍显佑伯印。落魄山众人，山崖书院众人，谁没得到过陈平安的赠礼？不说这些熟人，就算是石毫国的狗肉铺子，陈平安都能送出一枚小暑钱，以及在梅釉国春花江畔山林中，陈平安更是既掏钱又送药。更早一些，在桂花岛，还有为了喂养一条年幼小蛟而撒入水中的那把蛇胆石，难计其数。

陈平安自嘲道：“送人之时唯豪气，事后想起心肝疼。”

想了想，陈平安揉了揉下巴，暗自点头道：“好诗！”

莲花小人原本坐在桌上休憩，听到陈平安的言语后，立即后仰倒去，躺在地上，仅剩一条小胳膊使劲拍打肚皮，笑声不断。

看着小家伙活泼可爱的模样，陈平安也挺开心的。

在落魄山，只要不是马屁话，陈平安都觉得悦耳动听。

陈平安伸出一根手指，轻轻挠着小家伙的胳肢窝，小家伙满地打滚，最后仍是没能逃过陈平安的戏耍，只好赶紧坐起身，正襟危坐，鼓着腮帮，伸手指了指书桌上的一叠书，似乎是想要告诉这位小夫子，书桌之地，不可嬉戏。

陈平安笑着停下动作，从方寸物和咫尺物中取出一些家当，一件件放在桌上。

如今家当只是比预期少，但家底还是相当不错了，有山头进账不说，就只说背着的剑仙，这可不是老龙城苻家剐下的蚊子腿肉，而是实打实的一件半仙兵。

那件从蛟龙沟元婴老蛟身上剥下的法袍金醴，本就是海外修道的仙人遗物。那位不知名的仙人飞升不成，只得兵解转世，金醴没有随之灰飞烟灭，本身就是一种证明，所以得知金醴能够通过吃下金精铜钱，成长为一件半仙兵，陈平安倒是没有太大惊讶。

一条残缺不全的核桃手串，每颗核雕，都相当于寻常金丹地仙的致命一击。

一袭淡薄青衫法袍，品秩并未到达法宝，只是陈平安很喜欢，总觉得那件金醴白衣胜雪，太扎眼。

核桃串子和青衫法袍，去往北俱芦洲的时候，也都要随身携带。

桌上物件众多。两枚印章还是摆在最中间的地方，被众星拱月。

陈平安开始默默算账，欠债不还，肯定不行。

朱敛曾经说过，借钱一事，最是友谊的验金石，往往很多所谓的朋友，借得钱去，朋友也就做不得了，可总归会有那么一两个，借了钱会还，还钱分两种，一种是有钱就还上了，一种是虽说暂时还不上，但会次次打招呼，并不躲，等到手头宽裕，就还，这种更可贵，在这期间，你若是催促，人家就会愧疚道歉，但他心里边不埋怨。

朱敛说最后这种朋友，可以长久往来，当一辈子朋友都不会嫌久，因为念情，感恩。

当时陈平安笑着问朱敛，是不是打算借钱？而且一时半会儿不会还我？

朱敛低头哈腰，搓着手，说少爷真是学究天人，未卜先知。

然后这个佝偻老人果真厚着脸皮跟陈平安借了些雪花钱，其实也就十枚，说是要在宅子后边，建座私家藏书楼。

陈平安当然借了，一位远游境武夫，一定程度上涉及了一国武运的存在，混到跟人借十枚雪花钱，还需要先唠叨铺垫个半天，陈平安都替朱敛打抱不平。不过说好了十枚雪花钱就是十枚，多一枚都没有。

陈平安要求朱敛以后造好的藏书楼，必须是落魄山的禁地，不许任何人擅自出入。

朱敛答应下来。陈平安估摸着龙泉郡城的书肆生意,要红火一阵了。

莲花小人还在那边摆弄着物件,将它们一件件摆放得齐齐整整。陈平安都不知道小家伙这个习惯到底是随谁。

陈平安由着它忙碌,自顾自打着算盘。

青峡岛密库房,珠钗岛刘重润,自己都是欠了钱的。

但是真正的大头支出,肯定是和顾璨联手筹办的周天大醮和水陆道场。真要放开手脚干的话,可以成为两个无底洞,绝对不是几枚谷雨钱的事情。

若是寻常小国君主、富豪设置大醮、道场,所请道人高僧,多半不是修行中人,即便有,也是屈指可数,故而开销不算太大,几万两到几十万两,都能办上一两场,哪怕是需要耗费五十万两白银,折算成雪花钱,就是五枚小暑钱,半枚谷雨钱,但在东宝瓶洲任何一座藩属小国,都是几十年不遇的盛举了。

可一旦涉及修道之人,尤其是聘请地仙坐镇,要与各地著名的道观寺庙的老神仙们打交道,人家即便宅心仁厚,菩萨心肠,笑着说一个“随便”,一句“看着给”,那陈平安和顾璨掏银子的时候,真敢“随便”了?而且陈平安在离开书简湖之前,就与顾璨商量过,两场法事,宜大不宜小,而且必须确保没有沽名钓誉之辈借机浑水摸鱼,不然就不是浪费神仙钱的事情,而是耽误了那些阴灵鬼物的阴德福报和投胎转世。

所以在两年内,顾璨要接连举办两场法事,那会是一场极其耗费心力、考验眼力并且需要相当耐心的事情。这也是陈平安对顾璨的一种磨砺,既然选择了改错,那就要走上一条极其艰辛坎坷的路途。

当年在书简湖南边的群山之中,妖魔横行,邪修出没,瘴气横生,可是比这更难熬的,还是顾璨背着的那座“下狱”阎王殿,以及一场场送行。顾璨中途有两次就差点要放弃了。

改错,不是一句“我知道错了”,然后就云淡风轻,走点远路,砸点神仙钱,好像做了件多了不起的壮举、善举,就可以心安理得的事情。

天底下从来没有这样的好事!

不过陈平安其实心知肚明,顾璨并未从一个极端走向另外一个极端。顾璨的心性,仍然在游移不定,只是他在书简湖吃到了大苦头,差点直接给吃饱撑死,所以当下顾璨有些类似陈平安最早行走江湖时那样,在模仿身边最近的人,不过只是将为人处世的手段,看在眼中,琢磨之后,化为己用——心性有改,却不会太多。

顾璨大体上还是那个顾璨,只是更懂得“规矩”二字的分量而已。

陈平安站起身,将那把剑仙挂于壁上。然后来到屋外檐下,跟莲花小人各自坐在一条小竹椅上,普通材质,这么些年过去,早先的翠绿颜色,也已泛黄。

陈平安坐在那里,开始打盹。竹楼内外,冬暖夏凉,一年四季,便是身体孱弱的凡夫俗子，在这边久坐，都不用担心着凉或是中暑，比崔东山在山崖书院的那栋院子，还要有仙气。

明天又要练拳了。

迷迷糊糊当中，好似在远方，一处人心鬼蜮的污秽之地，依稀看到开出了一朵花，摇曳生姿。

陈平安没有就此醒来，而是沉沉睡去。

莲花小人坐在隔壁椅子上的边缘，扬起脑袋，轻轻摇晃双腿，看到陈平安脸上带着笑意，似乎梦见了什么美好的事情。

旭日东升，很快就朝霞万里。

竹楼一震，坐在椅子上睡了一宿的陈平安陡然醒来。

直接脱了靴子，卷了袖管裤管，登上二楼。来到屋外，陈平安略作停顿，视线低敛，转头望去。

当时崔东山应该就是坐在这边，没有进屋，以少年容貌和性情，终于与自己的爷爷在百年后重逢。两人对坐，到底说了什么，无人知晓。

陈平安刚要跨步走入屋内，突然说道："我与石柔打声招呼，去去就来。"

光脚老人置若罔闻，盘腿而坐，闭目凝神。

陈平安跃下二楼，也没有穿上靴子，兔起鹘落，很快就来到数座毗邻而建的宅邸前。朱敛和裴钱还未归来，应该只剩下深居简出的石柔和刚刚上山的岑鸳机。陈平安还没见着石柔，倒是先看到了岑鸳机。高挑少女应该是刚刚赏景散步归来，见着了陈平安，扭扭捏捏，欲言又止。陈平安向少女点头致意，去敲开石柔那边宅子的大门，石柔开门后，问道："公子有事？"

陈平安点头说道："裴钱回来后，就说我要她去骑龙巷看着铺子，你跟着一起。再帮我提醒一句，不许她牵着渠黄去小镇，就她那忘性，玩疯了什么都记不得。她抄书一事，你盯着点。再就是如果裴钱想要上学塾，就去龙尾溪陈氏开办的那座，你就让朱敛去县衙打声招呼，看看是否需要什么条件，如果什么都不需要，那便更好。"

石柔答应下来，犹豫了一下，问道："公子，我能留在山上吗？"

陈平安笑道："如果你实在不愿意跟外人打交道，也可以。但是我建议你还是多适应龙泉郡这座小天地，多去文武庙走走看看，更远一点，还有铁符江水神祠庙，其实都可以看看，混个脸熟，总归是好的。你的根脚底细，纸包不住火，即便魏檗不说，可大骊能人异士极多，迟早会被有心人看穿，还不如主动现身。当然，这只是我个人的看法，你最后怎么做，我不会强求。"

石柔有了些笑意，点头道："那奴婢试试看。"

陈平安无奈道:“以后在外人面前,千万别自称奴婢了,别人看你看我,眼神都会不对劲,到时候说不定落魄山第一个出名的事情,就是说我有怪癖。龙泉郡说大不大,就这么点地方,传开之后,咱俩的名声就算毁了,我总不能一座一座山头解释过去。”

石柔忍着笑,道:“公子心思缜密,受教了。”

陈平安更无奈了,赶紧摆手,阻止道:“落魄山不缺你的马屁。”

石柔自然而然,掩嘴而笑。

陈平安心中哀叹,返回竹楼那边。

宅子不远处,一个看似散步实则偷偷打量这边的少女,已经起了满身的鸡皮疙瘩。岑鸳机蹑手蹑脚,赶紧溜走,总觉得瞧见了什么了不得的真相,关上门后,她轻轻拍着胸脯,喃喃道:“别怕别怕,这样倒好了,他多半不会对你心怀不轨。”

少女心中悲苦,本以为搬家逃离了京畿家乡,就再也不用与那些可怕的权贵男子打交道,不承想到了小时候无比憧憬的仙家府邸,结果又碰上这么个年纪轻轻不学好的山主。到了落魄山后,关于年轻山主的事情,朱老神仙不爱提,任由她旁敲侧击,回答她的尽是些云遮雾绕的好话,她哪敢当真。至于那个名叫裴钱的黑炭丫头,来无影去如风,岑鸳机想要跟她说句话都难。

二楼内。

当陈平安站定,光脚老人睁开眼,站起身,沉声道:“练拳之前,自我介绍一下,老夫名为崔诚,曾是崔氏家主。”

陈平安有些意外。

这还是老人第一次自报名号。

崔诚缓缓道:“君子崔明皇,之前代替观湖书院来骊珠洞天讨债的年轻人,按照族谱,这小子应当喊崔瀺一声师伯祖。他那一脉,曾是崔氏的偏房,如今则是嫡长房了,我这一脉,受我这莽夫连累,已经被崔氏除名,所有本脉子弟,从族谱除名,生不同祖堂,死不共坟山,豪门世族之痛,莫大于此。之所以沦落至此,是因为我曾经神志不清,流落江湖市井百余年光阴,这笔账,真要清算起来,用武夫手段,很简单,去崔氏祠堂,也就是一两拳的事情。可若是我崔诚,与孙儿崔瀺也好,崔东山也罢,只要还自认读书人,就很难了,因为对方在家规一事上,挑不出毛病。”

陈平安点头,表示理解。

藕花福地的光阴长河当中,松籁国历史上,曾有一位位极人臣的权势高官,因为是庶出子弟,在生母的灵位和族谱一事上,与地方上的家族起了纠纷,想要与并无官身的族长兄长商量一下,就写了多封家书回乡,措辞诚恳。一开始兄长没有理睬,后来大概给这位京官弟弟惹烦了,终于回了一封信,直接驳回了弟弟的提议,并且言语很不客气,其中有一句,便是“天下事你随便去管,家务事你没资格管”。那位高官到死也没能得偿所愿，而当时整个官场和士林，都认同这个“小规矩”。

那么崔诚为何没有现身家族，向祠堂那些蝼蚁递出一拳？那位藕花福地的首辅大人，又为何没有直接公器私用，一纸公文，强行按牛喝水？

为何明明可以做到，却没有将这种看似脆弱的规矩打破？

陈平安略作思量。

这大概就是崔诚今日能够有身前无人的境界，那位首辅能够身居庙堂之高，二者的根本脉络之一。

当陈平安一旦下定决心，真的要在落魄山开创门派，说复杂无比复杂，说简单也能相对简单，无非是务实在物，燕子衔泥，积少成多，务虚在人，在理，慢而无错，稳得住，往上走。

这些都需要陈平安多想，多学，多做。

崔诚突然说道：“崔明皇这小子，不简单，你别小觑了。”

陈平安有些无言以对，他有什么资格去“小觑”一位书院君子？观湖书院那位贤人周矩的厉害，陈平安在梳水国剑水山庄那边已经领教过。而桐叶洲钟魁当年同样是书院君子。崔明皇，被誉为“观湖小君”，是东宝瓶洲书院最出类拔萃的两位君子之一。

崔明皇本该按照与那位既是大骊国师也是他师伯祖的约定，光明正大离开观湖书院，以书院君子的身份，出任大骊林鹿书院的副山长，而林鹿书院的首任山长，本该是以黄庭国老侍郎身份现世的那条老蛟程水东，再加上一位大骊本土硕儒当副山长，一正两副，三位山长，皆是过渡。等到林鹿书院获得七十二书院之一的头衔，程水东就会卸任山长一职，大骊硕儒更无力也无心争抢，崔明皇就会顺理成章，成为下一任山长。

如此一来，观湖书院的面子，就有了。实惠，自然仍是大半落在崔瀺手中。早就与之密谋的棋子崔明皇，得了梦寐以求的书院山长后，心满意足，毕竟这是天大的殊荣，几乎是读书人的极致了，但只要崔明皇身在大骊龙泉，以崔瀺的算计能力，任你崔明皇多么“志向高远”，也只能在崔瀺的眼皮子底下教书育人，乖乖当个教书匠。

只是后来形势变化莫测，许多走向，甚至出乎国师崔瀺的预料。

例如那座大骊仿造白玉京，差点沦为昙花一现的天下笑谈，先帝宋正醇更是身受重创。大骊铁骑提前南下，崔瀺在东宝瓶洲中部的诸多谋划，也拉开序幕，而观湖书院针锋相对，一鼓作气，派遣多位君子贤人，或是亲临各国皇宫，斥责人间君王，或是摆平各国乱局。

尤其是打醮山跨洲渡船在朱荧王朝境内坠毁，北俱芦洲天君谢实横空出世，向朱荧王朝背后的观湖书院施压，不但惹来一洲修士的众怒，而且如此一来，观湖书院就跟大骊宋氏也算彻底撕破了脸皮，崔明皇就只能滞留于书院，无法出任林鹿书院的副山长。据说这位君子这些年在书斋内潜心学问，未有丝毫的虚度光阴，书院上下，对其赞誉有加。

陈平安有些奇怪。这次练拳,老前辈似乎很不着急“教他做人”。以往皆是直来直往,拳拳到肉,好像看着陈平安生不如死,就是老人最大的乐趣。今天竟然是以闲聊作为开头,并且没少聊。

崔诚不是那种别扭的性情,虽然不太符合自己的脾气,可还是第二次主动提及了裴钱习武一事,问道:“就这么想要给裴钱一段无忧无虑的岁月?”

委实是裴钱的资质太好,糟践了,太可惜。

陈平安犹豫了一下,道:“大人的某句无心之语,自己说过就忘了,可孩子说不定就会一直放在心头,更何况是前辈的有心之言。”

崔诚皱了皱眉头。话里有话——自然是埋怨他早先故意讥刺裴钱的那句话。这不算什么,但是陈平安的态度,才值得玩味。

陈平安似乎在刻意回避裴钱的武道修行一事。说句好听的,是顺其自然,说句难听的,那就是好像担心青出于蓝而胜于蓝。当然,崔诚熟悉陈平安的秉性,绝不是担心裴钱在武道上赶超他这个半吊子师父,反而是在担心其他什么,比如担心好事变成坏事。

崔诚不悦道:“有话直说。”

陈平安欲言又止。

崔诚呵呵笑道:“这会儿不说也行,我自有手段打得你主动开口。”

陈平安倒也硬气,道:“怎么个打法?若是前辈不顾境界悬殊,我可以现在就说。可如果前辈愿意同境切磋,就等我输了再说。”

崔诚说道:“那你现在就可以说了。我这会儿一见你这副欠揍的模样,就手痒,多半管不住拳头的力道。”

陈平安心中骂娘不已。

这次返乡,面对“喂拳”一事,陈平安内心深处,唯一的凭仗,就是“同境切磋”四个字,希冀着能够一吐恶气,好歹要往老家伙身上狠狠捶上几拳,至于此后会不会被打得更惨,无所谓了。总不能从三境到五境,一次次练拳,结果连老人的一片衣角都没有沾到。

陈平安叹了口气,将那个古怪梦境,说给了老人听。

这是陈平安第一次与人吐露此事。

崔诚沉默不语。

陈平安问道:“老前辈能否帮着解梦?或是按照我们家乡老话,梦境是反着来的?”

老人嗤笑道:“好嘛,又是个要不得的大心结,一个是怕死,一个是怕自己本事不济。怎么,陈平安,走了远路,胆子越来越小了?”

陈平安摇头道："正因为见过世面更多，才知道外边的天地，高人辈出，一山还有一山高。不是我瞧不起自己，可总不能妄自尊大，真以为自己练拳练剑勤勉了，就可以对谁都逢战必胜，人力终有穷尽时……"

老人一脸嫌弃，冷笑道："愚不可及！"

陈平安真诚求教，毕恭毕敬道："前辈请讲。"

老人瞬间起身，陈平安依旧是心有感应，手脚却慢于心，一如当年烧瓷拉坯，手心不一，只能经常出错。

其实不是陈平安太"慢"，实在是一位十境巅峰武夫太快。

陈平安只得抬起双臂，挡在身前，仍是被崔诚一记膝撞砸在额头，整个人高高飞起，撞在墙壁上，一摔而下，又被一脚踹中腹部，踢得直接砸在天花板上，重重坠地，最后被一脚踹中额头，身躯瞬间倒滑出去，撞在墙根那边，大口呕血，毫无还手之力。

真是记仇。以膝撞偷袭，这是之前陈平安的路数。

崔诚双臂环胸，站在屋子中央，微笑道："我那些金玉良言，你小子不付出点代价，我怕你不知道珍贵，记不住。"

陈平安站起身，吐出一口血水。

崔诚问道："如果冥冥之中自有定数，裴钱习武懈怠，就躲得过去了？唯有武夫最强一人，才可以去跟老天爷掰手腕！你在藕花福地逛荡了那么久，号称看遍了三百年光阴流水，到底学了些什么狗屁道理？这也不懂？"

陈平安根本不用眼睛去捕捉老人的身形，刹那之间，心神沉浸，进入"身前无人，只顾自己"那种玄之又玄的境界，一脚重重踏地，一拳向无人处递出。

可是这一拳却被崔诚随手撇开，陈平安胸前仿佛被一记重锤砸中，后背紧贴墙壁，手肘抵住，加上松垮拳架的骤然发力，如弓弦紧绷后陡然射出，以比倒退速度更快的身形，掠向崔诚，就像自己撞到枪口上去，不承想被崔诚一手臂甩中脖颈，直接摔在了地板上，力道之大，以至于陈平安的身体在地上弹了数次，直到被崔诚一脚踩中额头。

崔诚低头看着七窍流血的陈平安，笑道："有点小意思，可惜气力太小，出拳太慢，意气太浅，处处是毛病，拳拳是破绽，还敢跟我硬碰硬？小娘儿们耍长槊，真不怕把腰肢给拧断喽！"

陈平安双手一拍地面，身形倒转，双脚朝天，脑袋滑出崔诚的脚底板，以手撑地，猛然旋转，堪堪躲过老人轻描淡写的一记鞭腿。

不料老人微微抬袖，一道拳罡"拂"在以天地桩迎敌的陈平安身上，陈平安在空中滚雪球一般，摔在竹楼北侧门窗上。

老人没有追击，随口问道："大骊新五岳选址一事，有没有说与魏檗听？"

陈平安挣扎着起身，摇头道："想过要说，只是考虑过后，还是算了，大骊头等机密要事，不敢随便泄露，跟魏檗朋友归朋友，总不能卖了自己学生来换人情。何况如今魏檗树大招风，暗箭难防，还是小心为妙。”

崔诚依旧站在原地，点头道：“自家事，可做可不做的事情，可以做做看。说是非，话可说可不说的时候，最好就别说了。”

陈平安心中默默记住老人这两句老话。家有一老如有一宝，千金不换。

崔诚一声暴喝：“对拳之时，也敢分心？”

陈平安看似分心，实则化用剑气十八停秘术，转换纯粹真气，硬生生熬出半口真气，挨了老人一拳后，竟是忍着魂魄身处的剧痛，咬紧牙关，轰然出拳，拳变双指，只差一寸，就能戳中老人的眉心处。

老人伸手握住陈平安的两根手指，一拽再一踹，打得陈平安整个人腾空，然后挪出数步，转变方位，如蹲马步，再肩头倾斜，撞向落地的陈平安。砰然一声，陈平安再次跟竹楼墙壁过意不去，最后只能瘫靠着墙壁，是真站不起来了，那半口真气，本就是杀敌一千自损八百的拼命路数，何况对上老人后，只有自损八百。

老人揉了揉下巴，笑道：“有一说一，如今的你，不算一无是处，当年打熬三境底子的时候，你出拳就只有‘憨傻’二字可以形容，可没有今天这份脑子，看来拳头挨得多了，脑子也会变得灵光。”

陈平安面无表情，抹了把脸，手上全是鲜血，相比当年身躯连同魂魄一起受的煎熬，这点伤势，挠痒痒，真他娘的是小事了。

陈平安背靠着墙壁，缓缓起身，道：“再来。”

老人笑问道：“最后问你一个问题，你如此怕死，是有钱了就惜命，不愿意死，还是觉得自己不能死？”

陈平安趁机转换一口纯粹真气，反问道：“有区别吗？”

老人一拳已至。

“没区别，都是挨揍。”

裴钱跟那匹渠黄混得很熟了，与它商量好了以后双方就是朋友，将来能不能白天闯荡江湖、晚上回家吃饭，还要看它的脚力济不济事，它的脚力越好，她的江湖就越大，说不定都能在落魄山和小镇往返一趟。至于所谓的商量，不过是裴钱牵马而行，一个人在那儿絮絮叨叨，每次问话，都要来一句“你不说话，我就当你答应了啊”，最多再伸出大拇指称赞一句，“不愧是我裴钱的朋友，有求必应，从不拒绝，好习惯要保持”。

看得朱敛一脸从碗里夹出苍蝇屎的表情。

结果等他们俩去牛角山送完信，一回落魄山，石柔就将陈平安的叮嘱说了一遍。

裴钱只好与渠黄依依惜别，跟着石柔一起下山去往小镇。

在那骑龙巷的压岁铺子，做糕点的老师傅依旧没变，那是加了价钱才好不容易留下的人，除此以外店里的伙计已经换过一拨人了。一位少女嫁了人，另外一位少女找到了更好的营生，在桃叶巷拐角处大户人家当了丫鬟。丫鬟十分清闲，经常回铺子这边坐一坐，总说那户人家的好，对待下人，就跟自家晚辈亲人似的，去那边当婢女，真是享福。

还有一位妇人，家里翻出了两件世世代代都没当回事的祖传宝贝，一夜暴富，搬去了新郡城，也来过铺子两次，其实是跟那位“名不正言不顺”的阮秀姑娘炫耀来着。相处久了，什么阮师傅的独女，什么遥不可及的龙泉剑宗，妇人都感触不深，只觉得那个姑娘对谁都冷冷清清的，不讨喜，尤其是自己的一次小动作，被那阮秀抓了个正着，十分尴尬，妇人便腹诽不已：你一个黄花大闺女，又不是陈掌柜的什么人，啥名分也没有，成天在铺子这儿待着，假装自个儿是那老板娘还是怎么的？

相比香味弥漫的压岁铺子，裴钱更喜欢附近的草头铺子，一排排的高大多宝格，摆满了当年孙家一股脑转手的古董杂项。

除了当年阮秀姐姐当家做主的时候，高价卖出了些被山上修士称为灵器的物件，之后就不怎么卖得动了。有几样东西，被阮秀姐姐偷偷封存起来，有一次偷偷带着裴钱去后边库房“掌眼”，解释说这几样都是尖货、镇店之宝，只有将来碰到了大主顾、冤大头，才可以搬出来，不然就是跟钱过不去。

这是意外之喜啊，裴钱当时就乐得合不拢嘴了，当时阮姐姐看着她这副模样，大概是觉得好玩，就拿了块糕点送给裴钱。那还是阮秀第一次分糕点给她，之后只要裴钱开口讨要，只要阮秀有，就不会拒绝。

今天，裴钱端了条小板凳放在柜台后边，站在那里，刚好让她的个头“浮出水面”，就像……柜台上搁了颗头颅。

至于裴钱，觉得自己更像是一位山大王，在巡视自己的小地盘。

石柔站在裴钱一旁，柜台确实有点高，她也只比踩在板凳上的裴钱稍微好点。

石柔有些奇怪，裴钱明明很依赖那个师父，不过仍是乖乖下了山，来这边安安静静待着。

石柔忍不住问道：“裴钱，不担心你师父练拳出了纰漏吗？”

裴钱纹丝不动站在原地，目不转睛，像是在玩谁是木头人的游戏，只是嘴唇微动，答道：“担心啊，只是我又不能做什么，就只好假装不担心，好让师父不担心我会担心啊。”

石柔伸出手指，揉了揉眉心，按照那个郑大风的口头禅，就是脑壳疼。

裴钱叹了口气，依旧目视前方，问道：“石柔姐姐，你觉得一个人，住在别人家里，那个人又不是你的什么朋友，那你需要给钱不？”

说得拗口，听着更绕。

石柔疑惑道："说什么呢？"

裴钱叹了口气，道："石柔姐姐，你以后跟我一起抄书吧，咱俩有个伴。"

石柔哭笑不得，问："我为啥要抄书？"

裴钱一本正经道："抄书使人聪明啊。"

石柔后知后觉，终于想明白裴钱那个"住在别人家里"的说法，是暗讽自己寄居在她师父赠送的仙人遗蜕当中。

石柔伸出手指，想要学陈平安轻弹小丫头的额头。

结果装木头人看着前方的裴钱闪电躲开，然后恢复原样，从头到尾都没有瞥石柔一眼，嘴里埋怨道："别闹，我在用心想师父呢！"

竹楼二楼。

陈平安盘腿而坐，双拳撑在膝盖上，气喘吁吁，满脸血污，地板上滴答作响。

所幸竹楼无比玄妙，本身就相当于一张涤尘祛秽符，不用担心会影响到竹楼的"清雅"。

不过听说粉裙女童经常提着小水桶，来二楼这边擦拭地板，日复一日，她成了唯一能够进入二楼的"外人"。

喂拳告一段落。至于所谓教拳和切磋，真相如何，看一看狼狈不堪的陈平安，气定神闲的光脚老人，一清二楚。

可陈平安还是觉得有些古怪，不比当年老人打熬筋骨时，陈平安从头到尾只能受着，如今再次学拳，似乎更多还是磨砺技击之术，再就是有意无意间帮助他巩固那种"身前无人"的拳意。老人偶尔心情好，便念叨几句还挺押韵的拳理，至于时不时就被一拳撂倒的陈平安能否听到，或是分心听到了，又有无本事记在心头，老人可不在乎。

这会儿陈平安忍不住问道："怎么不需要锤炼肉身体魄和三魂六魄了？"

崔诚嗤笑道："稚童学会拿筷子夹菜吃饭了，到了少年岁数，还需要再教一遍？是你痴傻至此，还是我眼瞎，挑了个蠢货？"

陈平安将信将疑，欲言又止。习武之人，锤炼"纯粹"二字，照理说每一境都需要做，跟练气士讲究师父领进门修行在个人，还不太一样。

崔诚似乎不愿在此事上纠缠，问道："听说你以前经常让朱敛以金身境，与你捉对厮杀？"

陈平安点点头，答道："应付得很艰难。"

崔诚摇头道："火候差了太远，朱敛不敢杀你，你又明知朱敛不会杀你，好似一双痴男怨女的打情骂俏而已，你挠我一下，我摸你一回，岂能真正裨益武道。"

陈平安听得头皮发麻。

崔诚说道:"从明天起,把朱敛喊来二楼,我来盯着你们相互喂拳。"

陈平安疑惑道:"不也一样?"

崔诚冷笑道:"一样?朱敛胆敢没有杀心,不敢杀你,我就一拳打死他,你觉得还能一样吗?记住了,好好与朱敛说清楚,别不当回事,我可不想到时候对着一具尸体,重复这番言语。"

陈平安笑了笑,问道:"前辈对朱敛还是看上眼了?"

崔诚扯了扯嘴角,不屑道:"什么时候把这家伙的一身机灵劲和富贵气打得点滴不剩,才能勉强入我法眼。"

陈平安摇头道:"我跟故意压在金身境的朱敛切磋,从来没有一次能够重伤他,每次他都犹有余力,只要听他喂拳后的马屁,就知道了。"

崔诚笑呵呵道:"你没有,我有。"

陈平安会心一笑。

天底下不怕吃苦的人多了去,但吃了苦就一定有回报的好事,却不多。

虽然陈平安不知道为何朱敛在落魄山待了三年,始终没有跟老人学拳,但是只要老人开了这个口,对于自身拳架与武道境界两个瓶颈都极难破开的朱敛而言,就是天大的好事。几乎所有事情,陈平安都会跟当事人商量,从不执意要求对方一定要如何做,隋右边去不去玉圭宗,石柔愿不愿意接受仙人遗蜕,皆是如此。但是朱敛登上二楼习武一事,万一朱敛不太情愿,陈平安也会多劝,多磨一磨。

崔诚突然说道:"念着身边人的好,自然是不错。可是你要记住,习武登顶,拳出无敌,终归是一件很……孤单的事情。两者,你要拎清楚了。"

陈平安点头道:"我曾观棋,悟出了一门纸上谈兵的剑术,就是讲切割与圈定,在书简湖靠这个,走过很多难关……"

不等陈平安说完自己的肺腑之言,老人啧啧道:"不愧是背着剑仙的剑客啊,学拳平平,练剑竟是如此天资卓绝……看来是被我耽误了你成为大剑仙,这可如何是好?"

陈平安心知不妙,就要以掌拍地,想让自己以坐姿倒滑出去,好躲避老人那不讲理的泄愤出拳。至于起身躲避,是想也不用想。

果不其然。

道高一尺,魔高一丈。

老人一跺脚,竹楼为之震撼而晃动,身体刚刚后仰几分的陈平安,竟是整个人弹向空中,高大身影转瞬即至,若是铁骑凿阵式也就罢了,被一拳打晕,疼痛只在刹那间,可老人显然没打算就这么放过陈平安,是陈平安最熟悉不过、最喜欢拿来对敌的神人擂鼓式,之后足足十四拳,陈平安如柳絮一般,飘来荡去,始终没能落地。

可怜陈平安坠落之际，就是晕厥之时。给神人擂鼓式砸中十数拳的滋味，尤其还是由此拳的老祖宗崔诚使出，真是能让人欲仙欲死。陈平安即便晕死过去，已经完全失去神智，可是身体竟然依旧在满地打滚。

老人观看片刻，点点头，似乎比较满意，这意味着臭小子的拳意真正“活”了。

真正的武道宗师，梦寐酣睡之时，即便遇到顶尖刺客，只需要感知到一丝杀气，依旧可以牵动拳意，起身出拳毙敌于瞬间，即是此理。

可是老人仍是没有放过陈平安，以脚尖瞄准陈平安体内那条若火龙游走的纯粹真气，精准地一脚拦腰踢断。

如一支精骑的凿阵，硬生生凿穿了战场上敌方的步阵。

陈平安全身的处处关节，顿时如爆竹炸响，又如沙场鸣金收兵之声。由于老人罡气点到即止，“骑军”凿阵而过，并无滞留，故而陈平安的纯粹真气很快又聚拢起来。

当初老龙城一役，杜懋本命之物的吞剑舟，一击就戳穿了陈平安腹部，之所以对陈平安产生后患无穷的病症，就在于很难消弭，它会持续不断蚕食魂魄，而老人这次出脚，却无此弊端，所以江湖传闻“止境武夫一拳，势大如潮水摧城，势巧如飞剑穿针眼”，绝非夸大之词。

武夫一口纯粹真气即使藕断丝连，却依旧不伤“纯粹”二字，这就是金身、远游、山巅这炼神三境的看家本领之一。而金身境之下的武夫，真气一断则全断，换新气就是露破绽，因此无法与大修士长久厮杀。

不过这种喂拳方式，并非适用所有晚辈武夫。就像寻常人捧碗接饭，饭滚烫如火炭，摔了碗不说，还会烫伤手心。落魄山的岑鸳机也好，杨家药铺的窑工女子也罢，算武学天才，但注定受不住这份打熬。

只不过她们有自己的武学机缘便是了，武道一途，看似是一条羊肠小道，可一样各有各的独木桥可走。

女子习武，有利有弊。崔诚曾经游历中土神洲，就亲眼见识过不少惊才绝艳的女子宗师，例如一个“巧”字，一个“柔”字，登峰造极，饶是当年已成十境武夫的崔诚，同样会叹为观止。而且比起男子，习武的女子往往阳寿更长，武道走得更加久远。

崔诚人生中有几桩大遗憾，其中一件，就是不曾与中土那位女子武神对敌。就只能希冀着脚下这个小子，别让自己失望了。不是老人瞧不起世间豪杰女子，可是四座天下的武道山巅，让一个女子独占了，俯瞰群雄，总归是让他心里有些不得劲。

至于陈平安暂时逊色于那个名为曹慈的同龄人，老人反而半点不急。

陈平安最出彩之处，在于韧、悟二字，韧性好，悟性高。那曹慈是千年不遇的武运天才又如何，让他先到了九境十境又如何？终究还是要在十一境这道天险关隘，乖乖等着宿敌来争一争。当然，如果陈平安走得太慢，也不成，说不定曹慈就要转头去与他师父争了，若是如今她已是传说中的十一境了，那曹慈就会与那个喜欢在云海钓鲸的老家伙，抢上一抢。

事不过三。

真正站在了另外一座高山之巅的修道之人，不会眼睁睁看着一位接着一位的纯粹武夫，纷纷为那断头路架起长桥的。当年道家掌教陆沉来竹楼见崔诚，将他拉入自己坐镇的天地中去，难道就为了好玩？

崔诚叹息一声，蹲下身，伸出拇指，轻轻帮陈平安擦拭脸上的血迹。

吃苦一事，确实比自己孙子当年强上太多。

豪门贵子，品行好一点的，经世济民，青史留名，认为是天经地义的事情，性情差的，嬉戏人生，觉得生来享福就是天经地义的事情。

寒庶出身，有抱负的，光宗耀祖，没本事的，戾气十足。无论如何，都更吃得住苦。

老人坐在陈平安身边，轻轻拂袖，竹门大开，山上清风，不请自来。

陈平安的呼吸已经趋于平稳。

纯粹武夫的休养生息，讲究一个深睡如死。

陈平安这些年在书简湖，就最缺这个。

事实上在老人眼中，陈平安几次远游，都欠缺了睡意沉稳的美觉，唯有练习剑炉立桩的时候，稍稍好些，不然弓弦紧绷，不在江湖上被人打死，武学之路也会瑕疵横生。但是老人依旧没有点破，就像没有点破武道每境最强的武运馈赠一事，有些坎，得年轻人自己走过，道理才懂得深刻，不然就算至圣先师坐在眼前唾沫四溅，苦口婆心，也未必管用。

崔诚举目远眺，自言自语道："不过话说回来，世族也是从寒族爬起来的，只是权贵之家，害怕那句君子之泽五世而斩，贫苦人家，则担心那句龙生龙凤生凤老鼠生儿打地洞。落魄山一旦以后有了自己的门派，忧患之处，会与许多世族豪阀和仙家府邸不太一样，不是争执谁对谁错，而难在谁更对。那种麻烦，说小极小，说大，可就比天大了，就看你陈平安到时候能否服众了，那种心境上的磨砺，与书简湖面对亲近之人的大错特错，会是两种风景。"

崔诚转头望向酣睡之中的年轻人，笑道："怕死是好事，年纪轻轻，千万别死，大好河山，光是一座浩然天下就有九洲，你小子如今才看过了多少？"

老人似乎突然心情大好，笑了起来，又自语道："以五境对五境，当然还是我胜，可难免要挨你小子好多拳，如此一来，胜也是输了，要我面子往哪儿搁？"

老人哈哈大笑，道："小兔崽子，走了几趟远路又如何，你还嫩得很呢。"

笑过之后，老人沉声道："也该破境了。你只要别被那曹慈拉开两境，死死咬住，将来总有一天，莫说是找回场子，连赢三场，只要被你赶超，到时候就是赢他三十场都没问题!”

老人突然有些神色郁郁,虽然这小子的未来成就,值得期待,可一想到那会是一个极其漫长的历程,老人心情便有些不痛快,转过头,看着那个呼呼大睡的家伙,气不打一处来,一袖子拂过去,怒骂道:“睡睡睡,是猪吗?滚起来练拳!”

陈平安被那阵罡风吹得翻滚出去,撞在墙壁上,迷迷糊糊刚清醒过来,崔诚已经站起身,脸色阴沉,一步跨出,一脚重重踩下。

陈平安一个侧向翻滚,这才堪堪躲过那一脚。

崔诚开口道:“什么时候能够从容对付一个金身境武夫,在生死之战当中,输得不至于太惨,你才可以下山,此后是去东宝瓶洲中部见朋友,还是去北俱芦洲浪荡,都随你。可要是做不到,就老老实实留在这栋竹楼享福吧,不然也是给人送去一身家当。这样连小命也一并送出去的善财童子,想做一做?”

陈平安摇头道:“不能死!”

崔诚问道:“凭什么?凭你陈平安的性命比别人更金贵?”

陈平安沉声道:“凭教我拳的前辈,姓崔名诚!”

老人愣了愣,轻轻点头,欣慰道:“这句话倒真不是什么马屁话,就冲这句漂亮话大实话……不赏一记老拳,都对不起你陈平安!”

老人身形与气势,如山岳压顶,陈平安眼前一黑,便被一拳打得当场晕死过去。

老人一脚跺下,瘫软在地的陈平安一震而起,在空中刚好惊醒过来,老人一脚又至。

又是毫无悬念的晕厥。

如此反复。

陈平安叫苦不迭,疲于应付。

老人则是乐此不疲。

贴衣发劲,击响见物。

自然不是寻常江湖把式,追求自家拳谱上所谓的“练拳不出响,行船没有桨”,实在是崔诚袖中拳罡太盛,每次出拳太畅快。

最后,老人一记鞭腿,扫中陈平安脖颈,但是老人这一脚力道大不如之前,所以陈平安并未倒地不起。

陈平安以倒行六步走桩的拳架,辅以猿形拳意,躬身后退数步,没有丝毫懈怠,死死盯住老人。

被打得惨了,其实拳架也好,拳意也罢,都在晃。可是陈平安身上有一种模糊不清的“意思”,始终岿然不动,如老僧入定。

崔诚笑道:“行了,今天到此为止。再敲打下去,你小子的骨头就要散架。”

陈平安一动不动。

崔诚点头道："不错，可以少挨一拳。自己走下楼去吧。老规矩，在药水桶里浸泡着。切记，不同以往，不可以让水凉透，什么时候你能够以真气煮沸药水了，才可以离开，不然就乖乖留在水桶里边，就当练习凫水好了。魏檗已经备好了药材，下了楼，让小丫头烧水去。"

陈平安这才撑着一口气，出了屋子，跌跌撞撞走下楼，走楼梯的时候，不得不扶着栏杆，颇有年少入山烧炭时上山不累下山难的感觉。

粉裙女童已经在楼下开始烧水。

趁着空隙，陈平安没有立即返回一楼屋内，而是去了崖畔石桌那边坐着，练习剑炉立桩。

等到粉裙女童来打招呼，才起身去往屋内。

半个时辰后，陈平安换上了一身素雅青衫，正是紫阳府吴懿所赠之一。

粉裙女童熟门熟路忙碌起来，收拾残局。

陈平安坐在檐下的竹椅上，笑着朝她道了一声谢。小丫头展颜一笑，好似她做这些杂务，比修道破境更有成就感。

陈平安双手抱住后脑勺，背靠着椅背，双腿伸出。

原来不挨揍，就是神仙日子。

远处朱敛带着少女岑鸳机缓缓而来。

陈平安转头望去。

朱敛拿了竹椅坐在一旁，岑鸳机束手束脚站在这位老神仙身后。

朱敛微笑道："少爷，岑鸳机习武一事，有无个章程？"

陈平安无奈道："你来领着她入门就行了，要不要那师徒之名，是你的事情。"

朱敛赶紧摇头道："这哪里成啊，老奴与人打生打死还算凑合，教人拳法，远远不如少爷。为人师一事，少爷年轻，却已经有那大家风范……"

岑鸳机心中哀怨。可惜朱老神仙这般英雄好汉，竟然沦落到给这位年轻山主当奴做仆。

陈平安轻声问道："郑大风有没有想法？"

朱敛遗憾摇头，道："那大风兄弟，如今一门心思扑在如何打造山门茅屋的事情上，既要瞧着好看，不能丢了落魄山的面子，又不能耗钱，让少爷你白白破费银子。大风兄弟实在是无法分心。"

陈平安有些头疼。

崔诚走出二楼，对着楼下道："先练个二十万遍撼山拳的走桩，再来谈学武。"

陈平安有些犹豫。

朱敛则觉得可行，转头对岑鸳机笑道：“真是天大福气，这个拳桩可是世间罕有的绝学，大巧若拙，蕴含无穷拳意。岑丫头，从今天起，就必须心无旁骛，一遍遍走桩了。”

朱敛转头，笑嘻嘻望向陈平安。

陈平安说道：“六步走桩，你又不是教不得。”

朱敛愧疚道：“老奴走桩，走得再正，也不够风流倜傥，难免给人鸭子走路的嫌疑，说不定要害得岑鸳机小觑了这绝世拳桩。少爷来走，那就是行云流水，酣畅淋漓，让人如沐春风……”

陈平安实在受不了这家伙的溜须拍马，便将崔诚那番话大略说了一遍，只不过略去了金身境之类的说法，朱敛苦兮兮皱着脸，一言不发。

陈平安忍着笑。

朱敛带着岑鸳机打道回府。

一路上，岑鸳机发现老神仙好像心情很沉重。

当时在岑府，老神仙坦诚相见，说过自己是一位即将跻身金身境的六境武夫，还说她以后的成就，有望武夫第七境。

难不成那个喜欢躲在竹楼内的高大老人，是位金身境大宗师？不然一口一个打死朱老神仙，也太不要脸皮了。

朱敛一本正经教了岑鸳机六步走桩，重复了三次，岑鸳机就已经极其形似。

朱敛只说要她勤勉走桩，赶紧打完二十万遍，但必须快而稳。

再就是以后每天都会为她演练三次，让岑鸳机在旁观摩，免得走了岔路。

岑鸳机斗志昂扬，向朱敛承诺，一定不会偷懒。

朱敛背负双手，走出院子。

其实对岑鸳机的第一场考验，已经悄然拉开序幕。

只是少女浑然不觉而已。

接下来就看岑鸳机何时才能完成二十万遍走桩，以及在走桩期间，多久才能从形似到神似，神似之后，拳意又有几分，或是她会不会为了一味求快而松了拳架，不知不觉就走了捷径，聪明反被聪明误，早早将自己的武学之路，走到自家断头路的尽头。

岑鸳机的习武，悟性、韧性、心性，届时都将一览无余。

而岑鸳机未来成就，到底是本就是囊中之物的金身境，还是那有些希望的远游境，甚至是原本可能性微乎其微的山巅境，其实都在这二十万遍六步走桩之中了。

这大概就是所谓的三岁看老。

这一切，不过是光脚老人的一句话。

朱敛其实不是特别愿意掺和到陈平安和崔姓老人的喂拳中去。

这会耽误他下山挑书买书藏书啊。

接下来半旬，朱敛多次被打了个半死，陈平安更好不到哪里去。

但是不比陈平安是靠咬牙坚持，一开始不太上心的朱敛，到最后竟是挨揍上了瘾，不愧是藕花福地那个想要一人宰掉九人的武疯子。接下来的练拳一事，竟超出了崔诚的预料，朱敛一个远游境，变着法子挑衅崔诚这位十境巅峰的止境宗师，结果就像崔诚所说，朱敛是不能真杀陈平安，但是他可以逼着朱敛下死手，反正有他崔诚一旁看着，出不了纰漏，可当朱敛摆出你不打死我你就不是高手的无赖架势，他崔诚难道就能真杀了朱敛？还不是只能次次打个朱敛半死不活？

这段时日，是陈平安练拳以来最痛快的。

当然朱敛跟他切磋的时候，是真心狠手辣了。

可是每当陈平安奄奄一息躺在角落，看着朱敛给老人打得那叫一个凄惨，立即就觉得自己其实算幸运的了。

不过朱敛拳至尽兴之时，那种近乎"走火入魔"却依旧心境剔透无垢的忘我状态，确实让陈平安大开眼界。

想必每次收官，崔诚都故意不让他晕死过去，也有让自己观战的念头。

如果不是年龄悬殊，还有朱敛无比坚持的主仆之分，两人真是一双难兄难弟了。

这天深夜时分，两人坐在石桌旁。

朱敛瞥了眼竹楼，跃跃欲试，好不容易才忍住没朝那边破口大骂，以便讨一顿饱拳吃吃。

陈平安无言以对。

自己最多不过是吃苦，这朱敛则是吃苦方是真正享福。

朱敛感慨道："老前辈纯粹以金身境，打我一个远游境，一样打得我哭爹喊娘，少爷当年以五境，硬抗我的金身境出手……前辈与少爷，都不愧是世间罕有的天才。"

陈平安提醒道："别扯上我。"

朱敛突然正色道："老前辈用心良苦。"

陈平安点头道："是希望我知道，对待习武一事的态度，世间还有朱敛你们这样的存在，我陈平安这点毅力，根本不算什么。"

朱敛一脸愧疚道："每次出拳打在少爷身上，痛在老奴心坎啊。"

陈平安气笑道："你就拉倒吧。"

朱敛叹了口气，道："岑鸳机走桩一事，还是慢了。"

陈平安点点头，没有刻意为岑鸳机说什么好话，不过还是说了句公道话："总不能奢望人人学你。便是我当年，也是为了吊命才那般刻苦。"

朱敛摇头道："少爷别这么说，不然对不住活命无碍之后少爷打的那一百多万拳。"

陈平安问道:“有没有法子,既可以不影响岑鸳机的心境,又可以以一种相对顺其自然的方式,拔高她的拳意?”

朱敛点头道:“倒是有一个法子,就是少爷的牺牲会比较大。”

陈平安好奇道:“说说看。”

朱敛神色扭捏,压低嗓音道:“少爷可以假装是那见色起意的无良山主,但是武道境界又不要显露太高。在某个月黑风高夜,她一番挣扎之后,少爷你即将得手之时,老奴凑巧出现,帮着她磕头求情,少爷碍于颜面,暂时愤懑离去,只是跨出门槛的时候,回首向床榻望一眼,眼神犹有不甘,然后老奴就宽慰她一番,好教岑鸳机觉得只要她更加用心练拳,就能够早些打赢了少爷,免去那骚扰之苦……”

陈平安摘下养剑葫,喝了好几口酒压惊,最后问道:“你我位置怎么不换一下?”

朱敛无奈道:“岑鸳机又不是真傻,不会相信的。而且小姑娘一旦真相信了,恐怕就算拼死也要偷跑下山了。”

陈平安又问道:“我就奇怪了,岑鸳机怎么就觉得你是好人,我是坏人来着?”

朱敛想了想,反问道:“男人不坏,女人不爱?”

陈平安犹豫着要不要请那把剑仙出鞘,将朱敛砍个半死。

朱敛不再开玩笑,觍着脸跟陈平安讨要一壶酒喝,说是身为忠心耿耿的老仆,忍着肚子里的酒虫造反,在埋酒那会儿,愣是没敢私藏几坛好酒,这会儿悔青了肠子。陈平安让他滚蛋。

朱敛知道是真没戏了,微笑道:“少爷,你还这么年轻,对待男女之事就如此古板,会不会过于迂腐无趣了些?哪个好男儿,没几个红颜知己?”

陈平安别好养剑葫在腰间,双手笼袖,望向远方,轻声道:“以后行走四方,如果真有女子喜欢我,我未必拦得住,可我这辈子能不能只喜欢一个人,是做得到的,也必须做到。”

朱敛挠挠头,没有说话。

陈平安等了半天,转头打趣道:“破天荒没个马屁话跟上?”

朱敛摇摇头,喃喃道:“世间唯有痴情,不容他人取笑。”

陈平安有感而发:“不是痴情人,说不出这种话。”

朱敛一拍桌子,道:“果然,少爷才是深藏不露的高人,这等马屁,了无痕迹,老奴逊色远矣!”

陈平安有些牙痒痒,皮笑肉不笑道:“朱敛你等着,等我哪天跟你同境了,走着瞧。”

朱敛点头道:“说不定就是明天的事,简单得很。”

瞧着朱敛那一脸老奴有半个字假话就被雷劈的表情,陈平安给噎得一句话都说不出来。

沉默片刻。

陈平安问道："看得出来，裴钱和两个小家伙很合得来，只不过我这些年都不在家里，有没有什么我没有瞧见的问题，但是你又觉得不合适说的？如果真有，朱敛，可以说说看。"

朱敛摇头笑道："在少爷这边，无话不可说。"

陈平安哀叹一声，有些无奈，伸手指了指朱敛，表示自己无话可说了。

"如今落魄山人还是少，问题不多。一些家外事务，大的，少爷自己已经办了。小的，例如每年给当年那些救济过少爷的街坊邻里报恩馈赠一事，当年阮姑娘也定下了章法，两间铺子老奴接手后，不过就是按部就班，并不复杂。许多户人家，如今已经搬去了郡城，发了迹，一些便好言拒绝了老奴的礼物，但是次次登门拜年，还是客客气气，一些呢，便是有了钱，反而愈发人心不足。老奴呢，一些不太过分的，也顺着他们，反正以后落魄山就算不亏欠他们半点了，一些个狮子大开口，不理睬便是。至于那些如今尚且穷困的门户，老奴钱没多给，但是人会多见几次，去他们家中坐一坐，时不时随口一问，有何急需，能办就办，不能办，也就装傻。"朱敛娓娓道来。

如果了解朱敛在藕花福地的人生，就会知道朱敛处理俗世庶务，大到庙堂沙场，小到家长里短，信手拈来，举重若轻。

朱敛笑眯起眼，望着这个习惯了想这想那想所有人的青衫年轻人，道："此外便是有些小问题，我不方便代替少爷去说、去做的，等少爷到了落魄山，便烟消云散了，这是真心话。所以少爷，我又有一句真心话要讲了，不管离家多远，游历如何艰辛，一定要回来。落魄山，不怕等。"

陈平安点点头。

朱敛微笑道："这就很够了。少爷将来远游北俱芦洲，无需太担心落魄山，有崔老前辈，有老奴，如今又有大风兄弟，少爷不用太担心。"

陈平安还是点头，随后好奇问道："为何石柔如今对你，没了之前的那份戒备和疏远？"

朱敛讪笑道："可能是石柔瞧着老奴久了，觉得其实相貌并非真的不堪入目？毕竟老奴当年在藕花福地，那可是被誉为谪仙人、贵公子的风流俊彦。"

陈平安瞥了眼朱敛，摇头道："反正我是看不出来。"

朱敛双手笼袖，眯眼而笑，笑得肩膀抖动，似乎在缅怀当年豪情，道："少爷你是不知道，当年不知有多少藕花福地的女子，哪怕只是见了老奴的画像一眼，就误了终身。"

陈平安笑问道："你当年，比得上如今少年容貌的崔东山吗？"

朱敛想了想，一本正经道："实不相瞒，绝非老奴自夸，当年风采犹有过之。"

陈平安感慨道："那真的很欠揍啊。"

朱敛笑道:“所以老奴才要跑去学武嘛,不然得担心哪天屁股不保。”

陈平安愣了一下,才领悟到朱敛的言下之意。陈平安没有转头,道:“这话有本事跟老前辈说去。”

朱敛偷着乐呵,摆手道:“那就真是找死了。”

陈平安问道:“不知道卢白象、隋右边、魏羡三人,如今怎样了。”

朱敛神色略带讥讽,不过语气淡漠:“各奔前程罢了。一个不如一个。”

陈平安笑道:“背地里告刁状?”

朱敛嘿然一笑,赞道:“少爷洞察人心,神人也。”

陈平安突然说道:“朱敛,如果哪天你想要出去走走,打声招呼就行了。这不是什么客气话,跟你我真不客气。”

朱敛摇头道:“少爷的好意,心领了,但老奴是真不愿意出远门。在藕花福地,走得够多了,为家为国,为孝为忠,很累人。再说了,最后一程江湖路,尤其是南苑国那场天下十人之争,就是为我自己走的,这辈子怎么都该无怨无悔了。自知者少苦,知足者常乐……少爷,这句话,说得还不错吧,能不能刻在竹简上?”

陈平安一开始听得很认真,结果朱敛自己最后一句话破功了。陈平安黑着脸站起身,去往一楼屋子。

朱敛也站起身,目送陈平安离去,直到见他关门后,这才重新坐回位置。

佝偻老人独自远眺夜景。

山中松子簌簌落,月下草虫切切鸣。

真乃人间止境也。

夫复何求。

片刻之后。

这位心如止水的远游境武夫,环顾四周,确定无人,偷偷从怀中摸出一本书,蘸了蘸口水,开始翻书。秋夜月明读禁书,也是人生一大快事嘛。

第二天陈平安没有去二楼被喂拳。

因为大骊朝廷的礼部侍郎到了披云山,陈平安要与大骊宋氏正式签订山头买卖的契约了。

魏檗亲自来到落魄山,然后带着陈平安去往披云山那座林鹿书院,那位礼部老侍郎和相关官员已经在那边等候。

陈平安对那位大骊高官并不陌生,当年骊珠洞天下坠扎根后,与那位老侍郎有过数面之缘。

这是陈平安第一次来到这座大骊规格最高的新书院。

由于是被魏檗直接拽到书院一处僻静处,省去了许多穿廊过栋的路途。

阮邛没在,这位坐镇此地的兵家圣人已经秘密离开,是龙泉剑宗的金丹地仙董谷代替前来,持有他师父的一方私人印章,这是圣人信物,绝非寻常物件。由此可见,阮邛对于这位精怪出身的弟子,信任有加。

桌上,除了一张最重要的盟约总契,还摆着一张张山头地契。

原属包袱斋的牛角山,清风城许氏的朱砂山,距离落魄山最近又占地极其广袤的灰蒙山、鳌鱼背、蔚霞峰,位于群山最西边的拜剑台,总计六座大小不一的山头,都将划入陈平安名下。

契约上的签名、钤印之人,除了陈平安,还有那位同时怀揣着大骊朝廷玉玺和礼部官印的老侍郎,再就是董谷手中的阮邛印章,还有摘下那枚金色耳环的魏檗——耳环摘下后,不知魏檗施展了何种神通,变成了一枚实心圆印。

还有两位书院副山长,只是凑热闹而已。

一位享誉文坛的大骊硕儒,据说龙泉郡文武庙匾额和许多楹联,都是出自这位名士之手。

另外一位,还是熟人。就是当年款待陈平安一行的黄庭国老儒士程水东,真实身份,则是一条活了无数岁月的老蛟,更是紫阳府开山鼻祖吴懿的父亲。

龙泉郡郡守吴鸢、袁县令、曹督造官,三位年轻官员,今天也尽数到场了。

而董谷身边,还站着一个年轻人,谢家长眉儿,出身桃叶巷的谢灵。

照理说谢灵即便是阮邛的弟子,一样不该出现在此地。只是人家的老祖宗,天君谢实,实在是名声太大。

所以当谢灵出现后,在场众人,大多都假装没看到,只有老侍郎主动与这个天生异象的年轻人,客套寒暄了几句。

谢灵应对得体,既无倨傲,也无羞涩。与老侍郎聊完之后,年轻人继续沉默,只是当陈平安这位正主终于出现后,谢灵多看了几眼这个泥瓶巷出身的家伙。

杏花巷马苦玄,泥瓶巷陈平安。

如今在龙泉郡的山上,都已经很出名。

一个已经硬碰硬斩杀金丹剑修的修道奇才,一个收拢仙家山头如买入几亩农田的大地主。

不过有小道消息说,马苦玄和陈平安不和,早年在神仙坟,大打出手过。

谢灵便很奇怪,陈平安到底是怎么活下来的。须知真武山马苦玄,一直是他默默追赶的对象。

而他谢灵,不但有个道法通天的老祖宗,曾经还被掌教陆沉青眼相加,亲自赐下一件几近仙兵的玲珑宝塔。所以谢灵的视线,从少年时起,就一直望向了东宝瓶洲的山巅,偶尔才会低头看几眼山下的人事。

其实还有个刘羡阳,当年因祸得福,大难不死,被带去了南婆娑洲的醇儒陈氏求学,肯定也会有不错的机缘和前程,可毕竟路途遥远,消息不畅,而且想来在短时间内,仍是很难混得风生水起,三教百家的修行,越是出身正宗学脉,越是难以破境神速,虽然大道可以走得更高更远,但是在前期,往往不如旁门左道的天才弟子在修行路上一日千里。

至于书简湖那个叫顾璨的小家伙,据说惨淡至极,还失去了那条真龙后裔,估计算是大道崩坏了。当年骊珠洞天五桩机缘,顾璨是五人当中最早失去的一个可怜虫。

外边的事情,谢灵不太感兴趣,有些事情即便师兄董谷和师姐徐小桥说了,他也当做耳旁风。

陈平安今天一袭青衫,头别白玉簪子,腰别养剑葫,背了一把剑仙。

寻常人眼中的那份神色憔悴,反而无形中减去了几分“嘴上无毛办事不牢”的印象。

陈平安站在一众人当中,不说什么鹤立鸡群,至少不会被任何人夺了光彩,哪怕他并未刻意去追求什么,言语温和,神色从容,与那些人一一应酬过去,例如与老蛟叙旧,说黄庭国那山崖石刻,说老蛟山林府邸的伙食;与书院大儒说他曾经拜读过的著作,说以后有机会还会专程拜访书院,讨教学问疑惑。

老侍郎笑看着一切。这位算是位列庙堂中枢的从三品高官,清贵且实权。他对陈平安,当然是有印象的,第一次见面是在阮圣人的铸剑铺子,寒酸少年竟然站在了阮秀身边,双方竟然还是朋友,并且双方都不觉得突兀。

在官场上炼就一副火眼金睛的老侍郎,当时就记住了陈平安这个少年。

魏檗今天始终站在陈平安身边,便是沉默寡言的龙泉剑宗董谷,都主动与陈平安聊了几句。

签订契约一事,原本并不繁琐,大概因为还有朝廷名为“笔贴”的记录官在旁,又有魏檗和阮邛参与这场盛会,礼部侍郎便多加了几个锦上添花的步骤,显得更加隆重一些,当然一定合乎大骊礼制。

从头到尾,并无波折,一行人相谈甚欢,并无酒席庆祝,因为终究是在林鹿书院,而且大骊礼部侍郎事务繁忙,今年他又是负责大骊官员地方评议的主持人,所以马上要去往牛角山,再乘坐渡船返回京城,便率先离去。

最后陈平安和魏檗站在林鹿书院一处用以观景的凉亭内。

陈平安没有询问高煊的事情,不合适,毕竟是大隋送来大骊的质子。

魏檗笑问道:“在看什么呢?”

陈平安收回视线,笑道:“没什么。”

站在这座崭新且恢弘的林鹿书院，望向那座既然已无人教书便也无人读书的老旧学塾，其实看不真切，只能依稀看到小镇轮廓。

魏檗提醒道："接下来还会有些应酬，留在这边的仙家势力，近期肯定都要陆续拜访落魄山，你做好准备。"

陈平安笑道："如今对于这些人情往来，不算陌生了，应付得过来。"

魏檗打趣道："耽搁了练拳，不会觉得有一丝烦躁？"

陈平安摇头道："不会，世事洞明皆学问，只要有用，又避无可避，不如一早就调整好心态。"

魏檗问道："为何要侧面了解董水井的事情？是信不过这个人？"

陈平安哑然失笑，赶紧摇头，也没有对魏檗藏掖什么，道："没有，我与董水井是朋友。只是买卖一事，涉及到另外一个朋友。既然是买卖，就不能偏袒什么，我与他们都是朋友，可万一朋友之间却不对路，给我硬拗着扭在了一起，到时候一桩原本三方互利的好事，就因为我在某些事情上的拎不清，失去两个朋友，就太可惜了。"

陈平安已经打算写信给池水城关翳然，大致说了自己有一个朋友，同乡人，叫董水井，是做生意的，为人厚道，不失机敏。但是在信上也会与关翳然坦言，若是为难，或是当下不适宜出风头，不是挣钱的时候，就千万别勉强。而且离开龙泉郡之前，多半会收到关翳然的回信，所以陈平安还会再找一次董水井，将话语讲得透彻一些，哪怕有些话，不算好听，该讲还是得讲。

陈平安感慨道："在这种事情上，我是吃过苦头的。"

魏檗点点头，关于风雷园刘灞桥和老龙城孙嘉树一事，陈平安与他大致讲过。

陈平安笑了笑，有些由衷的喜悦，道："有了这么多山头，就可以做很多事情了。"

魏檗玩笑道："比如这一座灰蒙山让谁当山大王，那一座朱砂山谁来占着修行？"

陈平安微笑道："想一想就很开心。"

魏檗没有说什么。

一座座山头都是陈平安名下的家产了，该如何安置，都是陈平安自己考虑。

魏檗想起一事，道："近期我的北岳地界，会举办我上任后的第一场神灵夜游宴，四面八方的神祇，都需要离开辖境，赶来朝拜这座披云山。要是你感兴趣，到时候我可以把你带来披云山。"

陈平安仔细翻阅过那本倒悬山神仙书，知道此事的由来。

各国山岳正神，地位尊崇，而且神位、谱牒品秩最高的正统江神，也注定不会高过五岳大神。按照浩然天下的礼制，辖境内的山水神灵，都要定时觐见山岳正神。从最底层的土地公，河伯河婆，等等，到类似龙泉郡的铁符江水神杨花，再往下，就是绣花江、冲澹江、玉液江的江水正神，以及落魄山、风凉山的山神，再加上各地文武庙和各级城隍阁的神灵，都需要在某一天，纷纷离开山水地界，携带礼物，礼敬魏檗这位山岳正神。

到时候龙泉郡城和县城，就要实行夜禁。

这是一种传承已久的规矩，每三十年，或是一甲子，长则百年，作为一方主宰的山岳正神祠庙，都会举办一场夜游宴。

其实还有一种情况，也会出现类似盛举，就是有修士跻身上五境，数千里之内，山水神祇，不分国界，往往都会主动前去礼敬仙人。

神灵夜游，数目众多，动辄百余位，各显神通，故而被山上修士誉为一幅“神灵朝仙图”。

陈平安婉言拒绝了魏檗的好意，道：“那一天，我在落魄山看着就行了。”

魏檗也不坚持。

陈平安没有立即赶回落魄山，今儿就让朱敛“独自享福”好了。他也想忙里偷闲一回，顺便捋一捋许多杂乱思绪。

魏檗便陪着陈平安站在这儿赏景。

陈平安转头瞥了眼北方，一路往北，跨海之后，就是北俱芦洲了。

魏檗笑道：“当时着急赶路，没去距离倒悬山最近的南婆娑洲，或是扶摇洲，会不会有遗憾？”

陈平安苦笑道：“实在是顾不上。说不上什么遗憾。”

魏檗干脆挪步坐在了栏杆上，继续道：“听说有两个洲的书院圣人最当不得，分别是北俱芦洲、扶摇洲，一个是忙着劝架，一个是忙着擦屁股，都不得清闲，无法安心做学问。”

魏檗转过头，问道：“对了，你去过桐叶洲，是什么印象？除了比东宝瓶洲大上许多之外，还有什么感觉？”

陈平安想了想，说：“兴许是版图太大了，很多地方都很闭塞。而且各地灵气，多寡悬殊，容易出大山头，规模巨大的仙家洞府，像桐叶宗、玉圭宗、太平山、扶乩宗，个个都是庞然大物。我们东宝瓶洲恐怕也就只有神诰宗，能够与这些大山头抗衡。不过桐叶洲也有许多一辈子不知修士为何的小国，灵气稀薄，是名副其实的无法之地。”

魏檗点点头，笑问道：“那你知不知道，浩然天下九洲，除去中土神洲是特例，其余八洲，每一洲气运，其实是相同的？”

陈平安摇头不知，很快就有些疑惑。

魏檗心领神会，解释道：“别看东宝瓶洲小，也没出过太多的本土大修士，却是典型的为他人作嫁衣裳，若是追本溯源，按照世俗王朝所谓的‘版籍’来算，其实不差的。只说骊珠洞天走出去的修士，就有桃叶巷的谢实，你们泥瓶巷的曹曦，再来说小一辈的，刘羡阳，赵繇，不也往外边跑了，对吧？就是因为留不住人，就显得东宝瓶洲格外寒酸了。”

陈平安叹了口气，道："先前桐叶洲大乱，我估计扶摇洲好不到哪里去。妖族在桐叶洲的千年经营，虽说害得桐叶洲元气大伤，尤其是太平山和扶乩宗，伤亡最惨重，可好歹已经掀了个底朝天，再乱也乱不到哪儿去了。听说扶摇洲本就是九大洲当中山下最乱的一个，如今山上也跟着乱，无法想象那边的书院圣人、君子是怎样的焦头烂额。"

扶摇洲，如陈平安通过神仙书所知，确实就是一个字，乱。扶摇洲经过五百年来的不断兼并，形成了以十数个大王朝为首的"藩镇割据势力"，打来打去，英雄豪杰，风起云涌，乱世奸臣，乱世砥柱，层出不穷。而且扶摇洲的修士，最喜欢下山"扶龙"，所以也被中土神洲讥笑为水桶洲，因为最"摇"晃。

至于距离倒悬山最近的南婆娑洲，则是文脉兴盛，武运昌隆，是中土神洲修士眼中，极少数瞧得上眼的别洲"藩属"。而且，南婆娑洲还出了一个肩挑日月的醇儒陈淳安。

只是这些天下格局、大势，闲聊一番，也就只是这样了。

陈平安会担心这些看似与己无关的大事，是因为那座剑气长城。魏檗会担心，则是身为未来一洲的北岳正神，无远虑便会有近忧。

陈平安笑道："我先回了，不过不是落魄山，是小镇那边，我去看看裴钱。将我送到真珠山就行。"

魏檗点点头，轻轻拂袖，将陈平安送往真珠山。

敕风驱日月，缩地走山川，水是掌心纹，呼吸震天雷。

陈平安离开后，魏檗独自坐在凉亭栏杆上。

飞禽走兽，云海山风，生灵死物，仿佛皆是无比温顺。

他突然笑了起来，因为想起了方才的一桩小事。

那个谢家长眉儿，私底下找到了陈平安，打过招呼后，笑着问了一句："你就不好奇为何秀秀姐没来披云山？"

秀秀姐——一个很有讲究的称呼。

结果陈平安微笑着回了一句："我跟阮姑娘熟悉，跟你不熟。"差点让谢灵那个福缘深厚的小家伙憋出内伤。

什么言语，都不如这么轻描淡写的一句话，让人哑巴吃黄连。

恐怕就连路边的瞎子都看得出来，谢灵对自己这位大师姐是十分爱慕的，就更别提龙泉剑宗的弟子了。

谢灵虽然修行天赋好，机缘大，但到底是江湖经验不足，还自以为没几人看出他的那点小心思。

然后碰到了陈平安，虽然两人年纪相差没几岁，可是论人心拿捏，可不就像是一位下五境修士被一位上五境修士随便欺负嘛。关键这还是谢灵自找的，从见面起，就使劲打量陈平安。

陈平安见着了阮邛，当然只能躲，可见着了你谢灵，会怕？

魏檗伸了个懒腰，转头遥遥望向大骊京畿北方的长春宫。不知道那儿，今年的桂花开了没有。会不会又有女子折了桂枝，拎在手中，行走在山野小路上？身边会不会有她这辈子心仪的男子？如果有，希望是个品学兼优的读书人。

魏檗点点头。

朱敛说，若是手无缚鸡之力的读书人，套麻袋一顿打，最没有后顾之忧，如果是修道之人，多少会麻烦些嘛。但是没关系，如果魏檗不好下手，他朱敛作为自家兄弟，代劳便是。这类手持麻袋，蒙了面皮敲闷棍的方式，是行走江湖必须精通的一门傍身绝学，他朱敛很拿手。

人生得此挚友，真乃幸事也。

魏檗没来由想起了陈平安返回落魄山后的所作所为，点点滴滴。叹息一声，喃喃道："明明已经拥有这么大一块地盘，还觉得住着竹楼一楼的小屋子，就已经很够了？"

魏檗随即释然。

安身之地，可小。安心之地，需大。

于芥子之地寻觅大自由。

魏檗双手撑在栏杆上，轻轻哼唱着一句从裴钱那里学来的乡谣：吃臭豆腐喽。

魏檗突然有些多年不曾有的嘴馋。

如果陈平安这家伙能待到入冬时分，到时候山中竹林有了冬笋，就挖上几颗，带去竹楼那边。听朱敛说，其实陈平安的乱炖手艺，相当不错。

而魏檗还不清楚，当年少年陈平安带着李宝瓶、李槐他们一起远游求学，唯一一次觉得委屈，就是那帮没良心的小家伙，竟然嫌弃他的手艺，觉得他煮出来的那一锅鱼汤，远远不如老蛟府邸的那一大桌子山野清供。这可是陈平安至今未曾解开的心结。之后独自远游，风餐露宿，只要每次得闲，可以稍稍用心做一餐伙食，都会较劲。

手艺自然而然也就好了。

小镇那边。

陈平安一跨过门槛，就看到搁在柜台上的那颗脑袋，关键是裴钱那一双眼眸一动不动，大白天都瞧着瘆人。陈平安哭笑不得，快步走过去就是一栗暴。

裴钱双手抱着脑袋，哀怨道："师父，我没偷懒也没贪玩啊。"

陈平安伸手去扯她的耳朵。

裴钱立即正色道："师父，我错了！"

陈平安点点头，这才收手。

裴钱笑嘻嘻道:“师父,现在可以告诉我,错哪儿了吧?”

陈平安微笑道:“没事,师父手痒。”

石柔忍着笑。

裴钱转头瞪眼道:“石柔姐姐,你怎么回事?怎么还偷着乐呵上了?你晓不晓得,你这种人混江湖,就是第一个被打死的。”

石柔笑眯眯道:“我本来就死了啊。”

裴钱气呼呼道:“那我就一拳把你打得活过来!”

石柔抬了抬下巴,示意裴钱:你师父还在这儿呢。

裴钱立即头也不转,就对石柔笑呵呵道:“江湖上哪里可以随便打打杀杀,我可不是这种人,传出去坏了师父的名声。”

陈平安自己拿了块糕点放在嘴里,含糊咬着,也给裴钱、石柔各自挑了一块,来到柜台,递给她们。

裴钱咬了一口,笑容灿烂,赞道:“哇,今儿糕点特别好吃啊。”

石柔小口咬着糕点,很大家闺秀了,只是她以杜懋形貌做此娇柔举动,不比裴钱把脑袋搁在柜台上来得让人舒坦。

陈平安一拍脑袋,恍然大悟道:“难怪店铺生意如此冷清,你们俩领不领工钱的?如果领的,扣一半。”

裴钱用眼神示意:石柔姐姐该你出马了。对付师父,她可不擅长。

石柔嫣然一笑。

陈平安毛骨悚然,立刻改口道:“得嘞,不扣了。”

裴钱抬起手掌,石柔犹豫了一下,很快与之轻轻击掌庆祝。

陈平安无奈道:“我去另外那家铺子瞧瞧。”

裴钱赶紧跳下小板凳,绕出柜台,嚷着要给师父带路。

其实都在骑龙巷,就隔着几步路。

石柔看着一大一小走出铺子的背影,笑了起来。

直到这一刻,她才意识到,原来落魄山有没有陈平安在,确实不太一样。

第三章 过鸟一声如劝客

窄窄的骑龙巷是一道斜坡，还有条长长的阶梯，草头铺子就在台阶底下，与压岁铺子一样都是当年那个扎羊角辫小女孩石嘉春家的祖业。后来小丫头没有跟李宝瓶、李槐他们一起去往大隋书院求学，也没有像董水井这样留在小镇，而是跟随家族搬去了大骊京城，就将两间铺子卖了。后来在阮邛的帮忙下，辗转到了陈平安手上。陈平安每次返乡，还能见着董水井，石嘉春却在当年那次分开后，再没有见过了。

草头铺子最早在石家手上，售卖杂物，其中也搁放了许多老物件，算是骊珠洞天最早的一处当铺了，后来搬迁的时候，石家拣选了些相对顺眼的古董珍玩，半数留在了铺子，由此可见，石家即便到了京城，也会是大户人家。一开始陈平安得了铺子后，尤其是知道那些物件很值钱后，还有些愧疚，良心不安，总想着不如干脆关了铺子，等哪天石家返回小镇探亲，就按照原价，将铺子和里边的东西原封不动还给石家。只是当时阮秀没答应，说买卖是买卖，人情是人情，陈平安虽然答应下来，可心里边总归有个疙瘩。如今与人做惯了生意，便不作此想了，但是如果石家舍得脸皮，派人来讨回铺子，陈平安觉得也行，不会拒绝，只是以后双方就谈不上香火情了。当然，他陈平安的香火情，值得了几个钱？

铺子里边只有一个伙计在看顾生意，是个老妇人，性情淳朴，据说阮秀在铺子当掌柜的时候，经常陪着唠嗑。

陈平安自然认得妇人，出身杏花巷，按照小镇攀扯来蔓延去的辈分，哪怕岁数差了将近四十岁，也只需要喊一声陈姨，算不得什么真正的亲戚。

老妇人虽然上了岁数，但是做了一辈子的庄稼活，身体硬朗着呢。如今儿女都搬去了龙泉郡城，她去住了几次，但那边的宅子大，冷冷清清，连个吵架拌嘴的熟人都找不着，就硬是回了小镇。儿女孝顺，也没辙，只是听说儿媳有些闲话，嫌弃婆婆在这边丢人现眼，说如今家里都买了好几个丫鬟，哪里需要一大把年纪的婆婆，跑出来挣那几枚铜钱，尤其是那个铺子的掌柜，还是当年泥瓶巷最没钱的一个晚辈。

陈平安带着裴钱到了铺子，一进门就喊了陈姨，问了身体如何，这些年庄稼地还种吗，收成如何。

然后陈平安跟老妇人聊了好一会儿天，都是用小镇方言。老妇人健谈，聊到陈年旧事，再看着如今已经长大出息了的陈平安，情难自禁，眼眶湿润，说陈平安娘亲若是瞧见了如今的光景，该有多好，一辈子光顾着吃苦了，没享着一天的福气，最后一年，下个床都做不到，连那个冬天都没能熬过去，老天爷不开眼啊。说到伤心处，老妇人又埋怨陈平安的爹，说人好又有什么用，也是个作孽的，人说没就没了，连累媳妇和儿子苦了那么多年。只是说到最后，老妇人轻轻拍了一下陈平安的手说："也别怨你爹，就当是你们娘俩上辈子欠他的，这辈子还清了旧账就好，是好事，说不定下辈子就该团圆，一块儿享福了。"

陈平安乖乖陪着这位陈姨坐在长凳上，握着老妇人干枯的手，听着牢骚，不敢还嘴。

裴钱端了一张小板凳，坐在不远处，轻轻嗑着瓜子，安安静静看着有些陌生的师父。

裴钱学各地言语都极快，龙泉郡的方言是熟稔的，所以两人闲聊，裴钱都听得懂。

师父好像与老人聊天，既伤心又开心。

而且裴钱也很奇怪，师父是一个多厉害的人啊，不管见着了谁，都几乎不会如此……恭敬？好像絮絮叨叨的老妇人不管说什么，都是对的，师父都会听进去，一个字一句话，都会放在心头。而且当下师父的心境，十分祥和。

其实在师父下山来到铺子之前，裴钱觉得自己受了天大的委屈，只是师父要在落魄山练拳，她不好去打搅。所以她就待在压岁铺子那边，踩在小板凳上发呆，一直闷闷不乐来着，实在提不起半点精气神，像以往那般出去四处逛荡。一想到小镇上那几只大白鹅，又该欺负过路人了，裴钱就更加火大。

因为前些天她听到了小镇市井许多的碎嘴闲话。

其实前些年，裴钱也听到过，只是当时觉得自己是江湖人了，气量该大些，便没当场收拾他们，只是把哪天在哪里，听到了哪个小崽子龟孙儿老婆姨的哪些话，偷偷记在了一部小账本上，悄悄藏在小竹箱的最底下。

可是最近当师父返回落魄山后，坏话尤其多。有不少吃饱了撑着竟然没被撑死的闲汉子，还有约莫与师父同龄的早年相熟之人，以及一些长舌妇，多聚在街巷拐角处，一起嚼舌头。多是关于发生在泥瓶巷的陈年旧事，以及陈平安当龙窑学徒的一些风言风语，喜欢将陈平安小时候的那些可怜事，拿来当笑话讲。这都不算过分，还有些更恶心人的话语，将师父的朋友刘羡阳，邻居宋集薪和婢女稚圭，以及顾璨娘亲那个寡妇，甚至连阮秀姐姐都给拿出来编排是非。比如说师父当年是靠着对阮秀献殷勤，才能够有今天的风光，还说与顾璨娘亲有一腿，所以才会经常给那个寡妇帮忙，经常向宋集薪借钱不还……太多了。

裴钱都牢牢记住了，每次返回压岁铺子，背着石柔，将压箱底的账本拿出来，落笔的时候，咬牙切齿，所以墨迹特别重。如果不是师父如今就在落魄山，裴钱早就出手了，管你是几岁的小屁孩，还是几十岁的婆姨老妪！

后来石柔有天察觉到了端倪，便开解裴钱，说市井坊间也好，庙堂江湖也罢，有几人是真正见得别人好的？有肯定有，却少。当面见着了，奉承你，说你的好话，转过头去，在背地里嚼舌头，这是很正常的事情。

结果裴钱当时顶了一句："说我无所谓，说我师父，不行！"

石柔觉得棘手，真怕裴钱哪天没忍住，出手没个轻重，就伤了人。所以这次陈平安来到铺子，她其实想要将此事说一嘴，只是裴钱黏着自己师父，石柔暂时没机会开口。

可是当裴钱今天见着了师父，听着那个老妇人有些烦人的念叨，突然之间，生气还是生气，委屈还是委屈，不过没那么厉害了。尤其是裴钱又想起，有一年帮着师父给他爹娘坟头去祭奠，走回小镇的时候，半路遇见了这个老妇人，当裴钱回头望去，老妇人好像就是在师父爹娘坟头那边站着，正弯腰将装着糯米糕、熏豆腐的盘子放在坟前。

裴钱嗑着瓜子，咧嘴一笑。就不把糟心事说给师父听了。

再就是以后平日里对这位师父喊陈姨的老婆婆，要多些笑脸。

出了草头铺子，陈平安没有直接把裴钱送回压岁铺子，而是带着裴钱逛街，沿着骑龙巷那条台阶，一直走上去，然后绕路，走过大街小巷，去了刘羡阳家的祖宅，开了门，陈平安拿起扫帚开始清扫。裴钱对这里不陌生，当年在红烛镇分开时，师父给了她一串钥匙，其中就有这儿的，让她隔三岔五，就要跟着粉裙女童，一起来打扫一遍。那次离别，师父还专门叮嘱她不许乱动屋子里边的东西，当时她还有些小伤心来着，便询问粉裙女童有没有被师父这般说过，粉裙女童一犹豫，裴钱就知道没有了，便蹲坐在门槛上，惆怅了很久，由着粉裙女童独自忙活去，裴钱说自己翻看了黄历，今天她没力气。

今儿不一样了，师父扫地，她不用翻黄历看时辰，就晓得今儿有浑身的气力，跑去灶房那边，拎了水桶抹布，从还剩下些水的水缸那边舀了水，帮着在屋子里边擦桌凳橱窗。陈平安便笑着与裴钱说了许多故事，早年是怎么跟刘羡阳上山下水，下套子抓野物，做弹弓、弓箭，摸鱼逮鸟捕蛇，趣事多多。

裴钱在陈平安不说话的时候，闲来无事，就念叨一篇类似公序乡约、治家祖训的东西，朗朗上口，就连陈平安都不知道她是从哪儿学来的，而且背诵了下来。

“鸡鸣即起，洒扫庭院，内外整洁。关锁门户，亲自检点，君子三省……一粥一饭，当思来之不易……器具质且洁，瓦罐胜金玉。施恩勿念，受恩莫忘。守分安命，顺时听天。”

陈平安听着她的背诵声，没有多问，只是看着在那儿一边劳作一边摇头晃脑的裴钱，满脸笑容。

忙完之后，一大一小，一起坐在门槛上休息。

裴钱问道：“师父，你跟刘羡阳关系这么好啊？”

陈平安点头道：“那可不，师父当年就是刘羡阳的小跟班，后来还有个小鼻涕虫，是师父屁股后头的拖油瓶，我们三个，当年关系最好。”

裴钱转头看着瘦了许多的师父，犹豫了很久，还是轻声问道：“师父，我是说如果啊，如果有人说你坏话，你会生气吗？”

陈平安笑道：“当面说我坏话，就不生气。背后说我坏话……也不生气。”

裴钱疑惑道：“师父啊，不都说泥菩萨也有三分火气吗？你咋就不生气呢？”

陈平安拍了拍裴钱的小脑袋，笑道：“因为生气没有用啊。”

裴钱递了一把瓜子给师父，陈平安接过手后，师徒二人一起嗑着瓜子。裴钱闷闷道：“那就由着别人说坏话吗？师父，这不对啊。”

陈平安慵懒地坐在那儿，嗑着瓜子，望向前方，微笑道：“想听大一点的道理，还是小一些的道理？”

裴钱笑道：“都想听。”

陈平安点头道：“那就先说一个大道理。既是说给你听的，也是师父说给自己听的，所以你暂时不懂也没关系。怎么说呢，我们每天说什么话，做什么事，真的就只是几句话几件事吗？不是的，这些言语和事情，一条条线，聚拢在一起，就像西边大山里的溪涧，最后变成了龙须河、铁符江。这条江河，就像是我们每个人最根本的立身之本，是一条藏在我们心里边的主要脉络，会决定我们人生最大的悲欢离合、喜怒哀乐。这条脉络长河，既可以容纳很多鱼虾啊螃蟹啊，水草啊石头啊，有些时候，会干涸，但是有些时候又可能会发洪水，说不准，因为太多时候，我们自己都不知道为什么会变成这样。所以你刚背诵的文章里边，说了君子三省，其实儒家还有一个说法，叫做‘克己复礼’，师父后来阅读文人笔札的时候，还看到有位在桐叶洲被誉为千古完人的大儒，专门打造了一块匾额，题写了‘制怒’二字。我想如果做到了这些，心境上，就不会洪水滔天，遇桥冲桥，遇堤决堤，淹没两岸道路。”

裴钱问道：“那小的呢？”

陈平安笑道："小道理啊，那就更简单了。穷的时候，被人说是非，给人戳脊梁骨，也是没法子的事情，唯有'忍'字可行，别给戳断了就好。若是家境富裕了，自己日子过得好了，别人眼红，还不许人家酸几句？各回各家，日子过好的那户人家，给人说几句，祖荫福气，不减半点；穷的那家，说不定还要亏减了自家阴德，雪上加霜。你这么一想，是不是就不生气了？"

裴钱双臂环胸，皱紧眉头，使劲思考这个小道理，最后点点头，道："没那么生气了，但气还是气的。"

陈平安笑道："生气是人之常情，但是生了气，你不依仗本事动手打人，没有以大错对付别人的小错，这就很好了。"

裴钱雀跃道："师父，我听了那么多坏话，就没有动手打人！一次都没有！"

陈平安点头道："那师父对你口头嘉奖一次。"

裴钱笑嘻嘻道："师父，给几枚铜钱，打赏一枚也行嘛。"

陈平安笑着摇头，道："那可不行。做事需要讲究盈亏，做人可不能如此。你既然跟了我这么个师父，就得吃这份苦头。"

裴钱笑道："这算什么苦头？"

陈平安转头望去，看到裴钱嗑完后的瓜子壳都放在一只手心上，与自己如出一辙，自然而然。

陈平安将自己手心的瓜子壳倒在裴钱手心，说道："总有一天，你会遇到一些人，只要你随手将瓜子壳丢在小巷子的地上，就对你指指点点。这些人，分两种，一种是出身世族豪门，从未在泥泞里摸爬滚打过，一种是你离开了骑龙巷而他们却注定一辈子只能留在骑龙巷的人。你以后在江湖上，要更小心后者。因为前者是傲慢，后者却是心坏。"

裴钱瞪大眼睛，一脸匪夷所思地问："随手丢把瓜子壳，还要被人骂？满地的鸡粪狗屎，不去骂？什么世道！"

陈平安没有去说两种更极端的"因果"，例如文章圣人身上的道德瑕疵，穷凶极恶之徒偶然的良善之举。与裴钱说这些，还早，也太大，不会让裴钱变得更讲理，只会成为裴钱的负担。而且陈平安也不希望裴钱变成第二个自己。

所以陈平安尽量让自己琢磨出来的一些个道理，在说与裴钱听的时候，像碗小米粥，像个馒头，怎么吃都吃不坏，哪怕吃多了，裴钱也就是觉得有点撑，觉着吃不下了，也可以先放着，余着。对于裴钱，陈平安希望自己不是递去一碗苦药，一碗烈酒，或是过于辛辣的一碟菜。

陈平安笑道："之所以跟你说这个，就是怕你以后又要一个人躲起来生闷气，只是想让你知道，世上就是有这么些人。而且这些你未必喜欢的人，在某件事上做得不合你心意，可其他地方，可能就会做得比你更好。所以，我们尽量先去更多地了解这个世道。”

裴钱挠挠头，发愁道：“师父，脑壳疼啊。”

陈平安摸了摸她的脑袋，笑道：“知道个大致意思就成了，以后自己行走江湖，多看多想。该出手的时候也别含糊，不是所有的对错是非，都会含糊不清的。”

裴钱怯生生道：“师父，我以后行走江湖，如果走得不远，你会不会就不给我买头小毛驴啦？”

陈平安笑道：“当然不会。”

裴钱这才放心。那就好，可以回落魄山赶上吃饭。

陈平安突然问道：“你打算第一次游历江湖，走多远？”

裴钱如临大敌，眼珠子急转，只是想不出好点子，又不愿意跟师父撒谎，就有些手足无措。

陈平安无奈道：“好歹走到红烛镇吧？”

裴钱如释重负，还好，师父没要求她跑去黄庭国啊大骊京城啊这么远的地方，于是愉快地保证道：“没问题！那我就带上足够的干粮和瓜子！”

陈平安一栗暴砸下去。

裴钱赶紧忍着疼，不忘捂住手，免得那些瓜子壳掉在地上。

陈平安站起身，锁了门，带着裴钱一起离开巷子。

在路边随便捡了根树枝。

四下无人的时候，陈平安笑着要裴钱来一场“天女散花”。

裴钱小鸡啄米般点头，捂着双手里边的瓜子壳，嚷道：“师父，我开始了啊！”

陈平安一手负后，一手持树枝，点点头。

裴钱轻喝一声，高高抛出手中的瓜子壳。

陈平安人未动，手中树枝也未动，只是身上一袭青衫的袖口与衣角，却已无风自摇晃。

陈平安一步踏出，原地瞬间只留下一抹青色残影。

一颗颗瓜子壳被“剑尖”一点，纷纷砰然碎裂。

当陈平安重新站定，方圆一丈之内，落在裴钱眼中，好像挂满了一幅幅与师父等人高的出剑画像。

裴钱以拳击掌，赞道：“师父，你这套惊天地泣鬼神的绝世剑术，比我的疯魔剑法要强上一筹！了不得，了不得！”

陈平安丢了树枝，笑道：“这就是你的疯魔剑法啊。”

裴钱眨了眨眼睛，问：“天底下还有不会打到自己的疯魔剑法？”

陈平安忍俊不禁,想了想,难得有些玩心,笑道:“看好了,还有一招。”

裴钱立即深呼吸一口气,双掌缓缓向下,摆出一个气沉丹田的架势,喊道:“师父请出招!”

陈平安瞥了眼地上的树枝,双指并拢,身形一个骤然拧转向前,大袖飘摇,地上那根树枝如飞剑被气驾驭,画弧而掠,当陈平安站定后,手指向一处,沉声道:“走你!”

那根树枝如一把长剑,直直钉入远处墙壁上。

裴钱捧腹大笑,师父这不还是学她嘛。哪有师父偷学弟子的看家本领的。

陈平安哈哈大笑,带着蹦蹦跳跳的裴钱返回骑龙巷。裴钱突然跑回去,从墙壁上拔出那根树枝,说这把神兵利器,她要好好珍藏起来。

把裴钱送到了压岁铺子那边,陈平安跟陈姨和石柔分别打过招呼,就要返回落魄山。

裴钱说要送送,就一起走在了骑龙巷。

陈平安到了巷子口子上,让裴钱回去。

裴钱一溜烟跑回去,到了铺子门口,转身看到师父还站在原地,就使劲摇手,看到师父点头后,她才大摇大摆走入铺子,高高举起手中的那根树枝,对着站在柜台后的石柔笑道:“石柔姐姐,瞧得出来是啥宝贝不?”

石柔看着神采奕奕的黑炭丫头,不晓得葫芦里卖什么药,摇摇头道:“恕我眼拙,瞧不出来。”

裴钱眼神怜悯,哀叹道:“石柔姐姐,这都瞧不出来,就是一根树枝嘛。”

石柔哭笑不得,她敢肯定如果自己说是树枝,裴钱又有其他说法。

小巷尽头。

在裴钱身影消失后,陈平安继续前行,只是突然回首望去。

当年在另外一条小街上,也曾有一大一小并肩而行,只是相较于他和裴钱的师徒名分,那一次,什么都没有,只有雨滴。

陈平安就这样看着小巷,好像看着当年那“两人”朝自己缓缓走来。

“陈平安,赤子之心,不是一味单纯,把复杂的世道想得很简单,而是你知道了很多很多世事、人情、规矩、道理后,最终你还是愿意坚持做个好人。哪怕亲身经历了很多,突然觉得好人好像没好报,可你还是会默默告诉自己,愿意承受这份后果。坏人混得再好,那也是坏人,那终究是不对的。听得懂吗?”

“齐先生,听得懂!”

“做得到吗?”

“现在不敢说做得到。”

“没关系,慢慢来。”

此时此刻，换成了身穿一袭青衫的自己，陈平安突然说道："道理之外，走得已经很慢了，不能再慢了。"

陈平安闭上眼睛。

建造在神仙坟那边的大骊龙泉郡武庙，神像震动。

不仅如此，神仙坟的许多菩萨、天官神像都开始摇晃起来。

龙泉郡家家户户的大门上，只要是武门神，皆金光熠熠。

小镇武庙内那尊巍峨神像似乎正在苦苦压抑，竭力不让自己的金身离开神像，去朝拜某人。

不合礼制！

不顺本心！

但是武庙之内，一股浓郁的武运如瀑布倾泻而下，雾霭弥漫。

而老瓷山的文庙神像，亦是怪事连连。

若说龙泉郡武庙圣人是震撼和不甘，心生感应的文庙圣人就更是惊悚和不解了。

披云山与落魄山，几乎同时，有人离开山巅，有人离开屋内，来到栏杆处。

魏檗刹那之间出现在光脚老人身边，疑惑地轻声问道："这是？"

崔诚板着脸道："纯粹武夫的五境破境而已，芝麻绿豆的小事情，不值一提。"

魏檗无奈，那你崔诚这位十境武夫，倒是把嘴角的笑意给彻底压下去啊。

崔诚突然神色肃穆起来，自言自语道："小子，千万别怕闹大，武夫也好，剑修也罢，无论你再怎么讲理，可这份心气总得有吧？"

魏檗有些头疼。

崔诚皱眉道："愣着作甚，帮忙遮掩气机！"

魏檗赶紧一挥袖子，开始流转山水气运。

崔诚突然爽朗大笑起来，一巴掌拍在栏杆上。

魏檗也已经听说骑龙巷尽头那边的"言语"，愣愣无语，这还是印象中的那个陈平安？

小巷尽头。

陈平安背后那把剑仙已经自行出鞘，剑尖抵住地面，刚好竖立在陈平安身侧。

陈平安睁眼后，手心放在剑柄上，望向远处，微笑道："这份武运，要不要，那是我的事情。如果不来，当然不行！"

心意微动，剑仙返回鞘内。

当陈平安言语落定，神仙坟那边，从武庙内平地生出一条粗如水井口的璀璨白虹，掠向陈平安，在整个过程当中，又有几处生出几条纤细长虹，在空中汇合聚拢。巷子尽头那边，陈平安不退反进，缓缓走回骑龙巷，以单手接住那条白虹，来多少收多少，最终双手一搓，形成一颗如大放光明的蛟龙骊珠。当光亮如琉璃的珠子诞生之际，陈平安已经走到压岁铺子的门口，石柔好似被天威压胜，蹲在地上瑟瑟发抖，唯有裴钱愣愣站在铺子里边，一头雾水。

陈平安跨过门槛，掌心托着那颗缓缓转动的光彩珠子，走到裴钱身前，弯腰笑道："接住。"

裴钱伸出双手。她那一双眼眸，仿佛福地洞天的日月争辉。

陈平安将那颗武运凝聚而成的珠子放在裴钱手心，珠子一闪而逝。

天地归于寂静。

裴钱突然打了个饱嗝，呆呆道："师父，这是啥？"

陈平安笑道："师父的道理之一。"

裴钱抹了把嘴，拍了拍肚子，笑容灿烂道："师父，好吃，还有不？"

陈平安再次弯腰，一把扯住裴钱的耳朵，笑问道："你说呢？"

裴钱嘿嘿一笑，道："可以有，没有的话，也没关系。"

陈平安刚要说话，好似给人一扯，身形消散，来到落魄山竹楼，看到老人和魏檗站在那边。

魏檗笑吟吟抱拳道："可喜可贺。"

崔诚面无表情道："马马虎虎。"

陈平安心中稍定，看来确实可以动身去往彩衣国和梳水国了。

这会儿去，刚好可以吃上老嬷嬷的一碗冬笋炒肉，再请宋老前辈吃上一顿火锅。

结果没等陈平安乐呵多久，老人已经转身走向屋内，撂下一句话："进来，让你这位六境大宗师，见识见识十境风光。见过了，养好伤，哪天能下床走路了，再动身不迟。"

魏檗二话不说就跑路了。

只留下一个悲从中来的陈平安。

裴钱其实没明白到底发生了什么，在师父莫名其妙来了又走了后，她背着双手，走到柜台后，看着那个还抱头蹲在地上的女鬼。接着裴钱跳上小板凳，有些无聊，从袖子里拿出一张黄纸符箓，拍在自己额头上，然后转头对石柔说道："胆小鬼！"

今天朱敛的院子，难得热闹，魏檗没有离开落魄山，而是过来这边跟朱敛下棋了。

桌上摆放着两只精美棋罐，是陈平安在远游过程里淘来的宫廷御制物件，倒不算捡漏价，不过瞧着就讨喜，回到落魄山，就送给了朱敛。魏檗精于此道，便常来找朱敛对弈。朱敛当年喜欢看隋右边和卢白象下棋，假装自己是半只臭棋篓子，实则棋力相当不俗，这都不是什么藏拙，归根结底，还是朱敛从来不曾将隋、卢二人视为同道中人，不过想必他们二人看待朱敛，更是如此。

郑大风虽说在老龙城那边伤了体魄根本，武道之路已经断绝，但是眼力和直觉还在，猜到多半是陈平安这家伙惹出的动静，所以屁颠屁颠从山脚那边赶过来。

青衣小童和粉裙女童在一旁观战，前者给老厨子瞎支招。朱敛也是个全无胜负心的，青衣小童说下在哪里，还真就拈子落在哪里，自然从均势变成了劣势，再从劣势变成了败局。这把恪守观棋不语真君子的粉裙女童看急了，不许青衣小童胡说八道，她身为芝兰曹氏藏书楼的文运火蟒化身，开了灵智后，数百年间无所事事，可不就是成天看书解闷，不敢说什么棋待诏什么国手，大致的棋局走势，还是看得真切。

岑鸳机走完拳桩的休息间隙，也过来凑热闹，她对那位神人气度的魏先生，观感很好。没办法，魏先生长得实在是太好看了。岑鸳机这份亲近，非男女爱慕之情，只是觉得哪怕多看他一眼，自己都是赚的，就当是欣赏美景嘛，养眼！

岑鸳机不知道，这座落魄山，除了年轻山主比较古怪吓人，她最信赖的朱老神仙，根本不是什么六境巅峰武夫，而是一位实打实的远游境武夫，而那个比朱老神仙还佝偻驼背的汉子，所谓的大风兄弟，曾经是位山巅境的武夫，至于竹楼上那个光脚老人，更是传说中的止境武夫。八，九，十，都全了。

在青衣小童的帮倒忙之下，朱敛毫无悬念地输了棋，粉裙女童埋怨不已。青衣小童瞥了眼给屠了大龙的凄惨棋局，啧啧道："朱老厨子，棋输一着，虽败犹荣。"

朱敛点点头，抬起手臂，道："确实如此，下回咱哥俩再接再厉，兄弟齐心，其利断金。"

青衣小童眉开眼笑，在朱敛抬手后，赶紧给朱敛揉着手臂，自夸道："老厨子，你可能不清楚，我这手，是有仙气的！对吧，魏檗？"

遥想当年，他可是两巴掌拍在了掌教陆沉的肩膀上，这要是传到了那座白玉京，管你是什么仙人天君，谁敢不伸出大拇指，夸他一句英雄好汉？

魏檗微笑道："又皮痒了？"

青衣小童翻了个白眼。

青衣小童对于魏檗这位不讲义气的大骊北岳正神，那是毫不掩饰自己的怨念。他当年为了黄庭国那位御江水神兄弟，尝试着跟大骊朝廷讨要一块太平无事牌，处处碰壁，尤其是在魏檗这边更是透心凉。所以一有棋局，青衣小童就会站在朱敛这边摇旗呐喊，不然就是大献殷勤，给朱敛敲肩揉手，要朱敛拿出十二分功力来，恨不得把魏檗杀个丢盔弃甲，好教魏檗跪地求饶，输得这辈子都不愿意再碰棋子。总之有他在场，朱敛与魏檗的对弈，是跟清闲雅致半点不沾边的。

朱敛突然问道："你俩真决定了？"

青衣小童鼻孔朝天，冷哼一声，道："再不抓紧，就得遭陈平安的毒手了！"

粉裙女童轻轻点头。

原来他们如今都有了自己的名字，不是本命名字，而是按照陈平安的说法，以后有可能放在祖师堂谱牒上的名字。

青衣小童给自己取名为陈灵均，粉裙女童则是陈如初。

郑大风调侃道："陈灵均，什么个玩意？我看叫你小青青得了，喊着还顺口。"

青衣小童跟郑大风也不客气，骂道："大风兄弟，你懂个屁。"

郑大风笑呵呵道："我懂你。"

青衣小童怒道："别叨叨，有本事我们在棋盘上见真章！"

魏檗讥笑道："自取其辱。"

郑大风跃跃欲试，搓手道："小赌怡情，来点彩头？不过你棋力高，让先还不成，让子才行，就让我两子吧，不然我不跟你赌。"

青衣小童将信将疑，皱了皱眉头，道："让两子？这不是瞧不起你大风兄弟嘛，让一子如何？"

魏檗哈哈大笑。

朱敛一拍额头，郑大风挖了个这么明显的坑，还使劲往里边跳。

郑大风忍着笑，不打算欺负这个愣头愣脑的小家伙，摆手道："算了，以后再说。"

郑大风的棋力如何，很简单，朱敛和魏檗对弈，郑大风帮谁谁胜。

也许不能说郑大风是什么大智若愚，可要说当年骊珠洞天最聪明的人当中，郑大风肯定有资格占据一席之地。

青衣小童瞥了眼粉裙女童，后者轻轻摇头。

他这才恍然大悟，他娘的郑大风这家伙也挺鸡贼啊，差点就坏了自己的一世英名。

岑鸳机默默离去，继续去练拳。

她在白天，就会拣选落魄山上的青山绿水，独自一人，六步走桩。

在夜幕中，则会留在院子里，至少离着朱老神仙的住处近些，不用太担心给人轻薄的时候，叫天天不灵喊地地不应。

青衣小童看了眼天色，打算去小镇铺子找裴钱耍去。粉裙女童跟着与朱敛他们作揖拜别，要青衣小童等等她，她兜里瓜子不够了。

在岑鸳机和两个小家伙走后，郑大风说道："这一破境，就又该下山喽。年轻真好，怎么忙碌都不觉得累。"

朱敛笑道："大风兄弟也年轻的，人又俊，就是缺个媳妇。"

郑大风伸手虚按了两下，道："朱老哥，这种大实话，莫挂嘴边，容易招人恨。"

"我看陈平安这么着急远游，你们俩功劳不小。"魏檗笑着站起身，"我得忙活那场夜游宴去了，再过一旬，就要闹哄哄了，麻烦得很。"

小院重归安静。

朱敛开始收拾棋局,郑大风坐在原先魏檗的位置上,帮着将棋子放回棋罐。

朱敛说道:“猜猜看,我家少爷破境后,会不会找你聊聊？如果聊,又怎么开口?”

郑大风道:“多半是要去山脚找我的,想着宽我的心,省得我心里头别扭嘛,不过应该不会多聊,大概就是陪我喝酒。其实我倒是希望这小子找也不找我,你说这会儿落魄山才几个人,就这么劳心劳力,以后真要人多了,有了个山头门派,他顾得过来？还要不要修行了？朱老哥,劝人一事,你最擅长,你有机会找陈平安交交心。”

朱敛收拾着棋子,惆怅道:“难。”

郑大风没来由说了一句:“魏檗下棋,分寸感好,疏密得当。”

朱敛“嗯”了一声,没有多说什么。

郑大风幸灾乐祸道:“陈平安这一破境,药铺里边,我那个心气高的师妹,估计又要遭罪了。”

朱敛笑了笑,略带遗憾道:“岑鸳机也好不到哪里去。”

郑大风贼兮兮道:“当时在披云山,如果陈平安真是那么说的,谢家长眉儿才是最糟心的那个。”

朱敛点头道:“在藕花福地那里,稍微大一点的江湖门派,有哪个男人年轻时候没被师姐师妹伤透过心？看来浩然天下也差不多。”

郑大风不知为何,想起了老龙城的灰尘药铺,在那儿光阴悠悠,无事翻翻书,晒晒日头。

郑大风双手抱住后脑勺,想起某个天真无邪的少女,像喝了一大坛子药酒,苦得不行,又忍不住不喝。只是最后思绪流转,当他顺便想起那个经常在自己眼前逛荡的女子,吓得打了个哆嗦,咽了口唾沫,双手合十,如同在跟人道歉,默念道:“姑娘你是好姑娘,可我郑大风真真无福消受。”

朱敛望向竹楼那边。

郑大风问道:“打个赌？陈平安是横着还是竖着出来的?”

朱敛微笑道:“我家少爷武功盖世,英明神武……自然是横着离开屋子的。”

郑大风无奈道:“那还赌个屁。”

但是最终出乎朱敛和郑大风所料,陈平安是安然无恙地走出了竹楼。

然后陈平安在崖畔石桌那边坐了一宿,直到天明,才回了一楼呼呼大睡。

此后两天,朱敛继续去二楼享福,而陈平安果真去找了郑大风,只是没见到郑大风,稍稍犹豫之后,陈平安就返回了山上。

然后牛角山渡口剑房那边,陆续收到寄给陈平安的飞剑传讯。

先是青峡岛刘志茂的回信,说春庭府的红酥如今已经不在府上当女官了,重新去了朱弦府当门房，刘老成对此只说顺其自然，青峡岛只要保证她这辈子无灾无厄就可以了。再就是横波府开始重建，但是章靥吃错了药，竟然离开了青峡岛，只跟刘志茂讨要了一块末等供奉玉牌，以及一部仙家秘籍和一件法宝，然后就跑去鹘落山那个寂寂无闻的小门派，隐姓埋名，给人当起了客卿。最后刘志茂给了陈平安两个选择，当初他承诺安然渡过难关后，便会有重礼馈赠，所以要么陈平安等着他，让人带着礼物拜访龙泉郡，要么就干脆将欠着青峡岛密库房的两笔账结清了。

陈平安飞剑回信，简明扼要，就三个字：两清了。

至于素鳞岛田湖君这拨人的下场，陈平安没有问。

第二封信，来自珠钗岛刘重润，告诉陈平安一件秘事，那位金丹地仙的老嬷嬷，本就金丹腐朽，只靠这一口气强撑着，心弦紧绷太久了，等到书简湖大局已定，珠钗岛非但没有遭难，反而获利极多，那根心弦骤然松懈，大忧大喜过后，彻底油尽灯枯，在今年的入秋时分，就已经逝世了。刘重润在信上坦言，老嬷嬷劝她别斤斤计较那点水殿秘藏丹药的钱财了，所以她希望与陈平安再做一笔买卖，珠钗岛也要学一学那高高在上的玉圭宗，将一部分修士弟子迁徙到一洲最北方的大骊王朝龙泉郡，远离是非，安心修道，所以陈平安不管是租借给她一块风水宝地，还是卖给珠钗岛，尽管开价，她就算砸锅卖铁，也会答应下来，肯定一枚铜钱不少他陈平安的。

陈平安回信一封，也很直截了当，说自己不卖山头，但是可以租借。不过哪怕她收到信后立即动身赶来大骊，他那会儿多半已经离开龙泉郡，她只要找到落魄山一个叫朱敛的人，商议此事即可。

顾璨也寄来了信。大致说了曾掖和马笃宜如今的修行进展，以及第一场周天大醮预计所需的神仙钱，各个环节，各需多少，写得清清楚楚。

陈平安回信一封，说第一笔神仙钱，会让人帮忙捎去书简湖，让他们三个安心游历，再就是忍不住多提醒了一些琐碎事情。写完信一看，陈平安自己都觉得确实絮叨了，很符合当年那个青峡岛账房先生的风格。

去牛角山寄信之前，陈平安瞥了眼墙角那只竹箱，里边还搁放着一只从书简湖带回来的炭笼。

然后是关翳然的来信，这位出身大骊最顶尖豪阀的关氏子弟，在信上笑言让那位龙泉郡的董半城来池水城的时候，除了带上他董水井独家酿造并远销大骊京畿的米酒，还得带上陈平安的一壶好酒，不然他不会开门迎客的。

陈平安得了这封信后，就去了趟风凉山，找到董水井，吃了一大碗馄饨，聊了此事，该说的话，不管好听不好听，都按照打好的腹稿，与董水井挑明了。董水井听得认真，一字不漏，听到觉得是关键的地方，还会与陈平安反复验证。这让陈平安更加放心，便想着是不是可以与老龙城那边，也打声招呼，范家，孙家，其实都可以提一提，成与不成，到底还是要看董水井自己的本事，不过思量一番，还是打算等到董水井与关翳然见了面，再说。坏事不怕早，好事不怕晚。

陈平安离开风凉山后，回到落魄山，凑巧远远看到沿着山路走桩的岑鸳机。

陈平安没打招呼，怕一抬手，一出声，又让这位姑娘想多了。

不承想看似目不斜视却以眼角余光看着年轻山主的岑鸳机，看见陈平安故意在道路另外一边登山后，她才松了口气，只是如此一来，身上那点若隐若现的拳意也就断了。

陈平安忍不住停下脚步，转头对她轻声说道："岑姑娘，练拳养意一事，最忌讳断了一口纯粹真气外显的那根线……"

岑鸳机伸出一只手，放在身前，似乎是想要尽量遮掩她的婀娜身段，大概觉得这个动作的意图太过明显，担心惹恼了那个管不住眼神的年轻山主，她便缓缓侧过身，紧抿起嘴唇，既不说话，也不看他。

陈平安无可奈何，只好默默转身登山。

到了竹楼外，听动静，朱敛在屋内应该是正在倾力出拳，以远游境艰难对峙崔诚的金身境。

时不时竹楼就会轰然震动。

陈平安坐在石桌那边，都想要嗑瓜子了。

黄昏时分，裴钱和正式取名为"陈灵均""陈如初"的两个小家伙，一起回到落魄山。

石柔说她就在那边帮着看铺子好了，便没有跟着回来。

陈如初坐在桌旁，低着脑袋，有些愧疚。

陈灵均大大咧咧坐在陈平安对面，笑问道："老爷，你觉得我这新名咋样？牛不牛气？霸不霸气？"

陈平安笑着点头，道："很不错。"

然后转头对陈如初说道："你的也很好。"

陈如初这才抬起头，腼腆一笑。她之所以取这个名字，就是希望自己和老爷的关系，一直这么好，长长久久，一如初见。

裴钱却不太满意两个家伙的自作主张，埋怨道："师父，家有家法，山有山规，我觉得他们就是欠收拾。算了，不说陈如初了，傻乎乎的，情有可原。可是陈灵均这家伙，师父你是不知道，到了压岁铺子那边，恨不得把桌子凳子啊都给刻上他的名字。"

陈灵均双臂环胸，自信道："这么敞亮的名儿，要不是你拦着，只要给我写满了铺子，保管生意兴隆，财源广进！"

陈平安气笑道："你少给我整那幺蛾子。"

陈灵均突然有些无精打采起来。

陈平安想了想，问道："是不是因为黄庭国的一些山水神祇，也会参加这场夜游宴?”

陈灵均“嗯”了一声，张开双臂，趴在桌上。

陈如初欲言又止，最后还是陪着裴钱一起嗑瓜子。

陈平安说道：“我回头跟魏檗打声招呼，让你去披云山，待在他身边，一起参加这场宴会。”

陈灵均抬起头，满脸迷糊问道：“你为啥要白白浪费这么个人情，我就算装了回英雄好汉，又不是真的，只要一给人求着办事，就会立马露馅。”

陈平安微笑道：“山人自有妙计，可以让你出了风头，又不用烦心，只需要喝酒就行了。”

陈灵均不太相信，问道：“不骗我?”

陈平安伸手抓了把瓜子，道：“不信拉倒。”

陈灵均蹦跳起来，绕到陈平安身后，嬉皮笑脸问道：“老爷，肩膀酸不酸?”

陈平安说道：“肩膀不酸，脑壳疼。”

陈灵均悻悻然收手，难得会有难为情的时候，随便找了个由头，去找那条黑蛇撒欢去了，美其名曰帮着老爷巡狩各大新山头。

裴钱转头看了眼陈灵均的背影，叹了口气，道：“长不大的孩子。”

陈如初嘴角刚刚翘起，就被裴钱一瞪眼，吓得赶紧绷紧小脸蛋。

陈平安笑道：“怎么都姓陈，是谁的主意?”

陈如初指了指陈灵均离去的方向，道：“他的。”

陈平安有些意外。

陈如初笑问道：“老爷，本来打算给我们取什么名字? 可以说吗?”

裴钱抢过话头，嚷道：“你叫小迷糊蛋，他叫大傻蛋，就是这样的!”

陈平安弹了一颗瓜子，击中裴钱额头。

在裴钱揉额头的时候，陈平安笑眯起眼，缓缓道：“本来打算给他取名‘景清’，清澈的清，谐音青色的青，他喜欢穿青色衣服嘛，又亲水，而水以清澈为贵，我便挑了一句诗词，才有了这么个名字，取自那句‘景雨初过爽气清’，我觉得这句话，兆头好，也勉强算有些文气。你呢，就叫‘暖树’，来自那句‘暖律潜催，幽谷暄和，黄鹂翩翩，乍迁芳树’。我觉得意境极美。两个人，两句话，都是首尾各取一字，善始善终。”

陈如初泫然欲泣。似乎觉得老爷取的名，更好。

陈平安连忙安慰道：“你们现在的名字，更好啊。”

陈如初一言不发站起身，与陈平安作揖拜别，然后走了，肯定是去自己住处偷偷哭鼻子了。

陈平安抬起手，出声挽留，竟是没能留下这个娇憨丫头。

陈平安瞪了眼在那儿没心没肺狂嗑瓜子的裴钱，道："还不去跟着？"

裴钱"哦"了一声，追上了更希望自己名字是陈暖树的陈如初。

陈平安叹了口气。

这事闹的，早知道就不显摆自己肚子里那点可怜的墨水了。

陈平安拍拍手，站起身，准备去趟披云山，跟魏檗说下关于青衣小童的事情，求人办事，总得有点诚意，再者也想好好逛一逛林鹿书院，看能否"凑巧"遇到高煊。

但是清风拂面，一袭白衣已经站在陈平安身旁。

这位不速之客，一屁股坐在石凳上，开始嗑瓜子。

这大概能算是物以类聚，人以群分？

陈平安玩笑道："既要炼化那件东西，又要忙着夜游宴，还天天往我这边跑，真把落魄山当家了啊？"

魏檗摆摆手，道："不耽误。我跟你不一样，你是能忙绝不闲着，我是能闲着绝不忙。"不等陈平安开口，魏檗又说道："陈灵均的事情，交给我好了。"

陈平安说道："谢了。"

魏檗笑容玩味。

陈平安笑道："就是跟你客气客气。"

魏檗问道："什么时候动身？"

陈平安有些惋惜，道："实在是不能再拖了，只能错过这场夜游宴。"

魏檗淡然道："没关系，隔个十年，我就可以再办一场。"

陈平安伸出一只手掌，道："别！我担不起这份骂名。这种宴席，大骊朝廷跟着兴师动众不说，还要那些山水神祇和各路英灵自个儿掏腰包，准备贺礼。稍微泄露出去一点风声，我以后就别想在龙泉郡待下去了。"

魏檗摇头道："跟你关系不大。"

陈平安望向魏檗。魏檗微微点头。

陈平安也就不再说什么。

因为这意味着那块琉璃金身碎块，魏檗可以在十年内炼制成功。

魏檗凭此契机，有望跻身上五境，只需要"有望"两个字，就可以在声势上，稳稳压过先前那五尊大骊山岳正神，到时候就会更加名正言顺，大骊朝野和山上，自然再无半点异议。

山岳正神，统辖地界山水，本就类似圣人坐镇小天地，可以天然拔高一境。

若是真的让魏檗破开瓶颈，跻身玉璞境，意义之大，影响之深远，更是不可估量！

陈平安觉得除了那块千载难逢的金身琉璃碎块，魏檗能够解开那个心结，或是有某种新的期待，也至关重要。

魏檗站起身，作个揖道："陈平安，谢了。"

不等陈平安说话，魏檗就笑眯眯补上一句："与你客气客气。"

一闪而逝。

陈平安抬头望天，不知不觉，已是月明星稀。

常时爱缩山川去，有夜自携星月来。

魏檗便是如此神仙逍遥。

真是羡慕。

之后几天，好像约好了一样，落魄山来了一拨拨访客。

都是邻近山头势力的修士，或是留在仙家府邸里边修行，或是在这边能更好联络大骊宋氏，多是金丹地仙，最不济也是龙门境修士。

陈平安如今的待人接物，不敢说有多滴水不漏，终究是不会出大的纰漏了。

但是之后来了两拨陈平安怎么都没有想到的客人，熟人，也可以说是朋友。

分别从南北而来。

从大骊京城来的，是师徒一行三人，找到了压岁铺子，刚好石柔在那边，结果双方都心怀戒备，相互试探了一番。后来石柔便回了趟落魄山，将消息禀告给陈平安。

陈平安立即带着石柔下山，去往小镇，身边当然跟着裴钱这个跟屁虫。

到了骑龙巷铺子那边，对方师徒差点没认出陈平安。

陈平安倒是半点不觉得陌生，那位目盲老道，还是老样子，背着一把自己削砍出来的桃木剑，腰悬一串银色铃铛，道袍老旧，脚踩草鞋，就这副模样，当然很难有生意主动送上门。

老道人徐莹震道号玄谷子，会些道门雷法，带着两个"捡来"的弟子云游四方，当年在嫁衣女鬼那边，没讨到半点便宜，差点就身死道消了。跟陈平安他们也算共患难一场，离别之际，徐莹震赠送了一幅师门祖传的《搜山图》，陈平安则送了那个扛幡子的跛脚少年一颗蛇胆石。

绰号酒儿的圆脸小姑娘，她的鲜血，可以作为符箓派极为罕见的"符泉"，所以脸色常年微白。

只是如今"小跛子"的个头，已经与青壮男子无异，酒儿小姑娘也高了许多，圆乎乎的脸蛋也瘦了些，脸色红润，是位苗条少女了。

李宝瓶上次在山崖书院，还跟陈平安聊起了酒儿，说很想念她。当年红棉袄小姑娘和酒儿小姑娘，很投缘。

小跛子和酒儿都没敢认陈平安。

一方面是约莫七年没见，陈平安从手持柴刀开路的草鞋少年，变成了如今青衫负剑的年轻人，另一方面就是哪怕在落魄山休养得当，还是略显消瘦，只是脸颊凹陷得没像在书简湖时那般吓人了，不然老道人的两位弟子就更不敢认了。

总算确定了陈平安的身份，徐莹震开怀不已。

陈平安笑着问了他们有无吃饭，一听没有，就拉着他们去了小镇如今生意最好的一栋酒楼。

酒桌上，徐莹震抿了口酒，抚须笑道："陈公子，阮小姐为何如今不在铺子里边了？"

当年离别，陈平安让他们来小镇的时候可以找骑龙巷和阮秀，只不过当时徐莹震没想要在小镇落脚，还是告辞离去，想要在大骊京城有一番大作为，搏一搏大富贵。没奈何在卧虎藏龙的大骊京城，师徒三人那点道行微不足道，徐莹震又不愿泄露弟子酒儿的根脚，故而根本闯不出名堂，混了这么些年，不过是挣了些真金白银，几千两，搁在市井坊间的寻常人家，还算一笔大钱，可对于修道之人而言，几枚雪花钱算什么？实在是令人心灰意冷。在此期间，徐莹震又断断续续听到了龙泉郡的事情——当然不是通过那仙家客栈的神仙邸报，住不起，买不起——都是些零零碎碎的风闻，一个个无需花钱的小道消息。

结果徐莹震拼凑出一个让师徒三人面面相觑的真相：那个当年在铺子待客的阮秀，极有可能就是圣人阮邛的独女！一开始是徐莹震既没脸皮返回小镇，也不怎么敢，毕竟小跛子来路不正，就又在京城耗了几年，如今是真待不下去了，这才想要回龙泉郡碰碰运气，不承想运气不错，把正主陈平安给碰着了。

只是人心似水，双方本就是一场可有可无的萍水相逢，徐莹震也吃不准能否留在今非昔比的小镇上，就算留下了，真有锦绣前程？毕竟这么多年过去，天晓得陈平安变成了什么性格脾气，所以徐莹震看似喝酒尽兴，将当年那桩惨事当趣事来说，实则内心打鼓，不断默念：陈平安你赶紧主动开口挽留，哪怕是一个客气的话头都行，贫道也就顺着竿子往上爬了。我就不信你一个能够跟圣人独女攀扯上关系的年轻人，会吝啬几枚神仙钱，真舍得给那位你我皆高不可攀的阮小姐看轻了？

只可惜从头到尾，叙旧喝酒，都有，陈平安唯独没有开那个口，没有询问徐莹震师徒想不想要在龙泉郡逗留。

裴钱跟陈平安坐在一条长板凳上，几乎不说话。

陈平安当时介绍她身份的时候，是说弟子裴钱，裴钱差点没忍住提醒师父少了"开山大"三个字。

石柔没跟他们一起来酒楼。

由于陈平安的不谙世情，徐莹震又委实是想给自己留下点脸皮，于是酒足饭饱，就只好告别。

双方站在酒楼外的大街上，陈平安这才说道："我如今住在落魄山，算是一座自家山头，下次老道长再路过龙泉郡，可以去山上坐坐。我未必在，但是只要报上道号，肯定会有人接待。对了，阮姑娘如今常驻神秀山，因为她家龙泉剑宗的祖师堂和本山，就在那边。我这次也是远游返乡没多久，不过与阮姑娘闲聊，她也说到了老道长，并未忘记，所以到时候老道长可以去那边看看聊聊。”

徐莹震笑逐颜开，说：“一定一定。”

陈平安对那个当年就印象极好的小跛子和酒儿，微笑道：“一路保重。希望我们下次重逢，不用如此之久。”

扛着大幡的小跛子点点头。酒儿微笑点头。

裴钱抱拳，老气横秋道：“青山不改，绿水长流，后会有期！”

双方就此告别，徐莹震带着两个弟子离开小镇，往红烛镇那边缓缓而去。

陈平安站在原地。

裴钱轻声问道：“师父？”

陈平安揉了揉她的脑袋，说道：“师父内心当然愿意留下他们三个，但是讨生活不容易，天上掉馅饼的事情，往往不会太珍惜。如果这点面子都拉不下来，说明不是真的必须要留在龙泉郡谋生。而且一旦留下来，那就意味着朝夕相处，是一件长久事，越是起头的时候，越捣不得糨糊，还不如一开始就双方心里有数，不然到最后我觉得是好心，对方觉得不是好事，双方各有各的理，那还怎么能够做到君子绝交，不出恶声？”

陈平安叹了口气，又道：“当然，也有可能是师父想错了，所以师父会让魏檗盯着点。若是对方真有难言之隐，无法开口，或是真遇上了过不去的坎，走投无路了，却不想连累我，到了那个时候，师父就派你出马，去把他们请回来。”

裴钱点点头，听不听明白不重要，反正师父都是对的，只是她又有疑惑，问道：“师父故意跟他们聊了秀秀姐姐，这是为啥？”

陈平安微笑道：“师父还是希望他们能够留下来啊。”

裴钱一头雾水，使劲想着这个老费劲的事，仍是没能整明白里边的弯弯绕绕，最后哀叹一声，不想了，今天翻了黄历，不宜动脑子。

裴钱突然压低嗓音道：“那个老道长的双眼，好像是让他肚子里边乱跑的一丢丢雷光给炸瞎的。”

陈平安点点头，道：“雷法被誉为万法之首，只是我们东宝瓶洲除了神诰宗和几个大仙家外，所谓的五雷正法，都是旁门左道中很支离破碎的传承，所以修炼此法，就会有反噬，时间长了，或是生机衰竭，大道崩坏，或是剑走偏锋，以某一处窍穴作为消灾之地，例如眼睛失明，也有烂肚肠的，或是腐蚀某件本命物，诸多种种。修行旁门雷法之人，大多下场不好。”

裴钱咋舌。

陈平安说道："修行之事，可不都是享福。"

裴钱使劲点头，道："所以我不修行，只习武！"

陈平安一扯她的耳朵。

裴钱哀嚎道："师父，我一定更加勤勉走桩！多吃苦！"

陈平安随后带着裴钱去了趟老旧学塾。

陈平安站在窗外，裴钱踮起脚跟，将脑袋"搁放"在窗台上，望着里边。

陈平安问道："想得怎么样了，你要不要去龙尾溪陈氏开办的学塾？"

裴钱一动不动，闷闷道："如果师父想让我去，我就去呗，反正不会有人抱团欺负我，不会有人骂我是黑炭，嫌弃我个儿矮……"

陈平安哭笑不得，语气温和道："你要真不想去，以后就跟着朱敛在山上读书，跟郑大风也行，其实郑大风学问很高。但是我建议你不管现在喜不喜欢，都去学塾那边待一段时间，说不定到时候拽你都不走了。可如果到时候仍是觉得不适应，再返回落魄山好了。"

裴钱问道："我去学塾能带刀剑错不？"

陈平安摇头道："不行，读书就得有读书的样子。"

这事情没得商量。他这个当师父的，再宠溺裴钱，该有的规矩，绝对不能少。

一个孩子天真无邪，童心童趣，做长辈的，心里再喜欢，也不能真由着孩子在最需要立规矩的岁月里，信马由缰，无拘无束。

裴钱不说话。

陈平安说道："这事不急，在师父下山前想好，就行了。"

裴钱还是一动不动，问道："如果我去学塾，师父能不离开吗？"

陈平安伸手按住裴钱的脑袋，望向这座旧学塾里边，默不作声。

孩子小小的忧伤，往往如风似雾。等到陈平安给裴钱买了一串糖葫芦，然后两人一起走回落魄山，一路上裴钱就已经欢声笑语，问东问西了。

徐莹震心情大好，私底下与小跛子和酒儿说："咱们只需要再在外边逛个一年半载，就可以回龙泉郡出人头地了。"

在师徒三人离开龙泉郡没多久，落魄山就来了一对游历至此的男女。

他们或是徒步游历名山大川，或是乘坐仙家渡船，走了五六年，总算是从东宝瓶洲东南部的青鸾国，走到了一洲最北的大骊王朝。

青鸾国狮子园，读书人柳清山。还有倒悬山师刀房女冠，柳伯奇。

陈平安见到了柳清山，自然相谈甚欢。跟柳伯奇，算是不打不相识，当然关系好不到哪里去，不算朋友。

相较于在狮子园的跋扈横行，在落魄山，柳伯奇收敛了许多。一是如今陈平安瞧着愈发古怪，二是那个名为朱敛的佝偻老仆，更加难缠。第三点最重要，那座竹楼，不但仙气弥漫，极其出彩，而且二楼那边，有一股惊人气象。

柳伯奇这一点好，不扭捏，我比你形势强，那我就不跟你半点客气，若是风水轮流转，她倒也没有任何心里不痛快，她认。

陈平安领着两人逛了落魄山，去了山巅的祠庙。

柳清山说他们这次来，除了来看陈平安之外，再就是想要近水楼台先得月，好好看看那场声势壮大的神灵夜游宴。当然，林鹿书院肯定也是要去的。

陈平安当然答应下来，说到时候可以在披云山的林鹿书院那边，给他们两个安排适宜观景的位置。

柳清山比起当年在狮子园书斋，除了名士风流之外，又多了几分豪杰气，是好事。

豪杰未必圣贤，可哪个圣贤不是真豪杰？

一天过后，陈平安就发现有件事不对劲，柳伯奇竟然见着朱敛后，一口一个朱老先生，而且极为真诚。

在不是通过魏檗而是与黄庭国老蛟程水东开口相求，将柳清山二人安置在林鹿书院后，陈平安和朱敛先返回落魄山。路上陈平安询问了此事。

朱敛呵呵一笑，答道："老奴就是随口一说，扯了句书上言语，柳伯奇便领情了。"

陈平安愈发好奇，又问："怎么说？"

朱敛随便指了一座青色郁郁的山头，吟道："我见青山多妩媚，料青山看我应如是。"

陈平安一愣之后，大为拜服。柳伯奇这婆娘可不就是只吃这一套吗？

陈平安一巴掌拍在朱敛肩膀，赞道："老江湖！"

朱敛正色道："哪里哪里，雏凤清于老凤声。"

陈平安突然有些感慨，下了山，尤其是去了北俱芦洲，大概又要好几年，听不着落魄山的马屁声了。

陈平安是在一个大晚上，悄悄去的牛角山仙家渡口。

裴钱其实知道，只是假装不知道，而且比起第一次长久分别的那种魂不守舍，如今裴钱觉得其实还好。就是师父这一走，她心里就空落落的。

她第一次真正去翻了黄历，发现师父离开落魄山的日子，宜远游。

柳清山和柳伯奇暂住在林鹿书院。

夜游宴即将举办。

而在红烛镇那边，又有一场重逢。

当年的红棉袄小姑娘李宝瓶和酒儿小姑娘，又见面了。

原来大隋山崖书院安排了一场负笈游学，也是来观摩这场大骊北岳夜游宴的，由茅小冬带头，李宝瓶、李槐、林守一、于禄、谢谢，都在其中。

徐莹震依旧没敢顺水推舟，沾着弟子酒儿的光，跟随书院众人一起返回龙泉郡。

毕竟那位山崖书院茅圣人，身份太吓人。

在棋墩山之巅。

一位身材修长的红衣少女，怔怔出神。

她已经不再是小姑娘了。这些年，她气质浑然一变，书院那个风风火火的红衣小宝瓶，一下子安静了下来，学问越来越大，言语越来越少，当然，模样也长得越来越好看。

头顶有飞鸟掠空声，她仰头望去。

书上怎么说来着？

过鸟一声如劝客，仙人呼我云中游。

第四章 剑气如虹人在天

斜风细雨。

东宝瓶洲中部彩衣国，临近胭脂郡的一座山坳内，有一位青年青衫客，戴了一顶斗笠，背剑南下。

年轻剑客这次游历彩衣国，依旧是走过那片熟悉的低矮山脉，比起当年跟张山峰一起游历时好似生机断绝的鬼蜮之地，如今再无半点阴煞气息，虽说不是什么灵气充沛的山水形胜之地，但终究青山绿水，远胜往昔。

年轻剑客凭着记忆一路前行，终于在夜幕中，来到一处熟悉的古宅，虽然还是有两座石狮子坐镇大门，但略有变化，如今悬挂了春联，也张贴上了彩绘门神。

敲门过后，耐心等待。

一位老妪弯着腰，手持一盏灯笼，有些吃力地打开大门，看见一位摘下斗笠、笑脸灿烂的年轻男子，个儿挺高，就是有些瘦，还背着把剑，瞧着像是位远游至此的外乡游侠。

老妪脸色惨白，大晚上的，委实吓人。

她尽量不吓着访客，毕竟如今宅子已经渡过难关不说，还因祸得福，便无需故意吓退凡夫俗子了，免得他们被牵连。

老妪轻声问道：“这位公子，可是要借宿？”

年轻人笑道：“不但要借宿，还要讨酒喝，用一大碗冬笋炒肉做下酒菜。”

老妪愣了愣，然后一下子就热泪盈眶，颤声问道：“可是陈公子？”

来者正是独自南下的陈平安。

陈平安微笑道:“老嬷嬷如今身体可好?”

老妪赶紧一把抓住陈平安的手,好像是怕这个大恩人见了面就走,手持灯笼的那只手轻轻抬起,以干枯手背擦拭泪水,神色激动道:“怎么这么久才来,这都多少年了?陈公子再不来,我这把身子骨,就真撑不住了,还怎么给恩人下厨烧菜?酒,有,都给陈公子余着呢,这么多年不来,年年余着,怎么喝都管够……”

陈平安将那顶斗笠夹在腋下,双手轻轻握住老妪的手,愧疚道:“老嬷嬷,是我来晚了。”

老妪赶紧转头喊道:“老爷,夫人,陈公子来啦,真的来了。”

当年为了给妻子续命而不惜沦为伥鬼的男子,身穿一袭儒衫,与一位神色光彩的妇人快步赶到门口。

夫妇二人,见着了陈平安,就要跪地磕头。千言万语,都无以报答当年大恩。

陈平安想要去阻拦两人,却被老妪死死攥紧手臂,显然是一定要陈平安受此大礼。

陈平安只得作罢。

杨晃和妻子莺莺站起身,老妪这才松开手。

杨晃和妻子相视一笑。

曾经的少年郎,一眨眼工夫,如今竟是一位年轻公子了,就是瞧着有些清瘦憔悴,不过更像一位名副其实的剑仙了,真好。

一行人走入宅子,陈平安自然而然帮着老妪关上大门,杨晃和妻子会心一笑。被抢了本分事的老妪还有些埋怨,说这些不用花费几两气力的粗活儿,哪里需要劳驾陈公子。

老妪说要去灶房生火,做顿宵夜。陈平安说太晚了,明天再说。老妪却不答应,妇人说她也要亲手炒几个小菜,就当是招待不周,勉强算是给陈公子接风洗尘。

杨晃拉着陈平安去了熟悉的厅堂坐着,一路上说了陈平安当年离去后的情景。

都是好事。

当年差点坠入魔道的杨晃,现在得以重返修行之路,虽然说大道被耽搁之后,注定没了锦绣前程,但是现在比起先前人不人鬼不鬼的伥鬼,实在是天地之别。须知杨晃原本在神诰宗内,是被当做未来的金丹地仙而被宗门重点栽培,后来为了一个情关,主动舍弃大道。此间得失,杨晃甘苦自知,从无后悔便是。

至于原本被“拘押”在绣楼上的妻子,更是得以恢复容颜,并且在修行路上,比丈夫杨晃要幸运,还破了一境,于是如今已经能够将本体真身滞留后院绣楼,以阴神夜游,便是春游踏秋都无碍,与世俗妇人并无两样,再不用日日夜夜饱受天地罡风吹拂和神魂激荡的煎熬。

杨晃问了一些年轻道士张山峰和大髯刀客徐远霞的事情，陈平安一一说了。

陈平安也问了些胭脂郡城太守以及其子刘高华的近况，杨晃便将自己知道的都讲了一遍。

刘太守前几年高升，去了彩衣国清州担任刺史，成了一位封疆大吏，可谓光耀门楣。再就是他的女儿，如今已经是神诰宗的嫡传弟子，刘太守能够升任刺史，未必与此没有关系。

至于刘高华，这些年里，还主动来了宅子两次。比起以前的浪荡，喜欢借口纵情于山水，不愿意考取功名，如今收了性子，只不过先前一场会试成绩不佳，还只是个举人身份。所以第二次来宅子，喝了不少愁酒，牢骚多多，说他爹发话了，若是考不中进士，娶个媳妇回家也成。

陈平安还问了那位修道之人渔翁先生的事情。杨晃说，巧了，这位老先生刚刚从京城游历归来，就在胭脂郡城，而且听说收取了一个名叫赵鸾的女弟子，资质极佳。不过福祸相依，老先生也有些烦心事，据说是彩衣国一位山上的仙师领袖，也相中了赵鸾，希望老先生能够让出弟子，许诺重礼，还愿意邀请渔翁先生作为山门供奉，只是老先生都没有答应。

陈平安安安静静听到这里，问道："这位仙师，风评如何，又是什么境界？"

杨晃虽说成为伥鬼那么多年，伤了魂魄根本和修道根基，可毕竟是一位从神诰宗走出来的天之骄子，加上如今再无丝毫负担，故而论及彩衣国的一国仙师执牛耳者，仍是没有什么忌惮，笑道："大概是因为前几年跻身了龙门境，所以就有些得意忘形，山门上下，跟着浮躁起来。又大肆收取新进弟子，良莠不齐，本来还算口碑不错的门派，不比当年了。"

陈平安点点头，道："明白了，我再多打听打听。"

杨晃笑道："我这些说法，本就是道听途说而来，做不得准。"

酒菜端上桌。酒是花费了很多心思的自酿醇酒，菜肴也是色香味俱全。

妇人和老妪都落座，这栋宅子，没那么多古板讲究。

兴许是想着陈平安多喝点，老妪给老爷夫人拿的都是彩衣国特色酒杯，唯独给陈平安拿来一只大酒碗。

杨晃又毕恭毕敬起身，给陈平安敬酒，妻子莺莺和老妪也一并起身。

陈平安只得手持酒碗，跟着起身，无奈道："再这样，我下次真不敢来做客了。"

杨晃一饮而尽后，玩笑道："等恩公下次来了再说。"

陈平安一口喝完碗中酒水，老妪急了，怕他喝太快，容易伤身子，赶紧劝说道："喝慢点，喝慢点，酒又跑不出碗。"

陈平安笑道："老嬷嬷，我这会儿酒量不差的，今儿高兴，多喝点，大不了喝醉了，倒头就睡。”

老妪一边给陈平安碗里倒酒，一边依旧念叨道：“酒量再好，还是要喝慢些。喝慢些，就能多喝一些。”

陈平安点头道：“好，那我喝慢点，听老嬷嬷的。”

陈平安大致说了自己的远游历程，说离开彩衣国去了梳水国，然后就乘坐仙家渡船，沿着那条走龙道，去了老龙城，再乘坐跨洲渡船，去了趟倒悬山，没有直接回东宝瓶洲，而是先去了桐叶洲，再回到老龙城，去了趟青鸾国后，才回的家乡。其中剑气长城与书简湖，陈平安犹豫之后，就没有提及。在这期间，拣选一些趣闻趣事说给他们听，杨晃和妇人都听得津津有味，尤其是出身宗字头山头的杨晃，更知道跨洲远游的不易。至于老妪，可能不管陈平安是说那大千世界的无奇不有，还是市井小巷的鸡毛蒜皮，她都爱听。

这一晚陈平安喝了足足两斤多酒，不算少，他这次还是睡在上次借宿的屋子里。

第二天陈平安多是陪着老妪晒太阳，闲聊。本该第三天就动身启程的陈平安，在老妪极力挽留下，又多待了一天。

拂晓时分，秋雨绵绵。

陈平安戴上斗笠，在古宅门口与三人告别。

拗不过老妪说秋雨瞅着小，其实也伤身子，一定要陈平安披上青蓑衣，陈平安便只好穿上。至于那只当年泄露“剑仙”身份的养剑葫，自然是给老妪装满了自酿酒水。

离别之前，老妪又站在屋檐下，握住陈平安的手，道：“别嫌老嬷嬷话多嘴碎，以后就不愿意来了。”

陈平安轻声道：“怎么会，我好酒又嘴馋。老嬷嬷你是不知道，这些年我想了多少次这儿的酒菜。”

老嬷嬷低头抹泪，道：“这就好，这就好。”

陈平安扶了扶斗笠，轻声告辞，缓缓离去。

走出去一段距离后，年轻剑客转过身，倒退而行，与老妪和那对夫妇挥手作别。

老妪喊道：“陈公子，下次可别忘了，记得带上那位宁姑娘，一起来这儿做客！”

陈平安微微脸红，高声道：“好嘞！”

雨幕中，竹斗笠，青蓑衣，年轻人的背影渐渐远去。

老妪感伤不已。杨晃担心她耐不住这阵秋雨寒气，就让她先回去，但老妪还是等到彻底看不见那个年轻人的身影，这才返回宅子。

莺莺嗓音轻柔，轻轻喊了一声：“夫君？”

然后她便有些羞愧，没有继续说下去，而是致歉道：“夫君莫怪莺莺俗气市侩。”

她心中那个念头，随即烟消云散，喃喃道：“哪里好让陈公子分心这些琐事，夫君做得好，半点不提。我们确实不该如此人心不足的。”

杨晃握住她的一只手，笑道：“你也是为我好。”

莺莺突然心情好了起来，笑道：“夫君，好人一定会有好报，对吧？”

杨晃说道：“别的好人，我不敢确定，但是我希望陈平安一定如此。”

莺莺嫣然一笑，道：“突然觉得陈公子只是来家中做客喝酒，就很开心了。”

杨晃“嗯”了一声，感慨道：“入秋时节，却如沐春风。”

雨幕中。

陈平安稍稍绕路，来到了一座彩衣国朝廷新晋纳入山水谱牒的山神庙外，大踏步走入其中。

秋收时节，又是一大早，在一座淫祠废墟上建造出来的山神庙，便没有什么香客。

陈平安摘了斗笠，甩了甩雨珠，跨过门槛，不再刻意遮掩拳意与气机。

本地山神立即现出金身，是一位身材魁梧的披甲武将，他从彩绘神像当中走出，惴惴不安，抱拳行礼道：“小神拜见仙师。”

陈平安微笑道：“多有叨扰，我来此就是想要问一问，附近一带的仙家山头，可有修士觊觎那栋宅子的灵气？”

既不是彩衣国官话，也不是东宝瓶洲雅言，而是大骊官话。

如今大骊官话，是所有东宝瓶洲中部山水神祇必须熟稔的。山神笑容尴尬，正要酝酿一番得体的措辞，不承想那个气象吓人的年轻剑仙，已经重新戴上斗笠，道：“那就有劳山神老爷照拂一二。”

这尊山神只觉得鬼关门打了个转儿，立即沉声道：“不敢说什么照拂，仙师只管放心，小神与杨晃夫妇可谓邻居，远亲不如近邻，小神心里有数。”

陈平安抱拳，离去前，笑着提醒道：“就当我没来过。”

这位被彩衣国朝廷正统敕封，负责坐镇这块风水宝地的新山神，赶紧点头，心中了然。如果不够聪明，光靠生前功勋和死后阴德，是没本事争抢到这块香饽饽的。神祇统辖一地山水，实则与官场攀爬无异。

陈平安离开山神庙。

山神在大殿内徘徊，最后打定主意，那栋宅子以后就不去招惹了，灵气再多，也不是他可以分一杯羹的。

陈平安去了彩衣国胭脂郡，在城门那边递交关牒，是一份让魏檗弄来的崭新户籍谱牒，他的身份当然还是大骊龙泉郡人氏。

一路询问，总算问出了渔翁先生的宅子所在地—— 一条唯有雨声的静谧小巷。

陈平安叩响门环。

很快走出一位神色木讷的瘦高少年，见到了陈平安后，少年犹豫不决，似乎不敢确定陈平安的身份。

陈平安笑着打招呼道："赵树下。"

少年惊喜道："陈先生！"

少年正是当年那个手持柴刀死死护住一个小女孩的赵树下。

陈平安点点头，打量了一下高瘦少年，拳意不多，却纯粹，暂时应该是三境武夫，但是距离破境，还有相当一段距离。虽然不是岑鸳机那种能够让人一眼看穿的武学坯子，但是陈平安反而更喜欢赵树下的这份"意思"，看来这些年来，赵树下"偷学"而去的六步走桩，没少练。

赵树下关了门，领着陈平安一起走入宅子后院，陈平安笑问道："当年教你那个拳桩，十万遍打完了？"

赵树下有些赧颜，挠头道："按照陈先生当年的说法，一遍算一拳，这些年，我没敢偷懒，但是走得实在太慢，才打完十六万三千多拳。"

陈平安问道："可曾有过对敌厮杀，或是高人指点？"

赵树下摇头道："不曾。"

陈平安释然。若是赵树下有过多场生死一线的磨砺，拳意娴熟，打磨得没了棱角，出拳就会越来越快，这么多年下来，怎么都不该只有十六万拳，可如果没有，那就只能是缓缓出拳，滴水穿石，拳桩自然很难走得快起来。但是这种慢，陈平安不担心，拳意在身，就像老嬷嬷递过来的那碗酒，只要端得平，酒水怎么都跑不掉，点点滴滴，拳意都在身上。可如果是心思懈怠，那拳意就会轻浮，酒水四溅，浑然不觉，以后就很难熬过三境的那道大关隘。武夫破三境瓶颈，从炼体三境跻身炼气三境，极难，陈平安吃过大苦头。朱鹿当年就是自己熬不过去，靠着杨家药铺的药膏才堪堪破境，而杨老头新收的女弟子，就是全靠自己熬过去，然后同样是女子武夫，却有了云泥之别的武学前程。

赵树下带着陈平安到了僻静后院，儒衫老人和一位眉眼灵秀的少女并肩站在檐下。

赵树下笑道："陈先生来了！"

陈平安摘了斗笠，抱拳笑道："见过渔翁先生。"

然后望向岁数刚刚能算是少女的赵鸾，招呼道："鸾鸾，好久不见。"

满头白发的老儒士一时间没敢认陈平安。

变化实在太大了。

虽说确实一别很多年，可老儒士还是很难将眼前这个身材修长、容貌清雅的年轻男人，与当初那个竹箱少年的形象重叠在一起。

倒是当年那个"鸾鸾"，满脸泪水，哭哭笑笑的，嗓音微颤喊了一声"陈先生"。

对于陈平安，她如何感激和想念都不为过。

这些年来，便一直想着他，心心念念。每当修行路上遇到枯燥、磨难和委屈、开心，她都会想起当年那个人。

哥哥赵树下总喜欢拿这个笑话她，但随着年纪渐长，她也就越来越隐藏心思了，省得哥哥的调侃越来越过分。

赵树下性情沉闷，也就在无异于亲妹妹的鸾鸾这里，才会毫无掩饰。

四人一起坐下。在古宅那边重逢，是喝酒，在这边是喝茶。茶水中孕育着丝丝缕缕的灵气，这也是为了赵鸾的修行。修道之人，天赋越好，行走越顺，衣食住行，越是消耗金山银山。

当年一起在胭脂郡城内斩妖除魔的渔翁先生，姓吴，名硕文，是位儒家老修士。陈平安对其唯有敬重，不然也不敢将赵树下和鸾鸾托付给老人。

看得出来，老儒士对待鸾鸾和赵树下，确实不负所托。

而且陈平安这些年也有些过意不去，随着他江湖阅历越来越多，对于人心的险恶也越来越了然，就越知道当年的所谓善举，其实说不定就会给老儒士带来不小的麻烦。

不在山上，即是不幸，因为一辈子无法领略证道长生路途上，那一幅幅光怪陆离的精彩画卷，但只要涉足山上修行，就一样是身不由己。无法长寿不逍遥，却何尝不是一种安稳的幸运。

而且赵鸾的天赋越好，就意味着老儒士肩上和心头的负担越大。如何才能够不耽误赵鸾的修行？如何才能够为赵鸾求来与之资质相符的仙家术法？如何才能够保证赵鸾安心修道，不用忧愁神仙钱的耗费？

以前，陈平安根本想不到这些。

唯有行过万里路，见过百种人千件事，才可以真正知晓当一个“好人”的不容易，对于世间无数苦难，才能够有更多感同身受。

所以在进入彩衣国之前，陈平安就先去了一趟古榆国，找到了那位早已结下死仇的榆木精魅，古榆国的国师大人。因为担心这位身居高位的精怪，还会去找那栋古宅的麻烦。当年梳水国那场刺客偷袭，让陈平安记忆深刻。

到了人家地盘的京城重地，陈平安找上门，见了面，很简单，三拳撂倒。打得对方伤势不轻，至少三十年勤勉修炼付诸流水。再问他要不要继续纠缠不休，派遣刺客追杀自己。

以书生面貌示人的古榆国国师，当时已经满脸血污，倒地不起，连声说“不敢”。毕竟当时两把飞剑，一口悬停在他眉心处，一口剑尖直指心口。

陈平安这才离去。

并且特意在古榆国京城大门口外的一座茶水摊子上，坐了半晌，等待那位国师的后手。

但是没有。陈平安这才去往彩衣国。

陈平安喝了口热茶，开门见山道："吴先生，听说彩衣国有修士想要收取鸾鸾为弟子？"

吴硕文点了点头，忧心忡忡道："若是那位大仙师真有心传授仙法，我便是再不舍，也不会坏了鸾鸾的机缘。只是这位大仙师之所以执意鸾鸾上山修道，一半是看重鸾鸾的资质，一半……唉，是大仙师的嫡子，一个品行极差的浪荡子，在彩衣国京城一场宴会上见着了鸾鸾。算了，这般腌臜事，不提也罢。实在不行，我就带着鸾鸾和树下，一起离开东宝瓶洲中部，这彩衣国在内十数国，不待了便是。"

陈平安问道："那座仙家山头与父子二人的名字分别是？距离胭脂郡有多远？大致方位是？"

吴硕文虽然疑惑不解，仍是一一分说清楚，其中那座朦胧山，距离胭脂郡一千两百余里，当然是徒步而行的山水路途。

陈平安喝过了一碗茶水，起身笑道："那我就先去趟朦胧山祖师堂，回来再叙，不用太久。"

吴硕文起身摇头道："陈公子，不要冲动，此事还需从长计议。朦胧山的护山大阵以攻伐见长，又有一位龙门境神仙坐镇……"

陈平安神色从容，微笑道："放心吧，我是去讲理的，讲不通……就另说。"

有些话，陈平安没有说出口。

当下能讲的道理，一个人不能总憋着，讲了再说，例如朦胧山。那些暂时不能讲的，余着，比如正阳山，清风城许氏。总有一天，也要像是将一坛老酒从地底下拎出来的。

至于如何讲理，他陈平安拳也有，剑也有。

去了那座仙家祖师堂，唯独不用如何磨嘴皮子。

先前在落魄山竹楼，见过了崔诚所谓的十境武夫风采，也听过了老人的一个道理，就一句话——与讲理之人饮醇酒，对不讲理之人出快拳，这就是你陈平安该有的江湖，练拳不是用来床上打架的，是要用来跟整个世道较劲的，是要让山上山下遇了拳就给你磕头！

陈平安对前半句话深以为然，对于后半句，觉得有待商榷。只是当时在竹楼没敢这么讲，怕挨揍。那会儿老人是十境巅峰的气势，怕老人一个收不住，自己就真被他打死了。

吴硕文显然还是觉得不妥，哪怕眼前这位少年……已经是年轻人的陈平安，在当年胭脂郡守城一役中，就表现得极其沉稳且出色，可对方毕竟是一位龙门境老神仙，又是一座门派的掌门，如今更是攀附上了大骊铁骑，据说下一任国师，是囊中之物，一时间风头无两，陈平安一人，如何能够单枪匹马，硬闯山门？

江湖上多是拳怕少壮，可是修行路上，就不是如此了。能够成为龙门境的大修士，除了修为之外，哪个不是老狐狸？哪个没有靠山？

赵树下倒是没太多担心，大概是觉得教他拳法的陈先生，本事再大都不过分。

而赵鸾甚至比师父吴硕文还要着急，顾不得什么身份和礼数，快步来到陈平安身边，扯住他的衣角，红着眼睛道："陈先生，不要去！"

陈平安看了看老儒士，再看了看赵鸾，无奈笑道："我又不是去送死，打不过就会跑的。"

赵鸾一下子就眼泪决堤，哭道："陈先生方才还说是去讲理的。"

陈平安哑口无言，给赵树下使了个眼色，想让他帮着安慰赵鸾，不承想这个愣小子也是个不开窍的，只是嘿嘿笑着，就是站着不挪步。

陈平安叹息一声，道："那就重新坐下喝茶。"

赵鸾当下泪眼比那座常年水雾弥漫的朦胧山还要蒙眬，问道："当真？"

陈平安点点头，她这才松开陈平安的衣角，怯生生走回原位坐下。

吴硕文也落座，劝说道："陈公子，不着急，我就当是带着两个孩子游历山川。"

陈平安问道："那吴先生的家族怎么办？"

吴硕文说道："想必一位龙门境修士，还不至于如此厚颜无耻。"

陈平安望向吴硕文。

吴硕文低头喝茶，心中唯有叹息，他又如何不知道，所谓的远游，只是好让鸾鸾和树下不用心怀愧疚。

陈平安轻轻放下手中茶杯。一瞬间，屋内已经没了陈平安的身影。

吴硕文手持茶杯，目瞪口呆。赵鸾和赵树下更是面面相觑。

只见那一袭青衫已经站在院中，背后长剑已经出鞘，化作一条金色长虹，去往高空，那人脚尖一点，掠上长剑，破开雨幕，御剑北去。

老儒士回过神后，赶忙喝了口茶水压压惊，既然注定拦不住，也就只好如此了。

赵鸾眼神痴然，光彩照人，梨花带雨，真真动人也。也难怪朦胧山的少山主，会对年纪不大的她一见钟情。

赵树下挠挠头，笑呵呵道："陈先生也真是的，去人家祖师堂，怎么跟着急出门买酒似的。"

在一个多雨水的仙家山头，正午时分，大雨滂沱，天地如深夜沉沉。

故而那一抹飞至的金色长线，就显得极为扎眼，何况还伴随着轰隆隆如雷鸣一般的破空声响。

对朦胧山修士而言，瞎子也好，聋子也罢，都该清楚是有一位剑仙拜访山头来了。

动静太大，来势汹汹，关键是对方这副架势，可不像是来叙旧的道上朋友。

尴尬的是，朦胧山似乎真没有如此剑仙风采的朋友。

朦胧山毫不犹豫就开启了护山阵法，以祖师堂作为大阵枢纽，本就大雨滂沱的黑幕景象，又有白雾从山脚四周升腾弥漫，笼罩住山头，由内往外，山上视野反而清晰如白昼，由外向内，寻常的山野樵夫猎户，看待朦胧山，就是白茫茫一片，不见轮廓。

不但如此，有数缕长达十数丈的白光，从山巅祖师堂向外掠出，在山雾雨幕当中穿梭不定。

严阵以待。

许多朦胧山掌权修士都已离开各自府邸，前往祖师堂碰头，内心深处，自然希冀着那位气势如虹的御剑仙人，是友非敌。

朦胧山，掌门修士吕云岱，嫡子吕听蕉，在彩衣国都是鼎鼎有名的人物，一个靠修为，一个靠老爹。

父子身边，聚拢着数十位朦胧山享誉一国的老修士、祖师堂嫡传弟子和客卿供奉，大多心情沉重。

众人只能眼睁睁看着那一条金色长线，越来越往朦胧山靠近。

总不能出去跟人打招呼吧。

天底下既是最穷也是最富的剑修，作为山上四大难缠鬼之一，而且位居榜首，就在于杀力大，出剑快，更兼跑得快，不过需要明白一件事，这种跑得快，绝大多数是杀人之后。

若说以往，朦胧山兴许畏惧依旧，却还不至于这般如丧考妣，实在是如今形势不饶人，山下庙堂和沙场的脊梁骨被打断了，山上修士的胆子，差不多也都被敲了个稀巴烂，与邻近山头的抱团御敌，与山水神祇的呼应驰援，或是擅自动用山下兵马的鼓吹造势，都成了过眼云烟，再也做不得了。

毕竟如今变了天。许多千百年来雷打不动的仙家规矩，突然就不管用了。

由于如今时不时就要跟大骊本土修士打交道，彩衣国十数国的山上洞府，才发现自己的境界和势力，简直都是纸糊的。

大骊铁骑那么一南下，就戳破了许多的绣花枕头。

如今山上山下，几乎人人皆是惊弓之鸟。

沙场上，彩衣国先前所谓的兵马战力冠绝一洲中部诸国，古榆国的重甲步卒，松溪国的轻骑如风，梳水国的擅长山地战事，在真正面对大骊铁骑时，要么一兵未动，要么不堪一击，事后与更南边石毫国、梅釉国等朱荧王朝藩属国的死战不退，大多给苏高山、曹枰两支大骊铁骑带来不小的麻烦一比较，彩衣国在内十数国的边军疲软不堪，便成了一个个天大的笑话。据说梳水国还有一位原本功勋卓著的成名武将，惨败后，说是他的兵法其实全部学自大骊藩王宋长镜，奈何学艺不精，这辈子最大的希望就是能够面见一回宋长镜，向这位大骊军神虚心请教兵法精髓，于是便有了一桩认祖归宗的“美谈”。

只是大哥莫笑二哥，彩衣国也好不到哪里去。彩衣国皇室一直喜欢对外宣称，有金丹地仙坐镇京城，经常散布些云里雾里的消息，藏藏掖掖，让人吃不准真假，所以以往彩衣国修士素来居高临下看待其余十数国山头。只是当大骊铁骑兵锋所至，古榆国好歹象征性在边境调动万余边军，作为一股精锐野战实力，与一支大骊铁骑硬碰硬打了一架——当然结果毫无悬念——大骊铁骑的一根手指头，都比古榆国的大腿还要粗，古榆国为此付出了不小的代价。而号称甲兵最盛的彩衣国在这场战事中，一仗没打不说，竟是比古榆国还要更早投诚，于大骊使节尚未入境之时，就派遣礼部尚书为首的使者车队，主动找到大骊铁骑，自愿成为宋氏藩属。

这还不算什么，大骊随之检索各国各山的诸多谱牒，才发现古榆国竟然水颇深，隐匿着一位朱荧王朝的龙门境剑修，被一拨大骊武秘书郎联手绞杀，厮杀得荡气回肠。反倒是彩衣国，如果不是吕云岱破境跻身了龙门境，稍稍挽回些颜面，观海境就已是一国仙师的领头羊。因此除了古榆国朝野上下瞧不起彩衣国，隔壁梳水国的山上修士和江湖豪杰，也差点没笑掉大牙。

吕云岱是一位身穿华服的高冠老人，卖相极佳。

吕听蕉则是一位眼眶微微凹陷的俊俏公子，皮囊不错，加上佛靠金装人靠衣装，身穿一袭名为“芦花”的上品灵器的雪白法袍，而立之年，瞧着却像弱冠之龄。不管是靠神仙钱砸出来的境界，还是靠资质天赋，好歹明面上也是位五境修士，加上喜好游历山水，经常与彩衣国权贵子弟呼朋唤友，所以在世俗王朝，确实够得上年轻有为、风流倜傥。

但是在真正的修道之人眼中，尤其是彩衣国屈指可数的中五境神仙、五岳神祇看来，这个吕听蕉自然不算什么，问道之心不坚，喜好渔色，将大把光阴挥霍在山下的脂粉堆里，根本不成事，吕云岱以后若是真要将朦胧山全盘交到儿子手中，说不定就有一场内讧。

不过近些年有个小道消息，悄悄流传，说是朦胧山之所以顺利傍上大骊宋氏一位实权武将，有望成为下任彩衣国国师，是吕听蕉帮着父亲吕云岱牵线搭桥，若是属实，那可就是真人不露相了。

此时，一位垂垂老矣、手持拐杖的老修士轻声问道：“掌门，恕老朽老眼昏花，瞧不出来者的真实境界，可是……传说中的地仙？”

吕云岱神色坦然，笑着反问道：“地仙剑修？”

老修士似乎觉得自己太吓唬自己，既有阵法庇护，更在自家祖师堂大门口，不该如此乱了分寸，悻悻然道：“那也太惊世骇俗了，想必不会如此。”

一位腰悬古剑的貌美妇人冷笑道："便是中五境的过路剑修又如何，还敢硬闯朦胧山阵法不成？真当我们朦胧山是软柿子，任人拿捏？"

吕听蕉瞥了眼妇人高耸如山峦的胸脯，眯了眯眼，很快收回视线。这位女子供奉境界其实不算太高，洞府境，但是身为修道之人，却精通江湖剑师的驭剑术，她曾经有过一桩壮举，以妙至巅峰的驭剑术，伪装洞府境剑修，吓跑过一位梳水国观海境大修士。实在是她脾气太过火爆，不解风情，白瞎了一副好身段，不然吕听蕉当年便不会知难而退，怎么都该再花费些心思。不过彩衣国形势大定后，父子谈心，父亲私底下答应过自己，只要跻身了洞府境，父亲可以亲自做媒，到时候吕听蕉便可以与她有道侣之实，而无道侣之名。说白了，就是山上的纳妾。

一位天赋不错的年轻嫡传修士轻声问道："那些眼高于顶的大骊修士，就不管管？"

他正是那位佩剑洞府境妇人的高徒，虽然今晚跻身此列，但辈分低，所以位置就比较靠后。因为他是剑修，背了一把祖师堂赠剑，只是如今才三境，几乎耗尽师父积蓄竭力温养的那把本命飞剑，才有个剑胚子，尚且孱弱，所以眼见着那位剑仙裹挟风雷气势而来的风采，既向往，又嫉妒，恨不得那人一头撞入朦胧山护山大阵，给飞剑当场绞杀，说不定剑仙脚下那把长剑，就成了他的私人物件，毕竟朦胧山剑修才他一人而已，不赏给他，难道留在祖师堂吃香灰不成？

天幕尽头的那条金线，越来越清晰可见。

对方御剑破空，雷声滚滚，声势实在太大，以至于牵连震动了朦胧山的山水灵气，那六把护阵飞剑竟有些微微颤抖，原本按照天上星斗运行的严密轨迹，也开始絮乱起来。

吕云岱轻声道："若是愿意止步在阵法之外，就还好，多半不是寻仇来的。"

众人点头附和。

那个手持拐杖的老朽修士，尽量睁大眼睛远眺。要分辨出对方的大致修为，才好看菜下碟不是？只是不承想那道剑光，极其扎眼，让堂堂观海境老修士都感到双眼酸疼不已，竟差点直接流出眼泪，吓得他赶紧转头，又担心千万别给那剑仙误认为是挑衅，到时候挑了自己当杀鸡儆猴的对象，死得冤枉，便赶紧换成双手拄着龙头红木拐杖的姿势，弯下腰，低头喃喃道："世间岂会有如此凌厉剑光，数十里之外，便是如此光彩夺目的气象，必是一件仙家法宝无疑了啊。帮主，不然咱们开门迎客吧，免得画蛇添足，本是一位过路的剑仙，结果咱们朦胧山凑巧开启阵法，被他视为挑衅，一剑就落下来……"

越活越胆小的老修士，絮絮叨叨，嗓音细若蚊蝇，耳力差一点的，根本听不见。

吕云岱身为龙门境修士，一国修士的领袖人物，自家师叔那番试图两边讨好的言辞，当然清晰入耳，笑道："洪师叔，对方就是冲着咱们朦胧山来的，这一点毋庸置疑。"

那位洪师叔尚且无法直视那道金色剑光，更别提少山主吕听蕉、洞府境妇人和她的得意高徒一行人。

最后也就只剩下吕云岱能够凝望剑光。

吕云岱既像是提醒众人，更像是自言自语道："来了。"

那道映照得天地雨幕如白昼的璀璨剑光，越是临近朦胧山，就越是风驰电掣。御剑而来的那位不知名剑仙，显然不将一座护山阵法放在眼中，没有半点凝滞和犹豫，剑光骤然间愈发大放光明，这一刻，就连吕云岱都不得不眯起眼，避开那抹炸裂开来的绚烂光芒。

一剑就破开了朦胧山攻守兼备的护山阵法，刀切豆腐一般，笔直一线，撞向山巅祖师堂。

那六把为朦胧山立下汗马功劳的护山飞剑，竟根本来不及拦阻，而且好似先天畏惧剑仙脚下长剑，晃晃悠悠，摇摇欲坠。

最可怕之处，在于御剑破开阵法之后，那条从天际蔓延到朦胧山的金色长线，依旧没有就此消逝。

这剑气之长，剑意之盛，简直骇人听闻！

风雨被一人一剑裹挟而至，山巅罡风大作，灵气如沸，使得除了龙门境老神仙吕云岱之外的所有朦胧山众人，魂魄不稳，呼吸不畅。一些境界不足的修士更是踉跄后退，尤其是那位仗着剑修资质才站在祖师堂外的年轻人，如果不是被师父偷偷扯住袖子，恐怕都要摔倒在地。

这个时候，朦胧山才得以看清楚那位不速之客的尊荣，一袭青衫，身材修长，年纪轻轻。

只见那人飘然落地，脚下长剑随之掠入背后剑鞘，一气呵成，行云流水。

陈平安双手笼袖，缓缓前行，瞥了眼还算镇定的吕云岱，以及眼神游移的白衣吕听蕉，微笑道："今儿拜访你们朦胧山，就是告诉你们一件事，我是你们彩衣国胭脂郡赵鸾的护道人，懂了吗？"

手拄拐杖的洪姓老修士深居简出，早已认命，交出所有权柄，不过是仗着一个掌门师叔的身份，老老实实安享晚年，根本不理俗事，这会儿赶紧点头。管他娘的懂不懂，我先假装懂了再说。

精通剑师驭剑术的洞府境妇人，口干舌燥，明显已经生出怯意，先前那份"一个外乡人能奈我何"的底气和气魄，此刻荡然无存。她身后那位与访客"同为剑修"的得意弟子，更是连正视敌人的勇气都没有。

吕云岱眯起眼，心中有些疑惑，脸上依旧带着笑意，问道："剑仙前辈此话怎讲？"

双方相距不过二十步。

陈平安笑道："你们朦胧山倒也有趣，不懂的装懂，懂了的装不懂。没关系……"

略作停顿，陈平安视线越过众人，又问："这就是你们的祖师堂吧？"

吕云岱内心犹在权衡，却是勃然大怒的脸色，喝道："这位前辈，真是蛮不讲理，什么都没有说清楚，就想着以势压人？"

吕云岱这副嘴脸，陈平安很熟悉，色厉内荏是假，先占据道德大义是真。吕云岱真正想说却不用说出口的话语其实是："你要自己好好掂量一番，如今大半个东宝瓶洲都是大骊宋氏版图，彩衣国山上也归大骊管辖，任你是'剑修'又能嚣张几时？"

陈平安微微转头，以大骊官话对吕云岱说道："我是大骊人氏，所以你们的靠山，如果不幸刚好是大骊铁骑的话，可就未必管用了。当然，信不信随你们，而且我跟大骊朝廷的关系，其实比较一般。"

吕听蕉心中骂娘。这虚虚假假的言语，让自家朦胧山上那一大帮子墙头草听了，还怎么同仇敌忾，众志成城！他吕听蕉在修行一事上，确实废物，外界传言，半点不假，其实父亲对此也无可奈何。但他的志向，本就不在山上证道长生——那太遥不可及了——而是退而求其次，当个不用亲自打打杀杀的掌门山主，对此吕听蕉自认绰绰有余。

陈平安接下来的言语，很开门见山，事实上准确说来是推门而入，见着了朦胧山。

"我作为赵鸾的护道人，这趟拜访朦胧山，不与你们废话，只问你们父子，以后还要不要一个觊觎赵鸾的修道资质，一个贪图小姑娘的美色。你们只需要说，是，或者不是。"

吕云岱沉下脸。他这辈子最烦这种直截了当的行事作风。

吕听蕉正要说话回旋一二，尽量为朦胧山扳回一点道理和颜面。

不料那个青衫剑客已经笑道："最后一次提醒你们，你们那些油滑措辞和所谓的道理——什么不过是你吕云岱笃定赵鸾是修道的良才美玉，朦胧山必然以礼相待，倾心栽培，绝无非分之想，若是她实在不愿意上山，也不会强求，更不会拿吴硕文的亲人要挟，而且退一步说，窈窕淑女君子好逑，吕听蕉如今反正对赵鸾并无任何实质冒犯，如何能够定罪，又有大骊规定山上不可擅自启衅，不然就会被追责——这些乌烟瘴气的，我都懂。你们很空闲，可以耗着，可是我很忙，所以我现在，就只问你们先前那个问题，回答我是，或者不是。"

陈平安从袖子里伸出手，揉了揉脸颊，自嘲道："不行，这个打架爱唠叨的习惯不能有，不然跟马苦玄当年有什么两样。"

陈平安静等片刻。

随即点点头，说道："那我明白了。"

陈平安伸出手，背后剑仙铿锵出鞘，被握在手中。

轻描淡写向前挥出一剑。

出手随意，手中那把剑仙蕴含的剑气，可不随随便便。

朦胧山祖师堂一分为二。

不过总算没有全然倒塌。

厮杀经验老到一点的，都没敢转头。

只有像三境年轻剑修这样的山上雏儿，才会动作略显僵硬地转过头，去看那一剑的结果。

陈平安抬臂绕后，收剑入鞘。

就在此时，吕云岱似乎察觉到什么端倪，想要涉险确定一二，所以一只手掌在大袖内微动。

朦胧山山巅轰然一震，却不是建筑恢弘的祖师堂那边出了状况，而是那位青衫剑仙所站之地轰然碎裂，但是青衫剑仙已经不见了人影。

之前，在吕云岱想要有所动作的一瞬间，陈平安另外一只藏在袖中的手，早已拈出方寸符。

二十步距离。

你们朦胧山修士，个个挺豪气啊，就这么大摇大摆，跟一个天天与远游境宗师几乎算是换命厮杀的纯粹武夫，靠这么近？龙门境修士的体魄，就这么坚不可摧吗？

砰然一声巨响过后。

陈平安已经站在了吕云岱先前位置附近，而这位朦胧山掌门、彩衣国仙师领袖，已经如断线风筝倒飞出去，七窍流血，摔在数十丈外。

陈平安视线所及，连同洪姓老修士和吕听蕉在内的所有人，全都开始后退。

陈平安一拍养剑葫，早已跃跃欲试的飞剑初一、十五，先后掠出，两缕流萤划破长空，分别钉入吕云岱的双掌，立即响起一阵哀嚎。

在陈平安看来，想必是这位龙门境修士在彩衣国顺风顺水惯了，太久没有吃过苦头，才如此经不住这类小伤的疼痛。所以才会跟裴钱差不多？

陈平安望向吕听蕉，问道："你也是正主之一，所以你来说说看。"

吕听蕉惶恐不安道："既然剑仙前辈是那赵鸾的护道人，我们朦胧山修士，无论是谁，以后只要见着了赵鸾，就一定绕道而行！"

陈平安笑道："你现在肯定口服心不服，想着还有杀手锏没拿出来。没事，我会在彩衣国胭脂郡等你们几天，要么来人，要么来信，总归给我个有诚意的答复，不然又得我来一趟朦胧山。"

陈平安瞥了眼那座还能修补的祖师堂，眼神深沉，以至于背后剑仙剑，竟是在鞘内欢快颤鸣，如两声龙鸣相呼应，不断有金色光彩溢出剑鞘，剑气如细水流淌。这一幕，古怪至极，自然也就更加震慑人心。

陈平安深呼吸一口气，稳了稳心神，缓缓说道："别耽误我修行！"

陈平安转过身去，一步跨出，身形如一缕青烟掠出了山巅，一个下坠，剑仙出鞘，然后骤然拔高，直冲云霄。

在朦胧山修士眼中，那位剑仙不知使了何种手段，让一把把护山阵法的攻伐飞剑，七零八落，狼狈至极。

这位一剑破开朦胧山阵法的陌生青衫客，御剑而来，御剑而返。

剑仙已去，犹有丝丝缕缕的刺骨剑气，萦绕在祖师堂外的山巅四周。

三境剑修的那位年轻俊彦，一屁股坐在地上，大汗淋漓。

洞府境妇人赶紧将他搀扶起来，她亦是满脸尚未褪去的仓皇神色，但依然压低嗓音安慰这位寄予厚望的得意弟子道："别伤了剑心，千万别乱了心神，赶紧安抚那把本命飞剑，不然以后大道之上，你会磕磕碰碰的……但是如果能够压得下来那份慌张和震颤，反而是好事，师父虽非剑修，也听说剑修降服心魔，本就是一种砥砺本命飞剑的手段，自古就有于心湖之畔磨剑的说法……"

弟子眼神恍惚，好在被师父点醒，这才没有浑浑噩噩，连温养飞剑的本命窍穴内的异象都不去管。年轻剑修赶紧心中默念朦胧山祖师堂嫡传口诀，运转灵气，尽量平稳心境。

但这对师徒已经无人在意，因为所有人都围拢在了掌门吕云岱那边。

吕云岱脸色惨淡如金箔，但是并未如何伤及根本，悉心调养几年便可恢复巅峰，这才是不幸中的万幸，若是刚刚跻身龙门境，就被打得跌回观海境，再加上祖师堂被一劈为二所意味的那份无形命理气数，那就真要把朦胧山惊吓得肝胆欲裂了。

吕云岱挥手道："你们都先回去，关于今日风波，我们明天在祖师堂……在我雾霭府上议事。"

众人纷纷退去，各怀心思。

吕听蕉陪着父亲一起走向祖师堂，护山阵法还要有人去关闭，不然每一炷香就要耗费一枚小暑钱。

道路上，有一条一指宽的线，一直蔓延出去，然后就将眼前这座朦胧山祖师堂给一分为二了。

吕云岱在祖师堂大门外停步，问道："你看出什么了吗？"

吕听蕉摇摇头。

吕云岱语气平淡，道："那么重的剑气，随手一剑，竟有如此齐整的剑痕，是怎么做到的？一般而言，是一位货真价实的剑仙无疑了，但是我总觉得哪里不对劲，事实证明，此人确实不是什么金丹剑仙，而是一位……常理之外的修行之人，身手是武学宗师，气势却是剑修，具体根脚目前还不好说，但是对付我们一座只在彩衣国作威作福的朦胧山，很够了。听蕉，既然与大骊那位马将军的关系，早年是你成功拉拢而来，所以现在你有两个选择。”

吕听蕉苦笑道：“请爹明言。”

吕云岱捂住心口，咳嗽不断，摆摆手，示意儿子不用担心，缓缓道：“其实都是赌博，一，赌最好的结果，那个靠山是大骊上柱国姓氏之一的马将军，收了钱就肯办事，为我们朦胧山出头，按照我们的那套说法，雷厉风行，以‘规矩’二字，迅速打杀那个年轻人，到时候再死一个吴硕文算什么，赵鸾便是你的女人了，我们朦胧山也会多出一位有望成为金丹地仙的晚辈。如果是这么做，你现在就跟姓洪的下山去找马将军。二，赌最坏的结果，惹上了不该招惹也惹不起的硬钉子，咱们就认栽，火速派人去往胭脂郡，给对方服个软认个错，该掏钱就掏钱，不要有任何犹豫。首鼠两端，犹豫不决，才是最大的忌讳。”

吕听蕉神色苦涩，问道：“这涉及到门派存亡，以及我们吕氏祖师堂的香火……爹，是不是由你来拿主意？”

吕云岱摇头道：“我如今看不清形势了，就像当初你被我拒绝后，只能背着朦胧山，自己去押注大骊武将。结果如何？整座朦胧山都错了，唯独你是对的。我觉得现在的大乱之世，不再是谁的境界高，谁说话就一定管用，所以爹愿意再相信一次你的直觉。赌输全输，赌大赢大。输了，香火断绝；赢了，你才算与马将军成为真正的朋友。至于以前，不过是你借势、他施舍而已，说不定以后，你还可以借机攀附上那个上柱国姓氏。”

吕听蕉轻声道：“如果那人真是大骊人氏？”

吕云岱嗤笑道：“自己人又如何？咱们那洪师叔，对朦胧山和我们家就忠心耿耿了？他们大骊袁曹两大上柱国姓氏，就和和气气了？那位马将军在军中就没有不顺眼的竞争对手了？杀一个不守规矩的‘剑仙’，以此立威，他马将军就算在彩衣国站稳了，并且从几位品秩相当的‘监国’袍泽当中脱颖而出，不一样是赌？”

吕听蕉试探性问道：“听父亲的口气，是倾向于第一种选择？”

吕云岱叹了口气，自己这个儿子，除了资质平平、修道无望之外，再一个缺点就是心眼太多，太聪明，更多时候当然是好事，可在某些时刻就难说了。人一聪明，可以锐意进取，也可以审时度势，但是往往就怕死，很怕担责任。吕云岱当初为何要憋着一口气，拼了性命也要破境跻身龙门境，就是担心以后吕听蕉无法服众，吕氏一脉，在朦胧山大权旁落，例如那个拥有剑修弟子的妇人，或者是突然哪天对权位又有了兴趣的洪师叔，当下许多新进的供奉客卿，好些可都不是省油的灯，不然此次出现在祖师堂外的人数，应该多出七八人才对。

吕云岱突然吐出一口淤血，瞧着吓人，其实算是好事，心胸仿佛随之开阔几分，体内气机也不至于那般凝滞不灵。

蓦然间吕云岱瞪大眼睛，一掠来到山崖畔，凝神望去，只见一把袖珍飞剑悬停在崖下不远处，一张符箓堪堪燃烧殆尽。

吕云岱一跺脚，终于开始手忙脚乱。这极有可能是一张子母回音符！即便不是，世间符箓千百种，多半是类似功效的符纸了。

那厮真真用心险恶！

果不其然，山水阵法之外的雨幕中，剑光破阵又至。

那个刚刚走回自家府邸大门的拄拐老人，站在原地，一动不动，以表敬意。

洞府境妇人好不容易让弟子心神稳固，结果当那雷鸣与剑光重返朦胧山后，发现年轻弟子已经呼吸大乱，脸色比挨了一拳加两飞剑的掌门还要难看。

佩剑妇人一咬牙，按住佩剑，掠回山巅，想着与那人拼了！

若是这位弟子坏了大道根本，从此剑心蒙尘，再无前程可言，难道她以后还真要给那吕听蕉当暖床小妾？

朦胧山之顶。

青衫年轻人，再次落在山巅后，一拍养剑葫，偷偷藏匿于山崖外的飞剑初一掠回葫芦中。

这一次长剑根本就懒得回鞘了，缓缓抬升位置，最终悬停在陈平安身侧，刚好可以让陈平安轻松伸手握住，剑尖直指祖师堂之前的吕云岱。

陈平安微笑道："马将军是吧？不如我与你们父子一同前往拜访？"

言语间和颜悦色，可是双袖鼓荡不已，气势一点不轻巧。尤其是那把长剑剑尖，竟有金色剑气凝聚出一颗水珠，滴在地上，迅速扩散，光晕耀眼。

没来由记起先前青衫年轻人那句"不要耽误我修行"，吕听蕉腿一软。

吕云岱双手抱拳，作揖到底，道："剑仙前辈，我们认输，心悦诚服！前辈若是不信，我吕云岱可以去祖师堂，以三滴心头血，点燃三炷香，以列祖列宗的名义对天发毒誓。"

陈平安沉默片刻，终于开口道："那也得有座祖师堂，才能烧香不是？"

吕云岱自从跻身中五境以来，第一次感到如此恐惧。

祖师堂可从来不是什么可有可无的存在，是所有山上仙家洞府的半条命！

吕听蕉更是神色变幻不定，想要破解当下这个死局。

陈平安突然死死盯住吕云岱，问道："吕听蕉的一条命，跟朦胧山祖师堂的存亡，你选哪个？"

吕听蕉心焦如焚，跪在地上，满脸泪水，求饶道："爹，这是恶毒的离间计！不要轻易听信啊……"

吕云岱与陈平安对视一眼，不去看儿子，缓缓抬起手。

动作如此明显，自然不会是什么破罐子破摔跟那位剑仙撕破脸皮的举动。

吕听蕉心头巨震，一个翻滚，向后疯狂掠去，竭力逃命，身上那件芦花法袍帮了不小的忙，速度之快，不输一位观海境修士。

哪怕逃出生天的机会极小，可吕听蕉总不能束手待毙，而且还是在祖师堂外，给父亲活活打死。

父亲的枭雄心性，他这个当儿子的岂会不知，真的会通过杀子来大事化小小事化了，最不济也要以此渡过眼前难关。

再者，吕听蕉心存一丝侥幸，只要逃出了那位剑仙的视野，那么父亲就有可能失去出手的机会，到时候就轮到心狠手辣的父亲，去面对一位剑仙的秋后算账了。

陈平安瞥了眼已经被吕云岱远远锁定气机的吕听蕉，面无表情道："吕云岱，去祖师堂烧香吧，此事就此揭过。修道之人，还是要讲一讲阴德福报的，在事更在心。"

吕云岱赶紧缩手，转过身，大踏步走向祖师堂，忍下心中悲苦，撤去了山水阵法，面对那些灵牌和挂像，以传闻能够上穷碧落下黄泉的仙家秘术，按约行事，滴出三点心头血，默默点燃三炷秘制神香，祭奠先祖，朗声发下毒誓。

当那个洞府境妇人来到山巅，耳畔刚好是在那朦胧山祖师堂的誓言。

她眼中，则是看到山风阵阵，吹拂得那位头别玉簪、腰别葫芦的青衫剑仙的发丝与衣袖飘摇不已。

青衫剑仙向后倒掠而去，轻轻踩在如影随形的剑仙之上，一抹金光，在朦胧山的上空划出一个大圈，往南而去，如那远古仙人执笔在人间画了一个大圈。

不光是这位心神摇曳的妇人，几乎所有朦胧山修士，心中都有一个类似念头，激荡不已。

剑仙之姿，无以复加。

在远方，一人一剑迅猛破开整座雨幕和厚重云海，骤然间天地光明，大日高悬。

陈平安从站姿变成一个微微悬空的奇怪坐姿——与剑仙也有气机牵引，故而能够坐稳，但绝不是传说中剑修御剑的那种心意相通、"勾连洞天"的境界。

这是《撼山谱》上的一个新拳桩，坐桩，名为尸坐。

拳谱上记载，上古神灵盘踞天庭如尸坐。

陈平安能够站在剑仙之上承受罡风吹拂之苦而"御剑"远游，除了体魄异常坚韧之外，也要归功于这个不动如山的坐桩。

崔诚曾说拳桩是死的，不算高明，但若是练拳之人的心境，能够生出气魄来，养出气势来，一个普普通通的入门拳桩，也可直通武道尽头。

大日照耀之下，青衫剑客坐在那把剑仙之上，人与剑，剑与心，清澈光明。

天微微亮，彩衣国胭脂郡城门那边，一伙远游而来的江湖豪侠，骑在马上等待门禁开放。其中一位梳水国的武林名宿高坐马背，闲来无事，手心缓缓摩挲着一块羊脂玉手把件，环顾四周，瞧见远处走来一位风尘仆仆的青衫年轻游侠，神色疲惫，但是眼神并不浑浊，老者心想年轻人应该是位练家子，不过看脚步深浅，身手不会太高。老人便继续视线游弋，看了些妇人少女，只可惜大多是村野女子，肌肤枯糙，姿色平平，便有些失望，希望入城之后，胭脂郡的女子，可别都是如此啊。

青衫年轻人看了眼人头攒动的城门外，便干脆走向一个早点摊子，虽然已经没有椅凳可坐，仍是跟摊主要了份白糖油糕，一碗白米粥。摊主本想提醒一声记得还碗筷，瞥见了客人背后的长剑，便将话语咽回了肚子。江湖人，客气些。青衫年轻人结账后就蹲在路边，油糕就粥，就算是解决了一顿早餐。只是吃喝极慢，等到他将碗筷还给摊主，发现城门那边已经放行，便站在路边等着。

马背上的老人收起手中那块良玉不雕的手把件，忍不住又瞥了眼那个江湖晚辈，会心一笑。自己这般岁数的时候，已经混得不再如此落魄了。

陈平安没有理睬那个老人的审视视线，跟随着人流递交关牒入城。不是陈平安不想御剑返回那栋宅子，实在是精疲力竭，从胭脂郡到朦胧山往返一趟，再撑下去，就不是什么苦练尸坐拳桩，而是一具尸体从天而降了。虽然这个坐桩只要坐得住，就能够裨益魂魄，但是魂魄受益，体魄肉身受损，伤及元气，水满器碎，就成了过犹不及。

不过以后以尸坐之姿御剑远游，确实是个好法子。

但是在东宝瓶洲可以如此作为，一旦到了剑修如云的北俱芦洲，则未必可行，毕竟在那边，一个看不顺眼，便可以让双方出手打得脑浆四溅。

陈平安没有直接去往渔翁先生的宅子，而是先去了趟城隍阁，但是一问才知道城隍老爷已经换了，不再是那位金城隍沈老爷。陈平安叹息一声，这不算彩衣国朝廷过河拆桥，胭脂郡是一国重地，沈温金身消亡后，必然需要新城隍继承神位，负责监察一郡山水。

陈平安便没有进去，而是循着当年走过的一条路线，来到一座依旧僻静的土地庙。庙太小，并无庙祝，即便来此烧香祈福，也是自带香火。当年就是在这里，自己与胭脂郡金城隍沈温做最后的道别。

陈平安一思量，跨过门槛，趁着四下无人，从咫尺物当中取出三炷香，香味清新，是真正的山上物，莫说驱蚊，于市井坊间辟邪消煞，都可以。

当年在青鸾国水神庙那边，去狮子园半路上，那位递香人追上自己一行，转交了庙祝赠送的一只竹制香筒，装了足足二十四支珍稀水香。这次下山，将大部分水香都留在了落魄山，但是带了香筒，只装了三炷香，以备不时之需，不承想现在就用上了。敬香一事，山水神祇之间，有些忌讳，可是在城隍阁、文武庙这些地方，山香水香，都无妨。

陈平安轻轻捻动香头，无火自燃。

然后人站定，举香过顶，心中默默言语。

最后将三炷香插入一只铜炉，又闭眼片刻，这才转身离去。

回到了那栋小巷宅子外，陈平安再次叩响门环。

这次开门的不是赵树下，而是赵鸾。渔翁先生吴硕文和赵树下站在院内影壁那边。

见着了陈平安，小姑娘的眼神幽幽，好像会说话。陈平安与裴钱和陈如初相处久了，本想揉揉脑袋就对付过去，突然想起这个鸾鸾，到底是少女岁数和模样了，只好笑道："没事了，朦胧山那边的修士，还算讲理。鸾鸾，以后就跟在师父身边安心修道。"

赵树下偷偷一握拳，表示庆贺。

果然，教了自己拳法的陈先生，无所不能！

吴硕文虽然一肚子疑问，但是不好当着两个孩子的面询问什么，就只是对着陈平安笑着点头致意，然后一起走回后院厅堂。

这次赵树下和赵鸾依旧是喝茶，用以缓缓滋补魂魄。

而陈平安则主动拿出两壶乌啼酒，与渔翁先生一人一壶。

吴硕文遗憾道："可惜鸾鸾和树下如今年纪还太小，不能喝酒。"

吴硕文只是喝了一口，就舍不得再喝，笑道："留着，我先留着，以后俩孩子大了些，喝酒成了合乎情理的事情，我再拿出来。"

陈平安赶紧又拿出一壶乌啼酒，起身放在吴硕文身前，无奈道："吴先生骗酒喝的本事，真是不小。只管喝，酒水我还有。"

吴硕文一点不客气，喝着陈平安的酒，半点不嘴软，讪笑道："陈公子，可莫要以小人之心度君子之腹啊。"

陈平安笑着举起酒壶，吴硕文亦是，算是碰杯，各自饮下。

陈平安没打算细说朦胧山之行的过程，只是望向那位心情大好的渔翁先生，轻声道："吴先生，朦胧山一事，彻底了结，若是还不放心，先去远游各国山河，也不差。毕竟树下和鸾鸾如今也到了开阔眼界的时候，多看看外边的天地，哪怕是积攒些江湖经验，终归是好事。"

吴硕文点点头，赞同道："可以。"

陈平安小口喝着酒，脸上带着笑意，跟吴硕文拉家常，询问了一些彩衣国和梳水国的庙堂江湖形势，偶尔看一眼似乎有些眼馋纯酿的少年和时不时偷瞄自己的小姑娘，心境重归祥和，就像从一把尺子的两端，重新落回了中间位置。

其实第一次在屋内，赵树下对于喝茶一事，十分熟稔，并无半点拘谨陌生，显然是喝习惯了的。

这才是最让陈平安钦佩吴硕文之处。

赵鸾有修道资质，这就已经无形中与赵树下有了天壤之别，而且赵鸾修行天赋极好，这就意味着按照常理，当年那个拚命保护赵鸾的赵树下，根本不用几年，在修行路上，连赵鸾的背影就都看不见了。吴硕文当然清楚这一点，但是这种消耗神仙钱的仙家茶水，依旧是赵鸾喝，赵树下就一样有的喝，绝无亲疏、高低之别。

这哪里是将兄妹二人当入室弟子栽培，分明是当自家儿女养育了。说句难听的，许多门户之中的父母，对待亲生子女，都未必能够如此毫无偏私。

陈平安觉得这位修为不高的老儒士，就是真正的仁人君子之风。

恰恰如此，乌啼酒也不敢多送。

原本想好了要做的一些事情，亦是思量再思量。

比如以后赵鸾修行花费的神仙钱，该不该给？怎么给？给多少？吴先生会不会收？怎样才会收？便是收了，如何让吴先生心里全无疙瘩？

这般兜兜转转，陈平安也知道自己确实就像马笃宜所说，做事太不爽利，只是一时半会儿，改不过来。

陈平安突然歉意道："吴先生，有件事要告诉你们，我今天再教树下几个拳桩之后，最晚在夜禁之前，就要动身去往梳水国，会走得比较急，所以就算吴先生你们打算先去梳水国游历，我们还是无法一起同行。"

吴硕文"嗯"了一声，道："修行路上，不可被红尘俗事耽搁过多。这非贬义，实在是至理。"

陈平安站起身，一边卷起袖管，一边对赵树下说道："走，到院子去，教你一门炼气的口诀，一个立桩和一个拳架，就这三样东西，别嫌少。"

毕竟无论是拳法口诀，还是修道口诀，便是同门之间，也不可以随便听取，吴硕文为了避嫌，就想要拉着赵鸾离去，可是一向乖巧懂事的小姑娘却不愿意离开。

老先生有些蒙。

陈平安也察觉到屋子里边的情况，犹豫了一下，笑道："没事，旁听无碍，但是容我多嘴一句：千万不要外泄，只准我们四人知道。"

吴硕文叹了口气，摇摇头，独自离去。

赵鸾双手托着腮帮，坐在屋门槛那边，轻声道："陈先生，你只告诉我哥哥口诀好了，我不会偷听的，就是看你们打拳而已。"

陈平安确实担心那道剑气十八停的口诀，会与赵鸾当下修行的秘法相冲，所以就以聚音成线的武夫路数，将口诀说给赵树下听，并重复了三遍，直到赵树下点头说自己都记住了，陈平安这才开始传授少年一个剑炉立桩，以及一个种秋校大龙杂糅朱敛猿形意后的新拳架，加上六步走桩，都是武学根本，不管如何勤学苦练都不过分，相信还有吴先生在旁盯着，赵树下不至于练武伤身。

陈平安不但亲自演练立桩与拳架，而且与赵树下讲解得极为耐心细致，一步步拆开，一句句讲明，再收拢起来，说清楚拳桩与拳架的各自宗旨大纲，最后才讲延伸出去的种种玄妙微意，娓娓道来，循序渐进。若有赵树下不懂的地方，就如拳法揉手切磋，反复阐述当下步骤。

赵树下自然不笨，比起曾掖要好不少。

曾掖那个榆木疙瘩，连陈平安耐心如此之好的人，都要忍不住挠头，恨不得学竹楼老人喂拳的路子。不懂？一拳开窍！不够？那就两拳！

赵鸾托着腮帮，望着院子里的两个人，嘴角挂满了笑意。

其实修行路上，自己也好，哥哥赵树下也罢，就连师父也一样，都会有好多的烦恼。

比如她自己胆子其实很小，会害怕许多外人视线。比如哥哥见到了那些同龄的修道中人，也会羡慕和失落，藏得其实不好。再比如师父会经常一个人发着呆，会忧愁柴米油盐，会为了家族事务而愁眉不展。

赵鸾觉得自己不是一个什么都不懂的小姑娘了。

院子那边，比当年更像读书人的陈先生，仍然卷着袖管，给哥哥传授拳法。其实在她心目中，他走拳桩或是摆出拳架的样子，半点不比御剑远游差。

可是与陈先生重逢后，他明显还是把她当个孩子，对此她很开心，也有点点不开心。

午饭是赵树下下厨，陈平安也帮了忙。

师父念叨了一句“陈先生，君子远庖厨”，但是饭菜可没少吃，酒也没少喝，喝得满脸通红。

下午，陈先生仍是不厌其烦，陪着哥哥练拳，一遍遍演示。

临近黄昏的时候。

陈平安看了眼天色，对赵树下笑道：“好了，到此为止。记住，六步走桩不能荒废了，争取一直打到五十万拳。按照我教你的法子，出拳之前，先摆拳架，觉得意思不到，有丁点儿不对劲，就不可出拳走桩。然后在走桩累了后，休息的间隙，就用我教你的口诀，练习剑炉立桩。咱俩都是笨的，那就老老实实用笨法子练拳，总有一天，在某一刻，你会觉得灵光乍现，哪怕这一天来得晚，也不要着急。”

陈平安抹下袖管，轻轻抚平，然后拍了拍赵树下的肩膀，道：“好了，就说这么多。”

赵树下擦了擦额头汗水。赵鸾已经站起身。

陈平安说道：“我去跟吴先生聊点事情，然后就走了。”

找到了正在屋内练字的吴硕文，事到临头，酝酿好的腹稿都没啥用处，陈平安叹了口气，实话实说道：“吴先生，鸾鸾是你的弟子，照理说我不该指手画脚，但是鸾鸾如今正值修道的关键，练气士早一天跻身洞府境都是天大的好事，所以我准备了一笔神仙钱……”

吴硕文笑着不说话。

陈平安只得硬着头皮接着说道：“还有几张符箓，打算作为临别赠礼。嗯……还有一部抄录的手稿《剑术正经》，连同一把购自仙家铺子的法剑，名渠黄，当然是仿品，品秩不算高，一并送给树下，作为防身之用。只是树下练剑一事，我希望吴先生帮我把把关，觉得何时练拳小成了，再将《剑术正经》和渠黄仿剑交给赵树下。实不相瞒，如果吴先生答应，我很想把树下收为记名弟子，以后如果有缘，树下又愿意，吴先生也不反对，我与树下再成为正式的师徒。”

吴硕文伸手示意陈平安落座，等到陈平安坐下，这才微笑道：“怎么，担心我抹不开面子？那你也太小看树下和鸾鸾在我心目中的分量了吧？”

吴硕文感慨道：“树下还好，无需我做太多，事实上我也做不了什么，所以你愿意收他为记名弟子，再看些年，决定是否正式收入门下，当然是树下他天大的幸运，我没有任何异议。可是说实话，领着鸾鸾这个丫头修行，我真可谓捉襟见肘，一文钱难倒英雄汉，就是这个理。并非是向你邀功，或是诉苦，这些年来，为了不耽误鸾鸾的修行，光是与山上朋友借钱，就不是几次了。”

老先生唏嘘不已，然后哈哈笑道：“与你自曝家丑，说了这些，是不是可以放心送我们师徒神仙钱了？多送些也无妨，我这把老骨头，与人打生打死没本事，扛些神仙钱在身，还是不难的。”

陈平安从咫尺物当中取出那本手稿《剑术正经》，一把渠黄剑，三张金色材质的符箓，然后掏出一把神仙钱，轻轻搁放在书桌上。

吴硕文一开始还是抚须而笑，等到看清楚那些神仙钱后，沉默许久，终于忍不住问道：“你是在山上开钱庄的？小暑钱也就罢了，为何还有三枚谷雨钱？”

陈平安一脸错愕道：“这也嫌少？真要我砸锅卖铁啊？”

吴硕文哭笑不得，没料到陈平安会如此“耍无赖”。老人将三枚谷雨钱拣选出来，斩钉截铁道：“拿回去，这个真不用。将来鸾鸾跻身洞府境，你再多送几枚，我都不拦着，如今不行。”

陈平安也没有坚持，收起原本作为此次下山压箱底家当的三枚谷雨钱，抱拳告辞道：“吴先生就不用送了。”

吴硕文站起身，道：“那就只送到屋门口，这点礼数总得有。”

出了屋子，来到院子，赵鸾已经拿好了陈平安的斗笠。

赵树下笑道：“我和鸾鸾把陈先生送到城门口。”

陈平安接过斗笠，摇头道：“不用，我打算快些赶路。”

赵树下挠挠头。赵鸾怯生生道：“那就送到宅子门口。”

陈平安笑着点头。

吴硕文走回屋内，看着桌上的物件和神仙钱，笑着摇头，觉得匪夷所思，只是当他看到那三张金色符纸，便释然了。还是当年那个人嘛，不过是从少年变成了年轻人而已。

吴硕文抚须而笑："托鸾鸾的福，这辈子总算是见过一枚以上的谷雨钱喽。"

宅子外边。

陈平安戴上斗笠，准备直接御剑远去，前往梳水国剑水山庄，在那边，还欠了顿火锅。

赵树下还好，对于离别，并没有什么流于表面的感伤。一直与陈平安聊天。

小姑娘却一言不发。

赵树下像是突然想起一事，说先回了，让鸾鸾自己与陈先生告别。

陈平安哑然失笑，你小子的聪明劲，是不是用错了地方？

赵鸾低着头。仿佛不开口说话，就不用离别。

陈平安犹豫了一下，还是轻轻拍了一下小姑娘的脑袋，喊了声"鸾鸾"。

赵鸾抬起头，脸微微红。

陈平安又不傻。

小姑娘看自己的眼神，不一样。

有些时候，"喜欢"两个字，哪怕嘴上不说，也会在眼睛里写着。

所以陈平安想了想，轻声道："鸾鸾，我与你说些心里话，就当是我们之间的一个小约定，行不行？"

赵鸾有些慌张，但是又有些期待。

陈平安笑道："你喜欢我，对吧？"

赵鸾一下子涨红了脸。

陈平安微笑道："我也喜欢你，但是呢，不太一样，因为我心里已经有了喜欢的姑娘了。不过你现在，还是可以喜欢我，我觉得这不一定就是错的，只管喜欢你心目中的那个陈平安、陈先生便是了。但是我希望在将来，你又长大了一些，可能是三年、五年，或者更久一些，十年之后，也许就会在某天遇上一个你觉得很好的少年，或是年轻人，那会儿，别怕，很认真想过之后，如果你发现自己其实真的喜欢他，就千万不要错过他，好不好？"

赵鸾眨了眨眼睛。

陈平安笑道："好，不说话就当你答应了。"

陈平安扶了扶斗笠，说了声"走了"。

剑仙出鞘，御剑而去。

赵鸾仰起头。

一颗脑袋悄悄在大门那边探出来。只是少年不知道,自己身后还站着一个人,而且明显比他经验老到多了。老儒士已经悄然转身。

赵鸾转过头,结果刚好看到了师父的背影和赵树下的脑袋。

赵鸾脑袋低垂,双手捂着脸庞,飞快跑进宅子。

赵树下一边跟着赵鸾跑,一边言之凿凿道:“鸾鸾,我可一句话都没听着!不然我跟你一个姓!”

前边传来一个嗓音,道:“师父才是真没看见听着什么,身为儒家门生,自当非礼勿视,非礼勿闻。可是树下嘛,就未必了,师父亲眼瞧见,他撅着屁股竖起耳朵听了半天来着。”

赵树下一个急停,毫不犹豫就开始往大门那边跑。鸾鸾每次只要给说得恼羞成怒,那下手可就没轻没重了,他又不能还手。

云海之上,陈平安抹了把汗水,只觉得比跑了两趟朦胧山还累。

朱敛真是欠削,戴了顶斗笠有屁用啊。

只是埋怨过后,陈平安以坐桩之式坐在剑仙之上,会心而笑。

说到底,还是将鸾鸾当做了小孩子来着。小孩子喜欢某个人,就像喜欢一串糖葫芦,一块糕点,喜欢岂会不是真喜欢?但其实并不是真正的男女之情,更多还是依赖、信任,以及当年那场机缘巧合之下的悲欢相通吧。

而这样被喜欢,干净单纯,又有什么不好的呢?

哪怕将来不被喜欢了,小姑娘有了真正心仪的男子,其实又是另一种美好。

陈平安朗声道:“走!去往更高处!”

脚下那把剑仙,却是一个急急下坠。

在彩衣国和梳水国接壤的一条山野小路上。

一袭青衫背着一只大竹箱,手持一根随便劈砍出来的粗糙行山杖,缓缓而行。已经步行百余里山路,最终在夜幕中走入一座破败古寺,满是蛛网,佛家四大天王神像依旧一如当年,摔倒在地,依旧会有一阵阵穿堂风时不时吹入古寺,阴气森森。

年轻人生起一堆篝火,然后闭上眼睛,打着瞌睡,似乎是担心书上写的精魅鬼怪会出现,想睡又不敢真正睡去。

约莫子时过后,有莺莺燕燕的欢声笑语响起,由远及近。

好似负笈游学的青衫年轻人,低着头,嘴角暗暗翘起,只是抬起头向外张望的时候,已经换了一副茫然和惊讶的表情。

古寺占地规模颇大,故而篝火离着大门不算近。

有三位身穿彩裙的曼妙女子，一位杏眼圆脸的豆蔻少女，一位梳高椎髻约莫二十来岁的高挑女子，还有一位鬓蓬松如“闹花”而髻光润的丰腴妇人，身上的某处风景，尤其颤颤悠悠，她们嬉戏打闹，一起笑着如彩蝶“飘进”了古寺，然后见着了那位瞪大眼睛的年轻人，她们竟是有些怯意，羞赧地放慢了脚步，相互推搡着走向篝火和读书人。

美妇人好像胆大些，蹲下身，伸手烤火取暖，直直地看着那个年轻人。

高挑女子站在一旁，冷眼俯视，似乎在确定这个年轻人会不会是个危险的浪荡子。

杏眼少女最羞怯，侧身而立，双手十指交错，低头凝视着那双露出裙摆的绣花鞋鞋尖。

妇人突然愣了一下。

因为那个年轻人突然笑了起来，似乎绷不住先前那副“假正经”的表情了。

一直蹲着的丰腴妇人，竟从呼之欲出的雪白胸脯之中，掏出了一块绣帕，轻轻扇风，嗓音柔腻道：“公子热不热？奴家可是突然觉得身上衣裳有些厚呢。”

陈平安一直伸手靠近火堆，笑道：“如果觉得热，还用烤火吗？”

妇人哑然，然后抛了一记妩媚白眼，笑得花枝乱颤，道：“公子真会说笑，想来一定是个解风情的男子。”

陈平安笑呵呵道：“那你就多笑会儿。”

如此一来，风韵妖娆的美妇人笑了会儿，便很快笑不出来了，只是不愿就这么败下阵来，舔了舔嘴角，眯眼问道：“公子相貌真俊，中看，话也中听，就是不知道中不中用？”

陈平安依然笑道：“大婶你也挺会说笑。”

妇人的笑脸僵硬起来。

故意以此面貌故地重游的陈平安，再次打量了三人一番，最终望向那个最胆小的少女，开口笑道：“行了，我知道你们的底细，先前我们打过交道。”

三位女子，丰腴妇人茫然哀怨，以绣帕覆盖胸脯风光，高挑女子皱眉，少女置若罔闻，依旧自顾自羞涩难当。

陈平安往篝火里加了一根枯枝，依旧笑望向那个脚穿绣花鞋的少女，真不知道她是不长记性，还是实在喜欢洁净，绣花鞋也好，裙摆也罢，依旧是走了山路不沾染丝毫尘土。陈平安缓缓道：“不记得了？那我帮着你回忆一下，大约七年前，有四个外乡人就坐在我这里，一个大髯豪侠，一个年轻道士，一个斯文书生，一个寒酸少年……嗯，后来在剑水山庄，我们又见过一次面。”

少女不再侧身，面对陈平安，掩嘴而笑，道：“如何会记不得，那次可是在你们和宋老王八蛋手上吃了大亏的，如今奴家一想起这桩惨事，小心肝儿还疼得厉害呢。你们这些臭男人啊，一个个不晓得怜香惜玉，将我那两个可怜丫鬟，说打杀就打杀了，如果我没有看错，公子你就是当年那个最辣手摧花的少年郎吧？哎哟哟，真是越长大越俊俏啦,不晓得这次大驾光临,又图个啥?"

她双手负后,绕着篝火走了半圈,始终与陈平安保持一定距离,笑问道:"怎么,该不会是公子不比当初年少无知,而是开始晓得女子的滋味,尝过了人间女子,有些腻歪了,便想要来此尝个鲜?试试看咱们这些鬼魅美人的床笫功夫?"

陈平安摆摆手,道:"不敢,我知道夫人喜欢吃爆炒心肝,最好是修道之人的,因为没有土腥味。"

陈平安看了眼古寺门口那边,又道:"看来当年被宋老前辈祭剑之后,一口气斩杀了你麾下不少伥鬼阴物,现在你已经没了当年的声势。"

那位杏眼少女撇撇嘴,伸出一只绣花鞋,轻轻拨弄着火堆,问道:"说吧,你这次诱使我们露面,想做什么?"

陈平安问道:"剑水山庄一役过后,原先的梳水国四煞,伤亡惨重,死的死,跑的跑,还有……算了,不说这些,这都是我早就知道的。我听说后来在彩衣国那边很快又有了新的梳水四煞,其中有些是旧山头顺势上位的?"

少女蹲下身,叹了口气,道:"死翘翘了两个,没享福的命,都是被大骊一个叫什么武秘书郎的修士随手宰掉的。还剩下一个,最早就是跑腿打杂被人找乐子的,差点没吓得直接搬家,我好说歹说才劝住他别挪窝,人挪活,鬼挪了不还是鬼吗?亏得听我的劝,前些年兵荒马乱的,那家伙一下子就生意兴隆起来,聚拢了一大拨凶戾伥鬼,兵强马壮,又从不去触大骊蛮子的霉头,日子过得那叫一个痛快,还得了个让我眼红的朝廷敕封,不但再也不提什么梳水国四煞的名号了,差点连我都给那头畜生掳了去当压寨夫人。他是发达了,可我却悔青了肠子。这世道哟,人难活,鬼难做,到底要闹哪样嘛。"

陈平安虽然一直盯着她,其实眼角余光也在打量着另两只女鬼。

少女模样的她,在梳水国属于道行不浅的鬼魅,不过这对于当下的陈平安而言,不重要。

重要的是当年梳水国老剑圣宋雨烧面对她,翻出老黄历,说了一句"宜斋戒,宜求财",然后女鬼掏出一枚小暑钱,宋老前辈竟然就放过了她。

一开始陈平安真以为是老黄历的缘故,是这位在梳水国凶名赫赫的女鬼那天晚上运气好,后来与宋老前辈去小镇酒楼吃火锅的时候聊起,才知道原来梳水国四煞当中,这只女鬼是身世和作风最复杂的一个,属于那种杀了不冤枉,不杀也未必全是坏事的鬼魅。

陈平安叹了口气,问道:"说吧,这些年你害死了多少阳间男子?"

她白眼道:"说甚残害,话真难听,都是你情我愿的,他们得了男女之欢,我这些姐妹们得了阳气,不用沦为厉鬼,永世不得超生,皆大欢喜。当然了,真遇上了那些你们这些修士不稀罕搭理、官府又管不过来的家伙,我呢,也就不介意炒上几盘爆炒心肝了。"

陈平安不置一词，似乎想起了一些旧事。

她双手负后，啧啧道："真没认出你，你要不说，打死我都认不出。当初你瞧着是挺黑不溜秋一少年啊，都说女大十八变，你们男人也一样？"

陈平安像是玩笑道："既然打死了都认不出来，那我可以考虑不打死你。"

她瞥了眼这家伙身上的青衫，突然来了气。

转头瞪了眼那个高挑女子，骂道："别以为我不知道，你还跟那个穷书生勾勾搭搭，是不是想着他有朝一日，帮你脱离苦海？信不信今晚我就将你送到那头畜生手上，人家现在可是堂堂正正的山神老爷了，山神纳妾，即便比不得娶妻的风光，也不差了！"

说这些话的时候，少女双眼漆黑，浑身煞气萦绕，一双微微露出的绣花鞋更有猩红色彩缓缓流转，如鲜血流淌在鞋面上。

高挑女鬼神色惶恐，扑通一声，跪在地上，浑身颤抖。

一旁的丰腴妇人满脸讥讽，兴许讥讽之中，亦有几分嫉妒。

陈平安瞥了眼寺门那边，对三只女鬼挥挥手，说道："你们走吧。"

片刻之后。

杏眼少女模样的女鬼眉头紧皱，对那两位身边"丫鬟"沉声道："你们先走！从后门那边走，直接回府邸……"

就在此时，一阵夹杂有点点金光的浓郁黑风滚滚涌入寺庙，一位上半身裸露，有两根獠牙从嘴边露出的魁梧大汉现身后，大踏步前行，哈哈大笑道："走？我看谁都别走了！等这一天，可等好些日子了，一网打尽。你个小娘皮，真是难抓，老子几次派人当鱼饵，你竟然都没上钩，今儿怎么忍不住，有胆子跑出老巢了？真以为从你这边挑个腿长的小妾，就能填饱老子的肚子？你知不知道，老子偏偏最好你这一口！"

当这位身高一丈的魁梧大汉出现后，古寺内顿时腥臭刺鼻。

古寺四周，鼓噪不已。显然这头当了山神的精魅，伺机而动，有备而来。

陈平安无奈道："这位就是山神老爷吧，不忙着收拾我，反正跑是跑不掉了。你们大可以先叙旧，该下聘下聘，该纳妾纳妾。"

这位昔年的梳水国四煞之一，如今砸了大把神仙钱，总算得了个山神诰封的魁梧山怪，嘴角习惯性流着哈喇子，果真不再理睬这个看着就是个三脚猫武夫或是个不入流小修士的年轻人，转头看着那个身材矮小、腰肢纤细的杏眼少女，然后招了招手，那位丰腴美妇立即掠向他，被他一把抱住。妇人依偎在这位山神老爷胸口的"山林"当中，咯咯直笑，没敢望向自家主人，而是狠狠盯着那个满脸错愕的高挑女鬼，骂道："身在福中不知福的贱货，凭什么你能被纳妾，还敢拒绝这等美事？！"

山怪笑声震天响，道："今晚过后，都是自家人，床上床下都是姐妹，莫要因为几句言语伤了感情。你跟她，各有各的好，老爷我都会疼惜的。"

他抹了把嘴，然后随意擦在怀中妇人的胸脯上，淫笑道："老爷以后对你们三人，绝对不像对待山下那些柔弱女子。再说了，她们也委实是经不起折腾，可惜死了都无法成鬼，不如你们幸运，不然你们还能多出些姐妹，老爷那座山神祠庙，该有多热闹？"

最后他收起了那块交给妇人女鬼的绣帕，就是靠着这个，他才能够"捕风"而来，将那个垂涎已久的狡诈小婆娘堵在这里，否则在她府邸那边，就算好不容易攻破了，也要得不偿失，说不定还会两头落空。须知他如今野心极大，是奔着梳水国的五岳正神去的，哪怕成了大骊宋氏的藩属国后五岳神祇的地位大不如从前，可瘦死的骆驼比马大，在这梳水国一亩三分地，别说是乡野女子和几只艳美女鬼，便是以往想也不敢想的河婆与那品秩更高的女子水神，又算什么东西？勾勾手指的事情。

陈平安又往火堆里添了一把柴火，即便动作轻柔，还是有些响动。

那位山神并不像表面那样粗犷鲁莽，马上就盯住了那个陌生面孔的远游书生。

陈平安笑道："抱歉，你们继续。"

山野精怪出身的新晋梳水国山神，暂时压下心头古怪和狐疑，对那个杏眼少女笑道："韦蔚，你就从了我吧，如何？我又不会亏待你，名分有你的，保管是山神娶亲的规格，八抬大轿娶你回山，甚至只要你开口，便是让县城城隍开道，土地抬轿，我也给你办成！"

名为韦蔚的女鬼高高抬起一只脚，晃了晃绣花鞋，讥笑道："瞧见没，多干净，你再撒泡尿照照自己。"

山怪一把推开怀中美妇，掏了掏裤裆，嘿嘿笑道："我就喜欢你这脾气，没法子，只好运用山神神通，先抢亲办了正事，将来再补上娶亲仪式了。可莫怨我，是你自找苦吃，就你这欠抽的脾气，中意归中意，到了床榻上，不好好磨一磨你，以后还怎么过日子？"

韦蔚拍了拍胸脯，假装惊叫道："哟，你可吓着我了。"

那个站在她身边的高挑女鬼，天人交战之后，走出一步，问道："我愿意当你的小妾，你能不能放过我家主人？"

韦蔚神色不悦，一袖子打得高挑女鬼横飞出去，撞在墙壁上，看力道和架势，会直接破墙而出。

魁梧山怪扯了扯嘴角，一跺脚，山水迅猛流转。

高挑女鬼如同撞在一堵铜墙铁壁，狠狠跌落在地，身上那件以障眼法生就的华美彩衣，随着灰烟飘摇，有些灰烬散落。她蜷缩在墙角，伸手遮掩身上的一部分春光流泻。

山怪冷笑道："韦蔚，今时不同往日了，还不肯认命吗？真当老子还是当年那个任你调笑的大傻子？你知不知道，你当初每调笑我一句，我就在心中，给你这个小娘们记了一鞭子！我接下来一定会让你知道，什么叫打是亲骂是爱！"

他伸手一招，手中浮现出一根如浓稠水银的灵动长鞭，其中那一条纤细如发丝的金线,却彰显着他如今的正统山神身份。

韦蔚没有转头,只是指了指身后的那个青衫书生,道:“你个毛都没褪干净的脏畜生,瞧见没,这是我刚打算收入帐内的情郎,今儿老娘一只鬼魅,要在一座古寺内与一位读书人殉情,不亏!”

陈平安笑道:“不许临死还拉我下水啊,做鬼如此不厚道,难怪今夜有此劫难。”

韦蔚冷笑不已,不再理睬身后那个必死无疑的可怜家伙。

在这座山头,山神意味着什么,不言而喻。

先前那一巴掌拍下去,已经很对得住那个光长腿不长脑子的婢女了。为了个婢女,说些什么“我韦蔚愿意跟那畜生走,只求放过婢女”之流的傻话,绝无可能,她韦蔚又不是什么菩萨心肠。至于身后那个害得自己沦落至此的年轻人,她更不会管他,活该他今夜一起死在这里。殉情,殉个屁的情,老娘几百年风光日子,就这么没了,那畜生不杀他,她自己都想一巴掌拍死他,省得给那些山中精怪剥皮抽筋下油锅,他还得谢她给了个痛快死法。

陈平安突然问道:“这位山神老爷,你能够被敕封山神,是走了大骊铁骑某位驻守文官的路子,还是梳水国官员收了银子,给帮着通融的?”

那头山怪阴恻恻笑道:“等你死了,万一还能够成为伥鬼,再告诉你。”

韦蔚畅快大笑道:“就他也敢找大骊蛮子?估计如今一听到‘大骊’两个字,就要三条腿发软吧。”

陈平安点头道:“原来如此。”

山怪厉色道:“韦蔚!你等着,不出十天,老子非要让你戒掉那些个可怜癖好!”

墙角那边的高挑女鬼,还有那位美妇女鬼,都有些神色古怪扭捏。

韦蔚倒是全然无所谓,开始琢磨着如何将以卵击石的下场,尽量争取变成一个玉石俱焚。

陈平安缓缓站起身,拍了拍衣衫。

差不多可以了。

运气不错,还有一只自己找上门的梳水国四煞之一。

不过看先前黑烟气势与长鞭的那丝金线,应该是金身尚且不稳,香火不足的缘故。

陈平安弯腰去翻书箱。

山怪皱了皱眉头。

韦蔚也忍不住后掠数步,这才转头望去,不知道那个像当年一样背着竹箱上山入寺的家伙,到底想要做什么。

只见那年轻人试图将那把原本搁放在书箱内的长剑,背在身后。

看到韦蔚的探询视线后,陈平安笑道:“一把半仙兵啊,以前没见过?跋山涉水,没点傍身的宝贝，怎么行。”

韦蔚被这个家伙的大言不惭气笑了，笑眯眯点头道：“见过见过，见过几十上百件半仙兵呢。”

山怪一下子放下心来，真正的得道修士，哪里需要装神弄鬼，虚张声势。

陈平安环顾四周，问道：“这一处佛门清净地，僧人经书已不在，可兴许佛法还在，所以当年那只狐魅，就因为心善，得了一桩不小的善缘，跟随那个‘柳赤诚’行走四方。那么你们呢？”

看着那个背剑年轻人的讥讽笑意，韦蔚没来由有些心慌。

陈平安手腕一抖，竹箱凭空消失，被收入方寸物当中。

手腕一拧，手中又多出一顶斗笠，戴在头上，扶了扶。

不知为何，那只已被纳入一国山水谱牒的神祇山怪，竟是不由自主地双膝发酸，一身本命神通竟然仿佛被无上仙法压胜，彻底运转不灵。

在落魄山竹楼练拳之后，比起当年在书简湖以南的群山之中，陈平安开始神意内敛。

虽未完全能够收放自如，却也不会像之前那么随意外泻而自己浑然不觉。

不然这趟古寺之行，陈平安哪里能够见到韦蔚和两位婢女阴物，她们早被吓跑了。

下一刻，女鬼韦蔚瞪大一双漂亮的杏眼。

不知何时，那个青衫年轻人已经站在了魁梧山神一剑之外的地方。

刚好一剑的距离。

因为年轻人不知怎么就已经拔剑出鞘，剑尖上挑，刺入那头山怪的下颚，竟是直接将其挑离地面。

一位山神的金身，开始当场碎裂出无数条细缝。

陈平安微微仰头，道：“当年杀了头为祸一方的黄鳝河妖，就有因果业障缠身，那么杀一位山水正神，应该只多不少。”

韦蔚破天荒有些不知所措。

只觉得天地寂静，唯有那个青衫剑客的话音，悠悠响起。

“没关系，这份因果，我接了。”

女鬼韦蔚甚至不知道，那个年轻人是什么时候走的。过了许久，她才稍稍回过神来，能够动一动脑子，却又开始发呆，不知为何他没杀自己。

当然到最后也不知道那把剑，到底是不是一把真的半仙兵。

古寺内，反而是那个丰腴女鬼，开始跪地砰砰磕头求饶。

高挑女鬼则战战兢兢来到韦蔚身边，颤声说道：“主人一直入神想事情，那位仙师喊了你一声没反应，便要奴婢转告主人，说以后这座古寺，咱们就别再来了，假若能够多积攒些阴德，不是什么坏事，说不定古寺这边的菩萨，都看着呢。”

韦蔚也察觉到自己的怪诞境地，便强行运转法术，好似强行从泥泞中拔出双脚一般，这才恢复神志清明，大口喘气。身为女鬼，都出了一身虚汗，她的衣裙和绣花鞋，不比身边的婢女丫鬟，可不是使了那类粗劣的障眼法的。

韦蔚瞥了眼本该躺着一具山怪身躯却空荡荡的地面，连血迹都没有，皱眉问道：“那个人呢？”

高挑女鬼摇头道：“说完就走了。”

韦蔚刚想要一脚踹得那个磕头贱婢灰飞烟灭，却猛然间收回绣花鞋，恼火道：“留你一命！回府受罚！”

她大手一挥，厉声道：“走，赶紧走！”

只是离开破败古寺之前，她在门槛那边停步转身，双手合十。这位从不信佛的女鬼恶煞，竟然低头呢喃道：“菩萨保佑，菩萨保佑……”

最后韦蔚瞥了眼那堆尚未熄灭的篝火，一团光亮。

她们就此掠去，打道回府。

在韦蔚三只女鬼离去后，一袭青衫竟然没过多久，又重新返回了古寺，摘了斗笠，依旧对着那堆篝火，偶尔添加枯枝，如同守夜。

其间起身一次，然后站在寺内一处，闭着眼睛，以虚握长剑之姿势，轻轻向前挥剑一次。

天微微亮。

他走出寺庙大门，来到崖畔，缓缓走桩。

出完拳后站定，转头一笑。

陈平安收回视线，举目远眺。

天高地阔，风景如画。

相信明年春天，又会有桃花红，李花白，菜花黄。

第五章
听说你要问剑

铁符江畔，几位高冠大袖的老夫子带头走在前方，身后是儒衫的年轻男女，显然皆是儒家门生。

队伍如同一条青色长蛇，人人高声朗诵《劝学篇》。

江水潺潺，书声朗朗。

队伍中，有位身穿红衣的年轻女子，腰间别有一只装满清水的银色小葫芦，背上背着一只小小的绿竹书箱。过了红烛镇和棋墩山后，她曾经私底下跟茅山长说，想要独自返回龙泉郡，那就可以自己决定哪里走得快些，哪里走得慢些。只是老夫子没答应，说跋山涉水，不是书斋治学，要合群。

其间经过铁符江水神庙，大骊品秩最高的江水正神杨花，一位几乎从不现身的神灵，破天荒出现在这些书院子弟眼中，怀抱一把金穗长剑，目送这拨既有大隋也有大骊的读书种子。照理说，如今山崖书院被摘掉了七十二书院的头衔，杨花身为大骊名列前茅的山水神祇，完全无需如此礼遇。

可搬迁到大隋京城东华山的山崖书院，曾是大骊所有读书人心中的圣地，而山长茅小冬如今在大骊，依旧桃李盈朝，尤其是在礼、兵两部，更是德高望重。

在杨花曾经还是那位宫中娘娘身边捧剑侍女的时候，她对于仍在大骊京城的山崖书院，仰慕已久，还曾跟随娘娘一起去过书院，早就见过那位身材高大的茅老夫子，所以才有今日的现身。

在铁符江和龙须河接壤的那处瀑布，早有人等候已久。

披云山林鹿书院的几位山长，还有龙泉郡太守吴鸢，袁县令，曹督造，都位列其中。

还有一位李氏老人，正是福禄街李氏家主，李希圣、李宝箴、李宝瓶三兄妹的爷爷。元婴境修为的老人，如今已是大骊头等供奉，只是一直没有对外宣扬而已。

大骊宋氏当年对于掌握了绝大多数龙窑的四大姓十大族，有不为人知的特殊恩赐。宋氏曾与圣人签订过密约，准许各个家族“截留”一到三位修道之才的本命瓷，在历代坐镇此地圣人的眼皮子底下，破例修行，并且能够无视骊珠洞天的天道压胜与秘法禁制，只不过修行之后，无异于画地为牢，不可以擅自离开洞天地界，不过大骊宋氏每百年又给三个固定的名额，悄悄带此三人离开洞天。至于为何李氏家主当年明明已经跻身金丹地仙，却一直没能被大骊宋氏带走这桩秘事，想必又会牵扯甚广。

李氏老人到底是一位元婴地仙，遥遥便见着了自己心爱的孙女，顿时满脸笑意，怎么都遮掩不住。

只是不知为何，总觉得自己孙女还是跟当年那般不合群，独来独往的模样，可好像又有些不一样，老人突然既欣慰又失落。

小宝瓶到底是长大了，就这样偷偷摸摸长大了啊，真的是，也不跟那么疼她的爷爷打声招呼，就这么悄悄长大了。

隔代亲，在李家，最明显。尤其是老人对年纪最小的孙女李宝瓶，简直要比两个孙子加在一起都要好得多。关键是长孙李希圣和次孙李宝箴，由于他们母亲偏袒太过显眼，在下人眼中，双方关系似乎有些微妙，可是两人对妹妹的宠溺，亦是从无保留。

背着那只老旧小巧的小竹箱，李宝瓶独自走在水浅但流水声却比江水更响的龙须河畔。

队伍不远处，与两个好友一起的李槐，还有正与一位书院先生言语交流的林守一，也都背着样式相仿的竹箱。

三只竹箱，都是出自一人之手，不像才怪了。只不过李宝瓶那只做得最早，材质却最普通，只是最寻常的青竹，而林守一和李槐的是过了棋墩山之后，陈平安用魏檗的奋勇竹打造而成，这么多年过去，依旧颜色翠绿欲滴。

至于最后在大骊关隘那边才第一次与陈平安相逢的于禄和谢谢，可就没有这份待遇了。

大骊北岳正神魏檗并未出现，圣人阮邛也没有露面。

一位曾经与茅小冬拍过桌子，然后被崔东山谈过心的山崖书院副山长，有些皱眉。大骊此举，合理却不合情。

分量最重的两位，都如此无视了山崖书院。

关键是林鹿书院也好，郡城太守吴鸢也罢，好像都没有要为此解释一二的样子。

这位出身大隋世族的副山长心中难免唏嘘，说到底，还是双方国力的此消彼长使然。遥想当年，我大隋和那卢氏王朝山川，有多少大骊读书人慕名而来，以与两国名士有过诗词唱和而沾沾自喜。

队伍停步，书院老夫子们与大骊那些人客套寒暄。

李宝瓶瞧见了自己爷爷，这才有点小时候的样子，轻轻颠晃着竹箱和腰间银色葫芦，撒腿飞奔过去。

老人笑着嚷嚷道："小宝瓶，跑慢些。"

李宝瓶在老人身前一个急停站定，笑着，大声喊"爷爷"，笑容灿烂。

老人言不由衷地埋怨道："大姑娘家家的了，不像话。"

不远处，大隋豪阀出身的马濂见到了终于露出笑颜的那位姑娘，他松了口气，心情也跟着好起来。

刘观看到这一幕，摇头不已。马濂这只呆头鹅，算是无药可救了，在书院就是如此，几天见不到那个身影，就失魂落魄，偶尔路上遇见了，却从来不敢打招呼。刘观就想不明白，你马濂一个大隋头等世家子，世代簪缨，怎么到头来连喜欢一个姑娘都不敢？

李槐是知道内幕的。

先前书院收到了陈平安从龙泉郡寄来的书信，李宝瓶就打算告假返乡，只是当时书院夫子没答应。就在李宝瓶准备翻墙跑路的时候，突然传出个消息，茅山长要亲自领路，带着一部分书院弟子去往大骊披云山，一路游历，然后与林鹿书院切磋学问，此外，还可以观看千百神灵携手夜游访山岳的盛大场面。

还是怪李宝瓶自己，说是要给她的小师叔一个惊喜，先不告诉落魄山那边他们可以回乡了。结果走到半路，李宝瓶不知道从哪儿得了消息，可能是收到了家书或是什么，然后就开始没有精气神了，越来越沉默寡言，恢复了前几年她在书院读书的光景。

如今在山崖书院，随着李宝瓶书读得越来越多，越来越快，跟人请教的次数，抛出来的问题，反而越来越少，起先几乎回回都被问倒的夫子先生们，竟是人人觉得寂寞了，没了那些刁难，还真不适应，都怀念当年那个一本正经与他们问怪问题的红棉袄小姑娘。

按原定计划，山崖书院学子需要先到披云山的林鹿书院，接下来有两天的自由行动时间，然后重新聚在林鹿书院，观看那场大骊北岳举办的神灵夜游宴。

一行人浩浩荡荡穿过了小镇。

李氏老人没有去往福禄街祖宅，而是打算跟随小宝瓶一起入山。当然作为一位元婴修士和大骊头等供奉，本身儒家学问又深，老人没有陪在李宝瓶身边，因为那只会让孙女更加远离大隋同窗。

在大隋书院学子刚刚离开小镇，路过那座真珠山后，一个手持行山杖、腰间刀剑错的黑炭丫头，身边跟着一头身形矫健的黄狗，一起奔跑。她个儿矮，瞧不见队伍当中那一袭红色，直到跑到了自家师父的山头上，才看到了那个熟悉的身影。裴钱使劲挥手，中气十足地喊道："宝瓶姐姐！我在这里，这里！"

李宝瓶猛然转头，看到了裴钱蹦蹦跳跳的身影，她赶紧离开队伍，跑向那座小山头。

李槐乐了，停步不前，留在队伍最后，然后大声嚷嚷道："裴钱！我呢我呢？"

裴钱翻了个白眼，没搭理他。

刘观和马濂幸灾乐祸，哈哈大笑。

这些年，裴钱时不时会写信去往大隋书院，信上偶尔也会提及马濂和刘观这两个她心目中的马前卒，毕竟约好了以后要跟李槐一起行走江湖，寻宝挖宝，五五分账。但是如果身边没有几个摇旗呐喊的小喽啰，显不出她的身份，马濂比较笨，但是忠心耿耿，刘观心眼多，可以当个狗头军师。

李宝瓶跑向真珠山，裴钱跑下真珠山，两人在山脚碰头。

李宝瓶伸手按住裴钱脑袋，比划了一下，问道："裴钱，你咋不长个儿呢？"

裴钱如遭雷击，闷闷不乐。宝瓶姐姐，太不会说话了吧，哪有一开口就戳人心窝子的。

李宝瓶突然说道："没事，有志不在个儿高。"

裴钱心情略好，赞同道："对对对，我志向高远，在落魄山尽人皆知，师父都认的。"

说到这里，裴钱转头斜了一眼那条趴在不远处的土狗。后者耷拉着脑袋，不敢跟这个手持行山杖的家伙正视。

说到师父，裴钱安慰道："宝瓶姐姐，别伤心啊，千万别伤心啊，我师父不晓得你们要来，这才自个儿跑去江湖了。回头我见着了师父，就帮你骂他……嗯，说他几句……一句好了。"

已经快要比裴钱高出一个脑袋的李宝瓶笑问道："你怎么在小镇待着，没在落魄山练习你那套疯魔剑法？"

裴钱挺起胸膛，踮起脚跟，自豪道："宝瓶姐姐你是不知道，我如今在小镇替师父看着两间铺子的生意呢，两间好大好大的铺子！"

李宝瓶一脸讶异道："你都已经这么厉害了？"

裴钱使劲点头："如果宝瓶姐姐不信，我可以现在就带你去骑龙巷！那儿的春联、门神，还有'福'字、'春'字，都是我亲手张贴上去的。"

李宝瓶"嗯"了一声，赞赏道："不错，个儿不高，但是已经能够替小师叔分忧了。"

裴钱笑得合不拢嘴，宝瓶姐姐可不轻易夸人的。

李宝瓶回头看了眼队伍，对裴钱说道："我要先去披云山林鹿书院，等安置好了，我就下山找你玩。"

裴钱看着个子高高、脸蛋瘦瘦的宝瓶姐姐，像是想起了什么，刚才还满心欢喜的小丫头，突然一下子哭了起来，低着头，用手背擦拭眼泪，呜呜咽咽道：“宝瓶姐姐，师父这次回家，可瘦了！比你还瘦，瘦得我都快认不出来了。师父没有说什么，可是我知道，师父在书简湖那边的三年时间，过得半点都不好。宝瓶姐姐，你读书多，本事大，胆大，师父又那么喜欢你，你这些年也不去看看师父，师父见着了你，肯定比见着了我还要高兴的……说不定就不会觉得那么累了。”

李宝瓶笑了起来，转头远望南方，眯起一双眼眸，有些狭长，脸蛋儿不再如当年圆乎乎，有些鹅蛋脸的小尖了。

她弯下腰，帮裴钱擦去泪水，轻声道：“好啦好啦，怨我怨我。”

裴钱哭完鼻子之后，有些心虚，抱歉道：“对不起啊，宝瓶姐姐，我胡说八道哩。”

李宝瓶拍了拍裴钱的肩膀，笑道：“回见。”

裴钱点点头，看着李宝瓶转身离去。

宝瓶姐姐，背着那个小竹箱，还是穿着熟悉的红衣裳，但是裴钱望着那个渐渐远去的背影，不知道为什么，很担心明天或是后天再见到宝瓶姐姐，她个头就又高了，更不一样了。不知道当年师父走入山崖书院，会不会有这个感觉？当年师父一定要拉着他们，在书院湖上做那些当时她裴钱觉得特别好玩的事情，是不是因为师父就已经想到了今天？人的长大，其实是一件特别不好玩的事呢。

裴钱挠挠头，一跺脚，懊恼不已，自己如今好歹是两间铺子的三掌柜，怎么就不记事呢？她从袖子里掏出两串用油纸包好的糖葫芦——忘了给宝瓶姐姐了！

她唉声叹气，把一串糖葫芦放回袖子，留下一串，自顾自啃咬起来，滋味真不错。至于买糖葫芦的钱，是石柔出的，她也真是的，自己不过就是在压岁铺子里边，多念叨了几句糖葫芦的事情，多问了石柔几句听没听见小贩走街串巷叫卖糖葫芦的声音，一来二去，石柔就主动塞了一把铜钱给她，说请她吃的，不用还钱。这多不好意思，她裴钱又不是那种馋嘴的孩子了，于是就使劲盯着石柔手心的铜钱，然后摇着头摆手，说不用不用。不过最后她还是收下了，盛情难却。

吃完了糖葫芦，袖子里那串就留着好了，毕竟钱是石柔出的，回去送给她。至于宝瓶姐姐那份，明儿她自己出钱好了。

江湖人行事，就是如此豪爽。

裴钱挥了一通行山杖，瞥见远远躲开的那条土狗，一瞪眼，土狗立即夹着尾巴跑到她身边趴着。

裴钱蹲下身，一把抓住它的嘴，怒道：“小老弟，你怎么回事，个儿这么矮，你是矮冬瓜吗？丢不丢人？嗯？开口说话！”

这条莫名其妙得了一桩大福缘，实则早已成精，本该在龙泉郡西边大山乱窜好似撵山的土狗，一动不动，眼神中充满了委屈和哀怨。

它如今开窍通灵，靠山又是龙泉剑宗，在西边群山之中，也算一只谁都不会招惹的山水精怪了，可是距离开口人言与化为人形，其实还差了些道行。

裴钱使劲攥着土狗嘴巴不松手，她瞪大眼睛，继续呵斥道："不说话就是不服气喽？谁给你的狗胆？"

它一动不敢动。

裴钱手腕一拧，狗头跟着扭转起来，土狗立即呜咽起来。裴钱气呼呼道："说，是不是又背着我去欺负小镇上的大白鹅了？不然为何我只要每次带上你，它们见着了就跑？你知不知道，什么叫拳高莫出？气死我了，跟着我混了这么久江湖，半点不学好。"

那条土狗估计想死的心都有了。当年是谁骑着一只大白鹅在小巷子乱窜？

裴钱好不容易放过了土狗，松开手，站起身，拍拍手，突然她使劲眨了眨眼睛，伸手揉着。

上次在骑龙巷吃过师父递过来的那颗珠子后，就经常这样，双眼发酸，倒是不疼，就是有些心烦，害她好几次抄书的时候，一个眨眼，笔画就歪斜了。写得不工整，就得重新写过，这是师父为数不多的规矩之一，她一直照做，哪怕如今已经没人管她的抄书了。

而且她偶尔望向写满字的纸面，总觉得有些字会动，只是当她定睛一看，又很正常，一个一个规规矩矩躺在纸上。

裴钱打算借着之后带宝瓶姐姐去落魄山的机会，问一问成天在山上游手好闲的朱老厨子，反正他什么都懂。实在不行，就问问山神老爷魏檗。再不行，唉，就只能去竹楼二楼那座龙潭虎穴，请教那个一言不合就要教她拳法的老先生了。老先生不就是仗着岁数大，气力比师父多几斤几两而已，懂什么拳法？能有她师父懂吗？老头儿懂个屁嘞！

裴钱开始大摇大摆走向小镇，仰着脑袋不看路，高高挺起胸膛，大声道："走路嚣张，敌人心慌！疯魔剑法，绝世无双！若是朋友，宰了土狗，我吃肉来你喝汤！"

那条土狗夹着尾巴，乖乖跟在裴大女侠身后。

小镇愈发热闹，因为来了许多说着一洲雅言的大隋书院学子。

李槐带着刘观和马濂去了自家宅子，外面看就破落不堪。李槐却毫不在意，掏出钥匙开了门，带着他们去挑水打扫屋子。刘观还好，本就是寒苦出身，只是马濂看得目瞪口呆，他见过穷的，却没见过这么家徒四壁的。

小镇自然不止铁锁井一口水井，李槐家附近就有，只是都不如铁锁井的井水甘甜而已，李槐娘亲在家里遇上好事或是听说谁家有不好事情的时候，才会走远路，去铁锁井挑水，跟杏花巷马婆婆、泥瓶巷顾氏寡妇在内一大帮婆娘，过招切磋。

刘观是个懒鬼，不愿动，说他来烧火起灶负责做饭，李槐就带着马濂去挑水，结果马濂那细皮嫩肉的肩头，苦不堪言，看得水井旁的女子笑话不已，容貌清秀的马濂满脸涨红。

李宝瓶到了小镇，先回了趟家，娘亲的眼泪就没停过，李宝瓶也没忍住。

李宝瓶离开了福禄街，去那条骑龙巷，熟稔得很，如今属于小师叔的那两家铺子，当年本是那个羊角辫儿石嘉春的祖传产业，李宝瓶小时候没少去，何况李宝瓶在小镇内外从小跑到大，大街小巷，闭着眼睛都能逛下来。只是这次走得慢，不再风风火火了。果然在压岁铺子那边看到了坐在板凳上苦等自己的裴钱，李宝瓶这才加快步子。在铺子待了一会儿，就和裴钱去泥瓶巷，发现小师叔的祖宅干干净净，都不用打扫，李宝瓶就带着裴钱回了福禄街。

裴钱蹲在那口小水池旁边，瞪大眼睛看看石子，看看据说养在里边很多年了的金色过山鲫，是师父当年送给宝瓶姐姐的，以及更久的一只金色小螃蟹，则是宝瓶姐姐自己抓的。其实抓螃蟹的真相，是红棉袄小姑娘当年给它夹了手指，一路流着眼泪跑回家，让大哥李希圣帮她掰开螃蟹的钳子。

裴钱看了半天，那两个小家伙，不太给面子，躲起来不见人。

小水池是李宝瓶当年很小的时候一力打造而成，石子都是她亲自去溪水里拣来的，只拣花花绿绿好看的，一次次蚂蚁搬家，费了很大劲，先堆在墙角那边，成了一座小山，才有后来的这座水池。如今那些作为“开国元勋”的石子，大多已经褪色，没了光泽和异象，但是还有不少大小不一的石子，依旧晶莹剔透，在阳光映照下，光华流转，灵气盎然。

林守一去了趟窑务督造衙署，故地重游，小时候他经常在这边游玩。

林家是小镇的大族，却不在四大姓十大族之列，而且林家人也很不出名，不太喜欢与街坊邻居打交道。林守一父亲，就只是督造衙署品秩不高的官吏而已，在当时小镇唯一的衙门当差的时候，先后辅佐过三任窑务督造官，但是好像谁都没有要提拔他的意思。林家迁往大骊京城，可老宅子还在，没有卖，只剩下了几个老仆。

林守一对于自己的家族，自打懂事起，就没什么大的念想。

家族对他，似乎也是如此。

两看相厌。

哪怕如今林守一在书院的事迹，已经陆陆续续传入大骊，家族好像依旧无动于衷。

林守一不觉得奇怪，父亲历来如此，只要是父亲认定的，旁人的言行只要不合他的心意，便都是错的。而娘亲在父子之间，永远只会站在自己丈夫那边，看待自己儿子的眼神，从来都是冷冷清清的，就像看待一个只是帮着她留在林家的人，不是外人，也不是什么亲人，反正不像是一个娘亲对待自己的亲生骨肉，客客气气，藏着疏远。

林守一认得那些父亲当年的衙署同僚,主动拜访了他们,聊得不多,实在是没什么好聊的,而且与人热络寒暄,从来不是林守一的强项。

据说督造官大人又出门溜达去了,按照衙署胥吏的说法,曹大人就是喝酒去了。

林守一难免有些奇怪,好像无论官员还是胥吏,聊起那个他们本该小心措辞的督造官,一个比一个笑脸由心,言语随意。

刚好于禄带着谢谢,去了那栋曹氏祖宅,当年于禄和谢谢身份各自败露后,就都被带到了这里,与那个名为崔赐的俊美少年,一起给少年容貌的国师崔瀺当奴仆。

大骊上柱国曹氏的嫡孙,也就是如今龙泉郡的曹督造,就住在这边。

今天喝酒上了头,曹大人干脆就不去衙署,在那儿他官最大,点个屁的卯。他拎着一只空酒壶,满身酒气,摇摇晃晃返回祖宅,打算眯一会儿。路上遇见了人,打招呼,称呼都不差,无论男女老幼,都很熟,见着了一个穿着开裆裤的小屁孩,还一脚轻轻踹过去,小孩子也不怕他这个当大官的,追着他狂吐口水,曹大人一边跑一边躲,街上妇人女子们见怪不怪,望向这个年轻官员,俱是笑颜。

这位曹大人好不容易摆脱那个小王八蛋的纠缠,刚好在半路碰到了于禄和谢谢,不知是认出还是猜出这两人身份,风流倜傥又醉悠悠的曹大人问于禄喝不喝酒,于禄说能喝一点,曹大人晃了晃空荡荡的酒壶,便丢了钥匙给于禄,转头跑向酒铺,于禄无可奈何。谢谢问道:“这种人真会是曹氏的未来家主?”

于禄笑道:“这样才能是吧。”

谢谢冷哼一声。

相较于温文尔雅、勤于政务的袁县令,曹督造是出了名的风流人物,各大龙窑,只是走马观花逛了一遍,就再也没有去过。倒是经常在小镇或是郡城两处,两头跑。喜欢买酒,请人喝酒,更喜欢跟人瞎扯,几乎每次露面,手里边都拎着只酒壶,唯一的差别,只是壶里有无酒水而已。小镇男人都喜欢跟这个京城来的官老爷喝酒聊天,每次曹大人一露面,就会立即围拢一大帮爱喝酒的闲汉,听着曹大人说京城那边的趣事,真真假假的,谁在乎,不就是图个热闹嘛。再说了,只要喝高,曹大人经常会撂下一句,今儿酒钱我包了!

妇人和小娘子,都喜欢这位笑容迷人的年轻官老爷。

在小镇女子心目中的受欢迎程度,不比当年那个摆算命摊子的年轻道士逊色。

披云山上。

茅小冬开了口,跟林鹿书院打了声招呼,出身大隋的夫子们,才算见着了在此求学的皇子高煊,不然谁都不敢开这个口。不是他们自己怕惹祸上身,能够成为山崖书院的教书先生,哪个没这点担当和书生意气?他们是担心自己会连累了身在异国他乡的高煊,那位自己要求顶替哥哥来此担任质子的大隋弋阳子弟!

茅小冬在双方见面后，这才离开。

那位十一境的弋阳高氏老祖，并未出现。

高煊看着那些一个个对自己作揖后，老泪纵横的大隋学问最高的老书生，原本不觉得来此有何天大委屈的年轻人，也有些眼眶湿润。

高煊向那些白发苍苍的大隋读书人，以晚辈儒生的身份，毕恭毕敬，作揖还礼。

老夫子们一个个正衣襟，肃然而立，受这一礼。

在林鹿书院那座被命名为“浩然亭”的观景点，陪同高煊一起来到大骊的弋阳高氏老祖，此刻身边站着茅小冬和老蛟程水东。

高氏老祖闲聊几句就离去了。

他在林鹿书院并未担任副山长，而是隐姓埋名，寻常的教书匠而已，书院弟子都喜欢听他讲课，因为老人会说书本和学问之外的事情，闻所未闻，例如那小说家和白纸福地的光怪陆离。只是林鹿书院的大骊本土夫子，都不太喜欢这个“不务正业”的高老先生，觉得为学生们传道授业，不够严谨，太轻浮。可是书院的副山长们对此都未曾说些什么，林鹿书院的大骊教书先生，也就只能不再计较。

浩然亭内只剩下两位来自不同书院的副山长，程水东与茅小冬是旧识，言谈无忌。

老蛟与茅小冬说了许多书院事，也聊到了落魄山陈平安，其中说到一件小事，关于让一双外乡男女住在林鹿书院的请求，不是让魏檗捎话给书院，而是亲自登门，求了他这位副山长帮忙。

茅小冬板着脸道：“总算稍微懂了点人情世故。”

老蛟哈哈大笑。

在披云山之巅，一男一女登高望远，欣赏群山风光。

正是狮子园柳清山和师刀房女冠柳伯奇。

柳清山说道：“去过了大骊京城和东宝瓶洲最北的大海之滨，我们就回去吧？我们一起回去看看父亲，也看看我大哥。”

柳伯奇轻轻点头，有些脸红。按照最早的约定，返乡回家之日，就是他们俩成亲之日。书生柳清山，在她眼中，就是一座青山，四季常青，春山苍苍，春水漾漾。他饱读诗书，他忧国忧民，他待人真诚，他名士风流……没有缺点。可是她却是个修道之人，姿色平平，只会打打杀杀，说话不文雅，喝茶如饮酒，不会琴棋书画，没有半点柔情，好像她只有缺点。

其实这一路相伴远游，她一直担忧，将来的那场离别，不是柳清山作为凡夫俗子终有老死的那一天，而是柳清山哪天就突然厌烦了她，觉得她其实根本不值得他一直喜欢到白发苍苍。

柳伯奇忧愁不已。

直到去了落魄山，那个朱老先生一句话就点破了她的心结。

我见青山多妩媚，料青山见我应如是。

我柳伯奇是如何看待柳清山，有多喜欢柳清山，柳清山便会如何看我，就有多喜欢我。

可是柳伯奇还想亲口确认，鼓起勇气，可事到临头，还是十分紧张，忍不住死死握住了腰间那把佩刀獍神的刀柄，转头道："清山，我想问你一件事情，你不许觉得我傻，更不许笑话我……"

只是不等柳伯奇继续言语，柳清山就轻轻握住了她那只握刀的手，双手捧住，微笑道："知道在我眼中，你有多好看吗，是你自己都想象不到的好看。"

柳伯奇微微低头，睫毛微颤。

柳清山轻声道："怪我，早该告诉你的。如果不是朱老先生提醒，惊醒梦中人，我可能要更晚一些，可能要等到回到狮子园，才会把心里话说给你听。"

柳伯奇抬起头，打开了心结，她的眼神就再没有半点羞赧，唯有脸上微微漾开的红晕，才显露出她方才的那阵心湖涟漪。

柳伯奇轻声道："朱老先生竟然沦落到给陈平安看家护院，真是可惜了。"

柳清山哑然失笑，便想要帮着陈平安说几句，只是没来由记起朱老先生的一番教诲。

大是大非寸步不让，就足够了，小事上与心爱女子掰扯道理作甚？你是娶了个媳妇进门，还是当教书先生收了个弟子啊？

柳清山顿时觉得那位朱老先生，真是高山巍巍，句句金玉良言。这次离开龙泉郡之前，一定要再与老先生讨教讨教。

杨家铺子，既是店里伙计也是杨老头徒弟的少年，觉得这日子没法过了，铺子风水不好，跟银子有仇啊。

总这样生意冷清也不是个事吧，名叫石灵山的少年好歹认了师父，就得做点孝敬事，于是自作主张，跑去跟那个在督造衙署当差的舅舅，询问能不能帮着拉拢点客人登门，结果被舅舅一顿臭骂，说那铺子和杨家如今名声臭大街了，谁敢往那边跑。

石灵山灰溜溜回到铺子，结果看到师兄郑大风坐在大门口啃着一串糖葫芦，动作特别腻人恶心。若是平常，石灵山也就当没看见，可是师姐还跟郑大风聊着天呢，他立即就火冒三丈，一屁股坐在两张小板凳中间的台阶上。郑大风笑眯眯道："灵山，在桃叶巷那边踩到狗屎啦？师兄瞧着你脸色不太好啊。"

石灵山没好气道："你管不着，回落魄山看你的大门去。"

郑大风一脸慈祥地摆师兄架子，揉着少年的脑袋，一通晃荡，被少年一巴掌拍掉。

郑大风啃着一颗糖葫芦，含糊不清道："师兄如今阔气了，在落魄山那边又有了栋宅子，比东大门那边的黄泥房子可要大多了，啥时候去做客？"

石灵山说道："去什么去，铺子生意还要不要做了？"

郑大风惋惜道："真是可惜，新宅子有两间屋子，床都特别大，特结实，怎么打滚都不出半点声音。本来想着邀请你和苏丫头一块去过夜的，新宅子嘛，得找人添点人气，吃顿开灶饭，喝点小酒啥的。唉，嫌路远就算了。苏丫头倒是答应了，也好，两个人两间屋子，不用挤床铺了。"

石灵山张大嘴巴，后悔不已。

那个被郑大风称呼为苏丫头的女子，一言不发，哪怕郑大风先前根本就没与她说这一茬，她也不反驳什么。

方才向郑师兄询问武学疑惑，郑师兄虽然武道废了，但是见识还在，她没有半点轻视之心。比起尚未真正修行的石灵山，她要更早接触到诸多内幕和隐情，眼界大开，即是天地一变，自然就会对一间药铺生意的蝇营狗苟，浑然不上心。只是当她刚想询问郑师兄，先前那桩冥冥之中让她生出微妙感应的怪事，就让石灵山打岔了。

郑大风说道："石灵山，愣着干什么，去拿点吃食过来，孝敬孝敬你师兄。"

石灵山坐在师兄和师姐中间，屁股不抬。

女子倒是去店里拿吃食了。

郑大风一巴掌拍过去，骂道："真是个蠢蛋，你小子就等着打光棍吧。"

石灵山站起身，气愤道："小心我跟你急啊。"

郑大风揉着下巴，道："苏丫头长得这般水灵，以后肯定会有很多男人争着抢着想要娶回家。唉，不知道以后哪个王八蛋有这福分，跟苏丫头大晚上过招。我这个师兄，一想到迟早会有那么一天，真是有些心累。还好，苏丫头一直听我这师兄的话，想必以后挑花了眼，还是会由我这个师兄把把关，帮着一锤定音……"

石灵山立即纠结得一塌糊涂，好像被这个师兄糊了一脸的黄泥巴。

石灵山转头望向店里边，师姐在柜台那边，正踮起脚跟去药柜里边拿东西，铺子里边有些药材，是能直接吃的。

师姐一踮脚，一伸腰，身姿便愈发苗条了。

石灵山很快转过头，一屁股坐回台阶。

师姐真名叫苏店，小名胭脂。据说师姐早年最大的梦想，就是开一家售卖胭脂水粉的小店铺，名字也是她叔叔取的，昵称也是她叔叔喊的，特别不上心。

就在这个时候，小镇那边跑来一个背了个包裹的少年。

郑大风一抹脸，完蛋，又碰到这个从小就没良心的崽子了。想当年，害得他在嫂子那边挨了多少的不白之冤？

李槐跑到铺子门口，嬉皮笑脸道：“哎哟喂，这不是大风嘛，晒太阳呢，你媳妇呢？让婶婶们别躲了，赶紧出来见我，我可是听说你娶了七八个媳妇，出息了啊！”

哪壶不开提哪壶。

郑大风没好气道：“滚你的蛋！”

李槐哈哈笑着跑进药铺，直接往后院去，嚷嚷道：“杨老儿，杨老儿，你猜我给你带来了啥？”

坐在后院的杨老头抬起头，望向李槐。

李槐摘下那个包裹，竟是直接跑入那个郑大风、苏店和石灵山都视为禁地的正屋，随手往杨老头的床铺上一甩，这才离了屋子，跑到杨老头身边，从袖子里取出一只罐子，道：“大隋京城百年铺子购买的上等烟草！足足八钱银子一两，服不服气？就问你怕不怕吧。以后抽旱烟的时候，可得念我的好，我爹我娘我姐，也不能忘了！”

少年递过了那罐烟草，抬起双手，伸出八根手指头，晃了晃。

郑大风搬了板凳来到后院坐下，看好戏。

石灵山也跟着，好奇这个家伙是从哪里蹦出来的，怎么没大没小，跟郑大风随便也就罢了，怎的连自己师父都毫无尊重。

苏店犹豫了一下，也站在竹帘子那边。

杨老头皱巴巴的沧桑脸庞，破天荒挤出一丝笑意，嘴上依旧没什么好话，道：“烟草留下，人滚一边待着去。小崽儿，岁数不大，倒是不穿开裆裤了？不嫌拉屎撒尿麻烦？”

李槐屁颠屁颠绕到老头子身后，一巴掌拍在杨老头的后脑勺上，骂道：“狗嘴里吐不出象牙，有本事当我娘亲的面，说这些遭雷劈的混账话。找削不是？”

杨老头竟也不生气，只是娴熟地装了烟草，开始吞云吐雾，然后脸色阴沉，呸了一口，骂道：“回头砸那家铺子的招牌去，什么破烂货色，不值那个价儿。”

李槐哈哈大笑道：“那可不敢，八钱银子一两的镇店之宝，还在人家铺子那边摆着呢，我倒是想买，人家不卖啊。我就量力而行，给你买了便宜些的，礼轻情意重嘛，带着这些烟草，我都走了多远的路了。杨老儿你一个喜欢趴窝不动的家伙，哪里晓得那千山万水，到底有多远？杨老儿，真不是我说你，趁着还有点气力，多出去走走，别整天待这儿，万一出了门，就瞅见了对眼的老妪，那可了不得，干柴烈火的，我还不得喝你的喜酒？”

杨老头瞥了眼李槐，正要开口骂人。

李槐双手捂住耳朵，摇头晃脑，道：“杨老王八爱念经，李槐大爷不听不听。”

这一幕，看得郑大风眼皮子和嘴角一起颤。

实在是太多年没领教嫂子的骂声和李槐的满地乱撒尿了。

苏店和石灵山更是心肝颤，少年还咽了咽口水。不知道这个虎了吧唧的儒衫少年，到底是何方神圣。

毕竟石灵山如今只知道小镇这边就只有郑大风这么个吊儿郎当的师兄，至于李二，连名字都没有听说过。

但是这个来历不明的儒衫少年，是真敢讲啊。

石灵山觉得自己这辈子都没这份胆识。

这还是石灵山岁数小，没见过当年药铺的光景，不然更觉得匪夷所思。

当年李二还在药铺当伙计的时候，李槐就喜欢背着娘亲，一个人来这边疯玩，一磕碰就撒泼打滚，满身泥污，回去后只要给他娘亲瞅见，多半是要心疼得不行，心疼衣服，更心疼灰不溜秋的儿子，接着就要带着儿子来这边骂街，骂天骂地，没她骂不出口的。这都不算什么，李槐穿开裆裤那会儿，一天到晚憋不住尿，就在药铺后院杨老头的山头这边，各处洒水。

连李二这么个八竿子打不出个屁的闷葫芦，都觉得真是对不住师父，开口与师父道了几次歉。只不过杨老头从来没计较罢了，最多就是拿着烟杆敲打一下那个小王八蛋的小鸡崽儿。李槐倒也奇怪，自己摔跤什么的，哭得山崩地裂，给杨老头骂了或是拿烟杆"打"了，偏偏不记仇，还喜欢傻乐呵，当然把自己折腾累了后，才会安静下来，自己去搬张小板凳，坐在一旁，托着腮帮，看着杨老头吞云吐雾，一看能看大半天。

李槐蹲在杨老头身边，在老人耳边低声道："杨老儿，有没有啥值钱的传家宝，送我几件？反正你也不像是打算娶妻生子的，可不就是留给我的？早给晚给，不都一样？"

杨老头摇摇头，道："留给你的，倒是有几样，但是以后再说。"

李槐唉声叹气道："可别太晚啊，天晓得我姐哪天就要结婚成亲了，咱家穷，说不定就要给我姐未来婆家瞧不起，我可是都靠你撑场面了。"

杨老头扯了扯嘴角。

李槐突然转过头，道："杨老儿，以后少抽点吧，一大把年纪了，也不晓得注意身体。多吃清淡的，多出门走走，成天闷在这儿等死啊，我看你这副身子骨，挺硬朗啊，爬个山采个药，也没问题啊。行了，跟你聊天最没劲，走了。包裹里边，都是新买的衣衫、布鞋，记得自己换上。"

李槐说走就走。

当然没忘记骂一句郑大风，再就是与石灵山和苏店笑着告辞一声。

亲疏远近，显而易见，反着来就是了。

古寺距离梳水国剑水山庄，大概是七百里山路。

当年是徒步而行，自然走得慢，如今陈平安御剑远游，就很快了。

没有直去山庄，甚至不是到那座繁华小镇，相距还有百余里，陈平安便御剑落在了一座高山之上。先前俯瞰山河，依稀看出一些端倪，不单单是山清水秀，还有云雾轻灵，如面纱笼罩住其中一座山峰。当陈平安刚刚落在山巅，收剑入鞘，就有一位应该是一方土地的神祇现身，作揖拜见陈平安，口呼仙师。

陈平安摘了斗笠，赶紧抱拳还礼，笑道："我只是路过，土地爷无需如此。"

在龙泉郡家乡那边有这样的习俗，亲人死后上山选墓开山破土，需要先以石头压纸钱，搁放在山上某些特定位置，相当于与土地公租借山头，到出殡抬棺入土，沿途都会抛撒纸钱，按照当年老人的说法，这是通过土地老爷，为亲人买路引行，以便顺顺利利通过鬼门关和走过黄泉路。

陈平安对于此事，记忆极为深刻。只不过第一次离开小镇，遇到的土地公，是当时还被"拘押"在棋墩山的魏檗，那会儿陈平安其实失落了很久。

当下，那位中年男子模样的土地公不敢多逗留，神色恭敬，寒暄几句后，就要告辞离去。委实是因为对方分明是一位剑仙，小小土地，攀附不起。如果只是一位中五境修士，他自然不愿错过。

陈平安拿出一壶乌啼酒，递给那位有些拘谨的土地老爷，道："这壶酒，就当是我冒昧拜访山头的见面礼了。"

那位都没有资格将名讳载入梳水国山水谱牒的末流神灵，顿时惶惶恐恐，赶紧上前，弓腰接过了那壶仙家酿酒，光是掂量了一下酒瓶，就知道不是人间俗物。

陈平安摘下养剑葫，喝着古宅老妪自酿的土烧，问道："土地爷，我此行去往剑水山庄拜访朋友，不知道这十年来，庄子境况如何？"

土地公小心酝酿，不求有功但求无错，缓缓道："回禀仙师，剑水山庄如今不再是梳水国第一大门派了，而是换成了刀法宗师王毅然的横刀山庄，此人虽是宋老剑圣的晚辈，却隐约成了梳水国内的武林盟主，按照当下江湖上的说法，就只差王毅然跟宋老剑圣打一架了。一来王毅然成功破境，真正成为第一流的大宗师，刀法已经出神入化。二来王毅然之女，嫁给了梳水国的豪阀之子。三来就是横刀山庄在大骊铁骑南下的时候，最早投靠。反观剑水山庄，更有江湖风骨，不愿依附谁，声势上，就渐渐落了下风……"

说到这里，土地公犹豫了一下，似乎有难言之隐。

陈平安说道："但说无妨。"

那土地爷压低嗓音说道："朝廷那边，打算让剑水山庄搬一搬，要在那边建造一座五岳之下规格最高的山神庙，听说是大将军楚濠想要促成此事。"

陈平安喝了口酒，笑道："就是那个在兵法上，跟大骊藩王认祖归宗的楚濠，楚大将军？"

王毅然也好，楚濠也罢，都是熟人。

王毅然人不差，虽然女儿王珊瑚远远不如他，但是王毅然当年在那场风波中的言谈举止，其实当得起“豪杰”二字。

至于当年与宋老前辈并肩作战，在沙场上与对方分过生死的楚濠，陈平安不至于去寻什么仇，沙场和江湖，恩怨都在两处了。

不过这会儿言语提及，陈平安自然不会客气。

土地公嘿嘿一笑，言多必失，自己的意思到了就行，他毕竟还是梳水国的小小土地，楚濠却在如今梳水国朝廷一人之下万人之上，当然要刨去那拨“梳水国太上皇”的大骊驻守文官。

陈平安戴上斗笠，别好养剑葫，再次抱拳致谢。

土地公赶紧捧着那壶酒弯腰，还礼道：“仙师大礼，小神惶恐。”

陈平安御剑离开这座山头。

土地公压下心中惊惧，疑惑道：“宋雨烧终究不过一介武夫，如何能够结识这般剑仙？”

在与剑水山庄毗邻的小镇外，一座僻静小山头，陈平安收剑入鞘，下了山，走到官道上，缓缓而行。

过了小镇，来到剑水山庄大门外。

陈平安摘下斗笠，与山庄一位上了岁数的门房老人笑道：“劳烦告诉一声宋老剑圣，就说陈平安请他吃火锅来了。”

老门房犹豫了一下，看了眼年轻人，见他背剑挂酒壶，觉得应该也是位江湖中人，只不过面生，名字也没听过，应该不是庄子的故人朋友，而且会在这个时候拜访庄子，实在不巧，更不应该，所以老人歉意道：“这位公子，我们庄子最近不见客，公子还是回了吧。”

陈平安只好解释自己与宋老前辈真是朋友，当年还在庄子住过一段时间，就在那座山水亭的瀑布那边，练过拳。

剑水山庄规矩重，老门房守着一亩三分地，不爱打听事，加上先前陈平安在瀑布练拳时，宋雨烧把山水亭那边列为了禁地，所以老门房还真没听说过陈平安，关键是老人自认虽然年纪大了，可是眼力好，记性更不差，若是见过了几眼的江湖朋友，都能记住。眼前这个年轻人，老门房是真认不出，没见过！

所以老门房悄悄挪步，刚好挡住侧门，免得这个嘴上言语不太牢靠的江湖晚辈，硬闯进去。如今庄子可不太平，外患大得吓人，不过老门房相信这次，还会跟上次朝廷大军压境差不多，只要老庄主在，总能逢凶化吉。

但是内心深处，老人还是忧虑重重，毕竟就喜欢跟庄子较劲的楚濠，不但升了官，而且相较当年还只是个寻常边关出身的武将，如今已是权倾朝野。再就是那个迅猛崛起的横刀山庄，本来该是剑水山庄的朋友才对，可江湖便是如此无奈，都喜欢争个第一。

那个松溪国青竹剑仙苏琅，一举击杀古榆国剑法宗师林孤山，那把被苏琅悬佩在腰间的神兵“绿珠”，就是明证，如今苏琅自恃剑术已经登峰造极，便要与老庄主在剑术上争第一，而王毅然则要与老庄主争个梳水国武学第一人。

可即便是自家庄子，上上下下，都不好说那青竹剑仙苏琅，还有横刀山庄的王毅然，就是什么坏人。

反正已经到了剑水山庄大门口，陈平安就没那么急了，耐着性子，与老门房磨嘴皮子。

一来二去，老门房大概是确认这个江湖后生，除了喜欢说些不着边际糊弄人的言语之外，其实不是什么坏人，就堵住门口，跟对方攀扯，反正闲着也是闲着，不过老人有些腹诽，这个年轻人，没啥伶俐劲，跟自己聊了半天，拿着酒壶喝了好多口酒，也没问自己要不要喝，哪怕是客气一下都不会，自己又不会真喝他一口酒，如今自己还守着门当着差，自然不可以喝酒。再说了，自己庄子酿造的酒水，好得很，还贪你那破酒壶里边的酒水？闻着就不咋的。可喝不喝是一回事，你这年轻人问不问，就是另外一回事了嘛。

陈平安当然也有苦衷，养剑葫只是施展了障眼法，老人一接手就会露出马脚，他陈平安总不能从咫尺物中“凭空变出”一壶乌啼酒来。何况也是真不舍得，双方无亲无故的，哪有逢人就送仙家酒酿喝的道理，他陈平安的抠门吝啬，那可是在江湖上小有名气的。

老门房闲来无事，便一边嫌弃年轻人不上道，一边顺着对方的言语，跟对方说了些整座梳水国都知道的事情。

庙堂上，楚濠已经放出话来，若是一月之内剑水山庄再不搬迁出此地，后果自负。

而王毅然，还算厚道，没有来山庄这边闹事，只是即将举办武林大会，邀请各方豪杰去横刀山庄做客，共襄盛举。

至于那个青竹剑仙苏琅，最近就会来此“问剑”于老庄主。来者不善啊，若是真没有几分把握，哪敢在这种事情上儿戏。

老门房还说已经明明拒绝了苏琅的挑战，可是那青竹剑仙年轻气盛，放话给梳水国江湖，说他是一定要走一遭剑水山庄的。

陈平安听过之后，沉默不语。

他与那个苏琅，曾经有过两次厮杀，只是最后苏琅不知为何临阵倒戈，反过来一剑削掉了本该是盟友的林孤山头颅。

老门房感慨道：“你这个外乡后生，现在知道我为何不让你进门了吧？若是平时，也就让你进去了，我们剑水山庄，不差几壶待客的好酒，只是这会儿可不是以往的太平日子，天晓得小镇那边有无朝廷谍子盯着，你这一走进门，再走出门，可就说不清楚了。年轻人，你好好想一想，为了点江湖虚名，惹祸上身，值当吗？何苦来哉，还是走吧。”

陈平安突然转头望向门内，老门房便跟着转头，以为是府上什么人来门口这边了。

结果也没个人影。

等到老门房收回视线，那个年轻人已经向他递过一壶酒，笑道："老先生是老江湖，就凭这番好心言语，就该收下这壶酒。"

老人正疑惑为何年轻人有那么个转头探望的动作，便没有多想什么，觉得这后生还算有点混江湖的资质，不然愣头愣脑的，武功好，人品好，也未必能混出个大名堂啊。老人仍是摇头道："拿了你的酒，又拦着你大半天了不让进门，我岂不是亏心？算了，看你也不是手头宽裕的，自个儿留着吧。再说了，我是门房，这会儿不能喝酒。"

陈平安揭开泥封，晃了晃，问道："真不喝？"

老门房一闻，心动，却没有去接。酒再好，不合规矩，何况人心隔肚皮，也不敢接。

但是那个年轻人突然戴上了斗笠，一下子将酒壶塞给他，转身走下了台阶，笑道："好像有人要来，多半是我这样的，我去替老先生打声招呼，让他不用来庄子沽名钓誉了。"

老门房捧着酒壶，举目望去，目力所及，道路之上，并无人影，而那个年轻人依旧缓缓远去。

老门房哭笑不得，到底还是个年轻人，脸皮薄，吃过了闭门羹，然后就找了这么个蹩脚理由，给自己台阶下？

老人叹了口气，有些于心不忍。

可是人在江湖，就是如此，原本还打算告诉那个假装自己是剑客的年轻人一句，等到庄子风平浪静了，再来登门，自己肯定不拦着了。

只是犹豫之后，老门房还是把那些言语咽回了肚子。

年轻人出门走江湖，碰碰壁不是坏事。

靠近剑水山庄的那座热闹小镇，一座客栈的天字号雅间内，一位真实年纪早已不惑之年，却面如冠玉仿佛弱冠之龄的公子哥，盘腿坐在一张蒲团上，正在极为细致地擦拭一把出鞘长剑。剑鞘横放在膝，篆文为"绿珠"二字。此剑曾是古榆国第一剑客林孤山的心爱佩剑，当年林孤山被斩去头颅后，这把削铁如泥的神兵利器，就成了他的佩剑。

此人腰间，还悬挂着一截光泽幽莹的青竹，长两尺六寸，与剑等长。

在一位头戴斗笠背负长剑的青衫剑客离开小镇的时候，与这位低头细心擦剑之人一路随行离开松溪国来到这座小镇的貌美女子——她既是剑侍，又是弟子，就脚步轻盈来到雅间门外，敲响了屋门，柔声道："师父，终于有人拜访剑水山庄了。"

既是师徒也是主仆的二人，来此已经将近一旬光阴，男子吩咐她，等到哪天有谁去往那座门可罗雀的剑水山庄，就是自己的出剑之时。

她这些天就一直在小镇最高处，等待那个人的出现。

她都等得有些烦了，因为她无比相信，师父此次问剑于宋雨烧，一战之后，必然会扬名于梳水、松溪、彩衣诸国！

只是苦等将近一旬，始终没有一个江湖人去往剑水山庄。

此时屋内男子微笑道：“很好。”

那位剑侍退下，掠上一座屋脊翘檐，心情激动，等待师父的问剑和出剑。

那一剑，必然是冠绝江湖的绝世风采！

因为屋内那个男人，是青竹剑仙苏琅！

苏琅在屋内没有急于起身，依旧低着头，擦拭那把“绿珠”剑。

擦拭剑锋，本就是在养育剑意，不断积蓄剑意。

剑侍只觉得度日如年，看一看剑水山庄，生怕那个宋雨烧突然跑路了，再看一看客栈那边，希冀着师父的身影赶紧出现。

终于，重新换上了一袭青绿长袍的青竹剑仙苏琅，走出了客栈大门，站在那条可以直通剑水山庄的熙攘大街中央。

苏琅手持绿珠，腰间悬佩那一截彰显其超然身份的青竹。

大街之上，剑气充沛如潮水汹汹。大街上的行人吓得纷纷作鸟兽散。

不知是谁率先喊出青竹剑仙的名号，接下来一惊一乍的言语，此起彼伏。

然后就是无数好事之徒，或者登楼，或者学那位苏琅的剑侍，爬上屋顶观战。其中有些神色严肃的男女，在小镇位置各异，相较于那些一个个面红耳赤闹哄哄的看客，更加沉默，他们便是梳水国安插在此处的谍子和死士。

女子站在视野最为开阔的屋脊翘檐上，冷笑不已。

苏琅向前跨出第一步。剑气纵横四面八方。

第二步，一步便跨出一丈。一些不知死活还留在大街两侧的路人，开始感到窒息，纷纷躲入铺子，才稍稍能够呼吸。

当这位名震数国的江湖大剑仙跨出第三步，一步就是数丈之远。

那些被楚大将军安插在小镇的谍子死士，即便远远旁观，内心亦是震撼不已，天底下竟有如此凌厉的剑气。

苏琅第四步，刚好离开小镇牌楼。

一身剑意与气势，已经攀升到毕生武学的巅峰。

可就在此时，苏琅竟然停步了。

远处走来一位头戴斗笠的青衫剑客。

苏琅之所以停步，没有顺势去往剑水山庄，问剑宋雨烧，就是因为眼前这个突兀出现的不速之客。因为此人出现的刹那，刚好是苏琅要拔出手中绿珠的瞬间，让苏琅原本自认的无瑕心境和圆满气势，好像出现了一丝尘垢和凝滞。

所以苏琅选择停步不前，任由那人“一步”就来到自己身前。

苏琅从来不惧与人近身厮杀，尤其对方是山上修士，更好。

那个斗笠客瞧着很年轻。

“听说你要问剑？”那人开口问道，“可宋老前辈不是已经明明拒绝你的比试了吗？对于宋老前辈这样的江湖前辈而言，算是退让，你还要得寸进尺？”

苏琅觉得这些个幼稚问题，一个比一个可笑，不该是一个能够暂时阻挡自己前行的人物会问出来的。

那人犹豫了一下，又问：“是不是只要有个理由，不管对不对，就可以随心所欲行事？”

苏琅微笑道：“那你也找一个？”

那人竟然真在想了，然后扶了扶斗笠，笑道：“想好了，你耽误我请宋老前辈吃火锅了。”

苏琅已经重归圆满无垢的剑心境界，缓缓道：“那你试试看，能否挡住我出剑。”

一拳过后，都没能让陈平安使出一张缩地方寸符，那位鼎鼎大名的青竹剑仙，便笔直一线，从哪里来回哪里去，摔在了他先前走出的小镇客栈那边。

陈平安看也不看那边，转身走回剑水山庄，自言自语道：“应该是刚刚到的七境？难怪跟纸糊似的。”

重新回到剑水山庄门前。

老门房一头雾水，因为不但老庄主出现了，少庄主和夫人也来了。

人人神情凝重。

难道是那个青竹剑仙露面了？

可是老门房只看到那个去而复返的青衫剑客。老人乐了，哎哟，这小子脸皮挺厚啊，算了，看在那壶好酒的分上，不与这后生计较。再者，混江湖，有些时候，脸皮厚也有厚的好处。

老门房视野中，那个身形不断靠近大门的年轻人，一路小跑，已经开始遥遥招手，喊道：“宋老前辈，吃不吃火锅？”

老门房抹了把脸，年轻人，这就有些太不要脸了吧？

陈平安来到大门口，摘了斗笠。

宋老前辈依然身穿一袭黑色长衫，只是如今不再佩剑了，而且老了许多。

这位梳水国剑圣一脸不敢相信的表情，以浓重口音问道：“瓜娃儿？”

陈平安点头也不是，摇头也不是，最后还是点头。

宋雨烧爽朗大笑，一巴掌重重拍在陈平安肩头，道：“好家伙，个头蹿得真快，都认不出了。咋不穿草鞋背竹箱了？不然一眼就认得你小子。”

陈平安笑问道:“吃火锅去?”

宋雨烧没有回答问题,反问道:“小镇那边怎么回事？苏琅的剑气突然就断了,跟你小子有关系?”

陈平安点头道:“给我拦下了,将那个苏琅打回了小镇,应该不会再来找老前辈的麻烦了。”

他没有随便编个理由,毕竟宋老前辈是他极其佩服的老江湖,很难糊弄。

只是世事往往真话很假,假话很真。老门房就不信,宋雨烧的嫡孙宋凤山和孙媳妇柳倩,也不太信。唯独宋雨烧就相信了,拉着陈平安的手臂,说:“既然事情已了,走,去里边坐。火锅有什么好着急的,吃完了火锅,你小子还清了账,拍拍屁股就要走人,我好意思拦着不让你走？再说也拦不住嘛。”

宋凤山和柳倩面面相觑。

老门房更是偷偷咽了口唾沫。

陈平安与老门房即将擦肩而过的时候,停下脚步,后退一步,笑道:“看吧,就说我跟你们庄子很熟嘛。下次可别拦着我了,不然我直接翻墙。”

老门房哭笑不得,抱拳告罪道:“陈公子,先前是我眼拙,多有冒犯。”

陈平安做了个仰头饮酒的手势。

老门房心领神会,朝陈平安竖起大拇指。

宋雨烧拉着陈平安就走。

宋凤山没有立即跟上,轻声问道:“老祁,怎么回事?”

老门房便将先前的笑话事说了一遍,把一桩自己的糗事说得很乐呵。

宋凤山伸出一根手指,揉了揉眉心。

柳倩笑道:“不挺好的？传出去就是一桩天大的江湖美谈了。”

老门房笑得很不含蓄。

在山庄厅堂那边,众人纷纷落座,柳倩亲自倒茶。

陈平安喝了口茶水,好奇问道:“当年楚濠没死?”

宋凤山摇头道:“死得不能再死了,只是被韩元善顶替了身份,韩元善一向擅长易容。”

陈平安恍然。

当年最早的梳水国四煞,古寺女鬼韦蔚,韩元善,那位被书院贤人周矩杀死于剑水山庄的魔教人物,最后一个,远在天边近在眼前,正是宋凤山的妻子,柳倩。

柳倩做的一切都是为了丈夫宋凤山,为了将剑水山庄的江湖声誉,推向更高处。

至于那位小重山韩氏贵公子韩元善,却是野心勃勃,城府深厚,手段更是不差,想要挟一国江湖之势，跻身庙堂中枢。再往后韩元善到底想要做什么，无法想象。

韩元善能够以楚濠的面容和身份，当下在梳水国庙堂和江湖只手遮天，陈平安并不奇怪，但是宋凤山、柳倩夫妇，既然掌握着韩元善冒名顶替这么大的把柄，而韩元善又如此咄咄逼人针对剑水山庄，剑水山庄为何毫无还手之力？韩元善真不怕山庄这边彻底撕破脸皮，揭穿其身份？

宋凤山似乎看穿了陈平安的疑惑，笑着解释道："演戏给人看而已，是一桩买卖，'楚濠'要靠这个给投靠他的横刀山庄铺路，统一江湖。韩元善知道我们剑水山庄不会去做朝廷的走狗，就开始大力扶植横刀山庄的王毅然，对此我们并无异议，江湖第一大门派的头衔，王毅然在乎，我们不在乎。我们就想着借此机会，寻一处山清水秀的地方，远离俗世纷扰。作为交换，韩元善会以梳水国朝廷的名义，划出一块山上地盘给我们建造新的庄子，那里是爷爷早就相中的风水宝地，韩元善还会争取给我妻子谋得一个河神的敕封诰命。而我则会推掉所有应酬，谢绝所有江湖上的人情往来，安心练剑。"

柳倩可不是寻常女子，身份与才智都不简单。

留得青山在，不怕没柴烧。

陈平安"嗯"了一声，道："退一步海阔天空，宋大哥能够专心剑道，大嫂也能谋个长长久久的前程，而且祖业之地，被选为山神庙，也算一桩不小的功德，会有祖宗阴德庇护子孙。但是唯一需要注意的事情，就是老前辈和宋大哥，你们将来需要时不时来这边瞅瞅，如果新山神的香火不净，就要早做切割，当然那是最坏的结果了。"

宋雨烧与宋凤山相视一笑。

陈平安心中了然，想必是自己多嘴了。确实，宋老前辈也好，宋凤山也罢，其实都算熟稔山上事，尤其是老前辈更是喜好仗剑云游四方，不然当初也无法从地龙山的仙家渡口，为宋凤山购买佩剑。

陈平安便默默告诉自己，万事不急，还要在山庄待上几天。终究是宋家自己的家务事，陈平安其实初来乍到，不好多说多问什么。

在陈平安心目中，不管别人是如何行走江湖，他的江湖，不会是今天一拳打退了苏琅，明天与宋雨烧吃过了火锅，后天就御剑北归，在此期间，万事不思量，好像从头到尾都只有最快的出拳，最快的御剑，喝酒快活，学学拳法与剑术，有一些成就，省心省力。

不该如此。

也许到了人生地不熟的北俱芦洲，会不太一样，就会没有那么多顾虑。

但此刻陈平安只能多问些别人事，来侧面推敲一些宋家事。

不过有一点，陈平安无比清楚，能够舍去山庄在此的祖业，魄力不算小，事情更不小。尤其是宋老前辈愿意点这个头，更不轻松。

对于老一辈江湖人而言，面子比天大，宋老前辈就是老江湖，其实王毅然也能算，松溪国那位青竹剑仙苏琅，就不太算了。

别的不说，就说苏琅此次露面，在小镇出剑，就很不合规矩。

因为按照江湖上一辈传一辈的老规矩，梳水国宋老剑圣既然公开拒绝了苏琅的邀战，并且没有任何理由和借口，更没有留有类似延后几年再战之类的余地，其实就等于宋雨烧主动让出了剑术第一人的头衔，类似对弈，棋手投子认输，只是没有说出"我输了"三个字而已。对于宋雨烧这些老江湖而言，双手奉送的，除了身份头衔，还有一辈子积攒下来的名声和面子，可以说是交出去了半条命。

宋雨烧只是笑望着陈平安，当年的小瓜皮，如今可以啊。就是不知道酒量长了没有，吃不吃得辣了？还信不信喝酒能解辣味的话了？老人尤其好奇，当年陈平安那个心心念念的姑娘，见了面后，到底成了没有？还是真给自己乌鸦嘴，一句"你是好人"给打发了？

听了宋凤山还算合乎情理的解释，陈平安又有些奇怪，忍不住问道："那么苏琅又是怎么回事？我看他在小镇那边准备出剑的气势，千真万确，是想要跟老前辈分出生死，而不仅仅是分个剑术的高低而已。"

这次是宋雨烧亲自来为陈平安解惑："当年我最尊敬的那位彩衣国剑神，恐怕也就是如今苏琅的境界。苏琅天资高绝，破境之后，想要寻找一块磨剑石，助他稳固境界。看遍十数国，我宋雨烧刚好用剑，名气也够，又差了他苏琅一境……就算是半境吧，当然是拿来磨剑的最佳对象。"

宋雨烧其实对喝茶没啥兴趣，只是如今喝酒少了，只有逢年过节还能破例，孙子孙媳妇管得严，跟防贼似的，没法子，就当是喝了最寡淡的酒水，聊胜于无。

老人继续说道："只是苏琅这一闹，就让我有些两难，若是答应与之一战，输也好，死也罢，都不算什么，却会坏了我们与韩元善的那桩买卖。"

说到这里，宋雨烧喝了口茶，柳倩赶紧起身给他续了一杯。

宋雨烧有些埋怨，对柳倩说道："就算喝几斤茶水，不还是没个酒味，如今陈平安都来了，以茶待客，不好吧。"

柳倩刚要落座，听到爷爷跟自己说话，就继续站着，微笑道："爷爷，这事，凤山说了算。"

宋凤山板着脸道："今年中秋节，爷爷连立冬和小年的酒水都喝完了。"

宋雨烧叹了口气，也没坚持。

陈平安有些高兴，看得出来，如今爷孙二人，关系融洽，再不是最早那般各有心中死结，神仙难解。

宋雨烧继续先前的话题，有些自嘲神色，道："我输了，就如今梳水国江湖人的德行，肯定会有无数人落井下石，以后即便搬家，也不会消停，谁都想着来踩我们一脚，至少也要吐几口唾沫。我若是死了，说不定韩元善就会直接反悔，干脆让王毅然吞并了剑水山庄。什么梳水国剑圣，如今算是半文钱不值。只可惜苏琅锋芒毕露，得了虚的，还想捞一把实在的。人之常理，就是有些不合老一辈的江湖规矩，但是现在再谈什么老规矩，笑话而已。”

宋凤山欲言又止。

宋雨烧摆摆手，笑道：“不用多想，也就是当着陈平安的面，牢骚几句。爷爷我什么脾气，你还不清楚？真要放不下这些虚头巴脑的，一早就不会答应韩元善做买卖。说来说去，还是技不如人，一辈子破不开那道瓶颈，这才给了苏琅后来者居上的机会。学剑之人，谁不想要独占鳌头，身边无人比肩？”

宋雨烧主动为苏琅说了一些话，接下来又为所在的那座江湖，说了些可惜已经无人听的话：“以往十数国江湖，彩衣国剑神老前辈最德高望重，古榆国林孤山不会做人，我宋雨烧才不配位，喜欢游历四方，苏琅满身锐气，志向远大，可不管怎么说，江湖上还是朝气勃勃的，不管是学谁，都是条路。如今老剑神死了，林孤山也死了，我算个半死，就只剩下个苏琅。苏琅想要上位，只要他剑术到了那个高度，没人拦得住，我就是怕他开了个坏头，以后江湖上练剑的年轻人，胸中都少了那么一口气，只觉着自己剑术高了，规矩就是个屁，想杀谁杀谁。这就像……你陈平安，或是宋凤山，腰缠万贯，富甲一方，只要愿意，当然可以去青楼一掷千金，多漂亮多昂贵的花魁，都可以拥入怀中，可是这不意味着你们走在路上，瞧见了一位正经人家的女子，就可以以钱辱人，以势欺人……”

陈平安无奈道：“我没去过青楼。”

瞥见柳倩嘴角似笑非笑低头喝茶，宋凤山赶紧附和道：“我也没有，绝对没有！”

姜到底是老的辣，坑人不商量，宋雨烧转过头，笑眯眯对柳倩提醒道：“若是一个男人真没去过青楼，或是全然没这份花心思，是不会如此信誓旦旦的，只会一笑而过，云淡风轻。”

柳倩轻轻点头，柔声道：“好像是啊。”

陈平安和宋凤山面面相觑，只是宋凤山的眼神中除了哀怨委屈，还有埋怨，都是你陈平安带的好路！

好意思怪我？你宋凤山混了多少年江湖，我陈平安才几年？陈平安眨了眨眼睛，话只说半句：“我是真没去过。”

宋凤山愣在当场。这家伙蔫儿坏！

柳倩掩嘴而笑。

宋雨烧哈哈大笑道：“看来这些年，你这瓜娃儿江湖没白混。”

宋凤山摇头不已，转头对妻子说道：“还是拿些酒来吧，不然我心里不痛快。”

柳倩起身去拿酒了。

宋雨烧沾了光，说话嗓门都大了些。

宋凤山喝得不多，柳倩更是只象征性地喝了一杯。

那两坛子庄子自酿并且窖藏了五年多的好酒，都给宋雨烧和陈平安喝了去。

一听说陈平安打算后天就走，宋雨烧一挥手，道："再去拿两坛过来，只要这瓜皮喝倒我，别说后天，许他喝完酒立即滚蛋！"

陈平安无奈道："那就大后天再走，宋老前辈，我是真有事，得赶上一艘去往北俱芦洲的跨洲渡船，错过了，就得至少再等个把月。"

宋雨烧瞪眼道："那你咋个不现在就走？一两天工夫也耽误不得？是我宋雨烧面子太小，还是你陈平安如今面子太大？"

陈平安嘀咕道："都说酒桌上劝酒，最能见江湖道义。"

宋雨烧一拍桌子，骂道："喝你的酒！叽叽歪歪，我看那个姑娘，除非她眼神不好使，不然万万喜欢不上你这种喝个酒还磨蹭的男人！咋的，没戏了吧？"

陈平安一听这话，心情大好，眼神熠熠，豪气十足，就是说话的时候有些舌头打结："喝酒喝酒，怕你？这事，宋老前辈你真是坑惨了我，当年就因为你那句话，吓了我半死，但是好在半点不打紧……来来来，先喝了这碗再说。说实话，老前辈你酒量不如当年啊，这才几碗酒，瞧你的脸红得，跟涂抹了胭脂水粉似的……"

宋雨烧吹胡子瞪眼睛，嚷道："有本事喝酒的时候手别晃啊，端稳喽，敢晃出一滴酒，就少一点江湖情分！"

宋凤山和柳倩偷着乐，陈平安到底还是年轻，老江湖桌上劝酒的本事，层出不穷，防不胜防。

一老一少，喝得那叫一个昏天暗地。

最后两人都脱了靴子，盘腿坐在了椅子上。

好在宋凤山管着，如何都不肯再添了，一老一少这才没彻底尽兴，不然估计都能喝到吐，还是吐完再喝的那种。

喝到最后，宋雨烧突然瞥了眼搁放在几案上的那顶斗笠，再就是陈平安背在身后的长剑，问道："背着的这把剑，好？"

陈平安点头道："好。"

宋雨烧笑道："那就好。"

陈平安一头雾水，没有多想什么，顾不上了，打着酒嗝。

宋凤山和柳倩却有些神色落寞，只是掩饰得好，一闪而逝。

陈平安还是住在当年那栋宅院，离着山水亭和瀑布比较近。

倒头就睡。

宋雨烧也好不到哪里去，摇摇晃晃回了住处，很快就鼾声如雷。

陈平安是真醉了，躺在床上闭上眼睛，勉强维持着一丝清明。

宋老前辈的心气，出了问题。

不然以当年初次遇到的梳水国老剑圣，即便是因为顾虑晚辈的前程，不得不答应韩元善，然后碍于形势，又需要拒绝苏琅的比试，也绝不是今天这般心态。

不会这般服老，认命。

可是陈平安却没有直接问出口，即使喝了再多的酒，也没有提这一茬。

不是凭着关系好，或者借着喝酒喝高了，就真的可以言行无忌。

最亲近之人的一两句无心之言，往往就成了一辈子的心结。

陈平安喝得实在头疼，喃喃入睡。

今朝有酒今朝醉，醉倒我即是神仙。明日愁来明日忧，万般忧愁还有酒。

一大清早，陈平安睁开眼睛，起床一番洗漱过后，就沿着那条幽静小路，去瀑布。

当然不是练拳，而是想要去看一看当年被他偷偷刻在石壁上的字。

结果在山水亭那边，看到了宋凤山，而不是宋雨烧。

陈平安快步走去，宋凤山起身相迎。

宋凤山笑道："爷爷难得如此喝酒没个节制，还没起呢。"

陈平安有些愧疚，沉默片刻，环顾四周，问道："就要搬离这里，真不可惜吗？"

宋凤山"嗯"了一声，道："当然会有些舍不得，只不过此事是爷爷自己的主意，主动让人找的韩元善。其实当时我和柳倩都不想答应，我们一开始的想法，是退一步，最多就是让那个爷爷也瞧得上眼的王毅然，在刀剑之争当中赢一场，好让王毅然顺势当上梳水国的武林盟主，这样剑水山庄绝对不用搬迁，庄子毕竟是爷爷一辈子的心血。可是爷爷没答应，说庄子是死的，人是活的，有什么放不下的。爷爷的脾气，你也清楚，拗不过。"

陈平安点头道："老前辈就是这样，不然当年就不会一个人去拦阻梳水国的千军万马。"

宋雨烧对陈平安而言，很重要。

有些人，只要他还身在江湖，那他每做一件事，就像手持江湖这酒壶，给旁人倒出了一杯，其中满是侠气，能让人接过酒杯，只管畅饮便是。

宋凤山笑道："爷爷也是对如今的江湖，没有半点念想了，总说如今找个喝酒的朋友都难，才会如此。"似乎觉得说得有些沉重了，宋凤山赶快打趣道："陈平安，可别因为爷爷这么灌你的酒，以后就不敢来我们的新庄子喝酒。说真的，也怪你，说什么马上就要走，咱们爷爷自然不会真误了你的事情，但是酒桌上嘛，老人都这样，还当着家里晚辈的面，不好说半句软话，就只能拉着你多喝一杯是一杯了。”

陈平安笑道：“这个我懂。”

宋凤山说道：“实不相瞒，韦蔚昨夜突然飞剑于柳倩，不过只是询问你如今在不在庄子里，看样子，如果如实回复，她就会赶来这边。我让柳倩就假装没收到飞剑，等你离开了，再回信说确实来过，只是找我爷爷喝酒而已。”

陈平安抱拳感谢。

昨夜喝多了酒后，陈平安大致说了与梳水国四煞中韦蔚的重逢，只不过没提后面那位山神的事情。

那是需要陈平安自己去收拾的烂摊子。

比如去往地龙山的仙家渡口后，找个机会，飞剑传讯给披云山魏檗，询问此事的大小，以及一般情况下，大骊驻守官员和当地朝廷的一些正常反应。

魏檗是大骊北岳正神，而远在东宝瓶洲中部的梳水国，自然并非北岳地界，也正因为如此，陈平安才会出剑那么直截了当，不然还真就手下留情了，换种更加含蓄的行事法子。

宋凤山指了指小镇方向，道：“苏琅已经带着那位捧剑侍女离开了。相信很快就会有一个惊世骇俗的说法，传遍十数国江湖：苏琅与一位真正的山上剑仙，死战一场，虽败犹荣。”

陈平安不计较什么以讹传讹的风言风语，笑道：“我一直不太了解，为何会有剑侍的存在。”

以前那位宫中娘娘是如此，青竹剑仙苏琅也是这样。

宋凤山有些神色尴尬。

陈平安问道：“宋大哥也有这份心思？”

宋凤山低声道：“就只敢在心里边想想而已。”

陈平安揉了揉下巴，原本一件很不理解的事情，只是当他设身处地一琢磨，立即就理解了。反正他陈平安是想都不会想的。

陈平安突然皱了皱眉头，这个苏琅，实在有些纠缠不休了。

就在此时，那位姓楚的老管家快步而来，站在小亭外，苦笑道：“青竹剑仙苏琅秘密而来，在大门外候着，求见陈公子，说要斗胆麻烦陈公子一件事，将来必有厚报。”

宋凤山稍加思索，就明白其中关节，冷笑道：“两次得寸讲尺了。”

陈平安笑了笑，摆摆手道：“没关系，一登门，就喝了庄子那么多好酒。”

宋凤山摇摇头，道：“两回事！”

陈平安玩笑道：“宋大哥，你可拦不住我。”

宋凤山微笑道：“十个宋凤山都拦不住，可是你都喊了我宋大哥……”

不等宋凤山说完，陈平安已经双指并拢，往剑鞘处轻轻一抹："走！记得别伤人，动静可以大一些。"

剑仙出鞘。

绕出了山水亭，直冲云霄，金线挂空。

剑气所致，雷声震动，剑水山庄上空的云海稀碎。

偶尔那条金线会飞快靠近山庄，只是很快就会继续升空。

片刻之后，陈平安抬头笑道："回了。"

那把如蛟龙翻云覆雨的长剑，如被仙人敕令，迅猛坠地，重新归鞘。

宋凤山呆呆无言。

他知道如今的陈平安，武学修为肯定很吓人，不然不至于打退苏琅，但是他没有想到，真能吓死人。

陈平安手腕翻转，递过一壶乌啼酒，忍着笑，道："喝过了庄子的好酒，也喝喝我的。我可不是老前辈，骗人喝酒能解辣，这酒真的能够以酒解酒。"

宋凤山揭开泥封，闻了闻，道："地道的仙家酿，这才是好酒。"

陈平安摇摇头，道："这样的酒，也就只是好喝而已，我从不挂念，能喝就喝，没有就不去想。但是宋大哥你们剑水山庄的酒，我想了好多年。"

宋凤山提起酒壶，陈平安提起养剑葫，异口同声道："走一个！"

宋凤山喝了半壶酒，就不再喝。

陈平安起身说要去瀑布那边看看。

宋凤山没有同行。

一起离开山水亭，宋凤山往回走，手里又多了壶据说是来自书简湖的乌啼酒，将酒壶递给了去了又来的老管家楚爷爷，说是陈平安送的，喝完了再送，千万别留着。当年就与陈平安关系很好的老管家，笑逐颜开，接过了酒壶。只要是当年那个少年送的酒，好坏都接，不用客气。老管家说那青竹剑仙已经走了，苏琅临行前，对着山庄大门持剑作揖，行了一个大礼。

宋凤山与柳倩夫妇二人一起散步没多久，宋雨烧就走了过来。

见着了自己爷爷，宋凤山笑道："爷爷你放心，我不会多嘴。"

宋雨烧这才拍了拍孙子的肩膀，继续前行，走到那座离着瀑布还有段路程的山水亭，坐下后，开始追忆往昔。上了岁数的老人，就容易如此，年轻人总是不明白，其实一个老人想来想去，都是那些故人和故事，年轻人往往不爱听，老人就只好自己想着念着。

陈平安在那边水榭内，一拳打断了瀑布，见到了那些字，会心一笑。

转头望去，便很快离开瀑布，来到了小亭子外。

宋雨烧已经走出凉亭，招呼陈平安道："走，吃火锅去。"

陈平安有些震惊，问道:“这一大清早的，酒楼都没开门吧?”

宋雨烧笑道:“梳水国剑圣的名号再不值钱，在家门口吃顿火锅还是可以的吧。再说了，是你这瓜娃儿请客，又不是不给钱，事后掌柜在肚子里骂人，也是骂你。”

两人没有像先前那般如飞鸟远掠而去，而是散步行去，这是宋雨烧的主意。

走到一半，楚老管家就追上了两人，递上了陈平安留在屋内的那顶竹斗笠。

陈平安问道:“赶人啊?”

宋雨烧笑道:“早点走，下次就可以早点来，这点道理都想不明白？是不是个傻子?”

陈平安无言以对。

到了小镇那边，尚无炊烟，唯有三两声鸡鸣犬吠，显得愈发寂静。

宋雨烧使劲敲开了酒楼大门，不再是当年那个陈平安熟悉的老掌柜，而是个睡眼惺忪的中年汉子，见到了宋老剑圣，忙笑道:“老庄主这是?”

宋雨烧指了指身边头戴斗笠的青衫剑客，道:“这家伙说要吃火锅，劳烦你们随便来一桌。”

汉子脸上和心里都没有半点埋怨，酒楼与庄子的交情，是从他父辈就传下来的，虽说如今他爹过世了，据说庄子也要搬迁，可是汉子还是念着庄子和老庄主的好。他便笑道:“得嘞，这就给老庄主准备去。刚好，这会儿二楼清静，没别的客人。”

宋雨烧带着陈平安依旧去往那个二楼靠窗位置落座。

酒楼这边熟悉宋老剑圣的口味，锅底也好，荤菜素菜也罢，都熟门熟路，挑最好的。

很快桌上就摆满了大大小小的碗碟，火锅开始热气腾腾。

宋雨烧跟酒楼要了两壶酒，一人一壶，对陈平安说道:“今天咱俩就意思一下，少喝酒，多吃菜。”

陈平安点点头，宋雨烧瞥了眼桌对面陈平安调配出来的那只调料碗碟，挺鲜红啊，光是剁椒就半碗，不错，瓜娃儿很上道。

陈平安比起昨天，更加言语无忌讳，多聊了些山上事。

其中就有彩衣国那边的朦胧山之行。

宋雨烧今天喝酒很节制，多是小口抿酒，听完了陈平安在朦胧山那边破山水阵，拆祖师堂，微笑点头，道:“如此一来，祖师堂才是真断了香火，虽然事后脸上笑呵呵，但即便一时半会儿不会翻脸，说不定还要各诉苦衷，假装那父慈子孝，但是那吕云岱和吕听蕉，双方实则心知肚明，再难父子同心了。你这一手，比真拆了人家的祖师堂更管用。瓜娃儿，可以啊，不杀人只诛心，跟谁学的?”

陈平安也抿了口酒，道:“跟山上学了点，也跟江湖学了点。”

陈平安又聊了渔翁先生吴硕文，还有少年赵树下和少女赵鸾，笑着说与他们提过剑水山庄，说不定以后会登门拜访，还希望山庄这边别落了他的面子，一定要好好款待，省得师徒三人觉得他陈平安是吹牛不打草稿，就喜欢胡吹法螺，往自己脸上贴金，其实与那梳水国剑圣是个屁的忘年交，一般的点头之交而已。

宋雨烧哈哈大笑，帮着涮了一块牛毛肚，放在陈平安碗碟里。

一顿火锅的配菜吃了个精光，一壶酒也已喝完。

宋雨烧再次将陈平安送到小镇外，只是这一次陈平安酒量好了，也能吃辣了，再不像当年那么狼狈，这让老人有些失望啊。

陈平安戴着斗笠，站定抱拳道："前辈，走了。"

宋雨烧点点头，最后来了一句："长得也不英俊，用斗笠遮掩什么。"

陈平安扶了扶斗笠，一本正经道："这可说不准，男子相貌如何，得女子说了才算。"

宋雨烧笑骂道："算个锤儿的算！"

陈平安笑着转身离去。

宋雨烧一直到陈平安走出去很远，这才转身，沿着那条冷冷清清的街道，返回山庄。

老人独自走过那座原先苏琅一掠而过，打算向自己问剑的牌坊楼。

有些话呢，陈平安想问又不好问，那小子就在饭桌上弯来弯去，说了些看似题外话的话，比如他在朦胧山的风光。

他宋雨烧剑术不高，可这么多年江湖是白走的？会不知道陈平安的秉性？他明白，陈平安这种多多少少有显摆嫌疑的话语，其实就是为了让他这个老家伙宽心，有事只管说。可是从头到尾，宋雨烧也明明白白用一言一行告诉了陈平安，自己万事都好，是你这瓜娃儿想多了。

宋雨烧双手负后，抬头望天。

日高万里，晴朗无云，今儿是个好天气。

希望那个小子，以后的江湖路上，天天如此。

这天正午时分，已是陈平安离去山庄的第三天。

剑水山庄来了一位火急火燎的杏眼少女，踩着双绣花鞋。

见着了柳倩和宋凤山，一听那个陈平安竟然走了，顿时哀怨不已，说他们夫妇不厚道，也不知道帮着挽留几天。

柳倩觉得有些奇怪，问她山头那边，是不是出了事情，想要让陈平安帮着解决？然后柳倩正色道："你与山神之间的恩怨，只要你韦蔚开口，我们剑水山庄可以出力，但是山庄却绝对不会让陈平安出手。"

韦蔚脸色古怪，问道："这位大剑仙，就没跟你说古寺那边的事儿？"

柳倩疑惑道:“说了啊,说了你还敢重操旧业,当年在我们爷爷手上吃了苦头,还是不长记性,又去古寺那边拐骗男人的阳气。怎么,其实你们碰头后,还有什么隐情?”

韦蔚嘿嘿笑道:“没有隐情,就是他对我看上了眼,又不好意思说出口,我其实也有些心动,就想着让宋老爷子帮着说媒……”

宋凤山嘴角翘起,什么混账话,真是骗鬼。你韦蔚真正喜好什么,在座的谁不知道?再者就陈平安那脾气和如今的修为,当时没一剑直接斩妖除魔,就已经是你韦蔚命大了。

柳倩更是笑着直接拆穿韦蔚:“行了,这种嫌命大的玩笑话少说,真给我们爷爷或是陈平安听了去,有你罪受!”

韦蔚瞥了眼神色轻松的夫妇二人,皱眉问道:“苏琅该不会是一个走路不留神,在半路挂了吧,不来找你们山庄麻烦啦?不然你们还笑得出来?难道不该每天以泪洗面吗?你柳倩给宋凤山擦眼泪,宋凤山喊着娘子莫哭莫哭,回头帮你擦脸……”

宋凤山受不了这个梳水国女鬼的调侃,找了个借口起身离开。

柳倩便将苏琅被打退,以及后来登门求见之事,都大致说给了韦蔚听。

事实上,这些年剑水山庄都是她在勤勤恳恳打理事务,所以该说不该说的,她心里有数。不然,爷孙二人不会如此放心她持家。

韦蔚“哦”了一声,竟是半点不奇怪,瞧见了柳倩若有所思的视线,韦蔚这才“哎哟”一声,捧住心口,道:“原来陈公子的剑术已是如此超神了啊,真是士别三日当刮目相看。吓死我了。早知道在古寺那边,我就该自荐枕席的,哪怕不喜欢男子,眼一闭,也就过去了。”

柳倩丢了一把瓜子过去,骂道:“少说些不知羞的下流话!”

韦蔚突然说道:“我本该昨天就到,唉,咱们鬼魅勉强御风远游,真是比不得一位剑仙御剑的风驰电掣。算了,不提这些,老娘苦苦修行了几百年,还不如一个男人游山玩水不到十年的功夫,真是伤心事。倩儿,我之前跑了趟州城,打算谋划一桩涉及大道根本的大事,在这个过程中,我发现了横刀山庄的身影。王珊瑚那个小婆娘,如今可是真趾高气扬,隔着几里路,我都闻到她身上的那股胭脂味儿。应该是这边苏琅一吃亏,韩元善安插在小镇的谍子,就飞剑传讯了,所以横刀山庄才会马上有所动作。”

韦蔚一手揉着心口,故作幽怨脸色,道:“你们可得早做准备,我那情郎陈平安如果还在山庄,自然无所谓,可如今这个……负心郎跑路了,万一韩元善也跟着来了,到时候我可不会因为姐妹情偏袒你们,最多两边不帮。”

其实韦蔚很奇怪,为何韩元善如此不讲情面,不顾大体,非要跟剑水山庄过不去,逼着宋雨烧搬离山庄,要在此建造山神庙?那个被陈平安一剑挑死的山怪,就一直做春秋大梦,想着能够一步登天,挪个位置,成为剑水山庄这儿的新山神。至于她没有说的那件大事，当然就是筹划着自己顶替那头畜生坐上山神的座椅。她韦蔚可是一直与柳倩暗中较劲来着，两只山泽精怪曾经都是梳水国四煞之一，柳倩都当上了剑水山庄的少夫人，韦蔚自然不服气。世间姐妹，多是如此，好归好，谁的日子过得更好，也要比，半点不含糊。

关于剑水山庄和韩元善的买卖，柳倩自然也不会跟韦蔚说什么。

掏心窝的话语，除了能少说就少说，也得看人。

柳倩思量一番，小心酝酿措辞，缓缓道："应该不会是什么坏事，也许是陈平安的出手，让韩元善心生忌惮了，以他的谨小慎微，多半不会亲临，可能只会让他扶持起来的傀儡王毅然，来山庄回旋一二，这样不至于让三方闹得太僵。"

韦蔚一想，多半是如此了。

在当年曾有一老一少面对过千军万马的那座战场上。

有个戴斗笠的青衫剑客，在离开小镇后，没有立即去往地龙山仙家渡口，而是于附近向一位即将"升官"的山神打探一件宋雨烧、宋凤山和柳倩都不愿说出口的事情——为何宋雨烧会坠了那一口剑道宗师和纯粹武夫的气。

这是一桩剑水山庄都没有几个人知道的秘事。只是这位被梳水国朝廷寄予厚望的山神，因为统辖一地气数，当时又运用了本命神通，才得以知道。

事情说大不大，没有死一个人。

事情说小，也不小。曾经有一位远道而来的中土武夫，到了剑水山庄，跟宋雨烧要走了一把竹剑鞘。

一开始说是买，用大把的神仙钱。宋雨烧不肯。理由很简单，剑鞘要送给一个朋友。那个武学境界高到无法想象的外乡人，说让宋雨烧考虑三天，三天后，就不是买了。

走的时候，那个男人瞥了眼宋凤山和柳倩，满是山巅之人看待蝼蚁的冷笑，嘴上换了措辞：要这两条命，也还是算买。

宋雨烧沉默了三天。

宋凤山和柳倩力劝爷爷，坚决不卖！

但是宋雨烧最后那一天，交出了竹剑鞘，却没收下那神仙钱。

在那之后，老人就真的老了。

老人主动找孙子和孙媳妇喝了顿酒，甚至还给孙媳妇柳倩敬了一杯酒，说自己的孙子这辈子能找了她这么个媳妇，是老宋家祖上积德了，以前是他这个当爷爷的，对不住她，太小看了她。柳倩含泪喝下了那杯酒。最后老人安慰两个晚辈，说没事，真没事，不就是一把竹剑鞘嘛，反正从来就没跟陈平安那小子提过此事，就当什么都没发生就行了。

此时此刻。

一支浩浩荡荡的车队，朝那个青衫剑客缓缓驶来。

陈平安见过了本地山神后，让山神不要跟剑水山庄提起见面之事。

山神自然不敢，不过能够与那位年轻剑仙坐在山巅，一起喝酒，这位梳水国山神老爷，还是觉得与有荣焉。

陈平安之所以没有立即离去，又没有返回剑水山庄，就是觉得心里不痛快，又不知道如何做才好。

就一直在这边打转，一个人想着事情。

然后就又遇到了熟人。

第六章 江湖还有陈平安

陈平安只是打量了这支车队几眼，就让出了道路。

行走江湖久了，山上修行的千奇百怪，人间王朝的世俗百态，见多了，眼力也就有了，见怪便不怪。

这支车队既有梳水国官家的轻骑护卫，背弓挎刀，箭囊尾部如白雪攒簇，也有气势沉稳的江湖子弟，反向挂刀。

横刀山庄独特的佩刀方式，让人记忆深刻。

其中一位背负巨大牛角弓的魁梧汉子，陈平安更是认得，名为马录，当年在剑水山庄瀑布水榭那边，这位王珊瑚的扈从，跟自己起过冲突，被王毅然大声呵斥。家教门风一事，横刀山庄还是不差的，王毅然能够有今日风光，不全是因为依附韩元善。

陈平安既然知道了剑水山庄与韩元善的买卖，加上苏琅问剑受挫，剑水山庄大局已定，所以即便认出了对方，依旧没有多做什么，不但让出了道路，而且缓缓走向远处山林，就像那些见官矮一头的江湖游侠。

扈从马录恪尽职守，瞥了眼那个过路客，仔细审视一番后，便不再放在心上。

一辆马车内，坐着三位女子，妇人是楚濠的原配妻子，上任梳水国江湖盟主的嫡女，这辈子视剑水山庄和宋家如仇寇，当年楚濠率领朝廷大军围剿宋氏，便是这位楚夫人在幕后推波助澜的功劳。

还有两位女子要年轻些，不过也都是出嫁妇人的发髻和装饰，一位姓韩，娃娃脸，还带着几分稚气，是韩元善的妹妹，韩元学。韩元学嫁给了一位状元郎，郎君在翰林院编修三年，品秩不高，从六品，可毕竟是最清贵的翰林官，而且写得一手极妙的步虚词，崇尚道家的皇帝陛下对其青眼相加，又有小重山韩氏这么一座大靠山，注定前程似锦。

另外一位满身英气的年轻妇人，则是王毅然独女，王珊瑚。相较于世族女子的韩元学，王珊瑚所嫁男子更加年轻有为，十八岁就是探花郎出身，据说如果不是皇帝陛下不喜少年神童，才往后挪了两个名次，不然就会直接钦点了状元，如今已经是梳水国一郡太守，在历代皇帝都排斥神童的梳水国官场上，能够在而立之年就成为一郡大员，实属罕见，而所辖之境刚好是毗邻剑水山庄的青松郡，同州不同郡而已。

这次三位女子之所以碰头，各有原因。

楚夫人是专程从京城赶来凑热闹的，为的就是想要亲眼目睹苏琅问剑后，剑水山庄的声誉在梳水国江湖上一落千丈。王珊瑚本就跟随丈夫待在附近，而韩元学的那位状元郎夫君，即将补缺，有些特例，有可能不是留在京城六部衙署，而是去往地方州城担任首县县令，作为衙门所在地与州郡府衙同城的附廓县父母官，不管会不会做人，都是一桩劳心劳力的差事。

这次韩元学南下拜访王珊瑚，当然是希望王珊瑚的丈夫——自家男人将来的顶头上司，能够帮着照拂一二，不然一旦刺史不待见，郡守又刁难，这个万众瞩目的首县县令，就能够在冷板凳上坐出个窟窿来。到了地方为官，原先的自身名望与家世背景，从来都是一把双刃剑，像一个穿着光鲜亮丽新靴子的孩子与别的孩子一起玩过家家，就要被你一脚他一脚踩脏了，大家都一样了才罢休。

楚夫人有些愁眉不展，惹人怜爱，哪怕岁数不小了，可是保养得体，依旧风韵犹存，丝毫不输王珊瑚和韩元学这样的年轻妇人。

由不得楚夫人不自怨自艾，本来一场好戏，已经敲锣打鼓拉开帷幕，不承想松溪国青竹剑仙苏琅这个废物，竟然出手打了两架都没从剑水山庄那边讨到半点便宜，反而让宋雨烧那个大半截身子入土的老王八蛋白白挣了不少名声。

她哀愁不已，忍不住伸手揉了揉心口，自己真是命苦，这辈子摊上了两个负心汉，都不是什么好东西！一个得了她的人，还得了那笔相当于小半座梳水国江湖的丰厚嫁妆，竟然是个㞞包，为了顾全大局，死活不愿与宋雨烧撕破脸皮。她一等再等，好不容易等到楚濠觉得大局已定，结果莫名其妙就死了。

鸠占鹊巢的韩元善，比楚濠这个窝囊废还不要脸，当年得了她的身心后，竟然告诉她，这辈子就别想着报仇了，说不定以后两家还会经常走动。

好在这次苏琅要问剑，韩元善倒是没阻止她离京看戏，但是要她承诺不许擅自行动，不许趁火打劫，只准隔岸观火，不然就别怪他不念这些年的鱼水之欢和夫妻情分。

听听，这是人说的话吗？

韩元善这些年靠着楚濠的身份，占尽了天时地利人和，如今都是梳水国皇帝之外最有权势的男人了，还是对她如此刻薄无情。

不过独处的时候，她偶尔会想一想，若是韩元善没有这般枭雄无情，大概也走不到今天这个煊赫高位，她这个楚夫人，也没法子在京城被那些个诰命在身的官家妇人们众星拱月。

这点道理，她还是懂的。

韩元学见楚夫人的心情不佳，就轻轻掀开车帘，透透气。

当年哥哥失踪后，小重山韩氏被殃及池鱼，遭了一场大难，风声鹤唳，父亲下令所有人不许参加任何宴席，家族闭门思过了两年，只是后来不知道怎么回事，家里的男子又开始在朝堂和沙场上活跃起来，甚至比起当年更加风生水起。她只知道位高权重的大将军楚濠，好像对韩氏很亲近，看自己的眼神，也很奇怪，不像是男人相中女子姿色的眼神，反而有些像是长辈看待晚辈。至于在京城最风光八面的楚夫人，更是经常拉着她一起踏春郊游，十分亲昵。

这次，听闻苏琅问剑失败后，楚夫人本来第一时间就想要返京，但是她和郡守府各自得了一封京城密信，于是才有这趟出门。

在楚夫人收到的那封家书里，韩元善措辞凌厉，要她主动去拜访剑水山庄，不然以后就别想着在京城当那脂粉堆里的"诰命班头"了，从哪儿来，就滚回哪儿去。

楚夫人又惊又惧，肝肠寸断，如何能够不愁绪满怀。

好在王珊瑚和韩元学两个晚辈，对她一直敬重有加，她总算心里稍稍好受些。

陈平安突然停步，很快山林之中就冲出一大拨江湖人士，兵器各异，身形矫健。

车队也察觉到山林这边的动静，那队披挂制式轻甲的梳水国精骑，取下背后弓箭，立即如撒网而出。

横刀山庄子弟更是丝毫不惧，围在那辆马车四周，严阵以待。

陈平安不知这拨"刺客"的根脚，大致掂量了一下双方，不好说是什么以卵击石，但是"刺客"必败无疑。

可能是楚濠这个认祖归宗的梳水国大将，窃据庙堂要津，口碑实在不好，尤其是梳水国成为大骊宋氏的藩属后，在梳水国朝野眼中，楚濠为了一己之私，帮着大骊驻守，打压排挤了许多梳水国的骨鲠文官，这就愈发坐实了楚濠的卖国贼身份，所以江湖和士林人人得而诛之，只是杀楚濠难如登天，杀楚濠身边亲近之人，多少有点机会。

楚夫人抬起手，打了个哈欠，显然对于这类飞蛾扑火，早已习以为常。

韩元学埋怨道："这些个江湖人，烦不烦？只知道拿我们这些妇道人家撒气，算不得英雄好汉。"

这些年里，小重山韩氏子弟遇袭，已经不是一两起，就连王珊瑚的夫君，也因为与楚濠和大骊蛮子走得近，遭遇过一次江湖刺杀，如果不是有大骊武秘书郎的护卫，王珊瑚可就要变成寡妇了，所以韩元学一想到自己夫君也要离开京城，同样有可能遇到这类莫名其妙的仇怨，就十分忧心。

此时王珊瑚眼神熠熠，跃跃欲试，下意识一探腰间，却落个空，十分失落，因为嫁为人妇后，父亲便不许她再习武佩刀。

上次她陪着夫君去往辖境水神庙祈雨，在打道回府的时候遭遇一场刺杀，如果当时身有佩刀，最后那名刺客根本就无法近身。然而在那之后，王毅然仍是不准她佩刀，只是多抽调了数位庄子高手，来到青松郡贴身保护女儿女婿。

这拨立誓要为国杀贼的梳水国仁人志士，三十余人之多，应该是来自不同山头门派，各有抱团。

陈平安的处境有些尴尬，就只能站在原地，摘下养剑葫假装喝酒，以免大战一起，两边不讨好。

至于阻拦这些人舍生取义的事情，陈平安不会做。

大概是陈平安的一动不动，十分识趣，那些江湖豪客倒也没有与他计较，有意无意改变前进路线，绕路而过。

突然，一名已经越过陈平安的中年剑客大声喊道："剑水山庄在此诛杀楚党逆贼！"

陈平安有些无奈。

这是明摆着要将剑水山庄和梳水国老剑圣逼得不得不重出江湖，与横刀山庄拼个鱼死网破，好教楚濠无法一统江湖。

既是阴谋，也是阳谋。

只要今天这里双方死了人，剑水山庄就是黄泥巴粘裤裆，不是屎也是屎，被迫与整座梳水国朝廷站在对立面。梳水国的江湖和士林，到时候一定会像打了鸡血似的，为剑水山庄和宋老前辈拼了命鼓吹造势。

陈平安别好养剑葫，身形微微后仰，瞬间倒滑而去，刹那之间，就来到了那名中年剑客身侧，抬起一掌，按住那人面门，轻轻一推，那人便直接摔出十数丈外，倒地不起，晕厥过去。

然后陈平安继续倒掠而去，飘落在双方之间，无形中既拦住了身后车队的精骑，也拦住了那伙江湖义士的慷慨赴死。

数枝箭矢破空而去，激射向为首的几位江湖人。

陈平安一挥袖子，三枝箭矢不合常理地急急下坠，钉入地面。

一位少年停步后，以剑尖直指陈平安，眼眶布满血丝，怒喝道："你是那楚党走狗？为何要阻挡我们剑水山庄仗义杀贼？"

陈平安叹了口气道："回吧，下次再要杀人，就别打着剑水山庄的旗号了。"

一位老者突然高声道："楚越意，你身为楚老管家养子，更是宋老剑圣的不记名弟子，为何不愿与我们一起杀敌？罢了，你楚越意志在剑道登顶，我们可以体谅，可是我们不惧一死，所以今日不求你与我们并肩作战，只要让出道路即可！"

陈平安哭笑不得，老前辈好手段，果不其然，身后骑队一听说他是那剑水山庄的"楚越意"，第二拨箭矢便集中向他疾射而至。

尤其是策马而出的魁梧汉子马录，没有废话半句，摘下那张极其扎眼的牛角弓后，高坐马背，挽弓如满月，一箭射出，一枝精铁特制箭矢便裹挟着风雷声势，朝那个碍眼的背影呼啸而去。

那位曾与"剑仙"有幸喝酒的本地山神，在山神庙那边，一头汗水，都有些后悔自己运转巡狩山河的本命神通了。

当年那位大驾光临剑水山庄的中土武夫，也是从头到尾完全不在意他的窥探，在拿到那把竹剑鞘后，毫无征兆地一拳落下，将山神庙周边的一座山头峰顶，直接打了个碎裂，差点把这位梳水国神位不低的山神吓破了胆。

在这位神位仅次于梳水国五岳的山神看来，大将军楚濠的家眷和亲信，加上那些喊打喊杀的江湖人，双方都是不知死活的玩意儿，根本不知道自己招惹了谁。

苏琅如今是梳水、彩衣在内十数国的江湖第一高手，又如何？真当自己是剑仙了？难道就不知道山外有山？切记这世上，还有那冷眼俯瞰人间的修道之人！

所以结果如何？在小镇牌坊那边，面对青竹剑仙，也就是一拳的事情，这位年轻剑仙甚至都没出剑。至于之后苏琅跑去剑水山庄放低身价补救，如果不是年轻剑仙卖了个天大面子给苏琅，苏琅这辈子的名声就算毁了。

山神打定主意，坚决不蹚这浑水。

娃娃脸的韩元学扯了扯王珊瑚的袖子，轻声问道："珊瑚姐姐，那人是高手？"

王珊瑚点头道："说不定有资格与我爹切磋一场。"

然后又斩钉截铁补充了一句："当然，肯定无法让我爹出全力，但是一个江湖晚辈，能够让我爹出七八分气力，已经足够吹嘘一辈子了。"

韩元学很当真，惊讶道："可是那人瞧着如此年轻，到底是怎么来的本事？难道就如江湖演义小说所写那般，是吃过了可以增长一甲子内功的奇花异草，还是坠下山崖，得了一两部武学秘籍？"

王珊瑚哑口无言。

真正的纯粹武夫，可没有这等美事。只有山上的修道之人，才会遇上这些羡煞旁人的无理机缘，所以才会如此盛气凌人，一个比一个鼻孔朝天，小觑江湖。

便是她爹这般气度的大英雄，提及那些红尘外的神仙中人，也颇有怨言。

韩元学的幼稚言语，楚夫人听得有趣。这个韩氏闺女，没有半点可取之处，唯一的本事，就是命好，傻人有傻福，先是投了个好胎，然后还有韩元善这么个哥哥，最后嫁了个好丈夫，真是人比人气死人。楚夫人眼神游移，瞥了眼聚精会神望向那处战场的韩元学，真是怎么看怎么惹人心里不痛快，便琢磨着是不是给这个小娘们找点小苦头吃，当然得拿捏好火候，得是让韩元学哑巴吃黄连的那种，不然让韩元善知道她胆敢陷害他妹妹，非得扒掉她这个“原配夫人”的一层皮不可。

楚夫人哈欠不断，瞥了眼那些江湖豪杰，嘴角翘起，喃喃道：“真是容易咬钩的蠢鱼，一个个送钱来了。夫君，如我这般持家有道的良配，提着灯笼也难找啊。”

双方阵营没看清那年轻游侠如何出手，三枝箭矢就被他握在了手中。

横刀山庄马录的箭术，那是出了名的梳水国一绝。听闻大骊蛮子当中就有某位沙场武将，曾经希望王毅然能够割爱，让马录投身军伍，只是不知为何，马录依旧留在了刀庄，放弃了唾手可得的一桩泼天富贵。

一名轻骑头领高高抬臂，制止了麾下武卒蓄势待发的下一轮攒射，因为毫无意义，当一位纯粹武夫跻身江湖宗师境界后，除非己方兵力足够众多，不然就是处处添油，处处失利。这位精骑头目转过头去，却不是看马录，而是看向两位不起眼的木讷老者，那是梳水国朝廷按照大骊铁骑规制设立的随军修士，有着实打实的官身品秩，一位是陪同楚夫人离京南下的扈从，一位是郡守府的修士，相较于横刀山庄的马录，这两尊才是真神。

其中一位身材矮小，这一路骑马，好像骨头随时都会散架的老修士，骤然间气势如爆竹炸开，腰间长剑颤鸣不已。

与车队“隔岸”对峙的江湖众人当中，一位身材高挑、面容姣好的女子满脸绝望，颤声道：“是那山上的剑仙！”

那位人不可貌相的老人不着急让剑出鞘，而是轻轻一夹马腹，策马缓缓向前，死死盯住那个头戴斗笠的青衫剑客，道：“老夫知道你不是什么剑水山庄楚越意，速速滚开，饶你不死。”

陈平安微笑道：“神仙下了山，那就入乡随俗，好好说人话。”

老者哈哈大笑，问道：“你小子着急投胎？”

一个小小梳水国的江湖，能有几斤几两？

若是松溪国苏琅和剑水山庄宋雨烧亲至，他还愿意敬重几分，眼前这么个年轻后生，再强也就只够他一指弹开，只要不是剑水山庄子弟，那就没了保命符，杀了也是白杀。楚大将军私底下与他说过，此次南下，不可与宋雨烧和剑水山庄起冲突，至于其他，江湖宗师也好，四处捡漏的过路野修也罢，杀哪个都算军功。

陈平安转过头，对那些江湖人士摆摆手，耐着性子说道：“走吧，想必你们也看出来，这里已经不是你们能掺和的了。以后再要行侠仗义，诛杀什么楚党，奉劝你们别扯上剑水山庄。江湖道义还是要讲一讲的，不要自认占了道德大义，就可以事事随心。”

那位始终骑马缓行的矮小老者,已经越过骑队,距离那青衫剑客不足三十步,嗤笑道:“这些江湖爬虫想走,也得能走才行,老夫点头了吗?知不知道这些家伙,他们一颗头颅能换多少银子?被你小子打晕的那个,就至少能值三枚雪花钱。那个眼力不错,晓得敬称老夫为剑仙的女子,你总该认得出来吧,不知道多少江湖儿郎,做梦都想着成为她屁股底下的那匹马,给她骑上一骑。这个小寡妇,丈夫是位所谓的大英雄,凭一己之力,亲手杀死过大骊两位随军修士,故而男人死后,她在你们梳水国也极有威望,估摸着怎么都该值一枚小暑钱。”

陈平安听着那老人的絮絮叨叨,轻轻握拳,深深呼吸,悄然压下心中那股急于出拳出剑的烦躁。

离开落魄山之前,老人崔诚在二楼最后一次喂拳,除了向陈平安展现十境巅峰武夫的实力之外,还有一句分量极重的言语。

“陈平安,你该修心了,不然就会是第二个崔诚,要么疯了,要么……更惨,入魔,今天的你有多喜欢讲理,明天的你就会有多不讲理。”

陈平安扶了扶斗笠,环首四顾,天也秋心也秋,就是个愁。

总得有个破解之法。

陈平安收回视线,望向那个山上老剑修,道:“既然有剑,那就出剑。”

老者瞥了眼那个不知天高地厚的年轻游侠,然后将视线放得更远些,看到了那个享誉一国江湖的女子,道:“老夫这就是剑仙啦?你们梳水国江湖,真是笑死个人。不过呢,对于你们而言,能这么想,似乎也没有错。”

长剑铿锵出鞘,势如奔雷。而老者依旧双手握住马缰绳,意态闲适。

一剑而去,以至于敌我双方,耳膜都开始嗡嗡作响,心神震颤。

只是另外那名出身梳水国本土仙家府邸的随军修士,却心知不妙。

只见那青衫剑客脚尖一点,直接踩在了那把出鞘飞剑的剑尖之上,又一抬脚,好似拾阶而上,以至于长剑倾斜入地小半,那个年轻人就那么站在了剑柄之上。

出剑的老修士毫不犹豫抱拳道:“恳请前辈原谅在下的冒犯。”

出剑快,低头认错也快。

其中玄妙,恐怕也就只有对敌双方以及那名观战的修士,才能看破。

陈平安一脚跨出,重新落地,踩下长剑贴地,向前一抹,长剑剑尖指向自己,一路倒滑出去,接着他轻轻跺脚,长剑先是停滞,然后直直升空,陈平安又伸出并拢的双指,拧转一圈,以剑师驭剑术将那把长剑推回矮小老修士的剑鞘之内。始终双手抱拳的老剑修继续说道:“前辈还剑之恩……”

陈平安驭剑之手已经收起,负于身后,换成左手双指并拢,双指之间,有一抹长约寸余的刺眼流萤。

陈平安笑道:“必有厚报?”

老剑修面无表情,双袖一震。

世间剑修的本命飞剑,几乎每一把都有自己的独到之处。而这位观海境剑修的本命飞剑之强不在一剑破万法的锋锐,甚至不在飞剑都该有的速度上,而在轨迹诡谲、虚幻不定,以及一门好似飞剑生飞剑的拓碑秘术。

一瞬间。那个青衫剑客四周,浮现出十二把一模一样的飞剑,构成一个包围圈,然后悬停位置,各有高低,剑尖无一例外,皆指向青衫剑客的一座座关键气府,不知道到底哪一把才是真,又或者十二把都是真?十二把飞剑,剑芒也有强弱之分,这便是拓碑秘术唯一的不足之处,无法完完全全令其余十一把仿剑强如“祖宗”飞剑。

观战修士皱了皱眉头,这一手,同僚从未展露过,应该是压箱底的本事了。他作为更擅长符箓和阵法的龙门境修士,设身处地,想想如果自己换到那个年轻人的位置上,估计也要难逃一个至少伤重半死的下场。

他不禁慨叹,明知自己是与一位剑修为敌,还敢如此托大,以双指禁锢飞剑,那个年轻人实在是过于自负了。

他们这两位随军修士,一个龙门境剑修,一个观海境剑修,各自侍奉楚濠和青松郡太守,其实都有些大材小用了,尤其是后者,不过是一地郡守。但是如今大将军楚濠权倾朝野,这可不是一位大公无私的人物,几乎把所有拔尖的随军修士,都秘密安排在了他自己和楚党心腹身边,待遇之高,已经远远超出梳水国皇室。

老剑修微微一笑,成了。

但是下一刻,老剑修的笑容就僵硬起来。

那年轻人负后之手,再次出拳,一拳砸在看似毫无用处的地方。

老剑修嘴角渗出血丝。

十二把飞剑,其中十把只靠神意牵连的飞剑,烟消云散,最后只剩下两把,一把依旧被牢牢约束在那人左手双指间,还有一把真正隐藏杀机而非障眼法的飞剑,却被一股倾泻流转的拳意罡气阻滞,而那个年轻剑客所穿青衫,分明是一件品秩极高的法袍,灵气凝聚在剑尖所指地带,把颤颤巍巍的飞剑,拒之门外。

陈平安低头看着指间那把本命飞剑,自言自语道:“是该去北俱芦洲见识真正的剑修了。听她说,那处苦寒之地,自古多豪杰。”

陈平安一甩手指,将那柄飞剑丢入养剑葫。

世间养剑葫,除了可以养剑,其实也可以洗剑,只不过想要成功清洗一口本命飞剑,要么养剑葫品秩高,要么被洗飞剑品秩低。刚好,这把“姜壶”,对于那口飞剑而言,品秩算高了。

当那把关键飞剑被收入养剑葫后,第二把如从古画上剥下一层宣纸的附庸飞剑也随之消失，重新归一，在养剑葫内瑟瑟发抖，毕竟里边还有初一和十五。

陈平安对那个老剑修说道："别求我，我不答应。"

然后转过头去，对那些梳水国的江湖人笑道："愣着做什么？还不快跑？等着让人砍下脑袋拿去换钱？有你们这么当善财童子的？"

那拨原本视死如归的江湖豪侠，顿时作鸟兽散，退回山林中去。

陈平安看着他们的背影，突然觉得有些……无聊。

想必就算说给了宋老前辈听，那位心气已坠的梳水国老剑圣也不会在意了，多半会像上次酒桌上那样，笑言一句：天底下就没有一顿火锅解决不了的烦心事，如果有，那就再来一壶酒。

陈平安看了眼那个一直袖手旁观的随军修士。后者点头致意，并无半点出手的意思。

陈平安最后也没多做什么，就只是跟他们借了一匹马，当然是有借无还的那种。一人一骑，离开此地。

那名丢了本命飞剑的老剑修，不知为何，没敢开口，任由那个年轻人带走自己的半条命，好像只要自己开口，仅剩的半条命也会没了。

龙门境修士更是不会开口求情。

在山上，那些梳水国江湖人拼命狂奔。

有人心里揣测，那人高深莫测，莫不是驻颜有术的山上神仙？

也有些人腹诽不已。什么神仙，就算是，还不是跟那个被抢了飞剑的老剑仙一路货色，黑吃黑罢了。这种人便是本事高了又如何，称得上英雄好汉吗？

但也有位少年，虽然依然不喜欢那个人，但是向往那个人的风采。

还有位女子，幽幽叹息。

有数人掠上高枝，查探敌人是否追杀过来，其中眼力好的，只看到道路上，青衫剑客头戴斗笠，纵马飞奔，双手笼袖，没有半点志得意满，反而有些萧索。

有人歪头吐了口唾沫，不知是嫉妒还是愤恨，狠狠骂了句脏话，结果就发现那位青衫剑客似乎心生感应，转头看来，吓得枝头那人一个站立不稳，摔下地面。

陈平安突然转头说道："韦蔚，帮我捎句话给宋老前辈，就说那把被带去中土神洲的剑鞘，以后我会用对方在剑水山庄讲理的方式，送回来。"

一抹浅淡青烟凝聚现身，跟随一人一骑，御风而行，正是脚踩绣花鞋的梳水国四煞之一，女鬼韦蔚。

陈平安突然笑了起来，道："再加一句，可能要劳烦宋老前辈等很久，我将来去中土神洲之前，一定会再去找他喝酒。"

韦蔚嫣然一笑。她悬停在空中，不再跟随，目送那一骑绝尘而去。

女鬼韦蔚御风远游，如缩地山河，自然要早于车队到达剑水山庄。

韦蔚重返山庄做客，宋雨烧依旧没有露面，还是宋凤山和柳倩接待。

宋雨烧当年在古寺放过韦蔚一马，不意味着这位梳水国老剑圣就待见她，即便是对自家的孙媳妇，梳水国四煞之一的柳倩，宋雨烧当年何尝就没有心结了？只是当一位恪守老规矩的老江湖，年纪大了，回归家庭，兼有自省，尤其经历过那次剑鞘的买卖一事，宋雨烧才彻底认可了柳倩，由着柳倩持家，甚至还愿意为她将来成为山水神祇一事而奔波，主动与韩元善往来，以至于宋雨烧已经得了书院的青眼，本该板上钉钉的破境一事，也成了一场镜花水月。

宋雨烧这次与陈平安重逢，其实尤为高兴。不光是因为亲眼看到陈平安成了一位山上剑仙，更是因为陈平安的江湖路，像他宋雨烧走过的。

一条路上，行人寥寥，偶然相逢，风雨之中，并肩而行，该有醇酒。

若说第一次相逢，宋雨烧还只是将那个背着书箱、远游四方的少年陈平安当成一个很值得期待的晚辈，那么第二次重逢，与头戴斗笠、背负长剑的青衫陈平安，一起喝茶饮酒吃火锅，就更像是两位同道中人的心有灵犀，惺惺相惜。不过这是宋雨烧的切身感受，事实上陈平安面对宋雨烧，还是一如既往，无论是言行还是心态，都以晚辈身份礼敬前辈。对此宋雨烧也未强行拒绝，江湖人，谁还不好点面子？

在听闻宋凤山和柳倩再次接待韦蔚一事后，宋雨烧就来到了瀑布那边的水榭独坐。已经多年不曾佩剑练剑的宋雨烧，今天将那位老伙计横放在膝上。老伙计剑名“屹然”，当年就是无意中捞取于眼前这座深潭的砥柱石墩机关当中，那把青竹剑鞘亦是，只不过剑与剑鞘似乎是遗落之人拼凑在一起的，并非“原配”。

屹然当然是一把江湖武夫梦寐以求的神兵利器，宋雨烧一生喜好游历，拜访名山，仗剑江湖，遇到过不少山泽精怪和魑魅魍魉，能够斩妖除魔，屹然剑立下大功。宋雨烧行走四方，寻遍官家私家的书楼古籍，找到了一页残篇，才知道此剑是别洲武神亲手铸造，不知哪位仙人跨洲游历后，遗落于东宝瓶洲，古籍残篇上还有“砺光裂五岳，剑气斩大渎”的记载，气魄极大。

只是那把竹鞘的根脚，宋雨烧曾经问遍山上仙家，依旧没有个准信。有仙师大致推测，兴许是竹海洞天那座青神山的灵物。但是由于竹剑鞘并无铭文，也就没了任何蛛丝马迹，加上竹鞘除了能够成为“屹然”的剑室而内部毫无磨损的异常坚韧之外，并无更多神异，宋雨烧之前就只将竹鞘，当做了屹然剑主人退而求其次的选择，不承想原来竟是委屈了竹鞘？

宋雨烧低头望去，古剑屹然依旧锋芒无匹，阳光映照下，熠熠生辉，光华流转，水榭这处水雾弥漫，却遮掩不住剑光的半点风采。

宋雨烧伸出手掌，轻轻拍打剑身，重新抬头望向那条飞流直下的瀑布，如仙人雪白长发从天上垂挂而下，喃喃道："老伙计，咱们啊，都老啦。"

议事堂那边，韦蔚说过了那处战场的始末，以及陈平安要她帮忙捎的话，宋凤山神色凝重。

柳倩是喜怒不露的沉稳性情，双重身份使然，只是听过了陈平安的那番言语后，知晓其中的分量，亦是有些感慨，道："爷爷没有看错人。"

宋凤山轻声道："这个理，难讲。"

柳倩点点头，她毕竟是大骊安插在梳水国的死士谍子，眼界相较于一般的武学宗师和山上仙师，还要更高。所以她甚至要比宋凤山和宋雨烧更加清楚那位取走竹鞘的纯粹武夫的强大。

梳水国、松溪国这些地方的江湖，七境武夫，就已经算是传说中的武神。事实上，金身境才是炼神三境的第一境而已，此后远游、山巅两境，更加可怕，至于之后的十境，更是让山巅修士都要头皮发麻的恐怖存在。

那位来自中土神洲的远游境武夫，到底有多强，她大致有数，因为她曾以大骊绿波亭的公事门路，为山庄查探了一番虚实。事实证明，那位武夫，不但是第八境的纯粹武夫，而且绝对不是一般意义上的远游境，极有可能是世间远游境中最强的那一撮人，类似围棋九段中的国手，能够荣升一国棋待诏的存在。理由很简单，绿波亭专门有高人来此，找到柳倩和本地山神，询问详细事宜，因为此事惊动了大骊监国的藩王宋长镜！若非那个强买强卖的纯粹武夫带着剑鞘离开得早，说不定连宋长镜都要亲自来此。不过若真是如此，事情倒也简单了，毕竟这位大骊军神已是十境的止境武夫，只要愿意出手，柳倩相信即便对方靠山再大，大骊和宋长镜，都不会有任何忌惮。

这已经不纯粹是谁的拳头更硬的问题，而是那天下大势使然。

大骊王朝，如今已经将半洲版图作为疆土，未来独占一洲气运已是大势所趋，这才是大骊宋氏最大的底气和凭仗。

说不定到时候一跃成为整座浩然天下前五的王朝，都不是什么难事。

韦蔚是个唯恐天下不乱的，坐在椅子上，晃荡着那双穿着绣花鞋的脚，道："楚夫人要来登门拜访，到时候是直接打出门去，还是来者即客，笑脸相迎？除了那个蛇蝎心肠的楚夫人，还有横刀山庄的王珊瑚，韩元善的妹妹韩元学，三个娘们凑一堆，真是热闹。"

柳倩微微一笑，道："小事我来当家，大事夫君做主。"

宋凤山无奈道："还是得听爷爷的，我天生不适合处理这些庶务。"

韦蔚望着柳倩，笑嘻嘻道："据说那个王珊瑚当年偷偷痴情于你夫君？"

宋凤山无动于衷。这类话题，沾不得。不谙庶务，只是他不愿分心，希望在剑道上走得更远，并不意味着宋凤山就真不通人情。

柳倩笑道："一个好男人，有几个爱慕他的姑娘，有什么稀奇。"

韦蔚没来由说道："那个姓陈的，真是令人刮目相看，还是你们爷爷眼睛毒，我当年就没瞧出点端倪。只不过呢，他跟你们爷爷，都没劲，明明剑术那么高，做起事来，总是拖泥带水，半点不痛快，杀个人都要思来想去，明明占着理，出手也一直收着力气。瞧瞧人家苏琅，破境了，二话不说，就昭告天下，要来你们庄子问剑。便是我这么个外人，甚至还与你们都是朋友，内心深处，也觉着那位青竹剑仙真是潇洒，行走江湖，就该如此。"

宋凤山冷笑道："结果如何？"

身材娇小玲珑的女鬼韦蔚，慵懒地靠着椅子，道："苏琅只是差了点运气，我敢断言，这个家伙，哪怕这次在庄子碰了一鼻子灰，但这位松溪国剑仙，肯定是未来几十年内，咱们这十数国江湖的魁首，毋庸置疑。你宋凤山就惨喽，只能跟在人家屁股后头吃灰尘，无论是剑术，还是名声，都会不如那个行事霸道、自私自利的苏琅。"

宋凤山一笑置之，各人有各命，何况剑客的最终成就高低，还是要靠手中的剑来说话。就像以前，在剑水山庄风头最盛的时候，世人都说梳水国剑圣宋雨烧的剑术之高，已经超过垂垂老矣的彩衣国老剑神，后者就是害怕宋雨烧有朝一日要问剑，不敢应战，才主动退隐封剑示弱。而事实上呢，哪怕彩衣国老剑神遭遇意外，落败身死，以一种极不光彩的方式落幕，却仍是自己爷爷此生最敬重的剑客，没有之一。

但柳倩听闻韦蔚此说却有些怒容。

韦蔚赶紧双手合十，故作哀怜，求饶道："好好好，是我头发长见识短，说话不过脑子，柳倩姐姐你大人有大量，莫要生气。"

宋凤山不愿跟这个女鬼过多纠缠，就告辞去往瀑布那边，将陈平安的话捎给爷爷。

女鬼韦蔚占山为王，兴许称不上恶贯满盈，可是宋凤山实在不喜，只不过自己妻子与之交好，又有一层盟友关系，他才愿意坐下来喝茶。比如韦蔚跟韩元善之间的那笔风流账，宋凤山便心有厌恶，私底下劝过柳倩，结盟归结盟，利益往来那是在商言商，但是双方私谊，还需点到为止。这是宋凤山为数不多地与妻子"拿捏一家之主"的身份"讲道理"，正因为对鸡毛蒜皮的小事，宋凤山道理讲得少，这个道理的分量，才会显得尤其重。所幸柳倩听进心里了，也是这般做的。

所以柳倩那句"大事夫君做主"并非虚言。这是柳倩的聪明所在，当然也是宋氏的家教所长。不然柳倩就只能顶着一个剑水山庄少夫人的空头衔，一辈子得不到宋雨烧的真正认可。

不是讲理难，而是难在如何讲理。

在宋凤山路过山水亭的时候，浩浩荡荡的车队已经通过小镇，来到山庄之外。

柳倩犹豫了一下，仍是没有让人去通知宋雨烧和宋凤山这对爷孙。

一来，对方楚夫人、王珊瑚和韩元学，皆是妇道人家，剑水山庄若是由宋雨烧亲自出门迎接，太过兴师动众，柳倩也开不了这个口，其实宋凤山与她携手相迎，刚刚好，只是柳倩并不愿意打搅爷孙二人。二来，为何会苏琅前脚跟才走，她们后脚跟就来了？意图明显。剑水山庄看似日薄西山的处境，本就只是假象，无需对谁刻意逢迎，哪怕是大将军"楚濠"亲临，又如何？由身为大骊绿波亭在梳水国的谍子头目的柳倩来迎接，分量和礼数都足够了。

韦蔚躲了起来，在庄子里随便逛荡。

最后她坐在那座靠近瀑布的山水亭，闲来无事，思来想去，总觉得匪夷所思。当年一个貌不惊人的泥腿子少年，怎么就突然发迹了？关键是怎么就从一个境界不高的纯粹武夫，摇身一变，成了传说中的山上剑仙？吃错药了吧？如果真有这样的灵丹妙药，可以的话，给她韦蔚来个一大把，撑死她都不后悔。

瀑布水榭那边，宋雨烧已经将古剑屹然重新放回深潭石墩，关闭了那座前人打造的机关后，站在那座小小的"中流砥柱"上，双手负后，仰头望去，任由瀑布倾泻溅起的水雾沾衣。当宋凤山临近水榭，宋雨烧这才回过神，掠回水榭内，笑问道："有事？"

宋凤山便将韦蔚捎来的言语复述一遍。

宋雨烧神色怡然。

宋凤山疑惑道："爷爷好像半点不感到奇怪？"

宋雨烧满脸笑意，颇为自得，道："那傻小子撅个屁股，我就晓得他要拉什么屎，有什么惊讶的。要是不这么说，不这么做，我才觉得奇怪。"

宋凤山如今与宋雨烧关系融洽，再无拘束，忍不住打趣道："爷爷，认了个年轻剑仙当朋友，瞧把你得意的。"

宋雨烧微笑道："不服气？那你倒是随便去山上，捡一个回来给爷爷瞧瞧？若是本事和为人，能有陈平安一半，就算爷爷输，如何？"

宋凤山有些哀怨，问道："爷爷，到底谁才是你亲孙子啊？"

宋雨烧笑道："当然是出息不大的，才是亲孙子。"

宋凤山哑口无言。

宋雨烧爽朗大笑，拍了拍宋凤山肩膀，道："本事再不大，也是亲孙子。再说了，人品又不比那瓜娃儿差。"

宋雨烧停顿片刻，又道："还有啊，如今你已经找了个好媳妇，他陈平安八字才一撇，可不就算输了你了？你要是再抓个紧，让爷爷抱上曾孙，到时候陈平安即便成亲了，依旧输了你。"

宋凤山哭笑不得。听着是夸人的好话，可好像也让人开心不起来。

但是宋凤山心底，终究松了口气，爷爷见过了陈平安，已经心情大好，如今听说过陈平安那些话，更是打开了心结，不然不会跟自己如此玩笑。

宋雨烧一琢磨，揉了揉下巴，道："生个曾孙女就挺好，修道之人求长生，说不定你小子，还有机会当陈平安的老丈人。"

宋凤山终于忍不了，急道："爷爷！这就过分了啊！"

宋雨烧收敛笑意，只是神色安详，似乎再无负担，轻声道："行了，这些年害你和柳倩担心，是爷爷死脑筋，转不过弯，也是爷爷小看了陈平安，只觉得一辈子尊奉的江湖道理，给一个尚未出拳的外乡人，压得抬不起头后，就真没道理了，其实不是这样的，道理还是那个道理，我宋雨烧只是本事小，剑术不高，但是没关系，江湖还有陈平安。我宋雨烧讲不通的，由他陈平安来讲。"

宋凤山轻声道："如此一来，会不会耽搁陈平安自己的修行？山上修道，节外生枝，沾染尘事，是大忌讳。"

宋雨烧很是欣慰，这些年从未如此眼神明亮，道："好，很好，你宋凤山能这么想，就不输陈平安！这才是我们剑水山庄的那一口气！"

宋雨烧停顿片刻，压低嗓音，道："有些话，我这个当长辈的，说不出口，那些个好话，就由你来跟柳倩说了。剑水山庄亏欠了柳倩太多，你是她的男人，练剑专一是好事，可这不是你漠视身边人付出的理由。女子嫁了人，事事劳心劳力，吃着苦，从来不是什么天经地义的事情。"

宋凤山正要说话。

宋雨烧瞪眼道："爷爷的道理，会差吗？你小子听着便是。瞧瞧人家陈平安，恨不得把爷爷的话记下来，学着点！"

宋凤山笑道："我不敢跟爷爷顶嘴，这笔账就记在陈平安头上了，下次他再来，就他那点酒量，一个宋凤山最少能喝倒两个陈平安。"

宋雨烧点头，道："这个我不拦着。"

宋雨烧突然说道："你准备见一见韩元善，我就不搭理他了，没什么好聊的。"

宋凤山问道："难道是藏在车队之中？"

宋雨烧点头道："不信的话，我们可以打个赌。"

宋凤山摇头道："必输的赌局，赌什么。我这就去找柳倩。"

宋雨烧将宋凤山送到了山水亭那边，女鬼韦蔚还在那边晃着双腿像荡秋千。

宋凤山快步离去。

宋雨烧步入凉亭。

韦蔚转过头，可怜兮兮道："老剑圣可别从袖子里掏出一部老黄历来。"

宋雨烧笑了笑，道："不走江湖好多年，老黄历就真是老黄历了。"

韦蔚叹了口气，道："老剑圣在江湖上闯荡的时候，咱们这些祸害，都巴不得老前辈你早死早好，省得每天提心吊胆，怕老前辈你翻出黄历一瞧，来一句今日宜祭剑。如今回头再看，没了老前辈，其实也不全是好事。就像那个山怪出身的，如果老前辈还在，哪里敢行事百般无忌，处处害人，还差点掳了我去当压寨夫人。”

宋雨烧说话那叫一个直截了当，毫不留情地道：“你们这些贱骨头的恶人恶鬼，也就只有同行来磨，才能稍微长点记性。”

韦蔚给逗得咯咯直笑，花枝招展。

宋雨烧瞥了眼韦蔚，冷笑道：“骚气熏天，坏我庄子的风水，找削？”

韦蔚赶紧坐好，轻声问道：“老前辈，能不能跟你老人家请教一件事儿？”

宋雨烧讥笑道：“老前辈？你这婆娘多大岁数了？自己心里没点数？”

摊上这么个死板老东西，韦蔚真是气得牙痒痒，只是如今梳水国形势诡谲，剑水山庄这边又处处透着古怪，柳倩又是个没良心的女子，半点不为她韦蔚着想，只惦念着这个即将改为山神庙的破烂庄子，至于宋凤山，韦蔚更不敢去招惹，要是不小心被柳倩记上仇了，肯定是亏本买卖，所以就只好来宋雨烧这边讨个好卖个乖。

韦蔚硬着头皮问道：“韩元善能够用楚濠这张皮，一直霸占着梳水国朝堂权柄吗？”

宋雨烧啧啧道：“你不是他姘头吗？不去问他来问我？难怪你韦蔚还比不上一个山怪豪猪精。”

韦蔚苦笑道：“韩元善是个什么东西，老前辈又不是不清楚，最喜欢翻脸不认账，与他做买卖，哪怕做得好好的，还是不知道哪天会被他卖了个一干二净，前些年这种事还少吗？我委实是怕了。哪怕这次离开山头，去谋划做一个自家山头的小小山神，一样不敢跟韩元善提，只能乖乖按照规矩，该送钱送钱，该送女子送女子，就是担心好不容易借着那次书院贤人的东风，事后与韩元善撇清了关系，如果一不留神，又主动送上门去，让韩元善还记得有我这么一号女鬼在，掏空了我的家底后，等此地新山神升了神位，就要拿我开刀立威。反正宰了我这么个梳水国四煞之一，谁不觉得大快人心，拍手叫好？”

宋雨烧说道：“你倒是不蠢。”

韦蔚哀叹道：“当年我本就是蠢了才死的，如今总不能蠢得连鬼都做不成吧？”

宋雨烧似乎早有腹稿，道：“关于你想获得山神身份一事，我可以让凤山和柳倩帮你运作，作为交换，除了一笔该你支付的神仙钱之外，你还要帮着我们看着点这边。本地山神，我们信不过，万一坏了这块风水宝地的山水根本，我们就算搬了家，还是会被牵连一二。”

韦蔚试探性问道：“是不是我不开口求，你们庄子也会主动帮我？”

宋雨烧冷笑道：“那当我方才这些话没讲过，你再等等看？”

韦蔚神色尴尬，轻轻一巴掌拍在自己脸上：“瞧我这张破嘴，老前辈你可是大英雄大豪杰，说出来的话，一个唾沫一颗钉！不然那陈平安能够如此敬重老前辈？老前辈你是不知道，陈平安在我那山头古寺，只是递出了一剑，就将那畜生的山神金身给打了个碎透，好歹是位朝廷敕封的山水正神，真真是死不见尸的可怜下场，事后还没有半点山水反噬，如此了不起的年轻剑仙，还不是一样对老前辈你恭敬有加？说来说去，还是老前辈你厉害。”

宋雨烧抚须而笑，道：“虽然都是些虚情假意的应景话，但应景是真应景。”

韦蔚嫣然而笑。

不料宋雨烧又说道：“过犹不及，不然就只剩下恶心人了。”

韦蔚悻悻然。

沉默片刻，韦蔚问道：“老前辈不去瞧瞧那边的明枪暗箭？”

宋雨烧说了一句怪话：“喝茶没味道。”

韦蔚顺竿子笑道：“那回头我来陪老前辈喝酒？”

结果宋雨烧就说了一个字：“滚。”

韦蔚羞恼也无用。

议事堂那边。

其实没怎么打机锋，因为作为大将军正妻的楚夫人也好，王珊瑚和韩元学也罢，都说不上话了。

进了庄子，一位眼神浑浊、有些驼背的年迈车夫，将脸一抹，身姿一挺，就变成了“楚濠”。

让人大出意外。

楚夫人，且不管是不是同床异梦，身为韩元善的枕边人，尚且认不出“楚濠”，自然不用提别人。

显然，韩元善面对柳倩，要比面对一个痴心于剑的宋凤山，更加郑重其事。

楚夫人最是哀怨愤懑，当初韩元善将一位传说中的龙门境老神仙放在她身边，她还觉得是韩元善这个负心汉难得深情一次，不承想还是为了他自己的安危，是她自作多情了。

韩元学每次见到大将军“楚濠”，总觉得别扭。

至于王珊瑚，相对而言，心思最为单纯，就是想来让宋凤山这个自己曾经仰慕的江湖俊彦、剑术翘楚看看，自己如今过得很好，嫁了一个远远比任何江湖人氏更好的男人——一地郡守，未来的梳水国中枢重臣，而他宋凤山却即将被赶出祖宅，在江湖上颠沛流离，如何能比？

只可惜宋凤山见到了她，依然客客气气，如此而已。

这让王珊瑚多少有些挫败感。

柳倩对于这些，心知肚明，从来不会多想，坚信便是没有她柳倩，凤山也不会喜欢这个王珊瑚。因为王珊瑚太傲气了，女子不是不能骄傲，可是处处争强好胜，跟一只小刺猬似的，兴许世上会有好这一口的男子，反正凤山不在此列。

议事堂没有外人。

就连那两位山上老神仙都没有被喊过来，只是在各自宅院闭门修行。修道之人，下山涉足红尘，就更要静心，不然就不是砥砺心境，而是消磨道行、荒废道心了。

柳倩与韩元善聊过了一些三位妇人在场也可以聊的正事后，就主动拉着三人离开，只留下宋凤山和这位梳水国朝廷第一权臣。

四位女子在山庄内散步。

这是韩元学第二次来访，还是觉得新鲜，她性子娇憨，说话无忌，一边走一边惋惜不已，说这样的地儿，搬走了不住，多可惜。柳倩拉着这位为人妇后依旧天真的世家女，有说有笑。

楚夫人置身于死敌剑水山庄的地盘，浑身不自在，只是自己男人不给她撑腰，如今剑水山庄又因祸得福，由于一个外人的横插一脚，硬生生挡住了苏琅问剑不说，更让整座梳水国江湖知晓剑水山庄有这样一位山上朋友，以后她再想要给剑水山庄和宋雨烧穿小鞋，就更难了。

王珊瑚有些心不在焉。虽说嫁了一位仕途远大的儒雅书生，样样不差，夫妻关系也融洽，可她毕竟自幼喝惯了江湖水，只要一听到新近的江湖恩怨，就会心生涟漪。

当韩元学说到路上遇到的刺杀，以及那位横空出世的青衫剑客，楚夫人和王珊瑚几乎同时竖起了耳朵。

柳倩没有藏掖，笑道："那人便是我们爷爷的朋友。"

又突然卖了个关子，话说一半，道："其实珊瑚和元学都认识的。"

韩元学瞪大一双水润眼眸，伸手指着自己，惊讶道："我认识这样的神仙？我自己怎么都不知道？"

王珊瑚心中狐疑，却不开口询问什么，好像一问，就矮了柳倩一头。

倒是楚夫人心思活络，笑问道："该不会是当年那个与宋老剑圣一起并肩作战的外乡少年吧？"

柳倩点点头道："就是他。"

王珊瑚眉头一皱，脸色微白。

韩元学愣了一下，哪壶不开提哪壶，又问道："就是当年跟珊瑚姐姐切磋过剑术的寒酸少年？"

柳倩无奈，这般痴憨的女子，也亏得是有福气的，不然离了家族，怎么活？

柳倩却不好在王珊瑚心头雪上加霜，笑道："可不是，那人此次拜访庄子，打退了苏琅，与我们爷爷喝酒的时候，说了横刀山庄的佩刀方式，让他记忆犹新，山上山下，都不曾见过。我爷爷提起王庄主刀法当得起‘出神入化’四个字，他也认可。”

王珊瑚虽然明知是客气话，心里还是好受不少，毕竟他父亲王毅然，一直是她心目中顶天立地的存在。

但是韩元学又在她伤口上撒了一大把盐，迷迷糊糊地问道：“珊瑚姐姐，当时你不是说那个年轻剑仙，不是王庄主的对手吗？可是那人都能够打败青竹剑仙了，那么王庄主应该胜算不大啊。”

王珊瑚置若罔闻，一言不发，心中除了对韩元学口无遮拦的恼火以及对当年那个仇人的愤恨之外，犹有心悸和畏惧。

当年那个满身泥土气和穷酸味的少年，已是山上最快意的剑仙了。

这可如何是好？

她再不愿意相信，不敢相信，也知道那就是事实和真相。

父亲辛苦经营出来的横刀山庄，会不会因自己当年的意气用事而受牵连？她听说山上修道之人的行事风格，素来是有仇报仇，百年不晚，绝无江湖上找个声望足够的和事佬，然后双方落座举杯，一笑泯恩仇的规矩。

柳倩轻声说道：“珊瑚，放心吧，那人是我爷爷的朋友，而且他不像是传说中的那种修道之人，反而更像是个江湖人。”

王珊瑚挤出笑容，点了点头，算是向柳倩致谢，但脸色愈发难看。

梳水国和松溪国接壤的地龙山，仙家渡口。

一位头戴斗笠的青衫剑客，牵马而行。

一路行来，有两事沸沸扬扬，传遍梳水国朝野，已经有那擅长生意经的说书先生，开始大肆渲染了。

松溪国青竹剑仙苏琅问剑于宋雨烧，在剑水山庄外的小镇，偶遇一位山上修道的绝顶仙人，双方接连进行了两场荡气回肠的厮杀。相传第二次交手那一天的剑水山庄，剑气冲霄，铺天盖地，风云变幻，堪称江湖百年最巅峰之战，即便是彩衣国老剑神再世，顶替苏琅出战，都未必有此壮举，更别提在一旁袖手观战的老剑圣宋雨烧了。此后再无人质疑苏琅是未来甲子，十数国江湖的武学第一人。

再就是萧女侠为首的江湖义士，与一拨楚党逆贼血战一场，尽显梳水国豪侠气概，尽管仙气未必能比苏琅，可是论侠气，不遑多让。

陈平安没有计较这些，只是专程去了一趟青蚨坊，当年与徐远霞和张山峰就是逛完这座神仙店铺后分别的。

拴马在楼高五层的青蚨坊外，两侧楹联还是当年所见内容：“童叟无欺，我家价格公道；将心比心，客官回头再来。”

陈平安步入其中，很快就有一位妙龄女子来迎客，措辞还是一般无二，重器鉴赏买卖在一楼，灵器在二楼，法宝在三楼。

陈平安询问了某位老人是否还在二楼负责掌眼，女子点头说是，陈平安便婉言拒绝了她的陪同，独自登上二楼。

敲开门后，那位老人见这个客人身边没有青蚨坊女子相伴，便面有疑惑。

陈平安看着大桌案上，装饰一如当年，有那香气袅袅的精美小香炉，还有绿意盎然的古柏盆栽，枝干虬曲，横向蔓延极其曲长，枝干上蹲坐着的一排绿衣小人，见有客登门，便纷纷站起身，作揖行礼，异口同声，说着喜庆的言语："欢迎贵客光临本店本屋，恭喜发财！"

陈平安摘下斗笠，大笑不已。

开心得很。

陈平安笑过之后，抱拳道："洪老先生，又见面了。"

老人一如当年，精神矍铄。修道之人，数年时光，确实是弹指一挥间，容颜衰减得并不明显。

见这位摘下斗笠的青衫剑客如此，名为洪扬波的青蚨坊老人，愈发纳闷。青蚨坊的生意，在地龙山仙家渡口，算是独一份的好，人来人往，很正常，只是神仙钱更多是在一楼那边打转，走上二楼这边的客人不多，坐下来做过买卖的就更少，若是自己经手的贵客，理应记得，可是瞧着眼前这位一身游侠装束的年轻人，实在面生，却为何如此不见外？

但来者是客，而且又喊了自己一声"老先生"，洪扬波便坐着抱拳还礼，然后伸手示意年轻人落座，笑问道："不知客人是要买还是要卖？"

陈平安搬了把古色古香的枣红椅子坐下，这些本该是青蚨坊领路女子的活计，当然她们端茶送水，穿针引线，事情都不会白忙活，生意成交后，会有抽成，尤其是将客人做成了回头熟客后，青蚨坊会另有一笔赏金。陈平安记得当年那位妇人名叫翠莹，只是这次陈平安并没有买卖物件的打算，不然在楼下就会询问翠莹在不在了。相逢是缘，更何况回头来看，当年的生意与这座青蚨坊，做得皆大欢喜，属于开门见喜，这就算是一份香火情了。修行之人，都信这些。

陈平安刚落座，又起身要去关上门，老人摆手道："无需关门。"

陈平安犹豫了一下，仍然顺着老人的吩咐，重又落座，笑道："我这趟来地龙山渡口，就是顺便来看看洪老先生。老先生可能不记得了，当年我，还有一个大髯汉子，一个年轻道士，三个人在老先生这间铺子，卖出几样东西的……"

老人一拍桌子，笑道："记起来了，那双竹筷，就是你们卖给老夫的！好家伙，你们可算是圆了老夫早年一桩大心愿。平时没事情就拿那双竹筷出来把玩，摸着它就像是摸着青神山竹夫人的那头青丝……”

老人没继续说下去，大概也觉得自己有些太不见外了。

当年张山峰的一双青神山竹筷，被老先生高价收入囊中，由于是老人的心头好，有不少的溢价。

老人开怀不已，起身喊道：“情采，赶紧上好茶！”

很快就有一位身着色彩绮丽的宫锦长裙女子，从铺有彩衣国地衣的廊道那边姗姗而来，为两人递上一杯热腾腾的好茶，然后就在门口候着。

老人半百光阴都交待在这儿了，若是遇上没眼缘的客人，往往没个好脸，爱买不买爱卖不卖，可对于自己顺眼之人，就是个性情豁达和热情熟络的，不然当年不会聊到最后，还跟徐远霞打了个小赌。

老人笑眯眯问道：“那个眼光独到的大髯汉子呢，怎么没来？当年打的赌，是老夫输了。那次买下你那只古榆国的五岳碗，害得青蚨坊亏了些钱，不过这些不重要，做生意难免有盈有亏，再说了，老夫擅长鉴定青铜器、字画和美木良材三物，杂项一途，偶尔打眼，不足为怪。只是欠了那汉子一顿酒，不能总欠着吧？老夫可不喜欢欠人，不如请你去青蚨坊外面找个好地方喝顿酒，就当是还上了？”

陈平安摇头笑道：“这酒，还是等以后我朋友自己来跟洪老先生讨要吧。”

老人有些无奈，突然眼睛一亮，道：“上次你们在这铺子里只是卖物件，其实有些老夫平时不愿拿出来示人的俏货、开门货没让你们瞅瞅，现在想不想过过眼瘾？不用非要买，老夫不是那种人，就是难得碰到愿意打交道的熟人，拿出来显摆显摆，也让宝贝们透透气，又不是金屋藏娇，见不得人。”

不等陈平安说什么，老人就已经起身，开始东翻西找，很快将大小不一的三只锦盒放在了桌案上。

老人小心翼翼打开锦盒，分别是一块御制松烟墨、一尊戴幂篱泥女俑和一幅草书字帖。

老人满脸得意，道：“这三样东西，在青蚨坊二楼，也是稀罕物，灵气充沛。不说泥俑，其余两件文气还重，别说是送给世俗王朝识货的达官显贵，便是送给观湖书院的儒生，都不会觉得礼轻！”

老人以手指向松烟墨，道：“这块神水国御制松烟墨，大有来头，被朝廷敕封为‘木公先生’，取自一棵千年古松，古松又名为‘未醉松’，曾有一桩典故传世。传说有一位大文豪醉酒山林后，遇见‘有人’拦路，便以手推松言未醉，故有此名。可惜神水国覆灭后，古松也被毁去，这块松烟墨，极有可能是存世孤品了。”

老人又指向那尊泥俑，更是眼神炙热，道：“这是老夫早年从一位落魄野修手上购得，属于捡了大漏，当时只花了两百枚雪花钱。后来经过三楼一位前辈鉴定，才知道这尊泥俑曾是一套,共计十二尊,出自中土白帝城一位惊才绝艳的上五境神仙之手,被后世誉为'十二绝色'仙女俑,妙在那顶幂篱,本身就是一件小巧玲珑的法器,唯有触发机关,才可得见真容。只可惜老夫至今尚未想出破解之法,无法完全验证泥俑身份,不然此物,就是当之无愧的镇店宝,都能够成为整个青蚨坊的压堂货!须知世间收藏,最难求全,故而也最喜求全。"

最后老人指了指那幅字帖,惋惜道:"相较于前两者,此物不算值钱,是古蜀地界一位本土剑仙修道之前的书法,虽是摹本,但是宛如秋蝉遗蜕,几乎不输真迹,名为《惜哉帖》,源于字帖首句即是'惜哉剑术疏'。这幅字帖,书法极妙,内容极好,可惜岁月久远,早年保存不善,灵气流逝极多,如英雄迟暮,风烛残年,真是一语中的,惜哉惜哉。"

陈平安对于那块神水国御制松烟墨和幂篱泥女俑,都兴趣一般,看过也就算了,但是对最后这幅摹本草书帖兴趣盎然,仔细端详。对于文字或者说是书法,陈平安一直极为热衷,只不过他自己写的字,跟下棋差不多,都没有灵气,中规中矩,十分呆板。虽然字写得不好,但鉴赏别人的字写得如何,陈平安却还算有些眼光,这要归功于齐先生三方印章的篆文、崔东山随手写就的许多字帖,以及在游历途中专门买的那本古印谱,加上之后在那藕花福地三百年光阴中,见识过诸多身居庙堂之高的书法大家的墨宝,虽是一次次浮光掠影,惊鸿一瞥,但是大致意味,陈平安记忆深刻。

听洪老先生的口气,御制松烟墨和幂篱泥女俑,灵气充沛,肯定不便宜,唯独这幅字帖,应该不算太贵,所以本来没有打算在青蚨坊花钱的陈平安,有些心动。

陈平安便问了价格,老人伸出一只手掌,晃了晃。

五枚小暑钱。

当年那双青神山竹筷,也就这个价格。

陈平安摇摇头,遗憾道:"买不起。"

不是不喜欢,是不舍得五枚小暑钱,搁在世俗市井,可就是五十万两银子!

当年在梅釉国那座县衙内,跟那个疯癫酒鬼县尉购买了一大摞草书字帖,才五壶仙家酿酒而已,满打满算,也不到一枚小暑钱。

买卖一事,就怕货比货!

若是没有跟那落魄县尉以酒沽帖的经历,陈平安说不定就跟老人遇见了竹筷差不多,一咬牙也就买下了。

老人也不强求,知道对方是在价格上犯了难。不管如何,这个背剑游侠,能够真心喜欢这幅草书,就已经不枉费他拿出字帖来。

就在此时,门外那位彩衣女子轻声道:"洪老先生,怎么不拿出这间屋子最压箱底的物件?"

老人气笑道:"情采,人又不是你领来的,就算我这屋子卖出去了东西,也没你半枚铜钱的事，瞎起什么哄！”

女子明显与老人关系不错，玩笑道：“沾客人的光，多看几眼宝贝也是好的嘛。”

她对陈平安笑道：“这位公子，来了这间屋子，一定要瞧瞧洪老先生的压堂货，不看白不看。”

陈平安其实没有这个意图，但是洪扬波却笑着伸出手指，朝情采点了点，道：“胳膊肘往外拐。赶紧找个汉子嫁了，省得每天吃饱了撑的，在青蚨坊坑我们这些老头子。好吧，反正已经看过了三样好东西，不差一件压堂货。”

老人最终取出一只四四方方的缠金丝锦盒，一打开，顿时有一股沁凉寒气扑面而来，却无半点阴煞之感，如隆冬大雪，堂堂正正。

陈平安定睛一看，里边搁放着四枚天师斩鬼背花钱，如出一辙。

老人陆续将四枚大花钱一一翻过来，微笑道：“分别是雷公、电母、雨师、火君，各自捉妖降魔。这是一套花钱压胜的珍稀法宝，好看，也中用。曾经有位朱荧王朝的皇室子弟，想要出钱购买，只是出价稍稍低于老夫的预期，本来倒也不是不能卖，就是那家伙太过盛气凌人，见着了老夫的压堂货，哪怕内心窃喜，也摆出一脸故作镇定的虚伪模样，老夫瞅着就心烦，这点小伎俩，搁在市井坊间卖弄也就罢了，到老夫跟前来显摆，真是丢尽了朱荧王朝的颜面，于是老夫就找了个借口，不卖了。”

老人对陈平安笑道：“你哪怕不买，也可以上手，又不是什么寻常瓷器，摔不坏。”

陈平安拈起其中一枚花钱，将正反两面仔细端详，问道：“怎么卖？”

老人说道：“一套四枚，不拆分卖。”

说完还是抬起一只手掌，晃了晃。

当然不是五枚小暑钱了，而是谷雨钱。

陈平安笑问道：“没得商量了？”

老人摇摇头，道：“绝不杀价，不然对不住这套从皑皑洲流传过来的珍贵花钱。”

陈平安问道：“当年那个朱荧王朝的皇室子弟，是不是压价到了四枚谷雨钱？”

老人笑着点头。

陈平安苦着脸道：“那我好像跟他没两样啊。”

他对这套花钱也爱不释手，很想要一鼓作气收入囊中。

钱是死的，人是活的。

陈平安在将那桐叶咫尺物交给魏檗后，下山之前，让魏檗取出了两笔谷雨钱。一笔是五枚，陈平安自己随身携带，想着下山游历，五枚谷雨钱怎么都足够应付一些突发状况。至于另外一笔，则是让人送往书简湖，交给顾璨筹办两场周天大醮和水陆道场。

真要是遇上类似青虎宫陆雍手上的五彩金匮灶那样的宝贝，动辄五十枚谷雨钱，只要不涉及大道根本，陈平安就当与自己有缘无分了。

毕竟如今都是开销花钱，除了骑龙巷两间市井铺子能够每月赚几十两银子，落魄山在内所有山头，暂时都没有一枚神仙钱进账。

实在是不能再只花钱不挣钱了。

老人爽朗笑道："还是有些不一样的，老夫看你小子顺眼多了。你只管随便砍价，反正老夫都不答应。"

陈平安刹那之间，心有灵犀，试探性问道："敢问青蚨坊每年给洪老先生的供奉薪水，是多少？"

龙泉郡的牛角山包袱斋，里面的人是走了，可那些耗费巨资打造的建筑和店面都还在，而且作为拥有一座仙家渡口的牛角山，只此一家包袱斋，确实适宜做买卖。

屋门口的情采掩嘴而笑，依旧还是有笑声传出，由此可见，陈平安的这个问题，是何等滑稽。

若是能买下那四枚法宝品秩的斩鬼背花钱，也就罢了，买不起，还敢挖地龙山青蚨坊的墙脚？知不知道青蚨坊作为地龙山仙家渡口的地头蛇，已经传承十数代人，包袱斋都在这边碰过壁，最终还是没能开店。

洪扬波也给逗乐了，摆摆手，道："此事休提。"

老人就要收起那只金丝缠绕以遮花钱寒气的灵器锦盒，不承想陈平安手腕翻转，已经将五枚谷雨钱放在桌上，朗声道："洪老先生，我买了。"

老人诧异道："真要买？不后悔？出了青蚨坊，可就钱货两清，不许退还了。"

陈平安点点头。

老人伸出一只手掌，刚好一根手指抵住一枚谷雨钱，一触即松开，灵气盎然，流转有序，的确是货真价实的山上谷雨钱，做不得假。

老人再次询问道："确定？"

陈平安瞥了眼尚未收起的其余三只盒子，笑问道："能不能有件添头？"

屋门口的情采，又忍不住噗嗤一笑，赶紧把头扭开。

老人半真半假道："若是帮我还上那顿酒，就可以，如何？"

陈平安摇头道："这个不行。买卖归买卖。"

老人也摇头道："那就算了，买卖就是买卖，公道价格，没添头了。"

"行，没添头就没添头，细水长流，以后再说。"

陈平安微微挪步，用背影遮住屋门那边的视线，将缠丝锦盒收入咫尺物。

最后老人亲自将陈平安送到屋门口，不是不可以送到青蚨坊一楼大门，只是犯忌讳，容易招惹没必要的揣测和窥探。

老人突然问道："若是先前答应帮我还上那顿酒，你打算选取哪件东西作为彩头？《惜哉帖》？"

陈平安摇摇头，道："是那件幂篱泥女俑。"

老人笑道："眼光不错，但不算最好。最值钱的，其实是那块神水国御制松烟墨，市价九枚小暑钱。按照这么算，你原本只要答应帮我还酒，其实一套法宝花钱，就当是给你砍价到了四枚谷雨钱，那我至多能赚个半枚谷雨钱。现在嘛，就是一枚半谷雨钱，即便扣去青蚨坊的抽成，我这辈子可谓喝酒不愁了。"

陈平安笑道："那下次我朋友来青蚨坊，洪老先生记得请他喝顿好酒，怎么贵怎么来。"

老人点点头，道："自当如此。"

陈平安跨过门槛后，与情采说一声"不用相送"，然后抱拳告辞道："洪老先生，后会有期。"

老人点头致意，道："恕不远送，希望咱们能够常做买卖，细水长流。"

陈平安就此下楼离去。

那套花钱，之所以买下，是打算送给太平山的钟魁。

挣钱的事情，急不来，怪不得他陈平安。

陈平安离开了青蚨坊，走上大街，正牵马缓行，发现情采快步走来，怀抱着一只锦盒。

陈平安停步后，情采将锦盒递给他，笑道："洪老先生终究还是过意不去，忍痛割爱，将这泥俑赠送给公子。公子是不知道，我接盒子的时候，扯了半天，才把盒子从老先生手中扯出来。"

陈平安笑着说了一句"那多不好意思"，只是手上动作没有半点含糊，不承想情采也没立即松手，陈平安轻轻一扯，这才得手。

情采看着那个背影，再看看自己的双掌，两手空空。

她笑着摇摇头，返回青蚨坊，一楼那边的几位青蚨坊女子见着了她，纷纷低头。

到了二楼，洪扬波毕恭毕敬站在自己屋子门口，苦笑道："东家，先前见你亲自来端茶，吓了我一跳。"

情采笑容恬淡，道："后来那个客人想挖你，更吓了一跳吧？"

洪扬波苦笑不已。

情采走入屋子，弯腰伸出一根手指，逗弄着那些站在古柏枝干上的绿衣小人。洪扬波站在一旁，疑惑道："不知东家为何要我送出那只幂篱泥女俑？"

情采戏耍着那些讨喜的绿衣小人，道："此人极有可能就是在剑水山庄出现的那位年轻剑仙。"

洪扬波一脸匪夷所思，道："不会吧？我当年见过此人，那会儿还是位至多三境的纯粹武夫……"

情采淡然道:“东宝瓶洲这么大,难道就只有一个真武山马苦玄?”

洪扬波仍是将信将疑,不觉得那个年轻人,就是让松溪国苏琅铩羽而归的那位青衫剑仙。

情采突然道:“别忘了,我也是一位剑修。”

洪扬波笑道:“东家是天纵奇才,年幼时就得了‘地仙剑修’的四字谶语,商贾之术,小道而已。”

情采直起身,拍拍手掌,道:“方才此人登上青蚨坊二楼,我正巧在三楼‘寒气’屋子里擦拭古剑,我的剑心,出现了一丝不稳,虽然稍纵即逝,但是千真万确。”

情采随意打开桌上一只锦盒,摊开那幅草书字帖,手指顺着墨迹扭转不定,缓缓道:“我猜那人其实早就看出来,我不是什么青蚨坊婢女了,所以才懒得掩饰他怀揣着方寸物或是咫尺物的事实。不但如此,方才在大街分别之际,我特意看了眼他背后的长剑,他当时……”

情采仰起头,双手负后,道:“怎么说呢,那一刻的他,定得像尊神龛上的泥菩萨。这样的人,青蚨坊送出一件值几枚小暑钱的泥女俑,算得了什么?人家愿意收,领我这份人情,青蚨坊就该烧高香了。”

说到这里,情采伸出一根手指,轻轻从上往下一划,心想,那人对她和对洪扬波,细细琢磨,真是判若两人。

洪扬波擦了擦额头汗水,自己当时岂不是差点错过一桩天大福缘?非要难为人家喝一顿酒才肯有件添头。

情采突然问道:“你说那人不答应你还酒,是身为山顶剑仙,不屑与你洪扬波同桌饮酒,还是真希望他的朋友亲自与你喝酒?”

洪扬波毫不犹豫道:“自然是前者。”

情采笑了起来,道:“那套斩鬼背花钱的抽成,青蚨坊今儿就不要了,洪扬波,下次请人喝酒,请贵的,嗯,‘怎么贵怎么来’。”

洪扬波笑逐颜开,道:“这敢情好!”

陈平安牵马而行,付账之后,还需个把时辰渡船才启程,他便在渡口耐心等待,仰头望去,一艘艘渡船起起落落,繁忙异常。

这座渡口,比起当年似乎还要更加财源滚滚。若是牛角山将来能有一半的忙碌,想必也能日进斗金。

天下金银也好,神仙钱也罢,钱财此物,自古喜动不喜静,就怕不挪窝。

这是崔东山当年的一句无心之语,当时听来毫无感觉,陈平安如今才嚼出些余味来,回味无穷。

崔东山留下那封信，见过了他爷爷崔诚后便离开落魄山，杳无音讯，泥牛入海一般。信上除了溜须拍马的言语，可以忽略不计，主要讲了三件大事。

一件是关于东宝瓶洲的格局大势，其中涉及炼化新山岳五色土作为本命物一事。

一件是关于李希圣和福禄街李氏，崔东山希望陈平安这位先生，除了依旧关爱小宝瓶外，便无需觉得太过亏欠李家，双方关系最好维持在一个点头之交的分上，莫要再锦上添花了。

最后一件只说让先生再等等，撼大摧坚，唯有徐徐图之。

虽然说得没头没尾，一笔带过，陈平安却知道崔东山在说什么。

是他的本命瓷一事。

秋末时分，悲风绕树，天地萧索，陈平安思绪飘远。

突然之间，有人从后方快步走来，差点撞到陈平安，被陈平安不露痕迹地挪步躲开。这人对陈平安的反应似乎有些措手不及，一个停顿，快步向前，头也不回。

陈平安也没有追究，肯定是离开青蚨坊后，那位女子在众目睽睽之下，赠送了他一只锦盒，惹来了旁人的觊觎。

野修求财，可不管半点江湖道义。

陈平安在书简湖以南的群山之中，所杀中五境的邪修鬼修，一双手都数不过来，最后还与一位不算结下什么死仇的金丹野修，换伤而过，但在那之后双方就相安无事，陈平安既没有上门寻仇，对方也没有不依不饶，要靠着占据地利人和，折腾出什么围剿狩猎来。

陈平安转头望去，有两个灰不溜秋的男孩女孩，面黄肌瘦，个子都矮，怯生生站在不远处，仰着脑袋望向牵马的陈平安，眼神充满了希冀。两个孩子各自手捧打开的木盒，兜售一些类似瓷瓶、小铜像和画片的山上小物件，谈不上什么灵气，其实被富贵人家拿来当文房杂项清供，还算不错，多是一两枚雪花钱的东西，但是相比市井店铺的价格，也算相当昂贵了。这大概算是天底下最小的包袱斋了，不过这些孩子背后大多盘踞着一股当地势力，孩子们多是只求个温饱而已。

陈平安很用心地挑选了几件小东西，一番讨价还价，最后用十二枚雪花钱买了三样小东西：一方“永受嘉福”瓦当砚，一对朱红沁色比较喜人的老坑黄冻老印章，一只色泽润透的红料浅碗。他打算回了落魄山，就把这些玩意儿送给裴钱，反正这丫头对一件东西的价格，并不太在意，只求多多益善。

陈平安从袖子里掏出雪花钱，再将三件东西放入袖中。

两个孩子致谢后，转身飞奔离去，步伐轻盈，欢天喜地，到了远处，才放缓脚步，窃窃私语。大概是害怕这个冤大头反悔吧。

遥遥看着两个孩子的稚嫩侧脸，陈平安会心一笑。

当年在骊珠洞天，每多跑一趟送出去一封信，就能从郑大风那里多拿一枚铜钱，想必那个时候，自己在福禄街和桃叶巷的脚步，只会比这两个孩子还要匆促。

看了眼天色，陈平安去渡口附近的酒肆要了一壶龙筋酒，在路边坐着慢慢喝。这龙筋酒相较于老龙城桂花酿和书简湖乌啼酒，都要逊色许多，当然价格也低。据说酿酒之水，来自地龙山一处山腰名泉，而整座地龙山的灵气来源，则是当年真龙在那条地底走龙道破土现身之后，被一位大剑仙削落之后融入山脉的一截龙筋。

陈平安一口一口喝着酒，优哉游哉。此次南下重游故地，其实都在赶路，又扳手指算着归程的时日，所以他极少有这么闲散的心境。

那匹马即便没了缰绳束缚，依旧老老实实待在原地，偶尔抬起马蹄，轻轻敲击石板。陈平安其实一直留心着，不会给它任何闯祸的机会。一心要把它带去落魄山，好给那匹被自己取名为渠黄的骏马做伴。

渡口这边的行人除了修行之人，往往非富即贵。陈平安喝着酒，默默看着他们的言谈举止，只不过都是蜻蜓点水，视线一闪即逝。

光阴悠悠。

陈平安放下酒碗，牵马去往渡口。

登船后，安置好马匹，陈平安在船舱内开始练习六步走桩，总不能输给自己教了拳的赵树下。

似乎每次乘坐渡船，都是打拳复打拳。

陈平安在一天夜深人静时分，来到渡船船头，坐在栏杆上。

圆月当空。书上说月是故乡明，只是浩然天下的书上好像都没有说过，在另外一座天下，有那三月悬空的奇异景象，外乡人只需要看过一眼，就能记住一辈子。

不远处，走来一双锦衣华服的年轻男女，卿卿我我。

陈平安摘下养剑葫，喝了口酒。如今喝酒，再没有最初时候的那种感觉，愁也喝得，不愁也喝得，却也没有什么瘾头，自然而然，就像年少时喝水。

那双年轻情侣，脸皮薄，没料到深夜时分，还会有那么大一盏“灯笼”挂在栏杆那边，只得绕路，去了更远的地方诉说衷肠。男子手上小动作不断，女子羞赧，涨红了脸，时不时瞥一眼那盏碍眼的“灯笼”，见那人似乎浑然不觉，这才松了口气，由着情郎上下其手。毕竟这次师门下山游历，多是与其他人同屋，难得有此独处机会，他们是早早约好了时辰，偷偷溜出屋子的。

陈平安干脆后仰躺下，跷着二郎腿，双手抱着养剑葫。

陈平安的眼角余光，瞥见远处，还站着一个神色落寞的年轻人，相貌平平，确实不如那个正与女子耳鬓厮磨的男人。

陈平安不再多看。

在那个失意人离开后，很快甲板这边就走出一位怒气冲冲的老妪，那双情侣顿时分开而立。先前胆大包天的男子后退一步，低下头去，娇羞的女子反而向前一步，与师门长辈对视。

老妪一番狠狠训斥，挥袖离去。

女子捂脸饮泣，男子好言安慰。

陈平安根据老妪的只言片语，才知道这拨松溪国仙家修士要去往云霞山观礼，在那边，有人刚刚跻身金丹地仙。老妪作为山门祖师堂长老，一气之下，让那位女子不许登山，只允许她在云霞山的山脚等候，言语之中，多有偏袒那个男子。如果不是还有一个外人在场，相信老妪就不是骂句“狐媚子”这么简单了。

老妪一走，男子马上上前说尽好话，女子很快就破涕为笑。女子梨花带雨之后的笑脸，如雨过天晴，最是痴情动人。

陈平安轻轻叹息，就只是看着那月明星稀的天幕，始终没有转移视线。

在男女返回各自屋子后，那个偷偷摸摸向师门长辈告了状的男子，不知是愧疚还是心虚，来到船栏附近趴在栏杆上，失魂落魄，怔怔望着夜空。

那人突然转过头，沉声对陈平安道：“劝你别多嘴。”

光阴长河，川流不息，人生多过客。

陈平安根本没有理睬那个年轻仙师的威胁。

那人勃然大怒，喝道：“你是聋子吗？”

陈平安轻轻点头，道：“对，我是聋子。”

那人一愣，厉色道：“你找死？”

陈平安缓缓道：“你跟一个聋子聊天，傻吗？”

那人气得七窍生烟，大踏步前行，只是走到一半，想到那些师门教诲和江湖传闻，猛然间停下脚步，放弃了意气用事。

但是如此一来，又显得自己太过色厉内荏。年轻修士举棋不定，不知是继续言语挑衅，还是就此离开，眼不见心不烦。

陈平安问道：“如果你真的成功拆散了那对鸳鸯，你觉得自己就能够赢得美人心吗？还是觉得哪怕退一步，抱得美人归就够了？”

年轻修士默不作声。

陈平安坐起身，转头笑道：“她是你师姐吧？那么你师姐喜欢的男子和喜欢她的男子，似乎都不是什么好东西，你说这样一个女子，惨不惨？还是说你可以等，等着哪天你师姐被辜负了，伤透心，你就乘虚而入？得手之后，再弃若敝屣，作为你的报复？”

年轻修士双拳紧握，青筋暴起。

陈平安微笑道：“细究人心，真是无趣。难怪你们山上修士，要时常扪心自问。心田之间，若不长庄稼，就会长杂草。”

年轻修士眼神微微变化。

听口气，此人不是修士？那就只是一位江湖剑客？

然后他只是被那人瞥了一眼，一瞬间如有一盆冷水当头浇下，古怪至极。

年轻修士仓皇离去，再顾不得什么颜面不颜面，反正此次一别，注定再无相逢。

陈平安深呼吸一口气，书简湖之后，自己想出来的那个破解之法，仍是用处不大。当时崔诚一语道破天机，人之心魔，无善恶之分，已经够可怕的了，更可怕的是他陈平安记性太好，太习惯推敲细节，这会让他得多大便宜就得吃多大的苦头。

水堵不如疏。

自己真要早点去北俱芦洲了。

第七章 人心中须有日月

不知不觉，渡船已经进入山高水深的黄庭国地界。

陈平安来到船头赏景。

开渡船的很贴心，故意降低了渡船浮空的高度，有些时候就直接与险峻高峰擦肩而过，与飞鸟做伴。

黄庭国作为古蜀之地分裂出来的版图，许多大山头的谱牒仙师，付点钱给当地仙家和黄庭国朝廷后，便联络各方势力一起循着各类地方志和市井传闻，大肆挖掘江河，迫使河流改道，让河床干涸裸露出来，以寻找所谓的龙宫秘境，此外，也经常会有野修来此试图捡漏，碰碰运气。目盲老道人师徒三人当年也曾有此想法。只不过福缘一事，虚无缥缈，除非修士财大气粗，有本事打点关系，然后一掷千金，广撒网，不然很难有所收获。

渡船目的地在大骊京畿以北的长春宫，会路过龙泉郡牛角山，陈平安没有打算在那边下船，按照既定路线，先去趟旧属于嫁衣女鬼的那座府邸，探望一下顾璨父亲，然后沿着绣花江、红烛镇、棋墩山和铁符江这条熟悉的路线，以坐桩御剑姿态，火速返回落魄山，不然骑乘马匹还是太慢，会误了那艘跨洲去往北俱芦洲的渡船。

一艘渡船不可能单独为一位客人降落在地，故而陈平安已经跟渡船这边打过招呼，将那匹马放在牛角山便是，让他们与牛角山渡口那边的人打声招呼，将这匹马送往落魄山。

渡船管事面有难色，毕竟渡船光是飞掠大骊版图上空，就已经足够让人胆战心惊，生怕哪位客人不小心往船栏外边吐了口痰，然后落在了大骊仙家的山头上，就要被大骊修士祭出法宝，直接打得粉碎，人人尸骨无存。而且牛角山渡口作为这条航线的倒数第二站，是一拨大骊铁骑专职驻守，他们哪有胆子去跟那帮武夫打些货物装卸之外的交道。

陈平安便多解释了一些，说自己与牛角山关系不错，又有自家山头毗邻渡口，一匹马的事情，不会招惹麻烦。

观海境老管事哭丧着脸，既不拒绝也不答应。后来还是陈平安偷偷塞了几枚雪花钱，老管事这才硬着头皮答应下来。

真正的原因，自然不是贪图那几枚雪花钱，而是这个年轻人的大骊身份，不敢太过得罪。既然坐拥一座落魄山，那就是地头蛇了，这条航线是本家老祖耗费了大量人情和财力，才开辟出来的一条新财路，以后"低头不见抬头见"的，涉险帮个忙，就当混个熟脸，万一以后在哪个场合就用得着人情呢？

所幸那个年轻人也是个识趣的，得了便宜后，投桃报李，说以后停船时分，一有得闲，可以去往落魄山做客，他叫陈平安，山上酒茶都有，老管事这才有了些由衷的笑脸。不管真情假意，年轻剑客有这句话就比没有好，做生意很多时候，知道了某个名字，其实不必真是什么朋友。落在了别人耳朵里，自会多想。

之后某天，渡船已经进入大骊国土，陈平安俯瞰大地山水，与老管事打了声招呼，就让剑仙率先出鞘，自己则翻栏跃下，踩着那条金色丝线，急急画弧坠地而去。

老管事一拍栏杆，满脸惊喜。到了牛角山一定要好好打听一下，这个"陈平安"到底是何方神圣，隐藏得如此之深，下山游历，竟然只带着一匹马，寻常仙家府邸里走出的修士，谁没点神仙排场？

陈平安落在那条已经十分熟稔的道路上，也没有用一张破障符强行"破门而入，擅闯府邸"，这次再也无需阳气挑灯符带路，直接来到一处山壁，屈指轻弹如叩门。先前那次硬闯，被那位手臂缠绕青蛇的绣花江水神冷言嘲讽，以大骊山上律法训斥一通，撂下一句"下不为例"。虽然看似是对方跋扈，实则是陈平安不占理，别说今天陈平安还不是什么真正的剑仙，就算将来哪天是了，也一样需要在此"敲门"。

涟漪阵阵，山水屏障骤然打开，陈平安步入其中，视野豁然开朗。

陈平安皱了皱眉头，缓缓而行，环顾四周。此地气象，远胜往昔，山水形势稳固，灵气充沛，这应该是顾璨父亲作为新一任府主，修补山根三年有了成效，在山水神祇当中，这就是实打实的功劳，会被朝廷礼部记录在吏部考功司保存的那本功德簿上。但是顾璨父亲今天却没有出门迎接，这不合情理。

先前返回落魄山，关于这座"秀水高风"楚氏府邸，陈平安详细询问过魏檗，老府邸和新府主，分别作为北岳大神的下辖地界和属官，魏檗所知甚是详细。但是魏檗也说过，大骊的礼部祠祭清吏司，会专门负责几条朝廷亲手“牵扯”的隐线，就算是他自己，也只拥有知情权，而无干涉权，而这座楚氏旧宅，就在此列，而且就在去年冬末才刚刚划分过去，等于是单独摘出了北岳山头。上次陈平安跟大骊朝廷在披云山签订契约的时候，礼部侍郎又与魏檗提及此事，大略解释一二，不过是些客套话罢了，省得魏檗多心。魏檗自然没有异议。魏檗又不傻，如果真把所有名义上的北岳地界视为禁脔，那么连大骊京城都算他的地盘，难道他魏檗还真能去大骊京城吆五喝六？

关于顾氏阴神，按照官方的说法，顾韬在最近三年当中，始终深居简出，勤勤恳恳修补山水气运，劳苦功高，朝廷即将对其另有嘉奖和任命。据说关于顾韬的任命就职一事，魏檗和朱敛还打了个赌，各自将答案写在一张纸条上，都放在粉裙女童陈如初那里，谁输了谁请喝酒。魏檗当时让陈平安猜猜看双方所写的职务，陈平安哪里猜得出这些，何况当时还有二楼的教拳喂拳等着自己，头大得很。陈平安这会儿倒是有些后悔，那时候就应该猜猜看，不然现在就能多些心理准备。当时魏檗也提了一嘴，说顾璨娘亲在搬回小镇泥瓶巷祖宅后，第一时间就去找了顾韬，不过虽然她进了山水辖境，可阴阳相隔的夫妻二人，似乎没能见到面。

今天依旧是那位身披金甲的绣花江水神，在府邸大门口等待陈平安。

不过相较于上次双方的剑拔弩张，这尊品秩略逊色于铁符江杨花的老资历正统水神，这次的脸色和缓许多。

陈平安抱拳致礼道：“见过水神老爷。”

绣花江水神点头致意道：“是找府主顾韬叙旧，还是来找楚夫人报仇？”

陈平安笑道：“找顾叔叔。”

书简湖一事，既然已经落幕，就无需太过刻意了。谁都不是傻子。这尊忠心耿耿的绣花江水神，当年分明就是得了国师崔瀺的暗中授意。所幸当年自己跟顾叔叔演了那场戏，瞒天过海，自己毫不犹豫更改路线，提前去往书简湖，使得那个死局不至于多出更大的死结，不然再晚去个把月，阮秀跟那拨粘杆郎一旦与青峡岛顾璨起了冲突，双方是水火之争，冥冥之中自有大道牵引，任何一方有所死伤，对于陈平安来说，都是一场无法想象的灾难。

所以这位当年监督不力的水神，说不定已经在崔瀺那里吃过了挂落。

水神轻轻摸了摸盘踞在胳膊上的青蛇头颅，微笑道：“陈平安，虽然我至今还是有些恼火，当年被你们两个联手蒙骗戏耍得团团转，让你偷溜去了书简湖，害我白白耗费光阴，盯着你那个老仆看了许久，不过那是你们的本事。你放心，只要是公事，我就不会因为私怨而有任何泄愤之举。”

陈平安点头道：“水神老爷既然能够出现在这里，就一定会有这份气魄，我信。以后我们算是山水邻居了，该如何相处，就如何相处。”

这位身材魁梧的绣花江水神目露赞赏，自己那番措辞，可不算什么中听的好话，言下之意十分明显，既然他这位毗邻龙泉郡的一江水神，不会因公废私，那么有朝一日，双方又起了私怨嫌隙，自然是以私事方式了结。而这个年轻人的应对，也很得体，既无撂下狠话，也无故意示弱。

水神指了指身后方向，笑道："修补山根一事，任重道远，这一次非是我故意刁难你和顾韬，不许你们叙旧，实在是他暂时无法脱身，不过你要是愿意，可以入府一坐，由我来代替顾韬请你喝杯酒。至于……楚夫人的事情，我有些私人言语，想要与你说一说。很多前尘往事，不会被记录在礼部档案上，喝醉之后，说些无伤大雅的酒话，也不算违例僭越。怎么样，陈平安，肯不肯给这个面子？"

陈平安点头笑道："跟一位水神比拼酒量，实在是不太明智，不过我可以硬着头皮，自讨苦吃一回。"

一起走入府邸，并肩而行，陈平安问道："披云山的神灵夜游宴已经散了？"

绣花江水神"嗯"了一声，道："你可能想不到，有三位大骊旧五岳正神都赶去披云山赴酒宴了，加上诸多藩属国的神祇也来赴宴，我们大骊自立国以来，还不曾出现过这么盛大的夜游宴。魏大神这个东道主，更是风姿卓绝，这不是我在此吹嘘顶头上司，委实是魏大神太让人出乎意料，神人之姿，冠绝群山。不知道有多少女神祇，对我们这位北岳大神一见倾心，夜游宴结束后，依旧恋恋不舍，盘桓不去。"

提及魏檗这位并不陌生的"棋墩山土地爷"，这位绣花江水神似乎很是心悦诚服。

陈平安一想到在落魄山自家山头，自己被人当做色坯浪荡子的境遇，再看看人家魏檗，不禁有点郁闷。

在灯火辉煌的大堂入座后，有几位鬼物婢女上前侍奉，让水神挥手斥退。

水神拿出两壶蕴含绣花江水运精华的酒酿，抛给陈平安一壶，各自啜饮。

水神显然与府邸旧主人楚夫人是旧识，所以如此待客。

水神言语并无含糊，开门见山，说自己并不奢望陈平安与楚夫人化敌为友，只是希望陈平安不要与她不死不休。然后详细说了关于这位嫁衣女鬼和大骊书生的故事，说了她曾经是如何与人为善，如何痴情于那位读书人。关于她自认被负心人辜负后的暴虐行径，一桩桩一件件，水神也没有隐瞒，后花园内那些被她当做"花卉草木"种植在土中的可怜尸骸，至今不曾搬离，怨气萦绕，阴魂不散，十之七八，始终不得解脱。

提及那个可怜书生在观湖书院的惨剧，水神亦是心有戚戚然，神色肃穆沉重，喝了一口酒，道："大骊兴盛之前，稍有志向的读书人，哪个没在外面挨过冷眼，受过委屈？才华越高，被打压得就越厉害，这位书生就是例子。当年坑害他的书院士子，其中一人，就是大隋豪阀子弟，如今仍然位居庙堂中枢！"

水神望向大堂门外，感慨道："一笔糊涂账，怎么讲理？"

陈平安喝过了一口酒，缓缓道："如果真要讲，也不是不能讲，顺序而已。只是有一个至关重要的前提，就是那个讲理之人，扛得起那份讲理的代价。"

水神笑道："你来试试看？楚姑娘是局中人，拎不清的，而你陈平安是半个局中人，半个旁观者，最适合当这个讲理之人。你要是愿意，就当我欠你一份天大的人情了。"

陈平安摇摇头，道："我没那份心气了，也没理由这么做。"

水神本就没有抱希望，故而也就谈不上失望，只是有些遗憾，举起酒壶，道："那就只饮酒。"

陈平安跟着举起酒壶，酒是好酒，应该挺贵的，就想着尽量少喝点，就当是换着法子挣钱了。

除了那位嫁衣女鬼，其实双方没什么好聊的，所以陈平安很快就起身告辞，绣花江水神亲自送到山水屏障的"门口"。

陈平安抱拳告别，然后背后长剑铿锵出鞘，一人一剑，御风升空，逍遥远去云海中。

虽然陈平安来的时候，绣花江水神已经通过水幕神通领略过这份剑仙风采，可如今近距离亲眼看见，难免还是有些震惊。

陈平安落在红烛镇外，徒步走入其中，路过那座驿馆，驻足凝望片刻，这才继续前行。他先远远看了敷水湾，然后去了趟与观山街十字相错的观水街，找到了那家书铺，竟然还真给他见着了那位掌柜。书铺掌柜李锦一袭墨色长衫，坐在小竹椅上闭目养神，手持一把玲珑小巧的精致茶壶，悠悠喝茶，哼着小曲儿，以折叠起来的扇子拍打膝盖，至于书铺生意，那是全然不管的。

还是与当年如出一辙，相貌英俊的李锦，连眼睛都不愿意睁开，懒洋洋道："店内书籍，价格都写得清清楚楚，你情我愿，全凭眼力。"

陈平安当年在这里，帮李槐买了本看似刊印没几年的《断水大崖》，九两二钱，结果是本老书，里面竟然有文灵精魅孕育而生。李槐这小子，真是走哪儿都有狗屎运。

在地龙山渡口的青蚨坊，其实陈平安第一眼就相中了那只幂篱泥女俑，因为看手工样式，极有可能与李槐那套泥人玩偶是一套，皆是出自洪扬波所说的白帝城神仙之手。就算最后那个一身剑意遮掩得不够妥当的"青蚨坊婢女情采"不送给他，陈平安也会想法子收入囊中。至于那块神水国御制松烟墨，当时陈平安是真没那么多神仙钱买下，准备回到落魄山后，与当年曾是神水国山岳正神的魏檗问一问，是否值得购买入手。

不过这不是陈平安来此的缘由。

事实上李锦如今已经一步登天，从一头出水登岸悠游人间市井的山泽精怪，高升为了大骊朝廷敕封的冲澹江江水正神，不但如此，这还是大骊自立国以来冲澹江的首任正统水神，当真是名副其实的"鲤鱼跳龙门"了。

与绣花江水神一样，如今都算是邻居，对于山上修士而言，这点山水距离，不过是泥瓶巷走到杏花巷的路程。

陈平安倒也不会刻意拉拢李锦，没有必要，也没有用处，但是路过了，主动打声招呼，于情于理，都是应该的。

落魄时，一定要把自己当回事；发迹后，一定要把他人当回事。

这些个在泥瓶巷泥泞里就能找到的道理，总归不能路走远了，登山渐高，便说忘就忘。

陈平安挑了几本品相大致可算善本的昂贵书籍，突然转头问道："掌柜的，如果我将你书铺的书给包圆了买下，能打几折？"

好似俊俏世家子的李锦睁开眼，没好气道："我就靠这间小店铺歇脚吃饭的，你全买了，我拿着一麻袋银子能做什么？去敷水湾喝花酒吗？就凭我这副皮囊，谁占谁的便宜还说不准呢。你说打几折？十一折，十二折，你买不买？"

陈平安点头笑道："我买。"

李锦将手中茶壶放在一旁的束腰香几上，啪一声打开折扇，在身前轻轻扇动清风，微笑道："不卖！"

陈平安只得作罢，付了三十多两银子，买下那几部古书。

银子到手，李锦笑眯眯地将陈平安送到铺子门口，道："欢迎客人再来。"

陈平安一看他的脸色，就知道自己买亏了。

在陈平安离开观水街后，李锦坐回椅子闭眼片刻，起身关了铺子，去往一处江畔。

红烛镇是龙泉郡附近的一处商贸枢纽重地，绣花、玉液和冲澹三江汇流之地，如今朝廷在此大兴土木，处处尘土飞扬，十分喧嚣，不出意外的话，红烛镇不但要被划入龙泉郡，而且很快就会成为一个新县的县府所在地，而龙泉郡也即将由郡升州。如今山上忙，山下的官场也忙，尤其是披云山的存在，不知道多少山水神祇削尖了脑袋想要往这边凑，须知山水神祇可不只是靠着一座祠庙一尊金身就能坐镇山头的，从来都有自己交好的山上仙师、朝廷官员和江湖人士提携，所以说以当下披云山和龙泉郡城作为山上山下两大中心的大骊新州的迅猛崛起，已是势不可挡。

李锦来到江畔后，使了个障眼法，走入水中后，在江水最"柔"的绣花江内，闲庭信步。

三条江水，水性迥异。绣花江之水，柔和绵长，灵气最为充沛；冲澹江激流湍急，水性最烈，与江水名字截然相反；玉液江河道最短，水性最无常，灵气分布也多寡悬殊，其中江神水府所在地，最为风水宝地，若真有一位欠缺修道结茅之地的金丹地仙，凑巧想要在三条江水当中拣选一处，自然会选择担任玉液江的供奉客卿，在山上，这就叫万金难买小洞天。

绣花江是同僚辖境，除非是拜访水府，不然照理说李锦这属于越界，只不过负责巡狩江河的水中精怪，见着了这位黑衣江神，不但不觉得奇怪，反而笑意盈盈，一个个上前套近乎，这倒不是这位新任冲澹江水神好说话，而是故意恶心人罢了。李锦也不跟它们一般见识，没怎么恶脸相向，只说自己要去那座两条支流交汇处的馒头山。等到他离远了又不至于太远，那帮披挂甲胄、手持器械的精怪便立即一个个哄然大笑起来，言语无忌，多是讥讽这位昔年精怪德不配位，靠着傍大腿的歪路子，才侥幸登上神位，比起自家靠着生前、死后一桩桩功勋才坐稳位置的绣花江水神老爷，一条摇尾乞怜的鲤鱼，算个什么玩意儿。

那座位于江心孤岛的土地庙，玉液江和绣花江的虾兵蟹将，都不待见，岸上的郡县城隍爷，更是不愿搭理。馒头山这个在一国山水谱牒上最不入流的土地爷，就是块茅坑里的石头，又臭又硬。

小祠庙依旧香火凋零，朝不保夕，本地百姓都不爱来这里烧香，因为需要乘坐渡船才能登岸礼敬，太费劲，加上如今三江地界，神灵祠庙众多，求谁不是求？再说了，哪个品秩神位不比这小小土地公更高？

李锦跨过门槛，一个五短身材的邋遢汉子坐在神台上，一个身穿朱衣的香火童子，正坐在那只老旧的黄铜香炉里，双手使劲拍打，满身香灰，鬼哭狼嚎大声诉苦，夹杂着几句对自家主人不争气不上进的埋怨。一座土地祠庙能够诞生香火小人，本就奇怪，这个朱衣童子胆大包天，从来没有尊卑，没事情还喜好出门四处逛荡，给城隍庙那边的同行欺负了，就回去把气撒在主人头上，口头禅是下辈子一定要找个好香炉投胎，更是当地一怪。但李锦对此见怪不怪。

明知道一位江水正神大驾光临，那汉子仍是眼皮子都不耷拉一下。

倒是那个巴掌大小的朱衣童子，赶紧跳起身，双手趴在香炉边缘，大声道："江神老爷，今儿怎么想起我们两个可怜虫来了？坐坐坐，别客气，就当是回自己家了。只是我们这儿地方小，香火差，连个果盘和一杯热茶都没有，真是怠慢江神老爷了，罪过罪过……"

汉子一巴掌按下，将朱衣童子直接拍入香灰之中，省得他继续聒噪烦人。

李锦从大老远的墙角那边搬来一条破烂椅子，坐下后，瞥了眼香炉里探头探脑的小家伙，笑问道："这么大的事，都没跟相依为命的小家伙说一声？"

汉子面无表情道："不是什么都还没定嘛，说个屁。"

李锦掏出折扇，轻轻拍打椅把手，笑道："那也是大喜事和小喜事的差别，你倒是沉得住气。"

这汉子坐了好几百年冷板凳，从来升官无望，显然是有理由的，不然怎么都该混到一个县城隍了，而许多当年的旧识，如今混得都不差，也怪不得朱衣香火童子整天怨天尤人，没事就趴在祠庙屋顶发呆，眼巴巴等着天上掉馅饼砸在头上。汉子神色淡然来了一句："这么多年来，吃屎都没一口热乎的，老子都没说什么，还差这几天？"

这种话，搁谁听了会心里舒服？

朱衣童子翻了个白眼，拉倒吧，喜事？喜事能落在自家老爷头上？就这小破庙，接下来能保住土地祠的身份，他就该跑去把所有山神庙、江神庙和城隍庙，都敬香一遍了。他现在算是彻底死心了，只要不被人赶出祠庙，害他扛着那个香炉四处颠簸，就已经是天大的喜事了。如今几处城隍庙私底下都在传消息，说龙泉郡升州之后，上上下下的大小神祇，都要重新梳理一遍，可他连磕头的苦肉计都用上了，自家老爷仍是不肯挪窝，去参加那场北岳大神举办的夜游宴。这不，最近都说馒头山要完蛋了，害得他现在每天提心吊胆，恨不得跟自家老爷同归于尽，然后争取下辈子都投个好胎。

李锦无奈道："别人不说，你不鸟他们也就罢了，可我们多少年的交情了，说是患难之交，不过分吧？我祠庙建成那天，你也不去？"

汉子说道："我去了，你更念我的好？不还是那点屁大交情？登门祝贺总得有点表示吧，老子兜里没钱，做不来打肿脸充胖子的事。"

朱衣童子怒了，站起身，双手叉腰，仰起头瞪着自家老爷，骂道："你他娘的吃了熊心豹子胆？怎么跟江神老爷讲话的？不知好歹的憨货，快给江神老爷道歉！"

汉子斜了他一眼。

朱衣童子泫然欲泣，转过头，望向李锦，铆足劲才好不容易挤出几滴眼泪，哭道："江神老爷，你跟我家老爷是老熟人，帮我劝劝他吧，再这么下去，我连灰都吃不着了，我命苦啊……"

李锦玩笑道："又不是没有城隍爷邀请你挪窝，去他们那边的豪宅住着，香炉、匾额随你挑，那是多大的福气。既然知道自己命苦，怎么舍了好日子不过，要在这里硬熬着，还熬不出头。"

朱衣童子一巴掌使劲拍在胸口上，力道没掌握好，结果把自己拍得喷了一嘴的香灰，咳嗽几下后，朗声道："这就叫风骨！"

说完了大话，肚子开始咕咕叫，朱衣童子有些难为情，就要爬出香炉。老子喝西北风去，不碍你们俩狐朋狗友的眼。

不承想那汉子从袖子里掏出一支山水香，双指一搓，一粒火光亮起，当然是最劣质廉价的那种，然后随手丢入香炉，朱衣童子一个飞扑过去，埋怨了一句"猪吃的都比这个好"，然后赶紧坐在香灰堆里，一边捧着那支香火，啃甘蔗似的吃着，一边摇头晃脑，满脸幸福笑意。

李锦哈哈大笑，打开折扇，清风阵阵，水雾弥漫，沁人心脾。

汉子犹豫了一下，正色道："劳烦你跟魏檗和与你相熟的礼部郎中大人捎个话，如果不是州城隍，只是什么郡城隍、县城隍，就别找我了，我就待在这里。"

李锦皱了皱眉头，问道："真要如此？"

汉子挠挠头，神色恍惚，望向祠庙外的滔滔江水。

李锦打趣道："你跟魏檗那么熟，如果我没有记错的话，当年又有大恩于他和那个可怜女子，怎么不自己跟他说去？"

汉子冷笑道："不过是做了点不昧良心的事情，就算什么恩德了？就一定要别人回报？那我跟那些一个个忙着升官发财添香火的家伙，有什么两样？新城隍这桩事情，又不是我在求大骊，反正我把话放出去了，最终选谁不是选？选了我未必是好事，不选我，更不是坏事，我谁也不为难。"

李锦点点头，道："行吧，我只帮你捎话，其余的，你自求多福。成了还好说，不过照我看，难。一旦不成，你少不了要被新的州城隍穿小鞋，可能都不需要他亲自出手，到时候郡县两个城隍就会一个比一个殷勤，有事没事就敲打你。"

汉子一脸无所谓。

毕竟文武庙不用多说，必然供奉袁曹两姓的老祖宗，其余像龙须河、铁符江、落魄山、风凉山这些大大小小的山水神祇，都已按部就班，那么依旧空悬的两把城隍爷座椅，再加上升州之后的州城隍，这三位尚未浮出水面的新城隍爷，就成了仅剩的可以商量、运作的三只香饽饽。袁曹两姓，对于这三个人选，势在必得，必然要占据之一，只是在争州郡县的某个前缀而已，无人敢抢。毕竟三支大骊南征铁骑大军中的两大主将，曹枰和苏高山，一个是曹氏子弟，一个是袁氏在军队当中的话事人。袁氏对于边军寒族出身的苏高山有大恩，还不止一次，而且苏高山至今对那位袁氏小姐，恋恋不忘，所以被大骊官场称为袁氏的半个女婿。

至于剩下的人选，这其中就涉及复杂的官场脉络，需要一众地方神祇去各显神通了。

一直光顾着"啃甘蔗"填肚子的朱衣童子抬起头，迷迷糊糊地问道："你们刚才在说啥？"

汉子没好气道："在寻思着你爹娘是谁。"

李锦接着说起先前的书铺客人，还说了自己的猜测。

汉子脸色凝重。

朱衣童子肚子一饱，心情大好，打了个饱嗝，笑呵呵道："你还真别说，我刚认识了个龙泉郡的朋友。我前不久不是跑去红烛镇那边玩嘛，走得稍微远了点，在棋墩山那边，遇见了一大一小两个姑娘，说是在那儿等人，一个长得真是俊，一个长得……好吧，我也不因为与她关系亲近，就说昧良心的话，确实不那么俊了，可我还是跟她关系更好些，特投缘，她非要问我哪里有最大的马蜂窝，这个我熟悉啊，就带着她们去了，井口那么大一个马蜂窝，都快成精了的，结果你们猜怎么着，两个小姑娘给一大窝子马蜂追着撵，都给叮成了两只大猪头，笑死个人。当然了，当时我是很痛心的，抹了好些眼泪来着，她们也讲义气，非但不怪我，还邀请我去一个叫啥落魄山的地方做客。跟我关系好的那个小黑炭，特仗义，特威风，说她是她师父的开山大弟子，只要我到了落魄山，就有好吃好喝好玩呢。”

汉子一下子就抓住重点，皱眉问道：“就你这点胆子，敢见生人？”

朱衣童子悻悻然道：“我当时躲在地底下呢，是给那个小黑炭一竹竿子打出来的，说再敢鬼鬼祟祟，她就要用仙家术法打死我了。事后我才知道上了当，她只是瞧见我，可没那本事将我揪出去。唉，也好，不打不相识。你们是不知道，这个瞧着像是个黑炭的小姑娘，见闻广博，身份尊贵，天赋异禀，腰缠万贯，江湖豪气……”

朱衣童子一脸崇敬仰慕，猛然间想起一事，蹲在香灰堆里挖了半天，使劲抛出一枚市井铜钱，炫耀道：“瞧见没，这是她送我的带路犒劳。出手阔绰不阔绰？你们有这样的朋友吗？”

汉子讥笑道：“是小暑钱还是谷雨钱？你拿近些，我好看清楚。”

朱衣童子重新藏好那枚铜钱，白眼道：“她说了，作为一个一年到头跟神仙钱打交道的山上人，送那些神仙钱太俗气，我觉得就是这个理儿！”

李锦摇晃折扇，微笑道：“是很有道理。”

汉子懒得理睬这个脑子拎不清的小东西。

夜幕中，铁符江畔，青衫剑客一人独行。

在昔年的骊珠小洞天，如今的骊珠福地，圣人阮邛订立的规矩，一直很管用。

野旷天低树，江清月近人。

临近那座江神祠庙。

一位怀抱金穗长剑的女子出现在道路上，看见了来者背负的长剑，她眼神炙热，问道：“陈平安，我能否以剑客身份，与你切磋一场？”

陈平安看了一眼当年那位宫中娘娘身边的捧剑侍女，如今大骊品秩最高的江水正神，然后说了一句话：“我怕打死你。”

铁符江水神杨花没有动怒，不过她那双金色眼眸流溢出来的审视意味，有些肆无忌惮，再一次认认真真打量起眼前的年轻剑客。

杨花作为神灵，以金身现世，素雅衣裙外流溢着一层金光，使得本就姿色出众的她，愈发光彩夺目。夜幕沉沉，一轮江上月，宛如这位女江神的首饰。

反观她对面的那个年轻人，远远没有她这般“遗世独立”。

当年杨花也用这种视线打量过陈平安，当时他是位草鞋少年，她从他身上只看出一股穷酸，以及淡淡的拳意。

此时此刻,她只看到陈平安腰间那枚被魏檗选中的养剑葫,一袭称不上法袍的青衫法袍,当然,重中之重,还有陈平安身后那把剑,除了这几件外物,其他没看出什么来。

看不出来,才是麻烦。

当然对杨花而言,正是出剑的理由。

杨花一直对自己的剑术造诣,极为自负,怀中所捧金穗长剑,更不是凡俗之物,是差点被放入那座仿制白玉京中的神兵利器。

两人之间,毫无征兆地荡漾起一阵山风水雾,一袭白衣、耳挂金环的魏檗现身,微笑道:“阮圣人不在,可规矩还在,你们就不要让我难做了。”

魏檗一来,杨花那种耀眼风采,一下子就给压了下去。

杨花目不斜视,眼中只有那个常年在外游历的年轻剑客,说道:“只要写下生死状,就合乎规矩。”

陈平安缓缓说道:“可惜你家主子,不像是个喜欢讲规矩的。”

杨花终于露出一丝怒容,主辱臣死,娘娘对她有活命之恩,之后更有传道之恩,不然不会因为娘娘一句话,她就抛弃俗世一切,拼着九死一生,受那形销骨立的煎熬,也要成为铁符江的水神,但是现在一个外人,胆敢对娘娘的为人处世指手画脚?一个泥瓶巷的贱种,骤然富贵,骨头就轻了!

魏檗似乎有些讶异,不过很快释然,比对峙的双方更加耍无赖,笑道:“只要有我在,你们就打不起来。你们愿意到最后变成各打各的,剑剑落空,给旁人看笑话,那么你们就尽情出手。”

陈平安对魏檗笑道:“我本来就没想跟她聊什么,既然如此,我先走了,把我送到裴钱身边。”

魏檗点点头。

这时杨花来了一句:“陈平安,怎么不劳驾魏山神,直接将你送到落魄山竹楼那边,躲在一位武道老宗师眼皮子底下,岂不是更安稳?”

陈平安回了一句:“怎么,你该不会是看上我了吧?非要死缠烂打?”

杨花脸若冰霜,一身浓郁水气萦绕流转。她本就是一江水神,此刻原本水深沉稳几近无声的铁符江,顿时江水如沸,隐约有雷鸣于水下。

魏檗一阵头大,二话不说,迅速运转本命神通,赶紧将陈平安送去骑龙巷。

不然恐怕自己加上圣人阮邛,都未必拦得住这两个一根筋的男女。

杨花这才微微转移视线,凝视着这位气质越来越“离世出尘”的山岳正神,眼神冰冷,没有丝毫敬意。

魏檗苦笑道:“两边不是人,我跑这趟,何苦来哉。”

杨花直截了当问道:“当年你与许弱他们一起骑乘精怪路过此地,看到我的时候,眼神古怪，到底是为什么？”

魏檗笑道：“别忘了我当时虽然还是个棋墩山土地，可毕竟是做过一国山岳正神的，自然看得出，你的金身品秩太高，不同寻常，就忍不住多瞥了几眼。”

杨花摇摇头，道：“你在说谎。”

魏檗没有在这个话题上跟她过多纠缠，轻声笑道：“陪我走走？”

魏檗率先挪步，走出几步后，转头道：“活人混官场，咱们这些死人混香火，不都要讲一点规矩？阮邛明明不在，那陈平安为何还要舍了更加省心省力的御剑，选择徒步走回小镇？”

杨花这才开始挪步，与魏檗一山一水两神灵，一前一后，行走在趋于平静的铁符江畔。

魏檗双手负后，缓缓道：“如果我没有猜错，你拦下陈平安，就只是好胜心使然，究其根本，还是舍不得阳间的剑修身份。如今你金身未曾稳固，进食香火的年份尚浅，还不足以让你与绣花、玉液、冲澹三江水神拉开一大段与品秩相当的距离，所以你挑衅陈平安，其实目的很纯粹，真的就只是切磋，不以境界压人。既然如此，明明是一件很简单的事情，为何就不能好好说话？真以为陈平安不敢杀你？你信不信，陈平安就算杀了你，你也是白死，说不定第一个为陈平安说好话的人，就是那位想要冰释前嫌的宫中娘娘。”

杨花默不作声。

山高于水，这是浩然天下的常识。

一国五岳正神的品秩神位，要高于任何一位水神。

不过杨花显然对魏檗并无太多敬意。

魏檗对此不以为意，就像是在自说自话：“一个念头与一个念头之间，距离多近？你这边一起念，隔着千山万水，就会有人心生感应，可通碧落与黄泉。有些时候，一个念头与一个念头之间，又有多远？”

杨花停下脚步，冷笑道：“我没心情听你在这里打机锋。只要是铁符江水神职责所在，我并无丝毫懈怠，你如果想要显摆北岳正神的架子，找错人了。你如果想要像打压落魄山宋山神一样，排挤我和铁符江，只管来，我接招便是。”

魏檗转头笑道：“将‘心情’二字替换成‘工夫’就更好了，显得更婉转些，这样你的言下之意，就不是冥顽不灵，对上司大不敬，而是你要忙着塑造金身，汲取香火精华，没空与我周旋，落在我耳朵里，就只是觉得你不谙世情，还算情有可原。”

杨花停下脚步，问道：“教训完了？”

魏檗点点头，笑容迷人，道：“今夜到此为止，以后我还会找你谈心的。”

杨花脸色阴沉。

魏檗伸出一根手指，竖在嘴边，阻止她道："一些已经跑到嘴边的伤人话，能不说就不说，切记切记。"

杨花不愧是做过大骊娘娘近侍女官的，非但没有收敛，反而直截了当道："你真不知道一些大骊本土高位神祇，那几位旧山岳神灵，以及位置靠近京畿的那拨，在背后是怎么说你的？我以前还不觉得，今夜一见，你魏檗果然就是个投机钻营的……"

魏檗笑着摆摆手，反问道："我知道你要讲什么，只不过别人说了什么，我就一定是什么吗？真当自己是口含天宪的圣人，一语成谶的天君？那陈平安方才说你瞧上他了，所以才要纠缠不休，真是如此？"

魏檗收起手，道："不要试图用这种方式激怒我，然后你我从此老死不相往来，你好讨个清静。我以后与你聊天，次数不会多，也会有的放矢，绝不耽搁你的修行。"

杨花无可奈何，心头犹有火气，忍不住讥笑道："你对那陈平安如此谄媚，不害臊？且不说那些知道些真相的，有多少不明就里的山水神祇，大骊本土也好，藩属也罢，道听途说了些风言风语，暗地里都在看你的笑话。"

魏檗做了一个很幼稚的举动，他伸出拇指和食指，张开后，按住脸颊，轻轻往上一扯，扯出个笑脸，道："只要见着我的面，一个个乖乖地摆出个笑脸，就足够了。至于背地里说什么，脑子里想什么，我没兴趣知道。"

杨花扯了扯嘴角，捧剑而立，她显然不信魏檗这套鬼话。

魏檗感慨道："你虽然成就神祇金身的时候，吃过一些苦头，可是等你哪天有了我这些人生起伏，就会明白，现在的这些人之常情，也就只是人之常情罢了。"

魏檗最后说道："大道漫长，修行不易，遇人遇事多思量。天下事之成败，归根结底，还是跟人打交道的成败。"

杨花依旧针锋相对，嗤笑道："这么爱讲大道理，怎么不干脆去林鹿书院或是陈氏学塾，当个教书先生？"

魏檗突然歪着脑袋，笑问道："是不是好好说的道理，从来都不是道理，就听不进耳朵？"

杨花心知不妙。

魏檗抬起双手，轻轻抖袖，大袖翻动，如两团雪花纷飞，妙不可言。

江神祠庙那边的香火精华，以及铁符江的水运精华，分别凝聚成一团金黄、一团碧绿，被魏檗收入囊中。

魏檗扬长而去。

杨花呆呆地站在原地。这算是那位北岳山神恼羞成怒了？

不承想那白衣神人脚步不停，却转过头，微笑解释道："我可没生气。这是真心话，骗人是小狗。"

陈平安轻轻敲响骑龙巷压岁铺子的门。

既然魏檗将自己送到这里，说明裴钱应该就夜宿于此。

也不奇怪，裴钱本来就不爱跟崔诚打交道，况且落魄山上人数寥寥，哪里有小镇这边热闹，加上自己店铺就有糕点，要是嘴馋了，想要买串糖葫芦也就走几步路。陈平安对此从来不说什么，只要抄书依旧，不太过顽劣，也就由着裴钱去了，何况平日里看顾店铺生意，裴钱确实上心。就是不知道，去学塾读书一事，裴钱想得如何了。

开门的是石柔。

阴物鬼魅也不是全然无需睡眠休憩，只不过跟活人恰好相反，昼伏夜出，而且就算是那裨益魂魄的酣睡，往往只需要三两个时辰就足够，据说这是因为阴物的魂魄远比活人精粹，毕竟罡风吹拂，阳光曝晒，等等，既是苦难，也是一种无形的修行。

石柔笑道："公子，回来了啊。"

陈平安点点头，问道："裴钱在这边睡觉？"

石柔轻声道："跟福禄街的李姑娘一起抄完书，熄了灯，又聊了很久才入睡。前些天去了趟棋墩山，给马蜂叮咬得厉害，哪怕到杨家铺子那边抓了草药敷上，还是难受睡不着。"

一起关上店铺门板的时候，石柔问道："我这就去把她们俩叫醒？"

石柔有些为难，虽然压岁铺子后院有三间屋子，可正屋给裴钱和李宝瓶占了，一间偏屋装满了货物，仅剩下一间，名义上算是她石柔的住处，摆了不少从市井坊间购买而来的私人物件，见不得人。没办法，如今她寄居在一副男子仙人遗蜕当中，但桌上却摆着胭脂水粉，连她自己都觉得别扭。裴钱这个死丫头，还故意送了一柄铜镜给她当礼物。

陈平安压低嗓音道："不用，我在院子里对付着坐一宿，就当是练习立桩了。等下你跟我聊聊龙泉郡的近况。"

在靠近石柔偏屋的檐下，石柔给陈平安搬了条长凳过来，她自己就站着。

石柔说了些夜游宴和落魄山的大小事情。

山崖书院的学子继续北游，会先去大骊京城，游览书院旧址，然后继续往北，直到东宝瓶洲最北边的大海之滨。只是李宝瓶不知用了什么理由，说服了书院圣人茅小冬，让她留在了小镇。石柔猜测，应该是李氏祖宗去茅夫子那边求了情。

柳清山和柳伯奇已经离开龙泉郡，临行之前，这双已经携手游历半洲之地的神仙眷侣，专程找朱敛喝了顿酒，拜了把子。

陈平安听到这里，愣了一下，柳清山不像是会跟人斩鸡头烧黄纸的人啊，又不是自己那个开山大弟子。

石柔笑着揭破谜底，原来是柳伯奇认了朱敛做大哥，说是一定要朱敛跑趟青鸾国，参加她和柳清山的婚宴。

陈平安揉了揉眉心，这是什么跟什么啊？

此外还有几件不算小的正事，石柔说得不多，她还是希望陈平安能够与朱敛聊聊。石柔不得不承认，朱敛做事，无论大小，还是稳重的，就是那张破嘴，招人烦，还有那眼神，让她觉得身为女鬼都瘆人。

一件是书简湖珠钗岛的刘重润并未亲至，而是派了一位心腹弟子，携礼拜访落魄山。当时魏檗还主动露了面，把那位不过是洞府境的年轻女子吓得不轻，到后来说话都有些不利索了。

再就是黄庭国的御江和白鹄江两位水神，先后拜访落魄山，还是朱敛和郑大风负责接待。

大大小小，零零碎碎，陈平安听完石柔有条不紊的讲述后，指了指正屋那边，笑问道："那两个家伙的脸怎么样了？"

石柔愣了一下，无奈道："裴钱顽皮也就罢了，不承想李姑娘也是个由着裴钱瞎胡闹的。公子你是不知道，在铺子见着她们俩那可怜模样的时候，我的心情就跟珠钗岛那个丫头差不多。不过她们自己倒是挺乐呵，还约好了下次各自学成了一身好武艺，再去闯一闯龙潭虎穴。"

陈平安哭笑不得。

石柔不知为何，在铺子这边落脚后，好像比在落魄山那边要更自在，竟然还打趣起了陈平安，道："公子这次出门游历，是不是又给谁带礼物了？"

陈平安"嗯"了一声，手腕翻转，掏出那三件地龙山渡口买来的小物件，递给石柔红料浅碗和瓦当砚，自己拿着出自东南某国篆刻大家之手的对章，放在耳边，轻轻敲击，听着清脆声响，歪头笑道："三样东西，花了十二枚雪花钱，你如果有喜欢的，可以挑一样，回头我就跟裴钱说只买了两样。"

石柔多瞧了几眼那只可爱可亲的红料浅碗，还是摇头道："算了吧。"

陈平安笑道："送人物件，多是成双成对的，单数不好。我很快就要出远门，短时间内回不来，你就当是明年春节的红包了。"

石柔轻轻举起手心那只红料浅碗："那就这件？"

陈平安点点头，提醒道："以后别说漏嘴了，小丫头喜欢记账本，她不敢在我这边碎碎念，但是你免不了要给她念叨好几年的。"

石柔收起那只小碗，再将那"永受嘉福"瓦当砚递还给陈平安。

石柔疑惑道："公子就这么喜欢送人礼物啊？"

陈平安笑道："你可能不太清楚，从小到大，我一直就特别喜欢挣钱和攒钱，当时是辛辛苦苦存下一枚枚铜钱，有些时候晚上睡不着觉，就拿起小陶罐，轻轻晃动，一小罐子铜钱敲击的声音，你肯定没听过吧？郑大风还在小镇东边看大门的时候，我跟他做过一笔买卖，每送一封信去小镇人家，就能赚一枚铜钱。每次去郑大风那里拿信，我都恨不得郑大风丢给我一大箩筐信，不过到最后，也没能挣几枚，再后来，因为发生了一些事情，我就离开家乡了。"

石柔笑着摇头。

陈平安双手笼袖，身体前倾："不是说我现在有钱了，就变得大手大脚，而是我当年之所以那么财迷，就是为了有朝一日，我可以不用在小事上斤斤计较，不用到了每次该花钱的时候，还要束手束脚。比如给我爹娘上坟的时候，置办物品，就可以买更好一些的。过年的时候，也不会买不起春联，只能去隔壁院子那边的大门口，多看几眼别人贴的春联，就当是自家也有了。那种自己都习惯了的窘迫，还有那份苦中作乐，可能任谁看到了，都会觉得很幼稚的。"

石柔已经不知道如何接话了。

陈平安沉默片刻，想了想，又道："有些话可能比较煞风景，但是反正我马上就要离开龙泉郡了，你就当耳边风听几句，反正听过之后，估计最少三年之内都不会被我烦了。"

石柔笑道："公子请说。"

陈平安指了指石柔，道："这副仙人遗蜕，我从来不觉得是你占了多大的便宜，但是天底下的福气，过了家门，如那风水兜转一圈，更多还是留不住。既然接受了这桩机缘，首先心里就别有芥蒂，拿稳了才是本事。不管你是不是觉得我故意说些卖人情的言语，我都要说。我不图你靠着这副遗蜕，将来一定要为落魄山做什么，我只是希望你在落魄山也好，在骑龙巷这间小铺子也好，都与人融融洽洽，不要总觉得自己格格不入就是别人的问题，要学会入乡随俗。当然这并不轻松，是一件滴水穿石的耐心活儿，可是我们活着，不都是这样吗？对吧？"

石柔思量一番，沉吟道："公子说得真诚厚道，我会多想想的。"

陈平安收起了对章和瓦当砚，摘下养剑葫一边喝着酒，一边道："你有没有发现，在落魄山，或者说是泥瓶巷祖宅，如今这么些人，身份和境界各有高低，但是关系亲疏，不是靠这个来定的。我与你说这些，不是一定要你变成我心目中的那种人，而是不希望你心里觉着委屈，却想岔了真相。"

石柔问道："陈平安，以后落魄山人多了，你也会次次这么与人交心吗？"

陈平安摇摇头，道："如果将来真有了自己的山上门派，动辄几十上百人，我到时候肯定顾不过来的，但是没关系啊，我有你们在，你和朱敛郑大风他们，一个个各有千秋。而且我一直觉得道理不一定要说，立身正，心态好，自然而然，就有道理……"

陈平安突然抬起胳膊，伸出手，像在感受拂过的微风，道："就像春雨随风潜入夜，润物细无声，比我这个连读书人都不算的家伙，在那儿絮絮叨叨，要更好。"

石柔凝视着年轻人的侧脸，怔怔无言。

之后陈平安开始练习剑炉立桩，石柔便回了自己屋子。

魏檗出现在檐下，微笑道："你先忙，我可以等。"

半个时辰后，陈平安才睁开眼，叹了口气，道："久等了。"

魏檗问道："怎么回事？"

陈平安无奈道："其实我当年登上宫柳岛，见到了那位上五境修士刘老成，听过他亲口讲述关于心魔的遭遇，我就有所察觉，自己的心境，其实是拔苗助长了。后来崔老前辈也说，我在当年本命瓷碎了后，心境也跟着支离破碎，几次游历，一路上所见所闻所学所悟，虽然在拼凑，可是距离重建起一座经得起风吹雨打的长生桥，还是很有差距，结果在青峡岛，那场书简湖问心局，本该是一位金丹修士甚至是元婴修士，才会经历的扪心扣关。我自碎文胆，等于雪上加霜。我虽然最终在书简湖，说服了自己，可是说服自己的过程里，又有诸多负担在身。问题的症结，在于事与理起了根本冲突，此事与书简湖无关，只是自家事。"

陈平安喝了口酒，这一次是真的借酒浇愁，又道："我曾经坚信，只要知道的道理越多，我出拳出剑，就可以更快，而且会越来越快。"

陈平安喃喃道："但是当我对这个世界的复杂和人心善恶难定，了解得越来越多之后，一心希望着自己在出手之前，一定要去看对方的前因后果，去尽可能多想一些可能性，最好的，最坏的，如此一来，才能达到我自认的无错，那个时候出手，才可以快。"

陈平安自言自语道："可是一旦事发突然，必须要立即分出对错、生死，由不得我以顺序学说，去慢慢细究人心和真相，我该怎么办？"

魏檗点头道："世间道理越对，就越重，你作为纯粹武夫，这么做是在作茧自缚。因为你自己也清清楚楚，明明白白，自己……不痛快。遥想当年，你在最贫穷的时候，反而在心境上是最轻松的，因为那个时候，你无比确定自己必须坚守的道理就那么几个，所以能忍则忍，不能忍，就拼命，故而面对蔡金简、苻南华也好，之后对敌正阳山搬山猿和杏花巷马苦玄也罢，你拳意有几斤几两，就递出几斤几两，问心无愧，拳意纯粹，生死且看轻，由我先出拳。"

陈平安沉声道："对！"

魏檗斜靠廊柱，接着道："所以你要走一趟北俱芦洲，希冀着那边的剑修和江湖武夫，不爱讲理，跋扈行事，这是你离开书简湖后琢磨出来的破解之法。可是当你离开落魄山，故地重游，见过了老朋友，再以另外一种眼光去看待世界，却发现你自己动摇了，认为即便到了北俱芦洲，也一样会拖泥带水，因为说到底，人就是人，就会有各自的悲欢离合，可怜之人会有可恨之处，可恨之人也会有可怜之处，任你天大地大，人心皆是如此。”

陈平安默不作声，狠狠灌了一口酒。

魏檗轻声道：“看来又是一个无解的死局。要么变成另外一个陈平安，要么就只能蹒跚前行，练拳练剑，即便可以随着境界攀升，可注定都无法做到心中所想的那种‘最快’。”

魏檗换了一个话题，问道：“是不是突然觉得，走得再远，看得再多，这个世界好像终究有哪里不对劲，可又说不上来，就只能憋着，而这个不大不小的疑惑，好像喝酒也没用，甚至没法跟人聊？”

陈平安瞪大眼睛，魏檗这番话，一语中的！

魏檗却依旧是那么个慵懒姿势，仰头望向明月，道：“一个人心中，必须有日月。”

魏檗眯起眼，微笑道：“缺一不可。”

陈平安陷入沉思。

魏檗转头笑道：“既然大方向无错，无非是难熬，怕什么？你还怕吃苦？怎么，不比当年的一无所有，仿佛人生突然有了盼头之后，开始有强者的包袱了？你不妨以最笨的法子来审视自己。第一，讲理，从来不是坏事；好好讲理，更是难得。第二，如今觉得道理阻碍了你的出拳和出剑，别怀疑自己的‘第一’是错的，只能说明你做得还不够好，道理还不够通透，并且你当下的出拳和出剑，依旧不够快。”

陈平安眼神明亮了几分，只是苦笑道：“说易行难啊。”

魏檗摊开手，笑道：“那是你的事，跟我没关系嘛。”

陈平安释然笑道：“听君一席话，胜读十年书。”

魏檗啧啧道：“不愧是马屁山的山主。”

陈平安哈哈大笑，道：“你也这么看待落魄山？”

陈平安赶紧压下笑声，以免吵到正屋那边。

魏檗突然说道：“关于顾璨父亲升官一事，其实大骊朝廷吵得厉害。礼部最初是想要将这位府主阴神擢升为州城隍，但是袁曹两位上柱国老爷，自然不会答应，于是刑部和户部，破天荒联手一起对付礼部。现在呢，又有变故，关老爷子的吏部，也掺和进来蹚浑水。没有想到一个小小的州城隍，竟然牵扯出了那么大的庙堂漩涡，各方势力，纷纷入局。显而易见，谁都不愿意那位藩王和国师崔瀺，还有那位宫中娘娘，三个人就商量完了。”

陈平安拍了拍屁股底下的长凳，试探性问道：“为了那个空悬的位置？”

魏檗点点头：“实在是拖得太久，本就不合礼制，所以东宝瓶洲中部的三支大骊铁骑，已经有些人心浮动。”

陈平安摇摇头，道："我不关心这些。"

魏檗笑道："与你说这些，不过是好让你晓得，家家有本难念的经，不光你难熬。"

陈平安道："你少在那里站着说话不腰疼。"

魏檗瞥了眼陈平安，道："你一个坐着的家伙，好意思说我一个站着的？"

魏檗站直身体，道："行了，就聊这么多。铁符江那边，你不用管，我会敲打她。"

陈平安点点头。

又想起一事，说了地龙山渡口青蚨坊的那块神水国御制松烟墨。

魏檗笑道："如果是开价五枚小暑钱，很划算了。青蚨坊还是眼窝子浅了，不识货，不过不能怪他们，此物妙处，如今恐怕真没几个人知道。回头我赶紧让人去跑一趟青蚨坊。"

陈平安说道："这一趟来回，也会有开销的，这笔神仙钱，得算在其中。"

魏檗笑了笑，问道："跟我有什么关系？又不需要我掏钱。你猜现在北岳地界，想要为我跑这一趟去花这笔冤枉钱的家伙，有多少，几十？一百？反过来说，花五枚小暑钱也好，十枚也罢，我送出去这份人情，等于一颗定心丸，对方怎么都是大赚特赚的。"

如今的陈平安，自然一点就透。

魏檗一闪而逝，走之前提醒陈平安那艘跨洲渡船很快就要到了，别误了时辰。

来到披云山之巅那座巍峨壮观的山岳祠庙，魏檗躺在屋檐上，以天为被，酣睡过去。

大江大河齐到处，曲水大转，高山相依，千里龙来住。

渊深鱼聚，林茂鸟栖。山清水秀，人杰地灵。

天微微亮。

裴钱睡眼惺忪推开门，手持行山杖，大摇大摆跨过门槛后，仰头望天，大大咧咧道："老天爷，我跟你打个赌，我要是今儿不练出个绝世剑术，师父就立即出现在我眼前，咋样？敢不敢赌？"

裴钱自顾自点头，道："不说话？那就是答应了！如果赌输了就赖账，可不是一个好的老天爷！"

裴钱一个蹦跳进入院中，结果愣在当场。

石柔偏屋那边的屋檐下，师父好像就坐在那儿瞧着自己？

陈平安看着那张黝黑脸庞，果然还肿得跟馒头似的，这还是敷药消肿了一些，可想而知，刚刚从棋墩山跑回龙泉郡那会儿，是怎么个可怜光景。

裴钱揉了揉眼睛，惊问道："师父？我该不会是做梦吧？"

陈平安笑道："那就打自己一个耳光。"

裴钱眨了眨眼睛，“嘿”了一声，道：“我又不傻。”

她转头往正屋那边高声喊道：“宝瓶姐姐，我师父到啦！”

一位亭亭玉立的红衣姑娘快步走出屋子，脸上红肿得比裴钱还厉害，所以乍一看，就没那么漂亮了。

但是她也没有因为自己的脸庞，有任何扭捏，甩开胳膊，一路小跑到陈平安跟前，骤然站定，笑容灿烂，喊道：“小师叔！”

陈平安站在这两个同龄人身前，伸出两只手，比划了一下个头。

裴钱哭丧着脸。

怎么宝瓶姐姐这样，师父也这样啊。

陈平安其实第一眼看到小宝瓶后，有些不敢相信。

当年那个红棉袄小姑娘，怎么一眨眼的工夫，就长得这么高了？

石柔搬了两张椅子出来，裴钱想要跟师父一起坐在长凳上，被已经坐在椅子上的李宝瓶看了一眼，立即重新抬起屁股，坐在李宝瓶身边。

陈平安看着这两个家伙的红肿脸庞，忍着笑，问道：“李槐他们已经跟着茅山长去北方了？”

李宝瓶使劲点头，道：“回头我爷爷会亲自带我赶上大队伍，小师叔你不用担心。”

陈平安问道：“董水井见过吧？”

李宝瓶笑道：“我和裴钱去过风凉山那边了，铺子里的馄饨还行吧，不如小师叔的手艺。”

裴钱板着脸，一动不动。

这黑炭丫头心里犯嘀咕，记得当时在董水井的馄饨铺子，宝瓶姐姐可是吃了两大碗。只不过这些她哪敢当着宝瓶姐姐的面说，万一将来宝瓶姐姐嫌弃她多嘴，不带她玩了，咋个办？

陈平安叮嘱道：“路过京城的时候，一定要去找找石春嘉。”

李宝瓶“嗯”了一声，道：“已经写信寄去了，羊角丫头正等着我呢。”

陈平安转头望向裴钱，问道：“想好了没有，要不要去学塾念书？”

裴钱耷拉着脑袋，道：“想好了，宝瓶姐姐要我去学塾念书，还拽着我去了趟学塾，去了好几天哩，说是查探虚实，要知己知彼，每一个夫子先生的性情脾气，都要先摸清楚了，以后才能少挨板子和罚抄书。宝瓶姐姐还不许我跟人炫耀自己的那只书箱，也不许我在额头上贴着符纸去上学，还有好多好多的规矩，宝瓶姐姐都写在了纸上，要我每天都对着抄一遍的。”

李宝瓶拍了拍裴钱的脑袋，道：“这叫先难后易。到了学塾，不用害怕教书先生，有问题就问。如果受了同窗的欺负，也不要只知道哭着回来跟石柔姐姐告状，一定要在学塾那边，就靠着自己的本事解决。到了学塾，最最重要的是什么？”

裴钱病恹恹道：“是与夫子们学那做人的道理，书上的具体内容，只是术，不是道，两者兼备那是最好，如果做不到，就要取道而舍术，万万不能捡了芝麻丢了西瓜。”

李宝瓶这才满意地点头。

裴钱抬起头，皱着一张脸，可怜兮兮地望向陈平安，委屈巴巴道：“师父。”

李宝瓶伸手按住裴钱的脑袋，裴钱立即挤出笑脸：“宝瓶姐姐，我知道啦，我记性好得很！”

陈平安取出那瓦当砚和对章，交给裴钱，然后笑道：“路上给你买的礼物。至于宝瓶的，没有遇到合适的，容小师叔先欠着。”

裴钱欢天喜地，犹豫了一下，一手持着砚台，一手攥着对章，转头对李宝瓶问道：“宝瓶姐姐，你挑一件，我送你！”

李宝瓶摇头道：“不用，我就爱看一些山水游记。”

裴钱“哦”了一声，有些失落。

陈平安突然拿出一摞古书，递给李宝瓶，道：“在红烛镇观水街那边挑的，不贵，别嫌弃。”

李宝瓶神采奕奕，捧在怀中，咧嘴笑道：“小师叔你骗人啊。”

笑得很不淑女，倒是跟小时候差不多。

陈平安开始摆师父和小师叔的架子了，正色道：“以后最好别去捅马蜂窝，如果非要玩，事先就一定要想好逃跑路线，若是这些都做不到，也该随身带着草药。”

李宝瓶双臂环胸，重重点头。

裴钱哀叹一声，以行山杖戳地，懊悔道：“都怪我，我这套疯魔剑术还是威力太小。”

石柔已经在铺子那边开门迎客了，她刚走入后院，陈平安就朝她点点头，示意他知道了。

石柔见怪不怪。我家少爷，擅长于细微处见心性和功夫，心境壮阔如山河，视野所及，却见芥子——这是朱敛的马屁话。石柔觉得也不全是溜须拍马。

陈平安站起身说道：“宝瓶，你爷爷来了。”

李宝瓶跟着站起身，蹦跳了一下，笑道：“小师叔，下次见面，我就该有这么高了。”

裴钱张大嘴巴，这类话题，她插不上嘴，就莫要自取其辱了。

陈平安取出那只幂篱泥女俑，笑道：“把这个交给李槐。”

李宝瓶小心翼翼收好。

陈平安带着她们走到铺子门口，见到了那位元婴境地仙的李氏老祖，抱拳道：“见过李爷爷。”

老人笑着点头，欣慰道：“很好很好，有出息，不然外边都以为咱们骊珠洞天，就只出了个马苦玄狼崽子，岂不是让人笑话！”

陈平安欲言又止。

老人摇头道：“不着急，慢慢来。家风一事，只讲正不正，跟门户宅邸的大小没关系。咱们两家的家风都不差，既然如此，那咱们双方就都怎么舒心怎么来。日后一旦有事相求，无论是你还是我，只管开口。”

陈平安点头答应下来，如此对于双方都是最好。

李宝瓶与自己爷爷一起离开，不过她倒退而走，挥手作别。

陈平安笑着轻轻挥手。

裴钱没来由冒出一句，很是感慨道：“月有阴晴圆缺，人有聚散离合，真是愁得让人揪头发啊。”

陈平安一栗暴下去。

这下子顾不上愁不愁了，裴钱龇牙咧嘴直喊疼。

在陈平安带着裴钱去落魄山的时候，裴钱悬好刀剑错，手持行山杖，一边绕着师父跑来跑去，一边说着自己最近的丰功伟绩。当然，捅马蜂窝不算，那是她大意了。

落魄山那边，朱敛正在画一幅美人图，画中女子，是当初在夜游宴上，他无意间瞥见的一位小小神祇。

一旁的郑大风笑容古怪。

朱敛带上山的少女，则只觉得朱老神仙真是什么都精通，对他愈发崇拜。

黄庭国南方边境，一位身材修长的男子，白衣胜雪，风流倜傥，腰佩一柄狭刀。他的身边跟着一对双胞胎姐弟，十二三岁的年纪，皆眉眼灵秀，模样相似。姐姐眼神凌厉，锋芒毕露，斜背着一杆自制木枪。弟弟则更像是个性情温厚的读书郎，背着书箱，挎着水壶。

这双姐弟，是男子在游历途中收取的入室弟子，都是练武良才。

桐叶洲。

玉圭宗。

一处尚未“开峰”的僻静山头，山高入云，一位绝色女子背负长剑，正在观看云海。

邻近此峰的一座山头，一座仙雾缭绕的仙家府邸中，一位高冠俊美的年轻男子，在玉圭宗内身份尊贵，此刻正扶着栏杆，遥遥望向那位女子。

他觉得自己这辈子的道侣，就是她了，只能是她。

东宝瓶洲中部，一条去往观湖书院的山野小路。

一个身材精壮的汉子，走在一头黄牛身后。

汉子有些想念那个古灵精怪的黑炭丫头。

而那头长了一对水牛长角的黄牛，一边的牛角上挂着字帖画卷书籍，至于另外那边，则挂着一个双腿蜷缩，双手扒住牛角的白衣少年，眉心有痣，风流蕴藉，皮囊之好，宛如天庭谪仙人。不过这会儿，白衣少年一脸无聊到要死的表情，使劲哀嚎道："魏羡，我好想先生啊，怎么办啊，一想到先生没有我在身边伺候，弟子我心焦如焚哇……"

魏羡没说话。

习惯就好，隔三岔五就要来这么一出，他魏羡就算再仰慕钦佩此人，也觉得烦。

这一路行来，除了正事之外，在闲来无事的光阴里，这家伙就喜欢没事找事，血腥的手腕自然有，玩弄人心更是让魏羡都觉得背脊发凉，只是夹杂其中的一些个话语事情，让魏羡都觉得一阵头大。比如早先路过一座隐蔽极好的鬼修门派，这家伙将一群邪道修士玩得团团转不说，从下五境到洞府境，再一层层慢慢攀升到元婴境，每次厮杀都假装命悬一线，然后几乎将一座门派给硬生生玩残了。

鸠占鹊巢之后，他临时当起了山大王，大摆宴席，广邀群雄。在酒宴上他又开始胡说八道："实不相瞒，我若是不小心惹恼了我家先生，一旦交手，不是我吹牛，根本不需要半炷香，我就能被先生打死。"害得劫后余生的满堂众人，都不知道如何谄媚答话，结果冷场之后，又给他随手一巴掌拍死两个。

"秋将去，冬便至，夔怜蚿，蚿怜蛇，蛇怜风，风怜目，目怜心，先生可怜可怜学生哟……"

少年还挂在牛角上，双腿乱踹，依旧在嚎叫不已，惊起林中飞鸟无数。

第八章

自古饮者最难醉

昔年的西边大山，人迹罕至，唯有烧炭的樵夫和挖土的窑工出没，如今一座座仙家府邸占据山头。更有牛角山这座仙家渡口，陈平安不止一次看到小镇的孩子，一起端着饭碗蹲在墙头上，仰头等着渡船的掠过，倘若凑巧瞧见了，就要大呼小叫，雀跃不已。

这次返回落魄山的山路上，陈平安和裴钱遇到了一支去往衣带峰的仙师车队。

要在这边落脚，打造洞府，有一点不好，就是阮邛立下规矩，不许任何修士肆意御风远游。不过随着时间推移，阮邛建立龙泉剑宗后，不再仅是坐镇圣人，也是为了开枝散叶需要人情往来的一宗宗主，所以开始略微开禁，让金丹地仙的弟子董谷负责筛选出几条御风蹈虚的路线，只要跟龙泉剑宗讨要几枚袖珍铁剑样式的“关牒”腰牌，在骊珠福地便可以稍稍自由出入。只不过迄今为止还留在龙泉郡的十数股仙家势力，能够拿到那把小巧铁剑的，寥寥无几。倒不是龙泉剑宗眼高于顶，而是铸剑之人，不是阮邛，也不是那几位嫡传弟子，而是阮邛的独女阮秀。那位秀秀姑娘铸剑出炉的速度，极慢，磨磨蹭蹭，一年才勉强打造出一把，只是谁好意思登门催促？即便有那脸皮，也未必有那胆识。如今山上流传着一个小道消息，前些年，礼部清吏司郎中亲自带队的那拨大骊精锐粘杆郎，南下书简湖“讲理”，秀秀姑娘几乎凭借一人之力，就摆平了一切。

当初掏出金精铜钱选址衣带峰的仙家门派，山门祖师堂位于云霞山所在的梦粱国，属于东宝瓶洲山上的二流最末势力。当初大骊铁骑势如破竹，委实不是这座门派不想搬，而是舍不得那笔开辟府邸的神仙钱就这么打了水漂。何况祖师堂有一位老祖师，作为自家山上硕果仅存的金丹地仙，如今就在衣带峰结茅修行，身边只跟了十余位徒子徒孙，以及一些仆役婢女，这位老修士与山主关系不和，门派此举，本就是想要将这位脾气执拗的祖师爷送出门，省得每天在祖师堂那边拿捏架子，吹胡子瞪眼睛，害得晚辈们谁都不自在。

陈平安走得不急，仙师们的马车却不慢。陈平安就带着裴钱让出道路，不承想仙师车队也跟着停下。

车队有两辆马车，二十余人，其实真正的衣带峰谱牒仙师才三人而已，其余皆是峰上的杂役扈从。

一位年轻修士与两位貌美女修分别走下马车。其中一位女修怀抱一头慵懒蜷缩的年幼白狐。

年轻修士是衣带峰老祖师的几位嫡传之一，他来到陈平安身边，主动打招呼笑道："陈山主，我是衣带峰宋园。先前师父带我去拜访落魄山，站得靠后，陈山主兴许没有印象了。"

这话说得圆而不滑，很漂亮。

陈平安其实认得宋园，自己本就记性好，又从来不是那种鼻孔朝天的人，连当年青蚨坊的翠莹都记得住，更别提邻居山头一位金丹地仙的嫡传弟子了。事实上那天衣带峰地仙拜访落魄山，宋园非但没有站得靠后，反而是几位师兄师姐站在后排，宋园就站在师父身侧，毕竟是关门弟子，最受宠。皇帝也爱幺儿，就是这么个理。

陈平安抱拳还礼，笑问道："小宋仙师这是从外地回来？"

宋园有些讶异，衣带峰上，有位师叔也姓宋，所以这位落魄山山主，一口喊出小宋仙师，就很有讲究和嚼头了。

宋园点头道："我与刘师妹刚刚从云霞山那边观礼回来，有朋友当时也在观礼，听说我们骊珠福地是一洲少有的钟灵毓秀之地，便想要游历我们龙泉郡，就与我和刘师妹一起回了。"

宋园不露痕迹后退两小步，朝两位年轻女修伸出手掌，道："给陈山主介绍一下，这位是刘师妹，我师父最宠溺的孙女，陈山主喊她润云便是。这位是南塘湖青梅观的周仙子，与刘师妹是最要好的朋友。我们刚刚从陈氏学塾那边过来，打算先去披云山林鹿书院看看，再回衣带峰。"

陈平安喊了声"刘姑娘、周仙子"，然后笑道："那我就不耽误小宋仙师赶路了。"

宋园微笑点头，没有刻意客套寒暄下去。关系不是这么拢来的，山上修士，只要是走到山腰的中五境仙家，大多清心寡欲，不愿沾染太多红尘俗事，既然陈平安没有主动邀请他们去往落魄山，宋园就不开这个口了，哪怕身旁那位青梅观周仙子已经给他使了眼色，他也只当没看见。

一路北游行来，这位靠着镜花水月一事让南塘湖青梅观颇多收益的周仙子，十分执拗，不愿错过任何人脉经营和山水形胜，几乎每到一处仙家府邸或是山河秀美的景观，她都要以青梅观秘法"截留"一幅幅画面，然后将自己的动人身姿"镶嵌"其中，逢年过节时分，就可以寄给一些财大气粗，肯为她一掷千金的相熟看客。宋园一路陪同，其实是有些郁闷的，只不过周仙子与刘师妹关系素来就好，刘师妹又无比憧憬以后自家的衣带峰能打开镜花水月的禁制，自己也学一学这位八面玲珑的周姐姐，他就不多说什么了。师父对这个孙女很宠爱，唯独此事，不愿答应，说一个女子装扮得花枝招展，抛头露面，成天对着一大帮心怀不轨的登徒子搔首弄姿，像什么话，衣带峰又不缺这点神仙钱。

那位周仙子也不管陈平安已经挪步，捋了捋鬓角发丝，眼波流转，出声说道："陈山主，我听宋师兄说起过你多次，宋师兄对你十分仰慕，还说如今陈山主是骊珠福地数一数二的大地主呢。不知道我和润云一起拜访落魄山，会不会唐突？"

宋园一阵头皮发凉，苦笑不已。

其实他与这位青梅观周仙子说过不止一次，骊珠福地不比其他仙家修道重地，这里形势复杂，盘根错节，神人众多，一定要谨言慎行，想必是周仙子根本就没有听入耳，或者是听到了更加激起了斗志，反而跃跃欲试。只是周仙子啊周仙子，这大骊龙泉郡，真不是你想象的那般简单。

陈平安对宋园微微一笑，眼神示意这位小宋仙师不用多想，然后对那位青梅观仙子说道："不凑巧，我近期就要离山，可能要让周仙子失望了。下次我返回落魄山，一定邀请周仙子与刘姑娘去坐坐。"

衣带峰刘润云正要说话，被宋园悄悄一把扯住袖子。

周仙子咬了咬嘴唇，又问道："是这样啊，那不知道陈山主会何时返乡？琼林好早做准备。"

陈平安摇头笑道："暂时真不好说。"

婷婷袅袅的青梅观仙子周琼林，侧身施了个万福，直起那纤细腰肢后，娇娇柔柔道："很高兴认识陈山主，欢迎下次去南塘湖青梅观做客，琼林一定会亲自带着陈山主赏梅。我们青梅观的'草堂梅坞春最浓'，久负盛名，一定不会让陈山主失望的。"

陈平安笑道："好的，如果有机会路过，一定会叨扰青梅观。"

周琼林瞧见了那个手持行山杖的黑炭丫头，微笑道："小姑娘，你好呀。"

裴钱指了指自己还红肿着的脸庞，一副憨憨傻傻的笨模样，道："我不太好哩。"

周琼林还要试图在这个瞧着很不讨喜的小丫头身上迂回一番，陈平安已经牵起裴钱的手告辞离去。

刘润云似乎想要为周姐姐打抱不平，只是宋园不但没有松手，反而直接一把攥住她的手腕。微微吃痛的刘润云，极为讶异，这才忍着没有说话。

虽然从小到大，都在爷爷的庇护下，无忧无虑，性情娇憨，少有城府，可刘润云到底是一位正儿八经的谱牒仙师，哪怕至今尚未跻身洞府境，却也不是真傻。

车队缓缓而过，驶出去很远后，事先得了吩咐的车夫才敢加快马蹄赶路。

车帘子掀开，周琼林看着那走在道旁的一大一小，只是那两人顾着埋头赶路，让她有些无奈，自己精通蛊惑男子心思的十八般武艺，却遇上了个不解风情的瞎子。

宋园独坐在前边马车的车厢，唉声叹气。

这个周仙子真不是什么省油的灯，回头上了衣带峰，一定要私底下跟师父说两句，省得润云给她带偏了。

道路上，裴钱吭哧吭哧耍了一套疯魔剑法后，笑眯眯问道："师父，你猜那三个人里面，我最顺眼哪个？"

陈平安随口答道："衣带峰刘润云？"

裴钱摇摇头，道："再给师父猜两次的机会。"

陈平安笑道："跟师父一样，是宋园？"

不料裴钱还是摇头跟拨浪鼓似的，否认道："再猜再猜！"

陈平安有些奇怪，问道："为何是周琼林？"

对于善于钻营的周琼林，陈平安谈不上反感，但是更说不上喜欢。

主要是她那种拉拢关系的方式，太不得体妥当了，很容易给宋园惹上麻烦，万一惹来了恶感，周琼林可以返回南塘湖青梅观，继续当她的仙子，但是作为她半个朋友的宋园，以及宋园所在的衣带峰，可都走不掉，这一点，才是让陈平安不愿给周琼林半点面子的关键所在。

裴钱伸出一只手掌，轻轻晃动了两下，示意她要与师父说些悄悄话。

陈平安笑着弯下腰，裴钱一只手掌遮在嘴边，对他小声说道："那个周仙子，虽然瞧着狐媚狐媚的，当然啦，肯定还是远远不如女冠姐姐和姚近之好看的。但是呢，师父我跟你说，我瞧见她心里面，住着好多好多穿破衣服的可怜小人哩，都跟当年的我差不多，瘦不拉几的，快饿死了，而她呢，就很伤心，对着一只空落落的大饭盆，不敢看他们。"

陈平安内心一震，猛然间抬头望去，车队已经远去。

陈平安喃喃说了句先前那位仙子说过的一句话："是这样啊。"

见陈平安缓缓而行，裴钱挥着行山杖，有些疑惑，扬起脑袋，问道："师父，不开心吗？是不是我说错话了？"

裴钱想了想，很快就想出了补救之法，她张大嘴巴，然后摇晃脑袋，做了一个狼吞虎咽的样子，道："好了，我已经把话都吃回肚子啦，师父赶紧开心起来！"

陈平安笑容灿烂，轻轻伸手按住裴钱的脑袋，她的脑袋动不了，但身体反而左摇右晃起来。

“等师父离开落魄山后，你去衣带峰找那个周姐姐，就说邀请她去落魄山做客。但是如果周姐姐要你帮着去拜访龙泉剑宗之类的，你就说自己是个小孩子，做不得主。如果有些事情，实在不敢确定，你就去问问朱敛。”

裴钱“哦”了一声，道：“放心吧，师父，我如今待人接物，很滴水不漏的，压岁铺子那边的生意，这个月就比平时多挣了十四两三钱银子！这在南苑国那边，能买多少箩筐的雪白馒头啊！师父，再给你说件事情啊，挣了那么多钱，我这不是怕石柔姐姐见钱起意嘛，还故意跟她商量了一下，说这笔钱我们偷偷藏起来好了，反正天不知地不知，就当是姑娘家家的私房钱啦，没想到石柔姐姐竟然说要好好想想，结果她想了好多好多天，我都快急死了，一直到师父你回家前两天，她才说了一句‘还是算了吧’。唉，这个石柔，幸好没点头答应，不然就要吃我一套疯魔剑法了。不过看在她还算有点良心的分上，我就自己掏腰包，买了一把铜镜送给她，就是希望石柔姐姐能够不忘本，每天多照照镜子。哈哈，师父你想啊，在镜子里，石柔姐姐看到了个不是石柔的糟老头子……”

裴钱像只小麻雀围绕在陈平安身边，叽叽喳喳，吵个不停。

陈平安摸着额头，不想说话。

真不知道压岁铺子两人，到底是谁逗谁，好像谁也没占着便宜。

“师父为什么不自己邀请周琼林？不过，由我这个师父的开山大弟子亲自出马，她也应该觉得很荣幸了。”

“我只是认可她那些不为人知的善举，不是认同她在经营关系一事上的不周密，所以师父就不能出面。不然一旦让她误以为龙泉郡处处山头皆如我们落魄山，就她那种行事风格，兴许在青梅观那边顺风顺水，可到了这边，迟早要碰壁吃苦头。能够在这里买下山头的修道仙师，一旦跟她起了冲突，可不会管什么南塘湖青梅观，到最后，可不就是我们害了她？”

“师父，你说得弯来绕去，我又用心好学，喜欢认真想事情，结果我脑壳疼哩。”

“那就别想了，听听就好。”

“可是左耳进右耳出，不是好事啊。朱老厨子就总说我是个不开窍的，还喜欢说我既不长个子也不长脑子。师父，你千万别信他啊。”

“不许在背后说人闲话。”

“哦，晓得嘞。”

“其实不是什么都不能说，只要不带恶意就行了，那才是真正的童言无忌。师父之所以显得不近人情，是怕你年纪小，习惯成自然，以后就拧不过来了。”

“但是如果我自己并不知道是恶意，但其实又是真的恶意，结果就做了错事，办了坏事，怎么办？”

“有师父在啊。”

到了落魄山，郑大风还在忙着监工，不稀罕搭理陈平安这位山主。

朱敛的宅子里，墙壁上已经挂满了画卷，皆是仕女图，而且画的全部是北岳地界的女子神祇，栩栩如生，十分传神，光是发髻就多达十余种。

陈平安憋了半天，问道："岑鸳机就没说你为老不尊？"

朱敛笑呵呵道："小姑娘只称赞老奴是丹青圣手。"

陈平安无言以对。

三人一起去往竹楼。

朱敛问道："少爷这么快就要走了？"

陈平安点头道："那艘跨洲渡船最近几天就会到达牛角山。"

身形佝偻的朱敛揉着下巴，微笑不语。

陈平安疑惑道："怎么个说法？有话直说。"

朱敛挠挠头，道："没事，就是没来由想起咱们这大山之中，鹧鸪声起，离别之际，有些感触。"

陈平安一头雾水。

朱敛说是去瞅瞅岑鸳机练拳，走了。

陈平安到了竹楼下，没有着急登楼，在崖畔石凳上坐着。裴钱很快就带着已经名为陈如初的粉裙女童，一起飞奔过来。

陈平安娴熟伸手，结果手里马上多了一把瓜子。

陈如初是文运火蟒化身，其实读书极多，所以陈平安忍不住问道："古诗词和文人笔札，关于鹧鸪，有什么说法？"

陈如初赶忙停下嗑瓜子，正襟危坐，把一大堆关于鹧鸪的诗词篇章娓娓道来，听得裴钱直打瞌睡，赶紧多嗑瓜子提神。

陈平安觉得也没能真正琢磨出朱敛的言下之意，多是"山深闻鹧鸪"，阐述离别苦之类。陈平安懒得多想了，稍后还要登楼，多担心自己才是。

小丫头突然笑道："还有一句，'溪流湍急岭嵯峨，行不得也哥哥！'"

裴钱灵光乍现，忙道："哦，老厨子是说秀秀姐姐呢。"

陈平安放下手中还剩大半的瓜子，默默起身，去了二楼。

被喂拳挺好。

二楼内，老人崔诚依旧光脚，只是今日却没有盘腿而坐，而是闭目凝神，拉开一个陈平安从未见过的陌生拳架，一掌一拳，一高一低。陈平安没有打搅老人的站桩，摘了斗笠，犹豫了一下，连剑仙也一并摘下，安静坐在一旁。

崔诚睁开眼，姿势不变，缓缓道："天下拳法，无非刚柔。我之拳法，可谓至刚。当年行走四方，柔拳见过不少，可从未有拳种当得起‘至柔’二字。”

陈平安想了想，说道：“与老前辈的拳法相比，如果不争什么双方拳法高低和拳意轻重，只说想要练到至柔境界，应该更难，山上修行的道家子弟，愿意转为练拳，做到的可能性会更大一些，纯粹的江湖武夫，很难很难。因为除了拳谱和桩架，心性也要契合，架从下往上走，意由内及外发，心意不到，休想登顶。”

崔诚收起拳架，点头道：“这话说得凑合，看来你对于拳理领悟一事，总算比那黄口小儿要略强一筹。”

陈平安对此习以为常，想要从这个老人那边讨到一句好话，难度之大，估摸着跟当年郑大风跟杨老头聊天，想从杨老头嘴里掏出十个字以上，差不多。

崔诚跟着坐下，凝望着这个年轻人。

从书简湖返回后，经过先前在此楼的练拳，外加一趟游历东宝瓶洲中部，陈平安已经不再是双颊凹陷的形神憔悴，而且目为人之神气凝聚所在，他的眼神，更深了些，如古井幽幽，要么是井水干涸，唯有漆黑一片，要么就是井水满溢，更难看破井底景象。

崔诚问道：“如果再给你一次机会，光阴倒流，心境不变，你会如何处置顾璨？杀还是不杀？”

陈平安答道：“仍是不杀。”

崔诚皱眉道：“为何不杀？杀了，无愧天地，那种手刃亲人的不痛快，哪怕憋在心里，却极有可能让你在未来的岁月里，出拳更重，出剑更快。人唯有心怀大悲愤，才有大心志，而不是心摆钝刀，磨损意气。杀了顾璨，亦是止错，事后你一样可以补救。之前做什么，就继续做什么，而且更加省心省力。水陆道场和周天大醮，难道顾璨就能比你办得更好？陈平安！我问你，为何别人作恶，在你拳下剑下就死得，而于你有一饭之恩、一谱之恩的顾璨，就死不得？”

崔诚的语气和措辞越来越重，到最后，他一身气势如山岳压顶。更怪之处，在于崔诚分明没有任何拳意在身，别说十境武夫，当下都不算武夫，倒是更像一个正襟危坐，身着儒衫的书院老夫子。

“无愧天地？连泥瓶巷的陈平安都不是了，也配仗剑行走天下，替她与这方天地说话？”

陈平安扯了扯嘴角，似有讥笑，道：“在书简湖大义灭亲，杀了顾璨，一走了之，难吗？难。可有我在书简湖耗费三年光阴那么难吗？没有。我的选择，最终有没有让书简湖的世道，变得更好一点点？有。顾璨活下来，弥补他欠下的恶果恶业之后，会不会禀性难移，再行恶事，以至于对未来的世道，依然是一件坏事？我不确定，可我在看。哪怕我远游北俱芦洲，还有曾掖和马笃宜在看，青峡岛刘志茂，宫柳岛刘老成，池水城关翳然，都在看。”

崔诚对这个答案犹然不满意，可以说是更加恼火，他怒目相向，双拳撑在膝盖上，身体微微前倾，眯眼沉声道："难与不难，如何看待顾璨，那是事，我现在是在问你的本心！道理到底有无亲疏之别？你今日不杀顾璨，以后落魄山裴钱，朱敛，郑大风，书院李宝瓶，李槐，或是我崔诚行凶为恶，你陈平安又当如何？"

陈平安神色自若，道："到时候再说。"

崔诚问道："那你如今的疑惑，是什么？"

"与魏檗聊过之后，少了一个。"陈平安答道，"所以现在就只是想着如何成为最强武夫，如何炼出剑仙。"

崔诚还是摇头，嗤笑道："小稚童背大箩筐，出息不大。"

陈平安笑道："那就恳请老前辈再活个百年千年，到时候看看谁才是对的。"

崔诚瞥了眼陈平安有意无意没有关上的屋门，嘲讽道："看你进门的架势，不像是有胆子说出这番言语的。"

陈平安拍了拍肚子，道："有些大话，事到临头，不吐不快。"

崔诚点点头，道："还是皮痒。"

陈平安突然问道："老前辈，你觉得我是个好人吗？"

崔诚点头，道："是。"

除了意气任侠之外，施恩不图报，自然算是好人。

陈平安又问道："觉得我是道德圣人吗？"

崔诚瞥了眼年轻人，道："像。"

陈平安转头望向屋外，微笑道："那看来这个世道的聪明人，确实是太多了。"

崔诚哈哈大笑，十分畅快，似乎就在等陈平安这句话。

陈平安缓缓道："我想过东海观道观的老道人处心积虑灌输给我的脉络学，还有我曾经专门去精读深究的佛家因明之学，以及儒家几大脉的根柢学问，当然为了破局，也想了国师崔瀺的事功学问，我想得很吃力，虽说只是略懂皮毛，但也偶有所悟所得，我有个很奇怪的想法……"

说到这里，陈平安从咫尺物随便抽出一支竹简，放在身前地面上，伸出手指在居中位置上轻轻一画，道："如果说整个天地是一个'一'，那么世道到底是好是坏，可不可以说，就看众生的善念恶念、善行恶行各自汇聚，然后双方拔河，哪天某一方彻底赢了，就要天翻地覆，换成另外一种存在，善恶，规矩，道德，全都变了？就像当初神道覆灭，天庭崩塌，万千神灵崩碎，三教百家奋起，稳固山河，才有今天的光景。可修行之人证道长生，得了与天地不朽的大造化之后，本就全然断绝红尘，人已非人，那么天地更换，又与早已超然物外的'我'，有什么关系？"

崔诚指了指陈平安身前那支纤细竹简，道："兴许答案早就有了，何须问人？"

陈平安低头望去，那支泛黄的竹简上写着自己亲自刻下的一句话：一时胜负在于力，万古胜负在于理。

陈平安喃喃道："可是一个山下的凡夫俗子，哪怕是山上的修行之人，又有几人能看得到这'千秋万古'。凭什么做好人就那么难？凭什么此生过不好，就只能寄希望于来生？凭什么讲道理还要靠身份、权势、铁骑、修为、拳与剑？凭什么讲道理都要付出代价？"

崔诚笑道："想不明白？"

陈平安默不作声。

崔诚站起身，伸手朝上指了指，道："想不明白，那就亲自去问一问可能已经想明白的人，比如那老秀才。老秀才靠那自称一肚子不合时宜的学问，能够请来道祖佛祖落座，你陈平安有双拳一剑，不妨一试。"

陈平安抬起头。

崔诚收回手，笑道："这种大话，你也信？"

陈平安笑了笑。

崔诚问道："一个太平盛世的读书人，跑去指着一位涂炭生灵乱世武夫，骂他即便一统山河，可仍是滥杀无辜，不是个好东西，你觉得如何？"

陈平安答道："不提根本善恶，只是个蠢坏。关键在于哪怕他说了对方的功劳，实则心中并不认可，之所以有此说，不过是为了方便说出下半句，故而蠢而坏。"

崔诚指了指屋外，道："凭这个答案，来了落魄山，见与不见在两可之间的一个人，估摸着是愿意见你了，接下来就看你愿不愿意见他了。见了该怎么谈，都是你们自己的事情。出门之后，记得关上门。"

陈平安转头望去，门外的老书生一袭儒衫，既不寒酸，也无贵气。

陈平安站起身，走到屋外，轻轻关门。

老儒士凭栏而立，眺望南方。

陈平安与这位昔年文圣首徒的大骊绣虎，并肩而立。

崔瀺率先下楼，陈平安尾随其后，两人一起登山去往山巅的那座山神祠庙。

宋山神早已金身退避。

两人并肩缓行，拾阶而上。

崔瀺第一句话，竟然是一句题外话："魏檗不跟你打招呼，是我以势压他，你无需心怀芥蒂。"

陈平安说道："当然。"

崔瀺问道："书简湖之行，感受如何？"

陈平安说道："说客气话，就是还好，虽然混得惨了点，但不是全无收获，有些时候，反而得谢你，毕竟坏事不怕早。如果撂狠话，那就是我记在账上了，以后有机会就跟国师讨债。”

崔瀺“嗯”了一声，浑然不上心，自顾自说道：“扶摇洲开始大乱了，桐叶洲因祸得福，几头大妖的谋划早早被揭露，反而开始趋于稳定。至于距离倒悬山最近的南婆娑洲，有陈淳安在，想必怎么都乱不起来。中土神洲阴阳家陆氏的一位老祖宗，拼着耗光所有修行，终于给了儒家文庙一个确切结果，剑气长城一旦被破，倒悬山就会被道老二收回青冥天下，南婆娑洲和扶摇洲，极有可能会成为妖族的囊中之物，所以妖族到时候就可以占据两洲气运，在那之后，会迎来一个短暂的安稳，此后妖族主攻中土神洲，届时生灵涂炭，万里硝烟，儒家圣人君子陨落无数，其余诸子百家，同样元气大伤。所幸一位不在儒家任何文脉之内的读书人，离开孤悬海外的岛屿，仗剑劈开了某座秘境的关隘，能够容纳极多的难民，现在那三洲的儒家书院弟子，都已经开始着手准备将来的迁徙一事。”

崔瀺略微停顿，继续道：“这只是一部分的真相，敌我双方，还有浩然天下内部，儒家自身，诸子百家当中的押注，可谓一团乱麻。这比你在书简湖拎起某人心路一条线的线头，难太多。人心各异，也就怨不得天道无常了。”

陈平安面无表情，下意识伸手去摘养剑葫喝酒，只是很快就停下了动作。

崔瀺步步登高，缓缓道：“不幸中的万幸，就是我们都还有时间。”

崔瀺说道：“崔东山在信上，应该没有告诉你这些吧，多半是想要等你这位先生，从北俱芦洲回来再提，一来可以免得你练剑分心，二来那时候，他这个弟子，哪怕是以崔东山的身份，在咱们东宝瓶洲也阔气了，才好跑来先生跟前，显摆一二。我甚至大致猜得出，那时候，他会跟你说一句，‘先生且放心，有弟子在，东宝瓶洲就在’，那是一种令他很心安的状态。崔东山如今能够心甘情愿做事，远远比我让他低头出山，效果更好，所以我也需要谢你。”

陈平安没有说话。

崔瀺瞥了眼陈平安别在发髻间的玉簪子，道：“陈平安，该怎么说你才好呢？聪明谨慎的时候，少年老成，可是犯傻的时候，也会灯下黑，对人对物都一样。朱敛为何要提醒你，山中鹧鸪声起？你若是真正心定，与你平时行事一般，定得像一尊佛，又何必害怕与一个朋友道声别？世间恩怨也好，情爱也罢，不看怎么说的，要看怎么做。

“再者，你就没有想过，老龙城一役，出手之人是飞升境杜懋，连她赠送给你的咫尺物玉牌都毁了，若是寻常的簪子，还能存在？”

崔瀺双手负后，仰起头，接着道：“见微知著。一直看着光明璀璨的太阳，心如花木，向阳而生，那么自己身后的阴影，要不要回头看一看？”

陈平安伸手摸了一下玉簪子，缩手后问道：“国师为何要与我说这些诚挚之言？”

崔瀺洒然笑道：“半个我，如今是你的弟子，我爷爷，还在你家住着，虽身为大骊国师，我也要公私兼顾。”

陈平安信，只是不全信。

崔瀺走上台阶顶部，转身望向远方。

陈平安摘下养剑葫，举了举，说了句“我喝点酒”，然后就坐在台阶上。

崔瀺问道：“你觉得谁会是大骊新帝？藩王宋长镜，放养在骊珠洞天的宋集薪，还是那位娘娘偏爱的皇子宋和？”

陈平安摇摇头。

崔瀺笑道：“宋长镜选了宋集薪，我选了自家弟子宋和，然后做了一笔折中的买卖：观湖书院以南的某地会建造一座陪都，宋集薪封王就藩于老龙城，同时遥掌陪都。这里头，那位在长春宫吃了好几年斋饭的娘娘，一句话都插不上嘴，是不敢说，怕死。现在应该还是觉得在做梦，不敢相信真有这种好事。其实先帝是希望弟弟宋长镜在监国之后，直接登基称帝，但是宋长镜没有答应，当着我的面，亲手烧了那份遗诏。”

陈平安喝着酒，抹了把嘴，道：“如此说来，皆大欢喜。”

崔瀺问道：“你当年离开红烛镇后，一路南下书简湖，觉得如何？”

陈平安说道：“死人很多。”

陈平安眼神晦暗不明，补充道：“很多！”

崔瀺轻轻抬脚，轻轻踩下，叹道：“世间的悲欢离合，自然无贵贱之分，甚至分量的轻重都差得不多，但位置，其实有高下之别。”

崔瀺问道：“知道我为何要选择大骊作为落脚点吗？还有为何齐静春要在大骊建造山崖书院吗？当时齐静春不是没得选，其实选择很多，都可以更好。”

陈平安说道：“我只知道不是跟传闻那般，说齐先生想要掣肘你这个欺师灭祖的师兄。至于真相，我就不清楚了。”

崔瀺微笑道：“齐静春这辈子最喜欢做的，就是吃力不讨好的事。怕我在东宝瓶洲折腾出来的动静太大，大到会牵连已经撇清关系的老秀才，所以他必须亲自看着我在做什么，才放心，他要对一洲苍生负责任。他觉得不管是谁，在做一件事的时候，如果一定要付出代价，只要用心再用心，代价就可以减少再减少。而改错和补救两事，就是读书人的担当，读书人不能只是空谈‘报国’二字。这一点，跟你在书简湖是一样的，喜欢揽担子，不然那个死局，死在何处？直截了当杀了顾璨，未来等你成了剑仙，那就是一桩不小的美谈。”

陈平安一言不发。

崔瀺笑道：“我与你说这些，是私事，便有私心。”

崔瀺又问道：“有没有想过，阿良与齐静春关系那么好，当年在大骊京城，为何不杀我，连大骊先帝都不杀，而只是坏了那座仿造白玉京，更留了先帝三年寿命？”

陈平安摇摇头，疑惑道："不知道。"

崔瀺微笑道："不妨依循某个臭牛鼻子的脉络学，多想一想你已经看在眼中的既定事实，推算一二，其实不难。"

陈平安缓缓道："大骊铁骑提前火速南下，远远快过预期，因为大骊皇帝也有私心，想要在生前，能够与大骊铁骑一起，看一眼东宝瓶洲的南海之滨。"

崔瀺伸手指向一处，道："再看一看倒悬山和剑气长城。"

陈平安皱眉道："那场决定剑气长城归属的大战，是靠着阿良力挽狂澜的。阴阳家陆氏的推衍，不看过程，只看结果，终究是出了大纰漏。"

崔瀺偏移手指，又指向另一处，问道："桐叶洲又如何？"

陈平安说道："看似气运庇护一洲，使得妖族谋划过早浮出水面，桐叶洲得以逃过一劫。假定妖族真的能够攻破长城，桐叶洲就不适合作为它们第一个攻打地，而是倾向于南婆娑洲和扶摇洲，尤其是后者。"

崔瀺指了指地面，又问道："我们东宝瓶洲，版图如何？"

陈平安喝了口酒，道："是浩然天下九洲当中最小的一个。"

崔瀺再问道："各洲版图有大小，各洲气运按版图分大小吗？"

陈平安摇头，当然不。

崔瀺指向地面的手指不断往南，问道："你即将去往北俱芦洲，那么东宝瓶洲和桐叶洲相距算不算远？"

陈平安攥紧养剑葫，说道："相较于其余各洲间距，可谓极近。"

崔瀺抬起手，指向身后，问道："先前北俱芦洲的剑修遮天蔽日，赶赴剑气长城驰援，是不是你亲眼所见？"

陈平安额头渗出汗水，艰难点头。

崔瀺笑了笑，道："先前怪不得你看不清这些所谓的天下大势，那么现在，这条线的线头之一，就出现了。我先问你，东海观道观的老观主，是不是一心想要与道祖比拼道法之高下？"

陈平安点头。

崔瀺又问："那你知不知道，为何世人喜欢笑称道士为臭牛鼻子老道？"

陈平安说道："因为传言道祖曾经骑青牛，云游各大天下。"

崔瀺轻声感慨道："这就是线头之一。那位老观主，本就是世间最悠久的存在之一，岁数之大，你无法想象。"

陈平安别好养剑葫，双手揉着脸颊，手心皆是汗水。

东海观道观老观主的真实身份，原来如此。

崔瀺笑道："你不妨想一想那个最坏的结果，带给桐叶洲最好结果的线头一端，那个无心撞破扶乩宗大妖谋划的少年,若是老道人的手笔,当如何?那少年自己当然是无心,可老道人却是有意。”

陈平安深呼吸一口气,闭上眼睛,以剑炉立桩定心意。

杂念絮乱,如雪花纷纷。

即便不管桐叶洲的存亡,那些认识的人,怎么办?

“劝你一句,别去画蛇添足,否则本来不会死的人,甚至有可能因祸得福的,让你一说,大半就变得该死必死了,信不信由你。先前说过,所幸我们还有时间。”

崔瀺显然对陈平安如何做,毫不介意,他只是淡然道:“我当年也曾游历天下,而我的根本学问,除了被老秀才看不起的事功学说之外,还在‘细微’二字。所以我在踏足东宝瓶洲之前,就已经坚信两件事,妖族攻破剑气长城,是必然之势!妖族一旦入侵浩然天下,攻打桐叶洲,是必然之事!只要打下了桐叶洲,小小东宝瓶洲算什么?顶尖剑修被抽调半数的北俱芦洲,又算什么?一个商贾横行的皑皑洲,面对强敌,又有几斤骨气可言?”

崔瀺大手一挥,道:“最少也是三洲之地,转瞬之间,尽在手中!一旦皑皑洲审时度势,选择不战而降,即便退一步说,皑皑洲选择中立,两不相帮,此消彼长,谁损失更大?如此一来,妖族占据了几洲实地和气运?这算不算站稳脚跟了?浩然天下总共才几个洲?然后妖族再对西北流霞洲,徐徐图之……当真是某些自诩聪明之人以为的那样,妖族只要一进来,只会被关门打狗,浩然天下反而有机会一鼓作气,趁势占据蛮荒天下?”

陈平安缓缓站起身道:“我明白了。”

不但明白了为何崔东山当初在山崖书院会问那个问题,而且明白了阿良当年为何没有对大骊王朝痛下杀手。

崔瀺放声大笑,环顾四周,道:“说我崔瀺野心勃勃,想要将一人学问推广一洲,当那一洲为一国的国师,这就算大野心了?”

崔瀺满脸讥笑,啧啧摇头,又道:“一拳打破一座山岳,一剑砍死千万人,厉害吗?爽快吗?大势之下,你陈平安大可以拭目以待,掰着手指头算一算,那桐叶洲的上五境修士,管你是善是恶,到最后还能留下几座山头,活下几个神仙!再看看如潮水涌入桐叶洲的妖族,讲不讲理。”

崔瀺嘴角翘起,笑道:“一切都是要还的。”

崔瀺伸出一只手掌,似刀往下迅猛一切,斩钉截铁道:“阿良当初在大骊京城,未曾为此向我多言一字。但是我当时就更加确定,阿良相信那个最糟糕的结果,一定会到来,就像当年齐静春一样。这与他们认不认可我崔瀺这个人,没有关系。所以我就要整座浩然天下的读书人,还有蛮荒天下那帮畜生好好看一看,我崔瀺是如何凭借一己之力，将一洲资源转化为一国之力，以老龙城作为支点，在整个东宝瓶洲的南方沿海，打造出一条铜墙铁壁的防御线！”

崔瀺一挥衣袖，风云变幻。

落魄山之巅，顿时云雾蒙蒙。

天地漆黑一片，伸手不见五指，与此同时，陈平安发现脚下，逐渐浮现出一块块山河版图，星星点点，依稀如市井万家灯火。

南婆娑洲，西南扶摇洲，东宝瓶洲，东南桐叶洲，抢走北字前缀的俱芦洲，位置正北的皑皑洲，西金甲洲，西北流霞洲。

最终才是被众星拱月的中土神洲。

天圆地方。

这不奇怪，因为浩然天下本就是“碎片”之一，道家坐镇的青冥天下，妖族占据的蛮荒天下，也都是。

陈平安欲言又止，终于还是没有问出那个问题，因为自己已经有了答案。

你崔瀺为何不将此事昭告天下？

说了没人听，听了未必信。而且一旦道破，妖族自然随之会有应对之策。

崔瀺岔开话题，微笑道：“曾经有一个古老的谶语，流传得不广，相信的人估计已经所剩无几了。我年少时无意间翻书，凑巧翻到那句话的时候，觉得自己真是欠了那人一杯酒。那句谶语是‘术家得天下’。不是阴阳家支脉术士的那个术家，而是诸子百家当中垫底的术算之学，比低贱的商家还要被人看不起的那个术家，其宗旨学问被人讥笑为商家账房先生……的那只算盘而已。

“我们三教和诸子百家的那么多学问，你知道缺陷在哪里吗？在于无法计量，不讲脉络，更倾向于问心，喜欢往虚高处求大道，不愿精确丈量脚下的道路，故而当后人奉行学问，开始行走，就会出问题。而圣人们，又不擅长也不愿意细细说去，道祖留下五千言，就已经觉得很多了，佛祖干脆不立文字，我们那位至圣先师的根本学问，也一样是七十二学生帮着汇总教诲，编撰成经。”

崔瀺转头望向目眩神摇的陈平安，问道：“你在书简湖吃了那么多苦头，为何？你知道的道理少，见过的人事少？老秀才的顺序学说差？我看未必吧。”

陈平安不愿多说此事，反而问道：“为何要对我泄露天机？”

崔瀺微笑道：“书简湖棋局开始之前，我就与自己有个约定，只要你赢了，我就跟你说这些，算是与你和齐静春一起做个了断。”

陈平安问道：“赢了？你是在说笑话吗？”

崔瀺点头道：“就是个笑话。”

崔瀺一振衣袖，山河版图瞬间消失散尽，冷笑道：“你，齐静春，阿良，老秀才，还有陈清都，陈淳安，你们做的事情，在那么多沾沾自喜的聪明人眼中，难道不都是一个个笑话吗？”

崔瀺转过头，望向这个身着青衫、发插玉簪、腰挂养剑葫的年轻人，剑客？游侠？读书人？

崔瀺伸出手指，指了指自己的脑袋，说道：“书简湖棋局已经结束，但人生不是什么棋局，无法局局新，好的坏的，其实都还在你这里。按照你当下的心境脉络，再这么走下去，成就未必就低了，可你注定会让一些人失望，但也会让某些人高兴，而失望和高兴的双方，同样无关善恶。不过我确定，你一定不愿意知道那个答案，也不想知道双方各自是谁。”

陈平安看着这位大骊国师。确实与少年崔东山很相似，但的的确确已经是两个人了。

崔瀺笑道：“连你陈平安都像是个道德圣人了，这世道真是妙。说实话，我倒是有些后悔自己当初的选择了，天下兴亡，关我屁事。”

崔瀺似乎有感而发，终于说了两句无关大局的自家言语。

“豪门府邸，百尺高楼，撑得起一轮月色；市井坊间，挑水归家，也带得回两盏明月。”

“自古饮者最难醉。”

陈平安重新坐在台阶上，摘下养剑葫，却几次抬手，都没有喝酒。

崔瀺说道：“在你心中，齐静春作为读书人，阿良作为剑客，好似日月在天，给你指路，可以帮着你昼夜赶路。现在我告诉了你这些，齐静春的下场如何，你已经知道了，阿良的出剑，畅快不畅快，你也清楚了，那么问题来了，陈平安，你真的想好以后该怎么走了吗？”

陈平安沉默不语。崔瀺便走了。

因为答案如何，崔瀺其实并不感兴趣。

陈平安后仰躺下，将养剑葫放在身边，闭上眼睛。

没来由想起刻在倒悬山黄粱酒馆墙壁上的那句话，字迹歪扭，蚯蚓爬爬。

是阿良写给齐先生的。

江湖没什么好的，也就酒还行。

陈平安猛然间睁开眼睛，站起身，心中默念。

一条金色长线从落魄山竹楼处掠出，来到山巅，被陈平安握在手心，剑尖向下，轻轻挑起养剑葫，最终伸臂持剑向前，微笑道：“有酒就行，够够的了。”

陈平安持剑下山，连连喝酒，是真醉了，身形踉跄，路过朱敛他们宅子的时候，刚好看到了正在月色下练拳的岑鸳机。

她发现他一身酒气后，眼神畏缩，停下了拳桩，断了拳意。

陈平安一笑而过，摇摇晃晃走远之后，脚步不停，在山林小路，转头道："岑鸳机，你的拳，真不行。"

岑鸳机闭上一只眼睛，伸出手指，似乎想要说话。

砰然一声。

陈平安应声倒地。

岑鸳机心中哀叹一声，装什么高手说什么大话啊。

只见那位年轻山主，连忙捡起剑仙和养剑葫，脚步快了许多。

瞧瞧，先前分明是装醉来着。

岑鸳机转头看了眼朱老神仙的宅子，愤愤不平，摊上这么个没轻没重的山主，真是误上贼船了。

在崖畔那边，陈平安趴在石桌上，滚烫的脸颊贴着微凉的桌面，就那么遥望远方。

眨了眨眼睛，晃了晃脑袋，总觉得自己是不是眼花了。

在龙泉郡，还有人胆敢这么急哄哄御风远游？

极远处，一抹白虹挂空，声势惊人，想必已经惊动很多山头修士了。

陈平安闭上眼睛，不去管了。在落魄山还怕什么？就这么昏睡过去。

这一晚，有一位眉心有痣的白衣少年，鬼迷心窍地就为了见先生一面，神通和法宝尽出，匆匆北归，更注定要匆匆南行。

他将已经酣睡的青衫先生，轻轻背起，脚步轻轻，走向竹楼，喃喃低语喊了一声："先生。"

落魄山作为骊珠洞天最为高耸的几座山头之一，本就是赏月的绝佳地点。

一身白衣的崔东山轻轻关上一楼竹门，当俊美皮囊的神仙少年站定，真是归来月色和云白。

崔东山蹑手蹑脚来到二楼，老人崔诚已经走到廊道，月色如水洗栏杆。崔东山喊了声"爷爷"，老人笑着点头。

老人负手而立，崔东山趴在栏杆上，两只大袖子挂在栏外。

崔诚不愿与崔瀺多聊什么，倒是对这个魂魄对半分出来的"崔东山"，兴许是觉得更加符合自己早年记忆的缘故，所以更亲近些。

崔诚问道："怎么跑回来了？"

崔东山轻声道："在外面逛荡来晃荡去，总觉得没啥劲。到了观湖书院地界，想起要跟那些教书匠碰面，鸡同鸭讲，心烦，就偷跑回来了。"

崔诚笑道："既然做着无愧本心的大事，就要有恒心，不能总想着有趣无趣。"

崔东山用下巴当抹布，来回擦拭着栏杆，道："知道啦。"

崔诚问道:“今夜就走?”

崔东山点点头,道:“正事还是要做的,老王八蛋喜欢较真,这会儿我既然自己选择向他低头,就愿赌服输,自然不会耽搁他的千秋大业,一定勤勤恳恳、老老实实,就当小时候与家塾夫子交课业了。”

崔诚没有多说什么,老人不觉得自己有资格对他们指手画脚。当年他就是迂腐教训得多,死板道理灌输得多,又喜欢摆架子,小崽子才负气离家,远游他乡,一口气离开了东宝瓶洲,去了中土神洲,认了个穷酸老秀才当先生。这些都在老人的意料之外。当初每次崔瀺寄信回家,索要银钱,老人是既恼火,又心疼,堂堂崔氏嫡孙,陋巷求学,能学到多大多好的学问?这也就罢了,既然与家族服软,开口讨要,每个月就要这么点银子,还好意思开口?能买几本圣贤书?就算一年不吃不喝,凑得齐一套稍稍像样的文房清供吗?当然了,老人是很久以后,才知道那个老秀才的学问,高到了如日中天的地步。

崔诚说道:“方才崔瀺找过陈平安了,应该兜底了。”

崔东山“嗯”了一声,并不觉得奇怪。崔瀺将他看得透彻,其实他看待崔瀺,一样相差无几,到底曾经是一个人。

崔东山转过头,问道:“不然我晚一些再走?”

崔诚笑道:“你晚走早走,我拦得住?除了小时候被我关在阁楼念书逃不了之外,你哪次听过爷爷的话?”

崔东山说道:“这次就听爷爷的。”

崔诚道:“行吧,回头他要念叨,你就把事情往我身上推。”

崔东山笑逐颜开,娴熟地爬上栏杆,翻身飘落在一楼地面,大摇大摆走向朱敛那边的几栋宅子。

他先去了裴钱的院子,发出一串怪声,翻白眼吐舌头,张牙舞爪,把迷迷糊糊醒过来的裴钱吓得一激灵,以迅雷不及掩耳之势拿出黄纸符箓,贴在额头,然后鞋也不穿,手持行山杖就狂奔向窗台那边,闭着眼睛就是一套疯魔剑法,嘴里瞎嚷嚷:“快走快走!饶你不死!”

崔东山怒喝道:“敲坏了我家先生的窗户,你赔钱啊!”

裴钱愣在当场,伸出双指,轻轻按了按额头符箓,防止坠落,心里想着,万一是妖魔鬼怪故意变幻成崔东山的模样,绝对不能掉以轻心。

她试探性问道:“我是谁?”

崔东山笑眯眯道:“大师姐呗。”

裴钱如释重负,看来是真的崔东山,于是屁颠屁颠跑到窗台边上,踮起脚跟,一边张望一边好奇问道:“你咋又来了?”

崔东山反问道："你管我？"

裴钱摘下符箓放在袖中，跑去开门，却没看见崔东山，转了一圈还是没找着，结果一个抬头，就看到一个白衣服的家伙倒挂在屋檐下。裴钱被吓得一屁股坐在地上，眼眶里已经有些泪莹莹了，刚要开始放声哭嚎，崔东山就像那大雪天挂在屋檐下的一根冰锥子化了，以一个倒栽葱姿势从屋檐滑落，脑袋撞地，咚一声，然后直挺挺摔在地上。看到这一幕，裴钱破涕为笑，满腔委屈一下子烟消云散。

崔东山爬起身，抖着雪白袖子，随口问道："那个不开眼的贱婢呢？"

裴钱小心翼翼道："石柔姐姐如今在压岁铺子那边忙生意哩，帮着我一起挣钱，没有功劳也有苦劳，你可不许再欺负她了，不然我就告诉师父。"

崔东山嗤笑道："告状？你师父是我先生，明摆着跟我更亲近些，我认识先生那会儿，你还不知道在哪里玩泥巴呢。"

裴钱可不愿在这件事上矮他一头，想了想，反问道："师父这次去梳水国那边游历江湖，又给我带了一大堆的礼物，数都数不清，你有吗？就算有，能有我多吗？"

崔东山笑道："你跟江湖人称多宝大爷的我比家当？"

裴钱认真道："自己的不算，我们只比各自师父和先生送的。"

崔东山双手摊开，笑道："输给大师姐不丢人。"

裴钱点头道："识时务者为俊杰。"

崔东山伸出手指，戳了戳裴钱眉心，道："你就可劲儿瞎引文，气死一个个古人圣贤吧。"

裴钱一巴掌拍掉崔东山的狗爪子，壮着肚子小声道："放肆。"

崔东山给逗乐了，这么好一词汇，给小黑炭用得这么不豪气。

崔东山开始往院子外边走，嘴里嚷道："走，找猪头玩去。"

裴钱已经不犯困了，乐呵呵地跟在崔东山身后，与他说了自己跟宝瓶姐姐一起捅马蜂窝的壮举。

崔东山问道："你自己淘气也就罢了，还连累小宝瓶一起遭殃，先生就没揍你？"

裴钱白眼道："尽说傻话。"

崔东山哀叹一声，道："我家先生，真是把你当自己闺女养了。"

裴钱乐开了怀，"大白鹅"就是比老厨子会说话。

"大白鹅"，是裴钱私底下给崔东山取的绰号，这件事，她只跟最"守口如瓶"的宝瓶姐姐说过。

路过一栋宅子，墙内有走桩出拳的闷闷振衣声响。

崔东山蹈虚凌空，步步登高，站在墙头外边往宅子里瞅，瞧见一个身材苗条的貌美少女，正在练习自家先生最拿手的六步走桩。裴钱将那根行山杖斜靠墙壁，后退几步，一个高高跃起，踩在行山杖上，双手抓住墙头，双臂微微使劲，成功探出脑袋，正好听见崔东山嘀咕道："这拳打得真是辣我眼睛。"

裴钱压低嗓音说道："岑鸳机这人心不坏，就是傻了点。"

崔东山点头道："看得出来。"

岑鸳机终究是朱敛相中的练武坯子，一个有望跻身金身境武夫的女子，也就是在落魄山这种鬼怪神仙乱出没的地方，才半点不显眼，如果随便丢到梳水国、彩衣国，一旦让她爬到七境，那就是名副其实的大宗师，走那水浅的江湖，就是山林蟒蹚池塘，水花炸裂。

岑鸳机刚刚练拳，练拳之时，能够将心神全部沉浸其中，已经殊为不易，所以直到略作休憩，停了拳桩，才听闻墙头那边的窃窃私语。她瞬间侧身，脚步后撤，双手拉开一个拳架，抬头怒喝道："谁？"

当她看到那个俊美"少年郎"的脑袋后，皱了皱眉头，怎么冒出这么个仿佛谪仙人的陌生人，又看到裴钱正在一旁咧嘴笑，岑鸳机这才松了口气。

崔东山双肘搁放在墙头上，问道："你是猪头……哦不，是朱敛挑选上山的落魄山记名弟子？"

岑鸳机没有答话，望向裴钱。

裴钱笑嘻嘻介绍道："他啊，叫崔东山，是我师父的学生，我跟他俩辈分一样的。"

岑鸳机开始犯嘀咕。

那个年轻山主的学生？

眼前这个瞅着十分灵秀的漂亮少年，是不是傻啊？找谁不好，非要找那个不学无术的家伙当先生？那家伙一年到头就知道在外边瞎逛，当甩手掌柜，偶尔回到山头，不是胡乱应酬，就是大晚上喝酒卖疯，你能从他身上学到什么？那家伙也真是猪油蒙了心，竟然敢给人当先生，就这么缺钱？

岑鸳机心中叹息，于是望向那个白衣俊美少年的眼神，就有些怜悯。

崔东山轻声道："是真傻，不是装的。"

裴钱"嗯"了一声，道："我没骗你吧。"

大小两颗脑袋，几乎同时从墙头那边消失，极有默契。

岑鸳机听不真切他们说啥，也懒得计较，反正落魄山上，怪人怪事挺多。

崔东山没去找朱敛，带着裴钱去到了落魄山之巅后，一跺脚，怒斥道："还不滚出来。"

落魄山的山神宋煜章赶紧现出真身，在祠庙外的台阶底下，作揖到底，面对这位他当年就已经知晓真实身份的"少年"，却没有多言。

崔东山脸色阴沉，浑身煞气，大步向宋煜章奔去。

崔东山又要开始作妖了？裴钱见势不妙，赶紧跟上崔东山，小声劝说道："好好说话，远亲不如近邻，到时候难做人的，还是师父啊。"

崔东山叹了口气，站在那位神色自若的落魄山山神之前，问道："当官当死了，好不容易当了个山神，也还是不开窍？"

宋煜章虽然敬畏这位"国师崔瀺"，但是对于自己的为人处世，问心无愧，故而绝对不会有半点怯懦，缓缓道："会做官做人的，别说我大骊不缺，从已经覆灭的卢氏王朝，到苟延残喘的大隋高氏，再到黄庭国这类见风使舵的藩属小国，何曾少了？"

崔东山问道："那我问你，当官也好，做山神也罢，你被大骊宋氏放在这些位置上，你到底是追求道德的自我圆满，还是在一心为国为民？"

宋煜章问道："国师大人，难道就不许微臣两者兼具？"

崔东山挥挥袖子，不耐烦道："懒得跟你废话。"

宋煜章作揖拜别，一丝不苟，金身返回那尊泥塑神像，并且主动"关门"，暂时放弃对落魄山的巡视。

崔东山带着裴钱在山巅随便散步，裴钱好奇地问道："干吗生气？"

"哪有生气，我从不为蠢人生气，只愁自己不够聪明。"崔东山摇摇头，双手摊开，比划了一下，"每个人都有自己的活法，学问，道理，老话，经验，等等等等，加在一起，就是给自己搭建了一座房子。有些小的房子，就像泥瓶巷、杏花巷那些小宅子；有些大的房子，像桃叶巷、福禄街那边的府邸，或像如今各大山头的仙家洞府，甚至那人间皇宫，中土神洲的白帝城，青冥天下的白玉京。大小之外，也有稳固之分。大而不稳，就是空中楼阁，经不起风吹雨摇，苦难一来，就大厦倾塌，反而不如小而坚固的宅子。在此之外，又要看门户的多寡。多，并且时常打开，就可以快速接受外边的风景；少，且常年关门，就意味着一个人会很犟，容易钻牛角尖，活得很自我。"

裴钱点点头，道："我就喜欢看大大小小的房子，所以你这些话，我听得懂。那个不怕你的山神老爷，明显就是心扉紧闭的家伙，一根筋，认死理呗。"

崔东山转过头，瞥了眼裴钱的双眸，笑道："可以啊，贼机灵。"

裴钱双臂环胸，捧着那根行山杖，洋洋得意道："那可不，我都是快要去学塾读书的人啦。"

崔东山笑道："那我可要提醒你一句，一栋宅子地方有限，装了这个就装不下那个的。很多读书人为什么读傻了？就是因为一种脉络上的书读得太多，每多读一本，就多遮住窗户、大门一分，所以越到最后，越看不清这个世界。眨眼工夫，白发苍苍了，还在那儿挠头发蒙，为啥老子读书那么多，还是活得猪狗不如，到最后只能安慰自己一句，世风日下，非我之过。"

裴钱看了看四周，没有人，这才小声道："我去学塾，就是好让师父出远门的时候放心些，又不是真去念书。念个屁的书，脑壳疼哩。”

崔东山眨了眨眼睛，然后哈哈大笑，一边飞奔下山，一边嚷道：“告状去喽。”

裴钱一愣，然后泫然欲泣，开始拼了命撒腿狂奔，追赶那只“大白鹅”。

崔东山突然停下身形，站在一处台阶下，转头望去，结果看到一个黑炭丫头，为了追上自己，顾不得会不会摔伤，在山巅一脚蹬地，高高跃起，如鹰隼跃涧而飞，像极了当年泥瓶巷的那个草鞋少年。

崔东山微笑道：“先生，学生，弟子。原来我们三个都一样，都那么怕长大，又不得不长大。”

骤然间，有人一巴掌拍在崔东山后脑勺上，那个不速之客气笑道：“又欺负裴钱。”

话音未落，刚刚从落魄山竹楼那边迅猛赶来的一袭青衫，脚尖一点，身形掠去，一把抱住了裴钱，将她放在地上。

崔东山笑着弯腰作揖道：“学生错了。”

裴钱抹了把满脸的汗水，眼珠子一转，开始帮着崔东山说话，道：“师父，我和他闹着玩呢，我们其实什么话都没有说。”

崔东山点头如小鸡啄米，连声赞同道：“对对对。”

陈平安笑道：“你们自己相信吗？”

裴钱和崔东山异口同声道：“信！”

陈平安没有刨根问底，反正都是瞎胡闹。

三人一起下山。

先生学生，师父弟子。

青衫白衣小黑炭。

三人来到石崖畔，各自落座，与陈平安相对的那个座位，崔东山和裴钱都不乐意去坐，因为离着先生或是师父远了些。

侯门月色少于灯，山野清辉尤可人。

三人一起眺望远方。辈分最高的，反而是视野所及最近之人，哪怕借着月光，陈平安依旧看不太远。裴钱却看得到红烛镇那边的依稀亮光，还有棋墩山那边的淡淡绿意，那是当年魏檗所栽的那片青神山奋勇竹遗留惠泽于山间的山水雾霭。崔东山作为元婴地仙，自然看得更远，绣花、冲澹和玉液三江的大致轮廓，弯曲扭转，尽收眼底。

裴钱从兜里掏出一把瓜子，放在石桌上，独乐乐不如众乐乐，只不过放的位置有些讲究，离着师父和自己稍稍近些。

崔东山听到瓜子落地的细微声响，回过神，记起一事，手腕拧转，拎出四只大小不一的袋子，轻轻放在地上。袋子表面荧光流转，色泽各异，轻松覆住月光的留影。

崔东山笑道：“先生，这就是未来东宝瓶洲四岳的五色土壤了，是从各大山头的祖脉山根挖来的，除了北岳披云山，已经齐全了。别看袋子不大，分量极沉，最小的一袋，都有四十多斤。”

陈平安笑道：“辛苦了。”

崔东山笑呵呵道：“辛苦什么，若不是有这点盼头，此次出山，能活活闷死学生。”

裴钱抬起屁股，伸长脖子，好奇地问道：“我能打开瞅瞅不？”

崔东山大手一挥：“看吧看吧，羞愧死你这个赔钱货。看看我这学生是如何为先生分忧的，再看看你自己，身为先生的开山大弟子，成天吊儿郎当，在骑龙巷那边每月挣了十几两银子就满足了？每月没个二三十两银子的净利，你好意思跟人邀功？能够一年挣个三百两银子，在龙泉郡城那边买栋像样的小宅子，那还差不多。”

裴钱双臂环胸，气道：“看个屁，不看了。”

崔东山笑嘻嘻道：“那我求你看，看不看？”

裴钱伸出大拇指，转怒为喜道：“大气！”

裴钱不给崔东山反悔的机会，起身后一溜烟绕过陈平安，去打开一袋袋传说中的五色土壤，蹲在那边瞪大眼睛，脸庞被映照得光彩熠熠，嘴里啧啧称奇。师父曾经说某本神仙书上记载着一种观音土，饿了可以当饭吃，不晓得这些五颜六色的泥巴，吃不吃得？

崔东山踹了裴钱的屁股一脚，骂道：“小姑娘眼皮子这么浅，小心以后行走江湖，随便遇上个嘴巴抹蜜的读书人，就给人拐骗了去。”

裴钱伸手拍了拍屁股，头都没转，道：“不把骗子打得脑壳开花，就是我侠义心肠嘞。”

崔东山开始说正事，望向陈平安，缓缓道：“先生这趟去北俱芦洲，连魏檗那份土壤，都一起带上，可以在北俱芦洲那边等着消息，约莫等到一年半到两年以后，大骊宋氏正式敕封其余四岳，就是先生炼化此物的最佳时机，不能早，可以晚。其实如果不谈忌讳，在未来中岳之地炼化五色土，应该得利最丰，更容易招来异象和馈赠，只不过咱们还是给大骊宋氏留点颜面好了，宋和那小子刚刚登基，就成了东宝瓶洲开拓疆土最多的千古一帝，容易脑子发热，下边的人一撺掇，即便是老王八蛋压得住，对落魄山而言，以后也是隐患，毕竟老王八蛋到时候忙得很。世事如此，做事情的人，总是做多错多不讨好，真到了一统东宝瓶洲的光景，老王八蛋就要面对很多来自中土神洲的掣肘，不会是小麻烦，反而宋和这些什么都不做的享清福，人只要闲了，易生怨怼。”

“五色土炼化一事，我心里有数。”陈平安点头之后，忧心道，“等到大骊铁骑一鼓作气得到了东宝瓶洲，一众功勋，得到封赏后，难免人心懈怠，短时间内又不好与他们泄露天机，那会儿，才是最考验你和崔瀺治国驭人之术的时候。”

崔东山笑道：“到时候注定烦心事很多，但是不会出大乱子。一栋新宅子，地基牢固，架子搭好，只要那些栋梁不出岔，房子就不怕风吹雨打，窗户纸破了，屋顶瓦片碎了，都是缝缝补补的小事。等到新宅子变成了老宅子，户枢腐朽，廊柱干裂，屋内多白蚁蛇鼠，那会儿，就不是我和老王八蛋会操心的事情了。”

陈平安点点头，不再多说什么，事功一途，本就讲究细微功夫，别忘了眼前这个家伙，正是这门学问的老祖宗。

崔东山转头瞥了眼那座竹楼，收回视线后，问道：“如今山头多了，落魄山不用多说，已经好到无法再好。其余像灰蒙山、鳌鱼背、拜剑台等等，各处埋土的压胜之物，先生可曾挑选好了？”

陈平安苦笑道：“巧妇难为无米之炊，有些想法，但是没合适的物件。”

原本用来打造落魄山护山大阵的谷雨钱，如今都已经寅吃卯粮，所以这趟去往北俱芦洲，除了练剑之外，真要尝试一下，去当个名副其实的野修，上山访仙府遗址，下水寻龙宫秘境，看能否挣到一些意外之财，添补家用。

崔东山正要说话。

陈平安已经摆手道：“两回事，一户人家的亲兄弟，尚且需要明算账。”

崔东山有些悻悻然，只要他愿意，学自家先生当那善财童子的能耐，恐怕浩然天下也就只有皑皑洲姓刘的人，可以与他一拼。

陈平安随口问道：“魏羡一路跟随，现在境界如何了？”

崔东山摇头道：“魏羡离开藕花福地之后，志不在武学登顶。如今我手边的可用之才，屈指可数，既然魏羡自己有那份野心，我就顺势推他一把，等到此次返回观湖书院，我很快就会把魏羡丢到大骊行伍之中，至于是选择依附苏高山还是曹枰，再看看，不是特别急。大骊南下，像朱荧王朝这种死仗不会多了，硬仗却不少，魏羡赶得上，尤其是南边许多作威作福惯了的山上仙家，那些个千年府邸，骨头更加硬，魏羡脱颖而出的机会，就来了。先生，将来落魄山即便成了山上洞府，仙气再足，可是与人间王朝的关系，山上山下，总归还是需要一两座桥梁，魏羡在庙堂，卢白象混江湖，朱敛留在先生身边，各司其职，目前看来，是最好的了。”

陈平安“嗯”了一声。

裴钱问道：“那隋姐姐呢？”

崔东山没有回答裴钱的问题，正色道：“先生，不要着急。”

陈平安点头道：“你先前信上那句‘撼大摧坚，徐徐图之’，其实可以适用很多事情。”

桐叶洲，倒悬山和剑气长城。

陈平安本来打算游历完北俱芦洲，就要直奔倒悬山，现在看来，去了剑气长城后，先不返回老龙城，还要再走一趟桐叶洲才行。

崔东山犹豫了一下，伸出一只手掌，道：“我和老王八蛋都认为，最少还有这么长时间，可以让我们潜心经营。”

五十年。

陈平安转头看了眼西边，视野被竹楼和落魄山阻挡，故而看不到那座拥有斩龙台石崖的龙脊山。

圣人阮邛和真武山、风雪庙，外加大骊四方，在龙脊山“开山”一事，这些年做得一直极其隐蔽。龙脊山也是西边群山之中戒备最森严的一座，魏檗与陈平安关系再好，也从不会提及龙脊山一字半句。

崔东山抬头看了眼天色，然后干脆双手抱住后脑勺，身体后仰，怔怔出神。

陈平安和裴钱嗑着瓜子，裴钱问道：“师父，要我帮你剥壳不？到时候我递给你一大把瓜子仁，哗啦一下倒入嘴里，一口吃掉。”

陈平安笑道：“不用。”

崔东山大煞风景道：“先生是不愿意吃你的口水。”

裴钱像只小老鼠，轻轻嗑着瓜子，瞧着动作不快，面前的桌上却已经堆了小山似的瓜子壳，她问道：“你晓得有个说法，叫‘龙象之力’不？知道的话，那你亲眼见过蛟龙和大象吗？书上说，水中力最大者蛟龙，陆地力最大者为象。大象，就是两根长牙弯弯的大象。小白的名字里边，就有这么个字。”

弯弯绕绕，陈平安都不明白这个家伙到底想要说什么。

结果崔东山嗤笑道：“想要说我狗嘴里吐不出象牙，就直说，绕什么弯子。”

裴钱摇晃肩膀，得意扬扬道：“我可没这么讲，你自己知道就好。”

陈平安笑了笑。

崔东山朝裴钱做了个丢掷一把瓜子的动作，裴钱纹丝不动，扯了扯嘴角，不屑道：“你幼稚不幼稚？”

陈平安轻轻屈指一弹，一粒瓜子轻轻弹中裴钱额头，裴钱咧嘴道：“师父，真准，我想躲都躲不开哩。”

崔东山大开眼界，悻悻道：“这落魄山以后改名马屁山得了，就让你这个先生的开山大弟子坐镇。灰蒙山文气重，可以让小宝瓶和陈如初她们去待着，就叫道理山好了。鳌鱼背那边武运多些，回头让朱敛坐镇，称为‘打脸山’，山上弟子，人人是纯粹武夫，行走江湖，一个比一个专横跋扈，在那座山头上，没个金身境，都不好意思出门跟人打招呼。拜剑台那边适宜剑修修行，到时候正好跟鳌鱼背争一争‘打脸山’的名号，不然就只能捞到个‘哑巴山’的称呼，因为拜剑台的剑修游历，道理应该是只在剑鞘中的。”

“我才不是只会游手好闲的马屁精！”裴钱怒道，“我要去拜剑台！我一定会在那里练出绝世剑法！明儿我就去占地盘，师父除外，谁都不许跟我抢！不然我就……”

看着裴钱那双猛然光彩四射的眼眸，陈平安依旧悠然嗑着瓜子，随口打断裴钱的豪言壮语，说道："记得先去学塾念书。下次如果我返回落魄山，听说你念书很不用心，看我怎么收拾你。"

裴钱一身气势骤然消失，"哦"了一声，心中懊恼不已。得嘞，看来自己以后还得跟那些夫子先生们拉拢好关系才行，千万不能让他们将来在师父跟前说自己的坏话，最少最少也该让他们说一句"读书还算勤勉"的评语。可如果自己念书明明很用功，夫子们还要碎嘴冤枉人，那就怪不得她裴钱不讲江湖道义了，看她不把他们揍成个朱敛！师父可是说过的，行走江湖，生死自负！

陈平安望向崔东山，问道："是不是要走了？"

崔东山点点头，苦着脸道："披星戴月，昼夜兼行，再加上一想到先生北游，弟子南去，真是心肝拧成一团了。"

陈平安笑道："那你们俩等我一下，我去拿两样东西，做完了事情，你再远游。"

陈平安起身去往竹楼一楼。

崔东山望向裴钱，裴钱摇摇头，道："我也不晓得。"

陈平安拿出来一只小锦袋和一颗梅核，将两者放在桌上，打开袋子，露出里面外形圆薄如钱币的青翠种子，微笑道："这是一个要好的朋友从桐叶洲扶乩宗喊天街买来的榆树种子，一直没机会种在落魄山，说是只要种在水土好而且向阳的地方，三年五载，就有可能生长开来。"

崔东山拈出其中一颗榆树种子，点头道："好东西，不是寻常的仙家榆树种子，是中土神洲那棵世间榆木老祖宗出产。先生，如果我没有猜错，这可不是扶乩宗能够买到的稀罕物件，多半是那个朋友怕先生不愿收下，胡乱瞎编了个由头。相较于一般的榆树种子，这些种子诞生出榆钱精魅的可能性要大很多，这一袋子，就算是最坏的运气，怎么也该冒出三两只金黄精魅。即使是没有生出精魅的榆树，成活后，也可以帮着聚敛、稳固山水气运。总之，与先生当年捕获的那尾金色过山鲫一般，皆是宗字头仙家的心头好之一。"

这确实是陆抬会做的事情。

陈平安有些无奈，安慰自己既得之则安之。

陈平安又指了指那颗梅核，裴钱抢先说道："我知道我知道，这是紫阳府那个叫吴懿的瘦竹竿，让紫阳府木偶人府主转赠师父的。后来我担心那瘦竹竿不厚道，故意拿次货糊弄师父，我就偷偷拿着它，找魏檗帮着鉴定过，说是一年后，就可以成长一株千岁高龄的杨梅树，至少也该有竹楼一半这么高哩，又叫'节气梅'，每一个二十四节气的当天，都会有茫茫多的灵气流溢出来，最适合修行之人在树底下炼气啦。魏檗还说，这颗梅核对于有了稳定山头的谱牒仙师来说，其实是当初紫阳府四件礼物当中，最珍贵的。"

陈平安笑道："那我们今夜就把它们都种下去。"

崔东山斜了裴钱一眼，道：“你先挑。”

裴钱乐呵呵道：“梅核再好，也只有一颗，我当然挑选榆钱种子，对吧？”

说完裴钱偷偷望向师父，见师父轻轻点头后，这才转头对崔东山斩钉截铁道：“这么珍贵的梅核，就让给你好了！不过事先说好，以后长成了大杨梅树，还是师父的，我要带着宝瓶姐姐一起去爬树玩，你可不能拦着我。”

崔东山叹了口气。

真是满身的机灵劲儿，话里都是话。

也亏得是自家先生，才能一物降一物，刚好降服得住这块黑炭，换成别人，朱敛不行，甚至他爷爷都不行，更别提魏檗这些落魄山的外人了。

落魄山作为骊珠洞天的南大门，气势巍峨，高耸入云。

落魄山其实很大，以至于它的北边，陈平安还没怎么逛过，多是在南边竹楼逗留。

在南边的向阳面，竹楼以下，郑大风坐镇的山门以上，崔东山挑选了两块邻近的风水宝地，分别种下那袋榆树种子和梅核。

大功告成后，裴钱以锄头拄地，没少出力气的小黑炭满头汗水，满脸笑容。

崔东山依旧一袭白衣，纤尘不染。若说男子皮囊之俊美，恐怕只有魏檗和陆抬，当然还有那个中土大端王朝的曹慈，才能够与崔东山媲美。

陈平安轻声道：“十年树木百年树人，我们共勉。”

崔东山再次拿出“繁文缛节”，作揖郑重道：“学生拜别。先生远游，游必有方。”

陈平安在崔东山直起腰后，从袖子里拿出早就准备好的一支竹简，笑道：“好像从来没送过你东西，别嫌弃，竹简只是寻常山野青竹的材质，一文不值。虽然我从来不觉得自己有资格当你的先生，关于那个问题，在书简湖三年，我也经常会去想，但还是很难有答案。可是不管如何，既然你都这么喊了，喊了这么多年，那我就摆摆先生的架子，将这枚竹简送你，作为小小的临别礼。”

崔东山接过那枚已经泛黄的竹简细看，正反皆有刻字。

正面刻字“闻道有先后，圣人无常师”，已经有些年月。

反面刻字“青出于蓝而胜于蓝”，多半是刚才陈平安去竹楼取物的时候，临时点灯，取出刻刀，新刻上去的，虽事出匆忙，字迹依旧一丝不苟，规规矩矩。

裴钱咳嗽两声，润了润嗓子，郑重其事道：“崔东山，我身为大师姐，必须提醒你一句了，你可别不当回事啊，师父其实最在乎这些竹简了！”

崔东山把竹简缓缓收入袖中，道：“先生期许，殷殷切切，学生铭记在心。学生也有一物相赠。”

崔东山抖了抖雪白大袖，取出一把古色古香的竹折扇，素雅玉洁，双手奉上，道：“此物曾是与我对弈而输飞剑‘金秋’之人的心爱珍宝，数折聚春风，一捻生秋意，扇面素白无文字，最最适合先生远游时节，在异乡夏日祛暑。”

陈平安接过那把入手轻如鹅毛的玉竹折扇，打趣道：“送出手的礼物这么重，你是鳌鱼背的？”

裴钱刚刚有些窃喜，觉着这次送礼回礼，自己师父做了笔划算买卖，现在一琢磨，先前崔东山说那鳌鱼背是“打脸山”，然后当下便有些埋怨崔东山。

崔东山哈哈大笑，朗声道：“走了走了。”

不知为何，崔东山面朝裴钱，伸出食指竖在嘴边。

裴钱眨了眨眼睛，装傻。

崔东山就直愣愣看着她。

裴钱这才一跺脚，恨声道：“好吧，不说。咱俩扯平了！”

崔东山一拧身，身姿翻摇，大袖晃荡，整个人倒掠而去，瞬间化作一抹白虹，就此离开了落魄山。

陈平安带着裴钱登山，从她手中拿过锄头。

裴钱憋了半天，小声问道：“师父，你咋不问问看，‘大白鹅’不想我说什么？师父你问了，当弟子的，就只能开口啊，这样的话，师父你既知道了答案，我也不算反悔，多好。”

陈平安揉了揉裴钱的脑袋，笑着不说话。

裴钱蹦蹦跳跳跟在陈平安身边，一起拾阶而上，转头望去，已经没了那只“大白鹅”的身影。

先前“大白鹅”亲手种下那颗梅核后，裴钱亲眼看到在他心中那座蛟龙摇曳的深潭水畔，除了那些金色的文字书籍，多出了一株小小的杨梅树。

陈平安突然问道：“你那么欺负小镇街巷的白鹅，跟被你取了‘大白鹅’这个绰号的崔东山，有关系吗？”

裴钱抹了把额头汗水，然后使劲摇头，忙道：“师父！绝对没有半枚铜钱的关系，绝对不是我将那些白鹅当做了崔东山！我每次见着了它们，打架过招也好，或是后来骑着它们巡视大街小巷，一次都没有想起崔东山！”

陈平安忍着笑，严肃道：“说实话。”

裴钱一手拄着行山杖，一把扯住陈平安的青衫袖口，可怜兮兮道：“师父，方才种那些榆树种子，可辛苦啦，累死个人，这会儿想啥事情都脑壳疼哩。”

陈平安伸手握住裴钱的手，微笑道：“行啦，师父又不会告状。”

裴钱笑容灿烂，转过头，微微仰起，凝视着师父的侧脸，道：“没事，就算师父告状，我也不觉得有一丢丢的委屈。师父都已经这么好喽，再更好，那还了得。”

“师父这趟出远门，一时半会儿是回不了落魄山了，你上学塾也好，四周逛荡也罢，没必要太拘束，可也不准太顽劣，但是只要你占着理的事情，事情闹得再大，你也别怕，师父不在身边，你就去找崔老前辈、朱敛、郑大风、魏檗，他们都会帮你。不过，事后他们与你说些道理的时候，你也要乖乖听着，有些事情，不是你做得没错，就不用听任何道理的。”

“好嘞。师父，你就放心吧，哪怕真受了委屈，只要不是那么那么大的委屈，那我想象一下师父其实就在我身边，我就可以半点不生气啦。”

“毕竟没有碰到事情，师父不好多说什么。等师父离开后，你可以去问一问朱敛或是郑大风，什么叫矫枉过正，然后自己去琢磨。虽说落魄山任何人，不可以得理不饶人，但是做好人受委屈，从来不是天经地义的事情。这些话，不着急，你慢慢想。好的道理，不只在书上和学塾里有，骑龙巷你那个石柔姐姐也会有，落魄山上学拳比较慢的岑鸳机也会有，你要多看，多想。天底下最无本的买卖，就是从别人身上学一个‘好’字。”

“师父……”

“知道你脑壳又开始疼了，那师父就说这么多。以后几年，你就算想听师父念叨，也没机会了。”

“哈哈，师父你想错了，是我肚子饿了。师父你听，我的肚子在咕咕叫呢，不骗人吧。”

“习武之人，大晚上吃什么宵夜，熬着。”

“师父，到了那个啥北俱芦洲，一定要多寄信回来啊，我好给宝瓶姐姐还有李槐他们报个平安。哈哈，报个平安，报个师父……”

“……”

裴钱一手持行山杖，一手给师父牵着，她胆气十足，挺起胸膛，走路嚣张，妖魔心慌。

一大一小，行走在月色中，步步登高。

仿佛这一刻，天下月色，此山最多。

第九章

另一个朱敛

裴钱其实还是没有困意，只不过被陈平安撵去睡觉了。

陈平安路过岑鸳机那栋宅子的时候，院内依旧有出拳振衣的沉闷声响，院门口站着朱敛，笑吟吟地望向陈平安。

两人并肩而行，身高悬殊。东宝瓶洲北地男儿，本就个高，大骊青壮更是以身材魁梧、膂力出众，名动一洲，大骊制式铠甲、战刀分别沿袭“曹家样”和“袁家样”，都是出了名的沉，非北地锐士不可披挂、佩带。

陈平安如今身材修长，朱敛又习惯性身形佝偻，只看背影，仿佛一个天一个地。

陈平安打算让朱敛赶赴书简湖，给顾璨、曾掖他们送去那笔筹办水陆道场和周天大醮的谷雨钱。在此期间，董水井会随行，之后会在池水城停步，私底下会晤上柱国关氏的嫡玄孙关翳然。朱敛也好，董水井也罢，都是做事特别让陈平安放心的人，两人同行，陈平安都不用刻意叮嘱什么。

朱敛并无异议。

陈平安没有对朱敛藏掖天下大势，朱敛听过之后，却也没什么感慨唏嘘，只说以前在藕花福地，他的所作所为，不过是螺蛳壳里做道场，如今来到浩然天下，就不去思量这些波澜壮阔的事了，只能做些扫扫门前雪、瓦上霜的活计。

到了竹楼一楼，陈平安让朱敛坐着，自己开始收拾家当。后天就要在牛角山渡口动身登船，乘坐一艘往返于老龙城和北俱芦洲的跨洲渡船，目的地是一处著名的“形胜之地”，名气大到陈平安在那部倒悬山神仙书上都看到过，而且篇幅不小，名为骸骨滩，是一处北俱芦洲的南方古战场遗址。坐镇此地的仙家门派叫披麻宗，是一个中土大宗的下宗，宗门内豢养有十万阴兵阴将，只不过虽然跟阴灵鬼魅打交道，披麻宗的口碑却极好，宗门子弟的下山历练，都以收拢为祸阳间的厉鬼恶灵为本，而且披麻宗首任宗主，当年与十六位同门从中土迁徙到骸骨滩，开山之际，就立下一条铁律，门内弟子，下山敕神劾鬼、镇魔降妖，不许与救助之人索要任何报酬，无论是达官显贵，还是市井百姓，务必分文不取，违者打断长生桥，逐出宗门，所以骸骨滩披麻宗修士，又有北俱芦洲"小天师"的美誉。

披麻宗四周方圆千里，多有正道鬼修依附驻扎，所以陈平安想着到了骸骨滩之后，多逛几天，毕竟在书简湖占据一座岛屿，建造一个适宜鬼魅修行的门派，一直是他心心念念却无果的遗憾事。

陈平安取出了折叠整齐的那件法袍金醴，犹豫片刻，似乎想要收起，不带去北俱芦洲。

朱敛瞥了眼那把被陈平安放在桌上的崔东山赠送的折扇，他用屁股想都知道是一件法宝无疑，便笑道："少爷，金醴配折扇，如那正值妙龄的倾国美人，与映照容貌纤毫毕现的琉璃镜，是绝配。"

陈平安坐在书案后边，一边细致清点着神仙钱，一边没好气道："我去北俱芦洲是练剑，又不是游玩山水。而且都说北俱芦洲那儿，看人不顺眼就要打打杀杀，我要是敢这么行走江湖，岂不是学裴钱在额头上贴上符箓，上书'欠揍'二字？"

朱敛微笑道："少爷，再乱的江湖，也不会只有打打杀杀，便是那书简湖，不也有附庸风雅？还是留着金醴在身边吧，万一用得着，反正不占地方。"

朱敛突然脑子灵光乍现，笑道："怎么，少爷是想好了将此物'借'给谁？"

陈平安点了点头，道："想要找个机会，托人送往南婆娑洲的醇儒陈氏，寄给刘羡阳。"

朱敛问道："是在小镇开办学塾的龙尾溪陈氏？"

陈平安轻轻捻动着一枚小暑钱，黄玉铜钱样式，正反皆有篆文，不再是当年在破败古寺，梳水国四煞之一女鬼韦蔚破财消灾的那枚小暑钱的篆文——"出梅入伏""雷轰天顶"，而是"九龙吐水""八部神光"。小暑钱的篆文内容，就是这样，五花八门，并无定数，不像那雪花钱，天下通行仅此一种，这当然是皑皑洲财神爷刘氏的厉害之处。至于小暑钱的来源，分散四方，故而每种流传较广的小暑钱，与雪花钱的兑换，略有起伏。

陈平安说道："当年醇儒陈氏来到骊珠洞天查看那棵坟头楷树的人，名为陈对，虽然脾气不太好，口气也冲，但是秉性不错。而大骊王朝龙尾溪陈氏接洽陈对的那个读书人陈松风，与我一个叫刘灞桥的朋友关系极好，虽说陈松风脾气软了点，面对一位来自南婆娑洲的高门嫡女，底气不足，但此人温文尔雅，作不得伪。我相信一个世族豪阀，千年清誉，怎么都比一件半仙兵值钱。”

朱敛不觉得陈平安将一件法袍金醴，赠送也好，暂借也罢，寄给刘羡阳有任何不妥，但是时机不对，所以难得在陈平安这边坚持己见，说道：“少爷，虽说你如今已是六境武夫，只差一步，法袍金醴就会成为鸡肋，甚至是累赘，但是这‘只差一步’，怎么就可以不计较？北俱芦洲之行，必定是凶险和机遇并存，说句难听的，真遇到强敌剑修，对方杀力巨大，少爷身上穿着法袍金醴，当那兵家甘露甲使用，多挡几剑，也是好事。等到少爷下次返回落魄山，不管是三年五年，还是十年，再寄给刘羡阳，一样不晚。莫说是金丹、元婴两境的地仙，任你是一位玉璞境修士，也不敢说穿着如今的法袍金醴，就跌份了。”

陈平安“嗯”了一声，将法袍金醴收入方寸物飞剑十五当中。

朱敛说道：“既然崔东山说了，还有半百光阴，可以让我们稳稳经营，少爷自己也认可这个观点，为何事到临头，自己就变卦了？这有些不像少爷的心性了。”

陈平安凝视着桌上那盏烛火，突然笑道：“朱敛，我们喝点酒，聊聊？”

朱敛低头哈腰，搓手道：“这敢情好。”

陈平安拿出两壶珍藏的桂花酿，挪了挪桌上物件，隔着一张书案，与朱敛相对而坐。然后便将重建长生桥一事，其间的心境关隘与得失福祸，事无巨细，与朱敛娓娓道来。连年幼时本命瓷的破碎，与掌教陆沉的拔河，藕花福地陪同老道人一起浏览三百年光阴长河，就算是风雪庙魏晋、蛟龙沟左右两次出剑带来的心境“窟窿”，也一并说给朱敛听了。还有自己的讲理，在书简湖是如何磕碰得头破血流，为何要自碎那颗本已有“道德在身”迹象的金身文胆，以及那些心扉之外在轻轻叩门、道别，或鬼哭狼嚎的声音……

这本是一个人的大道根本，本该天知地知己知，然后便容不得任何人知晓，即便是许多山上的神仙道侣，都未必愿意向对方泄露此事。

陈平安说得云淡风轻，朱敛也毫无拘束，只是竖耳聆听，偶尔缓缓喝一口酒。

陈平安弯腰从抽屉里拿出一只小陶罐，轻轻倒出一小堆碎瓷片在手心里，然后动作轻柔地放在桌上。

“这些就是当年被我爹亲手打碎的本命瓷碎片，之后，我娘亲很快就病逝了。当年拿到它们的时候，我整个人都蒙着，光顾着伤心了，就没有多想它们最终为何能够辗转到我手中。”

陈平安双指拈起其中一枚，眼神晦暗，轻声道：“离开骊珠洞天之前，在巷子里袭杀云霞山蔡金简，就是靠它。如果失败了，就没有今天的一切。此前种种，此后种种，其实一样是在搏。去龙窑当学徒之前，是想怎么活下去；跟姚老头学烧瓷后，至少不愁饿死冻死，就开始想怎么个活法了；离开小镇，就又开始琢磨怎么活；离开那座观道观的藕花福地后，再回过头来想着怎么活得好，怎么活才是对的……”

陈平安低头凝视着灯光映照下的书桌纹理，道："我的人生，出现过很多的岔路，走过绕路远路，但是不懂事有不懂事的好。

"那就是当我人生中遇到由衷敬重的人后，我知道了他们在哪里，我会很好奇，他们到底是怎样才能走到那个地方去的，然后就简单了，我认准了那个大方向，只管埋头做事，扪心做人，多想想自己的爹娘、齐先生、阿良，如果遇到了同样的事情，他们会怎么想，怎么做。再以后，我其实一直在学，我想要把别人身上所有的好，都变成我自己的，我就像一个小偷。因为我怕穷，太怕了。我要留住自己所有珍惜的东西。对于钱财一事，我不是半点不在乎，我也不是天生的善财童子，但是对我来说，家徒四壁，身无余物，这些都太平常，我半点不怕，就算我今天没了落魄山，被打回原形，只剩下一栋泥瓶巷的祖宅，我一样不怕。

"我从你们身上偷了很多，也学到了很多。除了你之外，比如剑水山庄的宋老前辈，老龙城范二，猿蹂府的刘幽州，在剑气长城打拳的曹慈、陆抬，甚至藕花福地的国师种秋，春潮宫周肥，太平山的君子钟魁，还有书简湖的生死大敌刘老成、刘志茂、章靥，等等，我都在默默看着你们，你们所有人身上出彩的地方，我都很羡慕。"

陈平安叹了口气，道："所以崔老前辈看出了问题症结所在，天底下没有只占便宜的好事，不分行事和手段的好坏，都是会有恶果的。"

陈平安双手笼袖，道："做人不比练拳，练拳，勤学苦练，拳法真意就可以上身，做人，这里偷一点，那边学一点，很容易形似神不似。我的心境，本命瓷一碎，本就散，如今更是沦为藩镇割据的境地，如果不是勉强分出了主次，问题只会更大。若是不去痴人说梦，想要练出一个大剑仙，其实还好，纯粹武夫，步步登顶，不讲究这些，可一旦学那练气士，跻身中五境是一关，结金丹又是一关，成了元婴破境更是一个大难关，这不是市井百姓人家的年关难过年年过，怎么都熬得过，修心一事，一次不圆满，是要惹祸上身的。"

陈平安加重语气道："我从来都不觉得这是多想了，我仍是坚信，一时胜负在于力，这是登高之路，千古胜负在于理，这是立身之本，两者缺一不可。天底下从来没有等先把日子过好了再来讲道理的便宜事，以不讲理之事成就大功，往往将来就只会更不讲理了。在藕花福地，老观主心机深沉，我一路沉默旁观，实则心中希望看见三件事的结果，到最后，也没能做到，两事是跳过了，最后一事是因为离开了光阴长河之畔，重返藕花福地的人间，就断了。那件事，就是一位松溪国历史上的读书人，极其聪慧，进士出身，心怀壮志，但是在官场上磕磕碰碰，无比辛酸，所以他决定要先拗着自己心性，学一学官场规矩，入乡随俗，等到哪天跻身了庙堂中枢，再来济世救民。我就很想知道，这位读书人，到底是做到了，还是放弃了。"

陈平安不知不觉站起身，手中拎着那壶没怎么喝的酒，在书桌后的咫尺之地，绕圈踱步，自言自语道："许多道理，我知道很好，许多对错是非，我一清二楚，哪怕结果证明我做的一切不算坏，可在此期间，甘苦自知，可谓百感交集，紊乱无比。打个比方，当年在书简湖杀不杀顾璨，要不要跟已是死仇的刘志茂成为盟友，要不要与宫柳岛刘老成虚与委蛇，学了一身本事后，该如何与仇家算账，是当年决定的那般一往无前，不管不顾，还是细细思量后做些修改？如果改对了，契合道理了，可内心深处，我就当真痛快了吗？"

陈平安站定，摇摇头，眼神坚毅，语气笃定，道："我不太痛快。"

沉默片刻。

陈平安仰起头，痛饮一大口酒，抹了抹嘴，继续道："怎么办呢？一开始我以为只要去了北俱芦洲，就能自由，但是被崔老前辈一语道破，此举有用，却用处不大，治标不治本。这让我很……犹豫。我不怕涉险，吃苦，受委屈，但是我偏偏最怕那种……四顾茫然的感觉。"

陈平安眼神哀伤，道："天大地大，孑然一身，举目无亲，四处张望，对了无人夸，错了无人骂，年幼时的那种糟糕感觉，其实一直萦绕在我心上，我只要稍稍想起，就会感到绝望。我知道这种心态，很不好，这些年也在慢慢改，但还是做得不够好。所以对顾璨，对刘羡阳，对所有我认为是朋友的人，我都恨不得将手上的东西送出去。我真是菩萨心肠？自然不是，我只是一开始就假定自己是留不住什么东西的，可只要在他们手上留住了，我就不算吃亏。钱也好，物也罢，都是如此。就像这件法袍金醴，我自己不喜欢吗？喜欢，很喜欢，患难与共这么久，怎么会没有感情？我陈平安是什么人？连一匹相依为命两年多的瘦马渠黄，都要从书简湖带回落魄山。可我就是怕哪天自己在游历途中，说死就死了，一身家当，被人抢走，或是成了所谓的仙家机缘，余给我根本不认识的人，那当然还不如早早送给刘羡阳。"

朱敛放下酒壶，不再饮酒，双手轻轻摩挲着椅子扶手，缓缓道："少爷之烦忧，并非自家事，而是天下人共有的千古难题。不是少爷你独有，在藕花福地，我有，丁婴有，如今浩然天下的读书人也会有，贤人君子圣人，世间开了窍的有灵众生，皆有。三教和诸子百家的学问根柢，不管是儒家的克己复礼、君子慎独，道家的清静无为、不避虚舟，还是佛家的降心猿服意马，其实就是在跟'人心'较劲。学问都是大好的学问，但是对于泥瓶巷里的鸡粪狗屎来说，门槛还是高了，很难够上。崔瀺和崔东山的事功学问，可贵之处，在于对门外巷弄的鸡毛蒜皮也能管好，弊端在于，太多气力花在了琐碎之事上，太过务实，人心容易往下走，不愿务虚，再难往上求。"

朱敛站起身，伸出一根手指，轻轻抵住桌面，点了点，咧嘴一笑，道："接下来容老奴破例一回，不讲尊卑，直呼少爷名讳了。"

朱敛继续道："困顿不前，这意味着什么？意味着你看待这个世界的方式，与你的本心，是在较劲和别扭，而这些看似小如芥子的心结，会随着你的武学高度和修士境界的提升，越来越明显。当年你一拳下去，碎砖石裂屋墙，而当你越来越强大，以后一拳砸去，世俗王朝的京城城墙都要稀烂。当年你一剑递出，可以帮助自己脱离危险，震慑敌寇，以后说不定剑气所及，江河粉碎，一座山上仙家的祖师堂荡然无存。如何能够无错？你若是马苦玄，一个很讨厌的人，甚至哪怕是刘羡阳，一个你最要好的朋友，都可以不用如此，可恰恰是如此，陈平安才是现在的陈平安。”

朱敛指了指陈平安，道：“你才是你。”

朱敛在书案上画了一圈，微笑道：“在书简湖，你只是做到了如何让自己的学问和道理，与这个世界融洽相处，既能把问题解决，把实实在在的日子过好，也能勉强心安，无需外求。但是接下来的这个问心局，是要你去问一问自己，陈平安到底是谁。既然你选择了这条路，那么对也好，错也好，都得先一清二楚，看得真切了，才有将错修正、将好完善的可能性，不然万事皆休。”

朱敛再次伸手指向陈平安，只是稍稍抬高，指向陈平安头顶，道：“先前魏檗说的那句话，是讲那一个人心中，必须要有日月。”

朱敛手指缓缓向下，指向陈平安身后，道：“那国师崔瀺说，一个人其心光明璀璨，如草木向阳，是不是也应该看一看自己身后的阴影。”

朱敛问道：“这两句话，说了什么？”

朱敛自问自答：“一个说的是将来，一个说的是过去，所以我又有一问，当下如何，自认是谁。有一句烂大街的道理，却是我朱敛看得最重的一句话，刚好这会儿，可以拎出来晒晒……‘知人者智，自知者明’。‘明’字何解？既是心境光明无垢，也是日月齐在即为明。”

陈平安坐回位置，喝着酒，似有所悟，又如释重负。

朱敛最后笑道：“有些事情，想是想不明白的，莫怕，且前行，且慢行，有错就改，无错求更好，对了求最对，万般功夫，所有学问，还不是落在一个‘行’字上？倒悬山去得，桐叶洲去得，藕花福地去得，书简湖都去得，一个自古多豪杰的北俱芦洲，难道不该是陈平安当下最该去练剑的地方？酒要多带几壶，只管青衫仗剑，一身豪气，南归之时，说不定就已经赢得一个剑仙的名号。让那个江湖，记住陈平安这个名字一百年，一千年！”

这番话前几句，陈平安深以为然，可听到最后，就有些哭笑不得，这不是他自己会去想的事情。

朱敛一本正经道：“江湖多痴情美人，少爷也要小心。”

陈平安无可奈何，说这些话的朱敛，似乎更让他熟悉一些。

朱敛提起酒壶，问道：“今晚与少爷聊得尽兴，老奴我茅塞顿开，斗胆与少爷喝完壶中酒再离去？”

这样的朱敛，就更不陌生了。

陈平安笑着拿起酒壶,与朱敛一起喝完各自壶中的桂花酿。

在朱敛拎着空酒壶,关门离去后,陈平安重新收拾行李。

神仙钱都装在郑大风当年在老龙城赠送的玉牌咫尺物当中,其中有跟帮忙“管钱”的魏檗讨要回来的三十枚谷雨钱。一般情况下,绝对不会动用这些钱,只有涉及水土之外的三件本命物炼化机缘,才会用这笔钱去购买某件心仪且合适的偶遇法宝。

此外,再带五十枚小暑钱,以及一千枚雪花钱。

剑仙,养剑葫,自然是随身携带。

穿着那件名为春草的青衫法袍,法袍金醴按照朱敛的说法,一并带着,以备不时之需。

紫阳府吴懿赠送的核雕手串,每一颗核雕,都相当于地仙一击,这是极其适合自己的攻伐法宝。

那张日夜游神真身符,已经伤及根本,听说李希圣如今在北俱芦洲砥砺学问,要找他看看能否修复,之后,是李家将符箓收回,还是陈平安留着,都看李希圣的决定。虽然崔东山隐晦地提醒过自己,要与小宝瓶之外的福禄街李氏划清界限,但是对李希圣,陈平安还是愿意亲近。

还有三张朱敛精心打造的面皮,分别是少年、青壮和老者面容,虽然无法瞒过地仙修士,但是行走江湖,绰绰有余。

李二夫妇,还有李槐的姐姐李柳——让林守一和董水井都喜欢的女子,如今应该就在北俱芦洲的狮子峰修行,也该拜访这一家三口。

再就是亲自去勘探那条入海大渎的路线,这是当年与道家掌教陆沉的一笔交易,当然陆沉根本没跟陈平安商量。可不管如何,这是阳谋,陈平安怎么都不会推脱,以后青衣小童陈灵均的证道机缘,就在于这条路线走得顺不顺畅。

蛟龙之属,蟒蛇鱼精之流,走江一事,从来不是什么简单的事情,桐叶洲那条黄鳝河妖,便是被埋河水神娘娘堵死了走江的去路,迟迟无法跻身金丹境。

当然,有想见的人和事,也有不想见到的人,比如昔年神诰宗仙子贺小凉。

一想到这位曾经福缘冠绝东宝瓶洲的道门女冠,陈平安感觉比桐叶洲姚近之、白鹄江水神娘娘萧鸾、珠钗岛刘重润加在一起,都要让他头疼。

只求千万千万别碰到她。

陈平安大致收拾完这趟北游的行李,长呼一口气。

没来由想起那个一本正经起来的朱敛。

风采绝伦。

无法想象,年轻时候的朱敛,在藕花福地是这等谪仙人。

朱敛晃荡到了宅子那边,发现岑鸳机这个傻闺女还在练拳,只是拳意不稳,属于强撑一口气，下笨功夫，不讨喜。

他就脚尖一点，直接掠过了墙头，落在院中，说道："过犹不及，你练拳只会放，不会收，这很麻烦。练拳如修心，肯吃苦是好，但是不知道掌握火候分寸，拳越练越死，把人都给练蠢了，还要日复一日，不小心伤了体魄根本，怎么能有高的成就？"

这话说得不太客气，而且与当初陈平安醉后吐真言，说岑鸳机"你这拳不行"有异曲同工之妙。

岑鸳机对待落魄山年轻山主是一回事，对待朱老神仙又是另外一回事了，心悦诚服不说，还立即开始认错反省。

朱敛点点头，道："话说回来，你能够自己吃苦，就已经算是不错了，只是你既然是我们落魄山的记名弟子，就必须要对自己高看一眼，不妨时不时去落魄山之巅练拳，多看一看四周的壮阔远景，不断告诉自己，谁说女子心胸就装不下锦绣山河？谁说女子就不能武道登顶，俯瞰整个江湖的英雄？"

岑鸳机心神摇曳，竟是有些热泪盈眶。终究还是位念家的少女，这位朱老神仙，将她救出水火不说，还白白送了这么一份武学前程给她，在落魄山上，更是如慈祥长辈待她，岑鸳机如何能够不感动？如何能不敬重这位老神仙？她抹了把眼泪，颤声道："前辈说的每个字，我都会牢牢记住的。"

朱敛提点一二，就要离去，岑鸳机犹豫片刻，还是忍不住问道："前辈为何要在落魄山忍辱负重？"

朱敛笑道："怎么就忍辱负重了？"

岑鸳机扭扭捏捏，没好意思说那些心里话，倒不是太过忌惮那个年轻山主，而是怕自己不知轻重的言语，伤及朱老神仙的颜面。

朱敛伸手指了指岑鸳机，笑道："傻人有傻福，就这样吧，挺好的，不用改，保持下去，越久越好。咱们落魄山，总该有你这么个人。"

岑鸳机微微一笑。

朱老神仙别说是说她几句，就是打骂她，那也是用心良苦啊。

岑鸳机问道："前辈在这里住得惯吗？"

朱敛点头道："野人惯去山中住，我就是个懒散货，习惯得很，不能再舒服惬意了。"

岑鸳机由衷称赞道："前辈真是闲云野鹤，世外高人！"

朱敛揉了揉下巴，疑惑道："这落魄山的风水，有点怪啊。"

朱敛这次没掠出院墙，开门离去。

岑鸳机闩上门后，轻轻握拳，喃喃道："岑鸳机，一定不能辜负了朱老神仙的厚望！练拳吃苦，还要用心，要活络些！"

朱敛没有直接回宅子，而是去了落魄山之巅，坐在台阶顶上，晃荡了一下空酒壶，才记起没酒了。无妨，就这么等着日出便是。

朱敛突然望去，见到了一个意外之人。

竟是难得离开竹楼的光脚老人，崔诚。

朱敛站起身，笑脸相迎。

崔诚缓缓登高，伸手示意朱敛坐下便是。

崔诚与朱敛并肩而坐，竟然随身带了两壶酒，丢给朱敛一壶。

朱敛揭开泥封，畅饮一口，笑道："少爷如果知道前辈偷偷挖了两壶酒出来，不敢埋怨前辈，却要念叨我几句监守自盗的。"

崔诚面无表情道："陈平安如果不喜欢谁，说都不会说，一个字都嫌多。"

朱敛"嗯"了一声，点头道："倒也是。"

崔诚眺望远方，随口问道："朱敛，既然没了藕花福地的天道瓶颈，你为何依旧故意走得这么慢？"

朱敛放下两只酒壶，一左一右，身体后仰，双肘撑在地面上，懒洋洋道："这样日子过得最舒服啊。"

崔诚又问道："陈平安当然不错，可是值得你朱敛如此对待吗？"

朱敛面对一位十境巅峰武夫的询问，依旧显得玩世不恭，笑道："我愿意，我高兴。"

崔诚倒也不恼，回头竹楼喂拳，多赏几拳便是。

崔诚笑道："你就一直以这副尊容示人？连你少爷也瞒着？"

朱敛笑呵呵道："在家乡，我朱敛靠脸吃饭，吃撑了，如今还是算了吧，一大把年纪，得服老，让一个个小姑娘痴怨忧愁，算怎么回事。"

崔诚摇摇头，走了。

跟这种家伙，实在没得聊。

如果不是听到在竹楼一楼朱敛说的那番话，崔诚才不会走这一趟，送这一壶酒。

崔诚走后，朱敛干脆后仰倒地，枕着双手，闭目养神。

在即将日出时分，朱敛缓缓坐起身，看四下无人，便伸出双指，抵住鬓角处，轻轻揭开一张面皮，露出真容。

魏檗神不知鬼不觉地出现在朱敛身边，低头瞥了眼朱敛，感慨道："我自惭形秽。"

朱敛捂住脸，故做小娇娘羞赧状，学那裴钱的口气说话，扭捏道："好难为情哩。"

魏檗憋了半天，也走了，只撂下一句："恶心！"

朱敛爽朗大笑，站起身，双手负后。

大日出东海，映照得朱敛神采奕奕，光华流转，恍若神仙中的神仙。

朱敛很快就重新覆上那张遮掩真实面容的面皮，细致梳理妥当后，拎着两只酒壶，走下山去。

岑鸳机正在一边练拳一边登山。

见着了那个身形佝偻的老前辈，岑鸳机差点就要断了拳意，停下拳桩打招呼，只是一想到昨夜的谈心，便硬生生提起一口气，维持拳意不坠不断，继续出拳。

朱敛点点头，与她擦肩而过。

一直到登顶，岑鸳机才收起拳桩，转头望去，依稀可见小如米粒的清瘦身影。少女心想，朱老神仙这样的男人，年轻时候，哪怕相貌不够英俊，也一定会有许多女子喜欢吧？

朱敛到了裴钱和陈如初的宅子，粉裙女童已经开始忙碌起来。

裴钱肯定还在睡懒觉，用她的话说，天底下最好的朋友，就是晚上的被褥，天底下最难打败的敌手，就是清晨的被褥，好在她恩怨分明。

朱敛跟陈如初笑着打过招呼后，使劲敲门，裴钱迷迷糊糊醒过来后，问道："谁啊？"

朱敛笑眯眯道："少爷已经离开落魄山啦。"

裴钱心一紧，突然怒道："朱老厨子，师父是乘坐明天的跨洲渡船离开，你唬谁呢？"

朱敛"哦"了一声，道："那你继续睡。"

裴钱呆呆坐在床上，然后大骂道："朱老厨子，你别跑，有本事你就让我双手双脚，眼睛都不许眨一下，吃我一整套疯魔剑法！"

"没本事。"朱敛扬长而去。

裴钱睡也不是，不睡也不是，只好在床铺上翻来滚去，使劲拍打被褥。

这天，陈平安在正午时分离开落魄山，带着裴钱，在山门那边和郑大风聊了会儿天。如今山门建筑即将收尾，郑大风忙得很，没说几句便嫌弃地赶走了这对师徒，把裴钱气得不行。

之后陈平安带着裴钱去了趟小镇，先去了他爹娘的坟头，晚上在泥瓶巷祖宅守夜。

天亮之后，陈平安没让裴钱跟着，跟魏檗一起直接去了牛角山的仙家渡口，登上那艘骸骨滩跨洲渡船。

魏檗以心湖告之："半路上可能会有人要见你，算是在咱们大骊身份很尊贵的人了。"

陈平安心中了然，但还是有些狐疑，望向魏檗，后者轻轻点头。

陈平安笑道："放心吧，我应付得来。"

魏檗道："我当然放心，北岳地界嘛。"

陈平安在魏檗身形消逝后，不理会四周那些眼神复杂的视线，去往顶楼的船舱屋舍。

陈平安到了房间，来到观景台栏杆处。

渡船缓缓升空，陈平安一袭青衫，背负剑仙，腰悬养剑葫，俯瞰昔年骊珠洞天版图的大地山河，山与峰，江与河，一切尽收眼底。

又要离乡千万里了。

一座云雾缭绕的悬崖峭壁上，从上往下，刻有“天开神秀”四个大字。

一位扎马尾辫的青衣女子，与一位小黑炭肩并肩坐在“天”字的第一笔横之上。

裴钱使劲晃荡着悬挂在峭壁外的双腿，笑嘻嘻邀功道：“秀秀姐姐，这两袋麻花好吃吧，又酥又脆，师父在很远很远的地方买的哩。”

阮秀也笑得眯起眼，点头道：“好吃。”

这艘骸骨滩披麻宗的跨洲渡船，形制如江河楼船，与陈平安乘坐过的诸多中小渡船并无异样，只是升空之后，又有玄妙，巨大渡船四周，烟雾滚滚，涌现出一位位身形缥缈虚幻的披甲力士，如纤夫拉船，奔走在云海虚空之中，使得渡船速度，风驰电掣，远胜当年那艘同是北俱芦洲仙家的打醮山渡船。

陈平安早早摘了剑仙和养剑葫，搁在桌上，在屋内安静练拳之余，也会取出几枚竹简，去往观景台欣赏风景时摩挲。当下手中这枚泛黄竹简，就篆刻着“无事澄然，有事斩然”八个字，一个“澄”，一个“斩”，都让陈平安觉得十分有眼缘。

虽然崔东山在临别之际，送了一把玉竹折扇，可是一想到当年陆抬游历途中，躺在藤椅上摇扇的名士风流，珠玉在前，陈平安总觉得折扇落在自己手里，真是委屈了它，实在无法想象自己摇动折扇，是怎么个别扭场景。

渡船掠出骊珠福地版图后，会在大骊京畿之北的长春宫渡口暂作停留。长春宫是大骊的头等仙家洞府，修士皆女子，那位宫中娘娘失势后，就在此结茅修行。当时大骊庙堂都以为这位远离中枢的娘娘，多半是爬不起来了，不承想到最后，她才是最大的赢家，两个儿子，一个在国师崔瀺鼎力扶持下，当了大骊新帝，一个与藩王宋长镜更加亲近，即将封王就藩于老龙城，遥领陪都。

在先帝死后，她明明已经被“圈禁”起来，仿佛什么都没有做，却有了最好的结果。

好像也怪不得老百姓喜欢嘴上念叨好人一定有好报，实则心里却往往不太信。

陈平安跟顾璨还有裴钱不太一样，他记账不会大大小小都写在纸上，记得太多，反而记得不清楚。这位大骊娘娘当年在陈平安首次出门远游之际，杀心之大，直接派遣了一拨大骊顶尖刺客尾随其后，如果不是刚好碰到了阿良，一百个陈平安都死无全尸了。

当然大骊娘娘有她的理由，她儿子宋集薪在他陈平安这里吃过大苦头，差点被他这么个窑工学徒掐死在泥瓶巷之中。

在先后走过藕花福地和书简湖后，陈平安其实已经可以大致梳理出大骊娘娘的脉络。

显然，这位手握权柄的大骊娘娘，在最得势之际，便开始谋划，帮着养在自己身边的儿子宋和，拉拢文武，至于那个为了大骊宋氏国祚气运“风生水起”的宋集薪，则让他留在骊珠洞天抢夺机缘，能为宋氏挣多少是多少。宋集薪死了，她多半也会掬一把辛酸泪，但对于一生下没多久便“夭折”，在宋氏族谱上早已被勾掉名字的宋睦来说，不过是再死一次罢了，可宋集薪的功劳，至少有半数，就是她这个母亲的功劳。她的功劳，自然就是她另外一个儿子宋和的功劳，这些内幕，一位位上柱国，这些大骊重臣都未必知晓，但是没关系，先帝认，崔瀺认，宋长镜也认，这就足够了。

宋集薪活着离开骊珠洞天，更是好事，当然前提是这个重新恢复宗谱名字的宋睦，不要贪心，要乖巧，要懂得不与哥哥宋和争那把椅子。

所以那次陈平安和出使大隋京城的宋集薪，在山崖书院偶然相遇，云淡风轻，并无冲突。

宋集薪与陈平安当邻居的时候，阴阳怪气的话语没少说，什么陈平安家的大宅子，唯一响的东西就是瓶瓶罐罐，唯一能闻到的香味就是药香。

不过除了骗陈平安违背誓言那件事之外，宋集薪与陈平安，大体上还是相安无事的，虽然互相看不顺眼，但也井水不犯河水，阳关道独木桥，谁也不耽误谁。至于几句怪话，在泥瓶巷杏花巷这些地方，实在是轻如鹅毛，谁上心，谁吃亏。事实上宋集薪当年就是在这些市井妇人的琐碎言语上，吃了大苦头，因为太在意，一个个心结便成死结，神仙难解。

当渡船临近大骊京畿之地，这天夜幕中，月明星稀，陈平安坐在观景台栏杆上，仰头望天，默默喝着酒。

年幼时的陈平安，最怕生病，从熟稔上山采药，再到后来去当了窑工学徒，跟随那个死活看不上他的姚老头学烧瓷，对于身体有恙一事，最最警惕，一有发病的迹象，就会上山采药熬药。刘羡阳曾经笑话陈平安是天底下最娇气的人，真当自己是福禄街千金小姐的身子了。

年幼的陈平安曾经眼睁睁看着娘亲病倒在床，骨瘦如柴，最终医治无效，在一个大雪天去世，他是怕自己一死，天底下连个会挂念他爹娘的人都没了。

当年娘亲总说生病不会痛的，就是经常犯困，所以要小平安不要怕，不用担心。

一开始年幼的孩子真的相信了，后来才知道根本不是那样，娘亲是为了要他少想些，少做些，才咬着牙，硬熬着。

那一床老旧被褥，好些被角内里，都被娘亲扯碎了。

富贵人家，衣食无忧，都说孩子记事早，会有大出息。

贫苦门户，孩子懂事得早，还能如何，早些吃苦罢了。

当年的泥瓶巷，没有人会在意一个踩在板凳上烧菜的年幼孩子，被油烟呛得满脸泪水，脸上还带着笑的时候，到底在想什么。

一个独自奔走在神仙坟去祈福许愿的孩子，会不会怕黑，会不会害怕那些鬼气森森的市井传闻。跪在地上给神仙菩萨们磕头的时候，说先欠着香火，以后长大了，他一定补上，算不算虔诚。

没有人会记得当年一扇屋门里，妇人忍着剧痛，咬紧牙关，仍是有细微声响渗出牙缝，钻出被褥。门外，那个满脸惨白的孩子，不知所措，蹲在地上，双手捂住耳朵，也不敢哭出声，怕娘亲知道他听到了。

不是世间所有至亲之间，都能够悲欢相通。

去牛角山之前，那天在祖宅守夜的时候，裴钱迷迷糊糊，打着瞌睡，脑袋一歪，猛然惊醒，发现师父竟然在默默流泪。

裴钱没有说话，默默看着师父。

依稀看到一个年幼身影蹲在墙角，对着药罐子。

那个还是小孩子的师父，害怕长大，害怕明天，他想要光阴如水倒流，回到一家团圆的美好时分。

陈平安回过神，轻轻揉了揉裴钱的脑袋，轻声道："师父没事，就是有些遗憾，自己娘亲看不到今天。你是不知道，师父的娘亲一笑起来，很好看的。当年泥瓶巷和杏花巷的所有街坊邻居，连平时说话再尖酸刻薄的妇人，就没有谁不说我爹是好福气的，能够娶到我娘亲这么好的女子。"

那天晚上的后半夜，裴钱把脑袋搁在师父的腿上，缓缓睡去。

天亮之后，陈平安就再次离开了家乡。

远游万里，身后还是家乡，不是故乡，一定是要回去的。

陈平安走后，落魄山多多少少，少了些热闹。

老人崔诚从来都是深居简出。

郑大风在山门口忙着收尾，一天到晚蓬头垢面，没办法，这家伙喜欢给匠人们搭把手，匠人们也不觉得奇怪。这个姓郑的驼背汉子，一个看大门的，不比他们这些贱籍苦力强到哪里去，所以相处起来，都无拘束，插科打诨，相互调侃，言语无忌，很融洽。尤其是郑大风言语带荤味，又比寻常市井男人的糙话多了些弯弯绕绕，却不至于文绉绉酸溜溜，故而一旦有人回过味来，真要拍桌子叫绝，对竖大拇指。

陈如初还是自顾自忙着各个宅子的打扫清理，其实落魄山山清水秀的，又每天打扫，干干净净，可她仍是乐此不疲，把此事当做头等大事，修行一事，还要靠后些。所以陈如初是落魄山头上，唯一一个拥有所有宅子钥匙的存在，陈平安没有，朱敛也没有。

陈灵均还是成天不着调，四处逛荡，上次在夜游宴上大出风头了一回，于是又多了些“江湖”朋友，大小山头都对这位能够坐在贵客高位上的青衣童子，颇为殷勤。比如衣带峰的金丹地仙老祖宗，就很喜欢陈灵均去做客，一老一小，饮酒畅谈，各自吹嘘自己当年的壮举事迹，十分投缘。关于此事，陈平安专程私底下与陈灵均说过，衣带峰可以常去，所以陈灵均底气十足，大爷我这回可是奉旨交友。

裴钱给秀秀姐送过了两袋麻花后，想起师父交代的事情，就陪着陈灵均去了趟衣带峰，带着那位青梅观仙子周琼林一起下山。那个怀抱着年幼白狐的刘润云，生平最喜欢凑热闹，也跟着去了落魄山，只不过黑炭丫头每次想要摸一摸那只小家伙，白狐就要缩起来发抖，这让裴钱很没面子，心里委屈巴巴。小东西怕什么，胆子真小，书上不是有个说法叫集腋成裘嘛，我也就是想着剥了皮做件衣服肯定值钱，又不会真宰了你。

朱敛在待客的时候，提醒裴钱可以去学塾念书了，裴钱理直气壮，不理睬，说还要带着周琼林她们去秀秀姐姐的龙泉剑宗耍耍。

朱敛笑眯眯地说那就给你五天瞎玩的工夫，怎么都该逛完了自家和阮姑娘的那些山头。

裴钱开始跟朱敛讨价还价，最后朱敛“勉为其难”地加了两天，裴钱雀跃不已，觉得自己赚了。

其实当时陈平安跟朱敛的说法，是裴钱肯定要磨磨蹭蹭，那就让她再拖延十天半个月，在那之后，就是绑着也要把她带去学塾。

所以说小狐狸碰上了老狐狸，还是差了道行。

裴钱手持行山杖，给周琼林和刘润云带路，走路带风，乐和个不停，看啥啥好看。这西边大山，她熟。早先撵狗，那么多辛苦的汗水可不是白流的。

在龙泉剑宗，莫说是生了一副玲珑心窍的青梅观仙子周琼林，就是天不怕地不怕的刘润云也很拘谨，尤其是当她们见到传说中圣人阮邛的独女后，更是一个比一个老实。裴钱差点没捧腹大笑，只好绷着脸。阮秀当时只是瞥了眼两个陌生女子，就笑望向裴钱。裴钱一路小跑过去，踮起脚尖，在秀秀姐姐耳边窃窃私语道：“师父不太喜欢她们的，死活不愿她们去落魄山做客，但是师父对那啥衣带峰一个叫宋园的年轻修士，印象挺好，所以就让我这个开山大弟子，领着她们来秀秀姐姐你这边逛逛。”

阮秀笑了。

竟然搁下打铁铸剑一事，亲自带路，让周琼林和刘润云受宠若惊，尤其是前者，觉得光是这桩好似天上掉下来的福缘，就够她回到南塘湖青梅观后，赢得上上下下、里里外外、虚虚实实的无数好处了。只不过一想到身边这位始终笑眯眯的和善女子，是大骊王朝首席供奉圣人的独女，就觉得回到青梅观后的一些娴熟手段，要更加含蓄些，莫要将幸事变成祸事才对。

刘润云更加单纯，有个地仙老祖的爷爷，也知道更多关于骊珠洞天的内幕，所以是打心眼里仰慕这位身份高、故事多，脾气还特别好的阮仙子。

如今已是大骊王朝众人皆知的地仙的董谷，对此也无可奈何，敢念叨几句阮师姐的，也就师父了，关键是还不管用。

裴钱疯玩了三天，过着神仙日子，等到第四天的时候，小黑炭就开始忧愁了，到了第五天的时候，已经病恹恹了，第六天的时候，觉得要天崩地裂了。最后一天，从衣带峰回来的路上，裴钱就耷拉着脑袋，拖着那根行山杖，郑大风难得主动跟她打声招呼，她也只是应了一声，默默登山。

回到落魄山的第二天，裴钱一大早就主动跑去找朱老厨子，说她自个儿下山好了，又不会迷路。

朱敛答应了。

裴钱为了表示诚意，撒腿飞奔下山，只是等到稍稍远离了落魄山地界后，就开始大摇大摆，十分悠闲了，去溪涧那边瞅瞅有没有鱼，爬上树去赏赏风景。到了小镇，她也没着急去骑龙巷，而是去了龙须河畔捡石子打水漂，累了就坐在那块青色大石崖上嗑瓜子，一直到夜幕沉沉，才开开心心去了骑龙巷。当她看到铺子门口坐在小板凳上的朱敛时，只觉得天打五雷轰。

裴钱立即假装一瘸一拐，拄着那根行山杖，苦着脸道："朱老厨子，我下山的时候，走到半路，跑得太快了，摔了个狗吃屎，这会儿才走到哩。"

朱敛"哦"了一声，道："没事没事，养伤要紧，我回头就写一封信寄给你师父，说你伤了腿脚，暂时就别去学塾了。"

裴钱皱着脸，一屁股坐在门槛上。铺子柜台后面的石柔，正在噼里啪啦打着算盘，烦人得很。裴钱闷闷道："明儿就去学塾，别说风吹雨打下暴雪，就是天上下刀子，也拦不住我。"

朱敛笑问道："那是我送你去学塾，还是让你的石柔姐姐送？"

裴钱想了想，挤出笑脸道："让石柔姐姐送吧，朱老厨子你在山上事多。"

不承想石柔已经轻声开口道："我就不去了，还是让他送你去学塾吧。"

裴钱翻了个白眼，不讲义气的家伙，以后休想蹭我的瓜子吃了。

石柔轻轻叹息。

不是连这点路都懒得走，而是她有些忌惮。

石柔确实打心底里就不太愿意去龙尾溪陈氏的学塾，就算当初战战兢兢走入了大隋山崖书院，对于这类书声琅琅的圣贤讲学之地，还是十分排斥。既是身为鬼物的敬畏，也是一种自卑。

但其实在这件事上，恰恰是陈平安对石柔观感最好的一点。

"穿着"一件仙人遗蜕，石柔难免自得，所以当年在书院，她一开始会觉得李宝瓶、李槐这些孩子，以及于禄、谢谢这些少年少女，不知轻重，看待那些孩子，石柔的视线是居高临下的。当然，事后在崔东山那边，石柔是吃足了苦头。但是不提眼界一事，只说石柔这份心境，以及对待书香之地的敬畏之心，弥足珍贵。

岑鸳机也一样有连她自己都浑然不觉的可贵之处。登山之后，明知自己心目中的朱老神仙，只是陈平安这位年轻山主的老仆，撑死了就是高门府邸里的那种管事，但是岑鸳机从头到尾，对待朱敛的感恩之心，丝毫没有减少，反而会一直为老人打抱不平。

这些很容易被忽略的别人身上的好，就是陈平安希望裴钱自己去发现的可贵之处。

陈平安不强求裴钱一定要这么做，但是一定要知道。

陈平安吃饭几乎从来不剩下半粒米饭，但是裴钱也好，郑大风、朱敛也罢，都没这份讲究，盛饭多了，桌上菜肴烧多了，吃不下了，那就"余着"，陈平安并不会刻意说什么，甚至内心深处，也不觉得他们就一定要改。

这是小事。

这又不是小事。

陈平安都不觉得自己这么做有什么可贵之处。

即便是当年的顾璨和刘羡阳，可能也只是觉得与陈平安相处起来，舒服自在罢了，哪怕明明知道陈平安是一个十分刻板、十分执拗的人。

但是朱敛、郑大风这些"前辈"，却看得真切，只是不说罢了。

就像陈平安在一些重要事情的选择上，哪怕在旁人眼中，分明是他在付出和给予善意，也一定要先问过隋右边、石柔、裴钱。

这种心平气和，不是书上教的道理，甚至不是陈平安有心学来的，而是家风使然，以及在那些好似药罐子的苦日子里，点点滴滴熬出来的。

最后还是朱敛陪着裴钱去学塾。

一大早，裴钱双臂环胸，板着脸，对着一桌子最心爱的家当发呆。

除了当下已经背在身上的小竹箱，桌上的行山杖，黄纸符箓，竹刀竹剑，竟然都不能带！真是上个屁的学塾，念个屁的书，见个屁的夫子先生！

裴钱重重叹了口气，站起身，开了门，抬起头，直到这一刻，她才觉得自己有些开窍，终于明白书上"虽千万人吾往矣"这句圣贤道理的精髓了。

不过她偷偷藏了一兜瓜子，夫子先生们讲课的时候，她当然不敢吃，一旦学塾跑去落魄山告状，裴钱也知道自己不占理，师父肯定不会帮自己的，可得闲的时候，总不能亏待自己吧，还不许自己找个没人的地方嗑瓜子？

一路上裴钱默不作声，其间走街串巷，见着了一只大白鹅，还没等裴钱做什么，那只白鹅就开始乱窜逃难。

裴钱心情终于略好一些，她马上就要离开江湖了，可还是有些难缠的存在，晓得她的厉害。

朱敛将裴钱送到了学塾门口，说道："多吵架，少打架。"

裴钱翻白眼道："吵什么吵，我就当个小哑巴好了。"

朱敛挥挥手。

裴钱有些不自在，两条腿有点不听使唤。不然明儿再念书？晚一天而已，又不打紧。她偷偷转过头，结果看到朱敛还站在原地，就有些懊恼。这个老厨子真是闲得慌，赶紧回落魄山烧菜做饭去啊。

学塾有位年纪轻轻的教书先生，早早等在门口，面带微笑。

那位落魄山年轻山主，已经与学塾打过招呼，为此两位出身龙尾溪陈氏的学塾老夫子一盘算，觉得事情不算小，就寄了封信回家族。大公子陈松风亲自回信，让学塾以礼相待，既不用如临大敌，也无需故意讨好，规矩不可少，但有些事情，可以酌情从宽处置。

裴钱其实不是怕生，不然早年她一个屁大的孩子，在大泉王朝边境的狐儿镇上，怎能骗得几位经验老到的捕头团团转，愣是没敢说一句重话，毕恭毕敬把她送回客栈？

裴钱只是纯粹不喜欢念书而已。

那位年轻先生向其他孩子介绍了一下裴钱，只说是叫裴钱，来自骑龙巷。

当听到谐音赔钱的"裴钱"这个有趣的名字后，课堂上响起不少笑声，年轻先生皱了皱眉头，正在负责传道授业解惑的老先生立即训斥一番，满堂肃静。

裴钱不在乎，眼角余光迅速一瞥，模样全记清楚了，心想你们别落我手里。

裴钱走到一张空座位上，摘了竹箱放在课桌旁边，开始装模作样听课。

裴钱忍了两堂课，昏昏欲睡，实在有些难熬，下课后逮住一个机会，没往学塾正门那边走，而是蹑手蹑脚往侧门去。

结果看到朱敛坐在路边嗑瓜子。

裴钱挤出笑脸，故意左顾右盼，问道："朱老厨子，你干吗呢？"

朱敛嗑着瓜子，笑道："守株待兔。"

裴钱笑哈哈道："又不是深山老林，这里哪来的小兔子。"

说完转身就走。

这朱老厨子，阴魂不散哩，没得法子，看来今天不宜翘课。

此后几天，裴钱只要想跑路，就会见到朱敛，到最后只好认命。

裴钱虽然年纪不小了，可是个头瞅着跟十来岁的孩子差不多，她现在的同窗们，其实岁数比她小不少。

几天后，裴钱开始习惯了学塾的念书生涯，夫子讲课，她就听着，左耳进右耳出，下了课，就双臂环胸，闭目养神，谁都不搭理。一个个傻了吧唧的，骗他们都没有半点成就感。

这天裴钱又开始在课堂上神游万里。

突然转头望去，片刻之后，来了一位身穿儒衫的年轻书生，身边有几位管事的老夫子陪同。

这一行人虽然没有停留，但是裴钱发现那个书生，看了自己一眼。

这天黄昏，裴钱拒绝了两个小丫头片子的邀请，独自一个人背着小竹箱，飞奔回骑龙巷。

结果发现朱敛竟然又从落魄山跑来店铺后院了，不仅如此，那个先前在学塾瞅见的年轻书生，正坐着与朱老厨子说笑呢。

裴钱背着小竹箱鞠躬行礼，嘴上道："先生好。"

没法子，师父行走江湖，很重礼数，她这个当开山大弟子的，不能让别人误以为自己的师父不会教徒弟。

年轻书生笑道："你就是裴钱吧，在学塾念书可还习惯？"

裴钱的脑袋像小鸡啄米，眼神真诚，朗声道："好得很哩！先生们学问大，真应该去书院当君子贤人。同窗们读书用功，以后肯定是一个个进士老爷。"

石柔在柜台那边忍着笑。朱敛也不揭穿这个见风使舵的墙头草。

年轻书生似乎有些不太适应。

这一记马屁拍得有点大了，让这位龙尾溪陈氏嫡孙不好接话，又不能辜负了小姑娘的好心好意。远道而来的陈松风，只好对她微笑点头。孩子的话，总该是真诚的吧。

裴钱再次鞠躬，然后一溜烟跑进自己屋子，轻轻关门，开始抄书。这件学塾之外的事情，反而是裴钱最认真用心的。

抄完书后，裴钱发现那个客人已经走了，朱敛还在院子里边坐着，怀里捧着不少东西。

裴钱手持行山杖，练了一通疯魔剑法，站定后，问道："找你啥事？"

朱敛说道："好事。"

裴钱眨了眨眼睛，问道："咋的，送钱来了？"

朱敛笑道："哎哟，你这张嘴巴开过光吧，还真给你说中了。"

裴钱问道："能分钱不？"

"没你的份。"

朱敛怀里捧着三只盒子，抬起一只袖子，晃了晃，摇头道："是你师父在婆娑洲求学的朋友刘羡阳，托人给咱们落魄山送来了一封信和三样东西，后者两送一寄放。这封信上说了，其中送给少爷一本书，书里藏着一抹万金难买的‘翻书风’；然后送给泥瓶巷顾璨一把神霄竹制成的法宝竹扇，说是顾璨从小胆子小，扇子可以压胜世间所有生长于地底下的鬼魅精怪；至于最后一样，是刘羡阳听说少爷有了自家山头后，就将一只品秩极高的‘吃墨鱼’，交由少爷保管饲养。”

裴钱笑逐颜开，伸出大拇指称赞道：“这个刘羡阳，上道！不愧是我师父最要好的朋友，出手阔气，做人不含糊！”

朱敛微笑道：“朋友之外，也是个聪明人，看来这趟远游求学，没有白忙活。这样来往着才好，不然一别多年，境遇各异，都与当年天壤之别了，再见面，聊什么都不知道。”

裴钱问道：“那啥‘翻书风’和‘吃墨鱼’，我能瞧一瞧吗？”

朱敛起身道：“‘翻书风’动不得，等以后少爷回了落魄山再说。至于那条比较耗神仙钱的‘吃墨鱼’，我先养着，等你下次回了落魄山，可以过过眼瘾。”

裴钱突然问道：“这笔钱，是咱们家里出，还是那个刘羡阳掏了？”

朱敛笑道：“信上直白说了，让少爷掏钱。说少爷如今是大地主了，这点银子别心疼，真心疼就忍着吧。”

裴钱怒道：“说得轻巧，赶紧将‘吃墨鱼’还回去，我和石柔姐姐在骑龙巷守着两间铺子，一个月才挣十几两银子！”

朱敛斜眼道：“有本事你自己与师父说去。”

裴钱立即挤出笑容，道：“飞剑传讯，又要耗钱，说啥说，就这样吧。这个刘羡阳，师父可能不好开口，以后我来说说他。”

朱敛嗤笑道：“就你？到时候整座落魄山都能闻着你的马屁吧。”

裴钱坐在台阶上，闷不作声。

朱敛也不管她，孩子嘛，都这样，开心也一天，忧愁也一天。

此后落魄山那边来了一拨又一拨的人，便是朱敛都有些意外。

一个是卢白象，不但来了，这家伙屁股后头还带着两个拖油瓶。

当时朱敛正在山门口陪着郑大风晒太阳。

卢白象对郑大风不陌生，就自己搬了条板凳坐在一旁。这让他带来的那双对自己师父“敬若神明”的姐弟，有些摸不着头脑。一个糟老头，一个驼背汉子，见着了自己师父，也没半点恭敬畏惧？

少年还好，斜背着一杆木枪的少女的眼神便有些冷意，本就锋芒毕露的她，越发有一股生人勿近的气势。

卢白象不在乎这些，对于身边那姐弟俩，自然更不会计较。

一番闲聊之后，朱敛与郑大风才知道，原来卢白象在东宝瓶洲的中南部那边停步，先拢了一伙边境上走投无路的马贼流寇，是朱荧王朝最南边一个藩属国的亡国精骑，带着他们占了一座山头，是一个江湖魔教门派的隐蔽老巢，与世隔绝，家底不俗。在此期间，卢白象就收了这对姐弟做入室弟子，那英气少女，名为元宝，弟弟叫元来，性情温厚，是个不大不小的读书种子，学武的天资根骨好，只是性情比起姐姐，逊色较多。

卢白象就当是路边白捡的便宜，一起带来落魄山长长见识，之后是回江湖，还是留在这边山上，看两个徒弟自己的选择。

卢白象听说陈平安刚刚离开落魄山，去往北俱芦洲，有些遗憾。

少喝一顿会心快意酒。

卢白象打算在落魄山待个把月。

山上宅子不缺，用朱敛的话说，就是如今家大业大。

朱敛让卢白象自己上山去找宅子，他还要陪着大风兄弟聊聊。

卢白象笑着起身告辞，郑大风让卢白象有空就来这边喝酒，卢白象自无不可，说一定。

少女元宝冷哼一声。少年元来有些腼腆。

登山之时，卢白象感慨万分，此次来到这座下坠生根的骊珠福地，他所见所闻延伸出来的所思所想，自然不是两个孩子能够媲美的。

元宝黑着脸，一身锋锐之气。

元来一直很怕这个杀伐果决的姐姐，都没敢跟她并排行走，师父走在最前边，姐姐随后，他垫底。

卢白象没有转头，微笑道："那个佝偻老人，叫朱敛，如今是一位远游境武夫。"

少女觉得自己应该是听错了。

卢白象继续道："至于那个你觉着色眯眯瞧你的驼背汉子，叫郑大风，我刚在老龙城一间药铺认识他的时候，是山巅境武夫，只差一步，甚至可说是半步，就成了十境武夫。"

元宝紧抿起嘴唇。

卢白象腰佩狭刀，一身白衣，继续登山，缓缓道："跟你说这些，不是要你怕他们，师父也不会觉得与他们相处，有任何心虚，武道登顶一事，师父还是有些信心的。我只是想让你明白一件事情，山外有山，天外有天，以后想要硬气说话，就得有足够的本事，不然就是个笑话。你丢自己的人，没关系，丢了师父我的面子，一次两次还好，三次过后，我就会教你怎么当个弟子。"

元宝眉头一挑，斩钉截铁道："师父放心！总有一天，师父会认为当年收了元宝做弟子，是对的！"

元来偷偷笑着。这个从小就最喜欢争强好胜的姐姐啊。

卢白象突然停步转头，俯瞰那个少女，正色道："其他都好说，但是有件事，你给我牢牢记住，以后见到了一个叫陈平安的人，得客气些。"

元宝额头渗出一层细密汗水，点点头，朗声道："记住了！"

在卢白象师徒三人住下后，由于落魄山山主不在，所以关于元宝元来计入"祖师堂"谱牒一事，就只能暂时搁置。

在此事上，卢白象和朱敛的看法如出一辙，自己收了人带到落魄山，就得记名在落魄山之下，无需商量。

此后又有师徒三人造访落魄山。

是那目盲老道人徐莹震，扛幡子的跛脚年轻人，以及那个昵称为酒儿的圆脸少女。

不过他们三人是先去的骑龙巷铺子，再由裴钱带路，一起回的落魄山。

徐莹震内心还是有些惴惴不安，一听说陈平安不在山上，总觉得投靠一事，不太靠谱了。可是与那位落魄山的朱管事聊完之后，心安许多，目盲老道人惊觉自己似乎面子里子竟然都有了。他如今还不算是落魄山的供奉，不过可以凭清客身份领一份仙家修士的薪俸，在骑龙巷的草头铺子那边落脚，至于他的那对徒弟，等到跻身中五境后，才可以获得清客身份，但是在这之前，落魄山会在钱财一事上，对两人多有补助，可以各自预支一笔神仙钱。

这些都好谈，既是人情往来，也是在商言商，两不误。

关键是他一个老瞎子，都瞧得见一份锦绣前程就在脚下。

这让徐莹震如同在炎炎盛夏，喝了一大碗冰酒，浑身舒坦。

下山的时候，徐莹震走路都在飘。毕竟那位落魄山的管事朱敛，怎么劝都不听，非要亲自将他们一路送到山门口才罢休。

裴钱依旧陪着师徒三人离开落魄山，往返跑这一趟，也没觉得辛苦，何况还能跟小白久别重逢，唠唠嗑，挺好。

这会儿裴钱转过头去，看到那个老厨子，正双手负后，缓缓登山。

裴钱挠挠头，似乎看见屹立在这个老厨子心湖中的那座高楼之上，好像多出一个面容模糊的年轻人。书上有个词语怎么说来着，衣带当风，反正大概就是这么个意思了。

藕花福地，南苑国京城。

那条巷弄，阴雨绵绵。

一位身材修长、人如美玉的青衫少年，撑着一把老旧的油纸伞，缓缓而行。

他今天要去既是自己先生又是南苑国国师的种秋那边借书看，是一些在这座天下其他任何地方都找不到的孤本。

科举一事，种夫子已经坦言，殿试能否中一甲三名，还需看命，并且毕竟年纪太小，朝廷和陛下那边也都有些顾虑，但是二甲靠前的名次，绝对不难。

所以他如今不再全身心沉浸在科举制艺之事上，而是开始翻阅很多尘封已久的古书杂书。

种夫子也任由他翻阅那部分私人藏书。

街巷拐角处，走出一位多年未见的熟人。

他一手负后，一手持折扇，轻轻拍打腹部，英俊至极，面带微笑，望向撑伞少年。

陆抬。

天下最著名的陆公子。

少年露出灿烂笑容，快步向他走去。

这么多年，种夫子偶尔提起这位离开京城后就不再露面的“外乡人”，总是忧虑重重，因为他非敌非友，又似敌似友，是很复杂的关系。

可是对少年而言，这位陆先生，却是很重要的存在，亲近且尊敬。

陆抬打量了一下青衫少年郎，啧啧道：“‘桃李春风一杯酒，江湖夜雨十年灯’，这句话，真是应景啊。小晴朗，我们十年没见了吧？”

曹晴朗先收起伞，作揖行礼，再为陆抬撑伞，笑道：“我经常能够听到陆先生在江湖上的事迹。”

这十年的江湖和沙场，真是翻江倒海，腥风血雨。

这位陆先生已经一统魔教，而他的几位弟子，如今要么是雄踞一方的魔道巨擘，要么是塞外的边军砥柱，要么是传说中能够呼风唤雨的国师。

就在前不久，陆先生正式约战了天下第一人，要去挑战那位公认已经不输魔头丁婴丝毫的超然存在，仙人俞真意。

十年，说短不短，说长不长。世间因这位陆先生而起的恩怨情仇，其实有很多。但是曹晴朗只是安心读书和……默默修行，守着这条巷子，那栋祖宅。

陆抬摆摆手，示意无需为自己撑伞。

曹晴朗便挪开一步，独自撑伞，并没有坚持。

与这位陆先生，从来无需客气。

两人一起走在那条冷冷清清的大街上，陆抬笑问道：“有什么打算吗？”

曹晴朗微微将油纸伞抬高，后移，然后抬头望去，道：“我想走出去看一看，去见一见陈先生。”

陆抬笑道：“这可不容易，光靠读书不行，就算你学了种国师的拳，以及他帮你找来的那点仙家零碎口诀，还是不太够。”

曹晴朗微笑道：“书中自有白玉京，楼高四万八千丈，仙人凭栏把芙蓉。”

陆抬转头望去，揶揄道：“这副傻样，倒是很像他。”

曹晴朗终于流露出几分与年龄相符的纯稚之气，雀跃道：“真的有点点像吗？”

陆抬打趣道："与他有几分相似，值得这么骄傲吗？你知不知道，你如果在我和他的家乡，是相当相当了不得的修道资质。他呢，才是地仙之资，一辈子的最高成就，不过是比现在的狗屁仙人俞真意稍高一两筹。你当年年纪小，那会儿的藕花福地，又不如现在的灵气渐长，适宜修行，所以他匆匆忙忙走了一遭，才会显得太风光，换成是现在，就要难很多了。"

曹晴朗摇摇头，伸出手指，指向天幕最高处，神采飞扬，道："陈先生在我心目中，高出天外又天外！"

陆抬哑然失笑。

好嘛，陈平安你可以啊，走了趟观道观，竟然还有如此仰慕你的小笨蛋。

陆抬正色道："知不知道，哪怕是在你们家乡这边，飞升一事依旧风险极大。"

曹晴朗点点头，道："所以如果将来某天，我与先贤们一样失败了，还要劳烦陆先生帮我捎句话，就说'曹晴朗这么多年，过得很好，就是有些想念先生'。"

陆抬叹了口气，啪一声，收起折扇，使劲在曹晴朗脑袋上一砸，道："有本事自己与他说去！"

曹晴朗一手撑伞，一手摸头，无奈道："这就又不如先生了。"

第十章
北俱芦洲无奇怪

骸骨滩渡船在长春宫停靠之后又升空了。

对方依旧没有出现。

陈平安不急，依旧练拳。

在跨洲渡船即将驶出东宝瓶洲版图之际，陈平安收起拳桩，走去开门。廊道那边，走来一位玲珑小巧的宫装妇人，一位没有穿龙袍的年轻皇帝，以及一个陈平安更熟悉的人——墨家游侠，横剑在身后的许弱。

陈平安开了门，没有站在门口迎接，假装不认识。

走回屋内，陈平安站在桌旁，倒也没率先落座。

三人走入屋内后，那位妇人径直走到桌对面，笑着伸手，示意道：“陈公子请坐。”

陈平安笑了笑。

那个年轻人满脸笑意，却不说话，微微侧身，只是那么直直看着从泥瓶巷混到落魄山上去的同龄人。

许弱轻声笑道：“陈平安，好久不见。”

陈平安这才抱拳道：“许先生，好久不见。”

小小屋内，气氛可谓诡谲。

妇人掩嘴娇笑，道：“咱们这是做什么呢？都坐吧，说来说去，还不是自家人？咱们呀，都别客套了。”

当四人都落座后，氛围开始凝重起来。

许弱已经开始闭目养神。

如今已经等于坐拥东宝瓶洲半壁江山的大骊新帝宋和，则自顾自打量四周。这还是他第一次登上跨洲渡船，初初瞧着有些新奇，再看也就那样了。

从大骊娘娘变成大骊太后的雍容妇人，则笑望向坐在对面的青衫男子，开口第一句话就暗藏玄机地套近乎道："我家睦儿在泥瓶巷那些年，多亏陈先生担待了。"

陈平安微笑道："还好。"

从神色到措辞，滴水不漏，谈不上什么大不敬，也绝对谈不上半点恭敬。

只不过陈平安心中则骂了一句"好你娘的好"。

许弱嘴角微微翘起，又快快抹去，一闪而逝，无人察觉。

贵为大骊太后的妇人，似乎总算记起身边的儿子宋和，大骊新帝，笑道："陈公子，这是我儿宋和，你们应该还是头一回见面，希望以后可以时常打交道。陈公子是身负我大骊武运的天之骄子，而我们大骊以武立国，无论是我家叔叔，还是宋和，都会也应当礼遇陈公子。"

年轻皇帝身体前倾几分，微笑道："见过陈先生。"

丝毫没有拿捏九五至尊的架子。

这趟登船，是微服私访，结交所谓的山野高人，所以世俗礼数，可以放一放。

宋和早年能够在大骊文武当中赢得口碑，朝野风评极好，除了大骊娘娘教得好，他自己也确实做得不错。

陈平安点头道："有机会一定会去京城看看。"

妇人笑道："朝廷打算将龙泉由郡升州，吴鸢顺势升迁为刺史，留下来的那个郡守位置，不知陈公子心中有无合适人选？"

陈平安微笑道："难道不是从袁县令和曹督造两人当中拣选一人？袁县令勤政，赏罚分明，将一县辖境治理得路不拾遗；曹督造亲民，抓大放小，龙窑事务外松内紧，毫无纰漏。两位都是好官，谁升迁，我们这些龙泉郡的老百姓，都高兴。"

新帝宋和不露声色瞥了眼陈平安。

是真傻还是装傻？袁曹两大上柱国姓氏，在庙堂都斗不够，还要在沙场斗，针锋相对了多少代人？一郡太守的官身，虽说不大，但是给了任何一方，就等于冷落了另外一方，落了某位上柱国的面子，这可就不是小事了。退一步说，哪怕袁曹家主心无偏私，光风霁月，朝廷怎么说就怎么受着，但各自下边的嫡系和门生们，会怎么想？一方得意，一方憋屈，朝廷这是火上浇油，引火烧身？

妇人神色自若，笑道："兴许是陈公子作为山上修道之人，又喜好游历天下山河，故而与两位当地父母官接触不多，并无私交，所以不好多说什么，不过还有一事，陈公子于情于理，应该都会有些想法。当年落魄山的山神，事先没有与陈公子打过招呼，就选了老督造官宋煜章，虽说合乎礼法，可说实话，其实仍是我们朝廷做得……人情味稍稍少了些，怎么都该与陈公子商量之后，再做定夺的。所以未来龙泉升州，州郡县三位新城隍爷，陈公子无需有任何顾虑，帮着大骊拣选出一两颗沧海遗珠好了，我这个妇道人家，还有我儿宋和，与朝廷都相信陈公子的为人和眼光。”

妇人继续劝说道：“陈公子此次又要远游，可龙泉郡终究是家乡，平日里有一两位信得过的自己人照拂落魄山在内的山头，陈公子出门在外，也好安心些。”

陈平安摇摇头，一脸遗憾道：“我对骊珠洞天周遭的山水神祇和城隍爷土地公，以及其余死而为神的香火英灵，实在是不太熟悉，每次往来，匆匆赶路，不然还真要起一回私心，跟朝廷讨要一位关系亲近的城隍老爷坐镇龙泉郡。我陈平安出身市井陋巷，没读过一天书，更不熟悉官场规矩，只是江湖晃荡久了，还是晓得‘县官不如现管’的粗俗道理的。”

宋和心中泛起笑意，话是不假，你陈平安确实就认识一个北岳正神魏檗而已，只是都快要好到穿一条裤子了。

妇人也是满脸惋惜，道：“三位城隍爷的人选，礼部那边马上就要敲定，其实如今工部就已经在商议大小三座城隍阁、庙的选址，陈公子错过了这个机会，实在是有些可惜，毕竟这类岁月悠悠的香火神祇，不是那些常换凳子的衙门官员，一旦扎根山水，少则几十年，多则几百年都不做更改了。”

陈平安喟叹道：“朝廷美意，我心领了。江湖路远，山高水长，希望将来还有类似的机会。”

妇人姗姗起身，简单一个动作，便有仪态万千的风韵，道：“那我们就不叨扰陈公子的赶路和修行了。”

陈平安跟着起身，客气道：“我如今既非剑修，也不是那远游境武夫，渡船之上，无法远送，还望海涵。”

妇人点点头，示意无妨，转头对许弱嫣然而笑，问道：“反正渡船暂时还未离开东宝瓶洲版图，想必我与和儿的归程，十分安稳，许先生既然与陈公子相熟，不如留下来叙叙旧？”

许弱摇头笑道：“不用。”

简明扼要，甚至连个理由都没有说。

不过妇人和新帝宋和似乎都没觉得这是冒犯，仿佛“许先生”如此表态，才是自然。

最后陈平安将三人送到船栏那边，脚下这艘骸骨滩披麻宗渡船附近，有一艘六层楼高的巨大渡船正在并驾齐驱，相较之下，原本已经算是庞然大物的披麻宗渡船，就显得有些“身姿纤细苗条”了。两艘渡船之间，不知如何做到的，架起了一条青色雾霭铺地的彩绘“廊桥”，宽达两丈有余，仙气弥漫，依稀可见廊柱上有天女婀娜舞动，宛如上古天庭的廊道，三人行走其中，如履平地，每当鞋底触及那条“青石板路”，就会有一圈圈彩色光晕散开，涟漪阵阵。

陈平安一直没有挪步，举目望去，这座神仙廊桥被对面渡船一位白衣高冠老修士收起，手腕翻转，竖立于手心，小如印章，然后缓缓藏入袖中。

母子二人的身影消失在渡船楼梯那边。

许弱转身凭栏而立，陈平安抱拳告别，对方笑着点头还礼。

陈平安返回屋子，不再练拳，开始闭上眼睛，仿佛重回当年书简湖青峡岛的山门屋舍，当起了账房先生。

开始默默盘算账目。

有些事，看似极小，却不好查，一查就会打草惊蛇，牵一发而动全身。

但是有些大事，哪怕涉及大骊宋氏的顶层内幕，陈平安都可以在崔东山那里，问得百无禁忌。

只不过仔细算过之后，也无非是一个“等”字。

陈平安睁开眼睛，手指轻轻敲击养剑葫。

这对母子，其实完全没必要走这一趟，并且还主动示好。

可能是为了追求最大的利益，在形势变化之后，当年的恩怨在妇人眼中，已经不值一提。

打个比方，杀陈平安，需要耗费十两银子，拉拢了，可以挣五两银子，这一出一入，其实就是十五两银子的买卖了。

当然也可能是障眼法，那位妇人，是习惯了狮子搏兔亦用全力的人物，不然当年杀一个二境武夫的陈平安，就不会调动那拨刺客。

同样也可能是在试探，先确定了他陈平安的深浅虚实，当然还有他面对当年那场刺杀的态度，大骊朝廷再做定夺。

陈平安的思绪渐渐飘远。

想了很多。

没来由想起年幼时分十分羡慕的一幕场景，远远看着扎堆在神仙坟那边打闹的同龄人，喜欢扮演着好人坏人，黑白分明。当然也有过家家扮演夫妻的，多是有钱人家的男孩子当那相公，漂亮小女孩扮演小娘子，其余人等，扮演管家仆役丫鬟，有模有样，热热闹闹，还有孩子们从家中偷来的许多物件，尽量将“小娘子”打扮得漂漂亮亮。

长大之后，回头乍看，满满的童真童趣，可是再一想，就没那么美好了，似乎在童年时代，孩子们就已经学会了此后一辈子都在用的学问。

陈平安摘下养剑葫，喝着酒，走向观景台。

夜幕沉沉，渡船刚刚经过大骊旧北岳的山头，依稀可见山势极为陡峭，就像大骊的行事风格。

明月当空。

陈平安睁大眼睛，看着那山与月。

山近月远觉月小，便道此山大于月。若有人眼大如天，当见山高月更阔。

一座铺有彩衣国最精美地衣的华美屋内，大骊娘娘给自己倒了一杯茶，突然皱了皱眉头，凳子稍高了，害得她双脚离地，好在她这辈子最大的能耐，就是“适应”二字，于是让后脚跟离地更高，而脚尖则轻轻敲击那出自彩衣国仙府女修之手的名贵地衣，笑问道：“怎么样？”

宋和想了想，说道：“是个油盐不进的。”

妇人抿了一口茶水，回味一二，似乎不如长春宫的春茶。长春宫那个地方，什么都不好，比一座冷宫还冷清，都是些连嚼舌头都不会的妇人女子，无趣乏味，也就是茶水好，才让那些年在山上结茅修道的日子，不至于太过煎熬。她故意喝了口茶水，含了一片茶叶在嘴里嚼，在她看来，天下味道，唯有以苦打底，才能慢慢尝出好来。咽下咬得细碎的茶叶后，她缓缓道：“没点本事和心性，一个在泥瓶巷里闻着鸡屎狗粪长大的贱种，能活到今天？这才多大岁数，一个不过二十一岁的年轻人，挣了多大的家业啊。”

宋和并不太在意一个什么落魄山的山主，只是娘亲一定要拉上自己，他便只好跟着来了。当了皇帝，该享受什么福气，该受多少痛苦，宋和从小就一清二楚。光是称帝之后，一年之中的繁文缛节，就做了不知多少。好在宋和娴熟得不像是一位新君，朝堂那边某些不太看好他的老不死，瞪大眼睛就为了挑他的错，可是估计一双双老花眼都看到发酸了，也没能挑出瑕疵来，只能捏着鼻子认了。

宋和笑道：“换成是我有那些际遇，也不会比他陈平安差多少。”

妇人问道：“你真是这么认为的？”

宋和笑着点头。

妇人眯起眼，双指捻转釉色如梅子青的精美茶杯，道：“好好想想，再回答我。”

宋和赶紧举起双手，笑嘻嘻道：“是儿子的怄气话，娘亲莫要懊恼。”

妇人在他们母子俩独处之时，从不会将宋和当做什么大骊皇帝，此时脸上更没了平时宠溺的神色，厉色道：“齐静春会选中你？你宋和吃得住苦？”

宋和摇头：“皆不会。”

“一些地方不如人家，就是不如人家，世间就没有谁，样样比人强，占尽大便宜！”

妇人怒气冲冲道：“既然你是天生享福的命，那你就好好琢磨如何去享福，这是天下多少人羡慕都羡慕不来的好事。但是别忘了，这从来不是什么简单的事情！你要是觉得终于当上了大骊皇帝，就敢有丝毫懈怠，我今天就把话撂在这里，你哪天自己犯浑，丢了龙椅，宋睦接过去坐了，娘亲还是大骊太后，你到时候算个什么东西？别人不知真相，或是知道了也不敢提，但是你先生崔瀺，还有你叔叔宋长镜，会忘记？想说的时候，我们娘俩拦得住？”

宋和愧疚道：“是孩儿错了，不该得意忘形。”

若是以往，妇人此时就会好言安慰几句，但是今天却大不一样，儿子的温顺乖巧，似乎惹得她越来越生气。

只见妇人重重放下茶杯，茶水四溅，脸色阴冷，继续厉声道：“当初是怎么教你的？深居宫闱重地，很难看到外边的光景，所以我苦求陛下，才求来国师亲自教你读书。不但如此，娘亲一有机会就带着你偷偷离开宫中，行走京城坊间，就是为了让你多看看，贫寒之家到底是如何发迹的，富贵之家是如何败亡的，蠢人是怎么活下去的，聪明人又是怎么死的！各人有各人的活法和优劣，就是为了让你看清楚这个世道的复杂和真相！

“还记不记得娘亲生平第一次打你是为何？市井坊间，无知百姓笑言皇帝老儿家中一定用那金扁担，一顿饭吃好几大盘子馒头，你当时听了，觉得好玩，笑得合不拢嘴，好笑吗？你知不知道，当时与我们同行的那头绣虎，在一旁看你的眼神，就像你看待那些老百姓，一模一样！

“一张龙椅，一件龙袍，能吃不成？真到了山穷水尽的那天，真比得上几个馒头？国师是怎么教你的？天底下，成大事者，必有其牢固根本在不为人知的阴暗处，越与世情常理相契合，就越是风雨吹不动！国师举例之人是谁？是那看似一年到头昏昏欲睡的关氏老太爷！反例是谁，是那看似名垂青史、风光无限的袁曹两家老祖宗！这样明明白白教给你的‘坏人如何活得好’的至理，你宋和也敢不上心？”

妇人站起身，怒气滔天，道：“那几本被天下君王秘而不宣的破书，所谓的帝王师书，还有什么藏藏掖掖不敢见人的人君南面术，算个屁！是那些大道理不好吗？错了吗？没有！好得不能再好了，对得不能再对了！可你到底明不明白，一座东宝瓶洲，那么多大大小小的皇帝君王，如今还能剩下几个？又有几人成了垂拱而治的明君？就是因为这些坐龙椅的家伙，那点眼界和心性，那点驭人的手腕，根本撑不起那些书上的道理！绣虎当年传授他的事功学问，哪一句言语，哪一个天大的道理，不是从一件最不起眼的细微小事，开始说起？”

妇人脸色铁青，指着那个大骊年轻皇帝的脸庞，骂道：“你今天跟一个贱种比吃苦，觉得自己比他强，你明天是不是要去跟你哥哥比功劳，也觉得自己功劳更大？与国师比学问，与叔叔比武学，你都觉得自己其实不差？到底是谁给你的胆子，让你宋和如此托大？是一辈子夹着尾巴做人的我吗？是被中土陆氏坑害得英年早逝的先帝吗？还是那个打心底里就瞧不起你这个弟子的国师？”

宋和也跟着站起身，低头沉默不语，没有丝毫愤懑和怨怼，虚心受教，哪怕他如今已是坐在那张龙椅上的男人。

妇人哀叹一声，颓然坐回椅子，望着这个迟迟不愿落座的儿子，态度缓和了些，眼神幽怨道："和儿，是不是觉得娘亲很烦人？"

宋和这才坐下，轻声笑道："如果不是担心朝野非议，我都想让娘亲垂帘听政，过过瘾，如此一来，娘亲就可以在青史上多留些笔墨。"

妇人气笑道："胡闹！"

宋和，宋睦，和和睦睦，家和万事兴。

市井门户，帝王之家，门槛高低，天壤之别，可道理其实是一样的道理。

只不过为了宋氏国祚，当年妇人必须做出一个艰难的选择，舍一留一，不得不将犹在襁褓中的一个儿子，送去那座骊珠洞天，那孩子"病夭"之后，在宗人府谱牒上，便勾掉了那个名字本该是宋和的"宋睦"，而次子，不但得以留在京城，还得了宋和这个名字，以及长子的身份。

这才有了后来的泥瓶巷宋集薪，以及后来的一系列事情——宋煜章离京并担任窑务督造官，功成之后，返京去礼部述职，再返回，最终被妇人身边的那位卢氏降将，亲手割走头颅，装入匣中送去先帝跟前，先帝在御书房独处一宿，翻阅一份档案到天明，再后来，就下了一道圣旨，让礼部着手敕封宋煜章为落魄山的新山神，而祠庙内的神像，只有头颅镏金，最后龙泉郡山上山下，便又有了"金首山神"的称呼。

负责编纂玉牒和掌管大骊宋氏宗室名录的宗人府，在二十多年前，死了几位老人，在二十年后的去年和今年，又死了一拨，都是"老死"的。只不过当年是先帝的旨意，不得不死，之后这次，则是这帮活腻歪了的老骨头们，自己求死的，竟然豪赌押注于一个毫无根基的皇子，想要翻案，争一个"长幼"身份。

宋和告辞离去。

妇人独自饮茶，心情复杂。

宋集薪也好，"宋睦"也罢，到底是她的亲生骨肉，怎会没有感情。

当年她抱着襁褓中的长子，凝视着儿子粉嫩可爱的脸庞，流着眼泪呢喃道："谁让你是哥哥呢？谁让你生在大骊宋氏呢？谁让你摊上了我们这一对狠心的爹娘呢？"

当时先帝就在场，却没有半点恼火。

这么多年来，在那次不惜逾越雷池也要偷看秘档，结果被先帝训斥后，她就彻底死心了，就当那个儿子已经死了。之后，心中愧疚越多，她就越怕面对宋集薪，怕听到关于他的任何事情。

更怕将来哪天，连累了养在身边的"唯一儿子"，到最后沦为竹篮打水一场空。

那个曾经当了很多年窑务督造官的宋煜章，本来是有机会不用死的，退一步说，至少可以死得晚一些，而且更加风光些。按照先帝最早的安排，宋煜章会先在礼部过渡几年，然后转去清贵无权的清水衙门当差，品秩肯定不低，六部堂官在内的大九卿不用想，但是小九卿注定是其囊中之物，例如太常寺卿，或是鸿胪寺和左右春坊庶子，相当于圈禁起来，享个十几二十年福，死后得个名次靠前的美谥，也算是大骊宋氏厚待功臣了。

要知道宋煜章从头到尾经手了加盖廊桥一事，那里可埋着大骊宋氏最大的丑闻，一旦泄露，被观湖书院抓住把柄，甚至会影响到大骊吞并东宝瓶洲的格局。

所以说先帝对宋煜章，可谓已经足够仁慈宽厚。

可千不该万不该，在骊珠洞天小镇，宋集薪是他这个窑务督造官老爷私生子的传闻，都已经闹得尽人皆知了，宋煜章还不知收敛，不懂隐藏情绪，竟敢对宋集薪流露出类似父子的情感迹象。宋煜章最该死之处在于，宋集薪在内心深处，似乎的的确确希望宋煜章真是自己的亲生父亲。在秘档上，点点滴滴，记载得一清二楚，可是宋煜章在以礼部官员身份重返龙泉郡后，依旧死不悔改，不死还能如何？所以即便是宋煜章死了，先帝还是不打算放过这个触犯逆鳞的骨鲠忠臣，任由她命人割走头颅带回京城，再将其敕封为落魄山山神。一尊金首山神，沦为整个新北岳地界的笑谈。

哪怕先帝已经走了，妇人对这个雄才伟略却英年早逝的男人，还是心存畏惧。

她很爱他，对他充满了崇拜和仰慕。

他死得不早不晚，刚刚好，她其实很开心。

有些女子，情爱一物，是烧菜的佐料，有了是最好，没有也不打紧，总有从别处找补回来的事物。

那位先前将一座神仙廊桥收入袖中的白衣老仙师，抚须笑道：“想来咱们这位太后又开始教子了。”

许弱笑而无言。

大骊渡船掉头南归，骸骨滩渡船继续北上。

老仙师转头瞥了眼北方，轻声道：“怎么挑了董水井，而不是此人？”

许弱笑道：“慈不掌兵，义不掌财。”

老仙师嗤笑一声，毫不掩饰自己的不以为然。

许弱双手分别按住横放身后的剑柄剑首，意态闲适，眺望远方的大地山河。

渡船之下的东宝瓶洲北方，江源如帚，分散甚阔。

老仙师是墨家主脉押注大骊后，在东宝瓶洲的话事人。

他与许弱以及那个“老木匠”关系一直不错，只不过当年后者争墨家巨子落败，搬离中土神洲，最后选中了大骊宋氏。

当时与他们这一脉墨家一起的，还有阴阳家陆氏的旁支，双方一拍即合，开始冒天下之大不韪，私自打造那座足可镇杀仙人境修士的仿制白玉京。

不但如此，那位阴阳家大修士还蛊惑大骊先帝违反儒家礼制，擅自修行跻身中五境，一旦皇帝破境，在保持灵智的同时，又可以秘密沦为牵线傀儡，而且一身境界会荡然无存，等于重返一介凡俗夫子之身，到时候当时还在大骊京城的山崖书院也好，远在东宝瓶洲中部的观湖书院也罢，便是察觉出端倪，也无迹可寻。这等仙家大手笔，确实只有底蕴深厚的阴阳家陆氏，可以想得出，做得到。

关于此事，连那个姓栾的“老木匠”都被蒙蔽，即使朝夕相处，仍是毫无察觉，不得不说那位陆家旁支修士的心思缜密，当然还有大骊先帝的城府深沉了。

国师崔瀺和齐静春的山崖书院，都是在这两脉之后，才选择的大骊宋氏。至于崔瀺和齐静春这两位文圣弟子，这对早已反目成仇却又当了邻居的师兄弟，在辅佐和治学之余，各自的真正所求，就不好说了。

最后那个阿良一来，彻底改变了大骊和整个东宝瓶洲的格局。

阿良的一剑之后，倾尽半国之力打造出来的仿白玉京运转不灵，数十年内再也无法动用剑阵杀敌于万里之外，大骊宋氏损失惨重，伤了元气。不过因祸得福，那位秘密莅临骊珠洞天的掌教陆沉，似乎便懒得与大骊计较了，从来到浩然天下，再到返回青冥天下，都没有出手销毁大骊那座白玉京。陆沉这一手下留情，至今还是一件让许多高人百思不得其解的怪事。若是陆沉因此出手，哪怕是迁怒大骊王朝，有些过激之举，中土文庙的副教主和陪祀圣人们，都不大会阻拦。

打造仿白玉京，消耗了大骊宋氏的半国之力。

此外，大骊一直通过某个秘密渠道的神仙钱来源，以及与人赊账，让栾巨子和墨家机关师打造了足足八座“山岳”渡船。

之后就是大骊铁骑加速南下。

可以说，只要大骊南下之势受阻不畅，在某地被阻滞不前，只需要再拖上个三五年，即使大骊铁骑战力受损不大，大骊宋氏自己就支撑不下去了。

所以说，朱荧王朝当时拼着玉石俱焚，也要拦下大骊铁骑，绝非意气用事，而那些周边藩属国的拼死抵御，用动辄数万十数万的兵力去消耗大骊铁骑，幕后自然同样有高人指点和运作，不然大势之下，明明双方战力悬殊，沙场上注定要输得惨烈，谁还愿意白白送死？

这位墨家老修士早年对崔瀺观感极差，总觉得是盛名之下其实难副，太虚了，与白帝城城主下出过《彩云谱》又如何？文圣昔年首徒又如何？十二境修为又如何？单枪匹马，既无背景，也无山头，何况在中土神洲，他崔瀺并不属于最拔尖的那一小撮人，这样的人被逐出文圣所在文脉，卷铺盖滚回家乡东宝瓶洲后，又能有多大的作为？

直到许弱说服墨家主脉如今的巨子，来到了东宝瓶洲这偏居一隅的蛮夷之地后，他们才开始一点一点认识到崔瀺的厉害。

去年在大骊铁骑被朱荧王朝阻挡在国门之外的险峻关头，大概是为了安抚人心，在大骊南下的汹涌大势当中一直不太露面的崔瀺，总算拉着一些老头子，坐下来开诚布公地好好聊了一次。不是聊什么大骊必然成功，以及成功之后如何瓜分利益，崔瀺只聊了接下来十年之内，大骊铁骑的每一个推进步骤，几乎具体到了每一年大骊三支铁骑分别与谁交手，在何地作战，双方战损如何，与之对应的大骊国库状况如何，等等，皆是细到不能再细的“小事”；然后再是观湖书院、真武山和风雪庙这些东宝瓶洲的山巅势力，各自在不同阶段，态度会有什么细微变化，以及神诰宗祁真会在何时入局，终于愿意见一见大骊使节；之后崔瀺连大骊未来新版图上的死灰复燃，与大骊驻军的反复拉锯，导火索因何而起，又该如何收场，大骊在此期间的得失，都一一阐述，娓娓道来。

崔瀺在最后，让众人决定是半途而废抽身而退，还是加大押注，只管隔岸观火，看看大骊铁骑是否会按照他崔瀺给出的步骤拿下朱荧王朝。

事实证明，崔瀺是对的。

直到那一刻，这位老修士才不得不承认，崔瀺是真的很会下棋。

不过老修士也是个爱钻牛角尖的，不信邪，就跑去问崔瀺到底是如何做到的，他根本不信天底下有什么料敌如神和未卜先知，毕竟一洲争胜，不是真的棋手在那捣鼓几颗棋子。

崔瀺就带着他去了一处秘密建造在京城郊外，戒备森严的大骊存档处。

里面有将近五百人，其中半数是修士，都在做一件事情，就是收取谍报、撷取信息，以及与一洲各地谍子死士的对接。

在这里，一座高山的腹部全部被掏空，分门别类，摆满了东宝瓶洲所有王朝和藩属国的兵马配置、山上势力分布、文武重臣的个人资料，都是些累积百年之久的档案。

这还不算最让老修士震撼的事情，真正让墨家老修士感到可怕的，是一件很容易被忽略的“小事”。

当时一袭儒衫的大骊国师，领着他参观那座名为“书山”的大骊禁地，一路上，来往之人脚步匆匆，无一例外，见到了一国国师，只是稍稍避让而已，然后就此别过，没有跪拜作揖，没有客套寒暄，即便国师有所询问，也是一问一答，双方言语简洁，然后就此分道而行。

作为墨家高人、机关术士中的翘楚，老修士当时的感觉，就是当自己置身于这座“书山”其中，就像身处一架震古烁今的庞大且复杂机关之中，处处充满了精准、契合的气息。

历史上浩浩荡荡的修士下山“扶龙”，稍有成就，便欢天喜地，比起这头绣虎的作为，就像是小孩子过家家。

声名狼藉的文圣首徒在离开了群星荟萃的中土神洲之后，沉寂了足足百年，终于崛起。可笑的是，在那八座“山岳”渡船缓缓升空，大骊铁骑正式南下之际，几乎没有人在乎崔瀺在东宝瓶洲做了什么。

一路上，陈平安都在学习北俱芦洲雅言。

这一点北俱芦洲比东宝瓶洲和桐叶洲都要好，雅言通行一洲，各国官话和地方方言也有，但是远远不如其余两洲复杂，而且出门在外，都习惯以雅言交流，这就省去陈平安许多麻烦。在倒悬山那边，陈平安是吃过苦头的，东宝瓶洲雅言，对于别洲修士而言，说了听不懂，听得懂后更要满脸蔑视。

披麻宗渡船即将落下，陈平安整理好行李，来到一楼船栏这边。

那些拖拽渡船、凌空飞掠的力士大军，十分玄奇，似乎不是纯粹的阴物，而是一种介于阴灵鬼物和符箓傀儡之间的存在。

脚下就是广袤的骸骨滩地界，也不是陈平安印象中那种鬼森森的气象，反而有几处绚烂光彩直冲云霞，萦绕不散，宛如祥瑞。

骸骨滩方圆千里，多是平原滩涂，少有寻常宗字头仙家的高山大峰、层峦叠嶂。

骸骨滩辖境唯有一条大河贯穿南北，不似寻常江河的蜿蜒，如一剑劈下，笔直一线，而且几乎没有支流漫延开来，估计也是暗藏玄机。

披麻宗渡船上唯有一座仙家店铺，货物极多，镇铺之宝是两件品秩极高的法宝，皆是上古仙人的残损遗剑，如果不是剑刃开卷颇多，并且伤及了根本，使得两把古剑丧失了修缮如初的可能，应该都是当之无愧的半仙兵。最为人称道之处，在于两把剑是山上所谓的“道侣”物，一把名为“雨落”，一把名为“灯鸣”，相传是北俱芦洲一双剑仙道侣的佩剑。

故而渡船不拆开售卖，两把法剑，开价一百枚谷雨钱。

这桩买卖还有个噱头，地仙剑修购买，可以打八折；上五境剑仙出手，可以打六折。

只不过对于地仙剑修，价格实在是昂贵了些；对于一位上五境剑仙，更显鸡肋。

陈平安也就过过眼瘾，囊中羞涩嘛，何况即使手头有钱，陈平安也不当这个冤大头。

不过陈平安还是在挂“虚恨”匾额的店铺那边，买了几样讨巧廉价的小物件。

一件是连接砥砺山镜花水月的灵器，一个青瓷笔洗，类似陈灵均当年的水碗。在那本倒悬山神仙书上，专门有提及砥砺山，说是专门用来给剑修比剑的演武之地，任何恩怨，只要是约定了在砥砺山解决，双方根本无需订立生死状，到了砥砺山就开打，打死一个为止，千年以来，几乎没有特例。

再就是一方古色古香的诗文砚台，和一盒某个覆灭王朝末代皇帝的御制重排石鼓文墨，总计十锭。

等到陈平安与店铺结账的时候，掌柜亲自露面，笑吟吟地说披云山魏大神已经发话了，陈平安在“虚恨”坊任何开销，都记在披云山的账上。

陈平安也没客气，还问了一句，那我如果再买几件，行不行？

掌柜笑着摇头，说魏大神也说了，在他这个掌柜出面后，双方约定就得作废。

陈平安还是笑着与掌柜致谢，一番攀谈之后，陈平安才知道掌柜虽然在披麻宗渡船开设店铺，却不是披麻宗修士。披麻宗筛选弟子，极其慎重，祖师堂谱牒上的名字，一个比一个金贵，而且开山老祖当年从中土迁徙过来后，订立了“内门嫡传三十六，外门弟子一百零八”的名额，所以骸骨滩更多的还是他这样的外来户。

老掌柜是个健谈的人，与陈平安介绍了骸骨滩的诸多风土人情，以及一些山上禁忌。

两人正在船栏这边谈笑风生，视野所及的尽头天幕，有两道剑光纵横交错，每次交锋，震出一大团光彩和电光。

老掌柜见怪不怪，笑道：“常有的事情，只是咱们这边的剑修在舒展筋骨而已。陈公子你看他们始终远离骸骨滩中央地带，就明白了，倘若双方打出真火来，哪里管你骸骨滩披麻宗，便是在祖师堂顶上飞来飞去，也不奇怪，给披麻宗修士出手打飞，吐血三升什么的，算得了什么，本事足够的，干脆三方乱战一场，才叫舒坦。”

陈平安无言以对。

这北俱芦洲，真是个……好地方。

骸骨滩仙家渡口是北俱芦洲南部的枢纽重地，商贸繁荣，人流熙熙攘攘，在陈平安看来，都是长了脚的神仙钱，难免就有些憧憬自家牛角山渡口的未来。

渡船缓缓靠岸，性子急的客人们，半点等不起，纷纷乱乱，一拥而下。按照规矩，在渡口登船下船，不管境界和身份，都应该步行，在东宝瓶洲和桐叶洲，以及鱼龙混杂的倒悬山，皆是如此，可这里就不一样了，即便是按照规矩来的，也是争先恐后，更多的还是潇洒御剑化做一抹虹光远去的，其他的有驾驭法宝腾空的，有骑乘仙禽远游的，还有直接一跃而下的，乱七八糟，闹闹哄哄。披麻宗渡船上的管事，还有地上渡口的管事，瞧见了这些不守规矩的，嘴里就骂骂咧咧，还有一位负责渡口戒备的观海境修士，看着火大了，直接出手，将一个从自己头顶御风而过的练气士给打下地面。

陈平安哭笑不得，这还是在披麻宗眼皮子底下呢，换成其他地方，得乱成什么样子？

陈平安不着急下船，而且老掌柜还在讲着骸骨滩几处必须去走一走的地方。人家好心好意介绍此地胜景，陈平安总不好让人话说一半，于是就耐着性子继续听着老掌柜的讲解。那些下船的情景，陈平安虽然好奇，可他打小就明白一件事情，与人言语之时，别人言辞恳切，你在那儿四处张望，这叫没有家教，所以陈平安只是瞥了几眼就收回了视线。

老掌柜做了两三百年渡船店铺生意，迎来送往，炼就了一双火眼金睛，见此情形便快速结束了先前的话题，微笑着解释道："咱们北俱芦洲，瞧着乱，不过待久了，反而觉着爽利。确实容易莫名其妙就结了仇，可那萍水相逢却能千金一诺，敢以生死相托的事情，更是不少，相信陈公子以后自会明白。"

老掌柜说到这里，那张见惯了风雨的沧桑脸庞上，满是遮掩不住的自豪。

陈平安对此不陌生，故而心一揪，有些伤感。

曾经有人也是这般，以生在北俱芦洲为傲，哪怕她们只是下五境练气士，只是打醮山渡船的婢女。

老掌柜犹豫了一下，想起大骊北岳正神魏檗与自己的私下会面，便轻声说道："陈公子，能否容我说句不太讨喜的话？"

陈平安笑道："黄掌柜请说。"

老掌柜缓缓道："北俱芦洲比较排外，喜欢内讧，但是一致对外的时候，尤其抱团。这里的人最讨厌几种外乡人，一种是远游至此的儒家门生，觉得他们一身酸臭气，十分不对付；一种是别洲豪阀的仙家子弟，个个眼高于顶；最后一种就是外乡剑修，觉得这伙人不知天高地厚，有胆子来咱们北俱芦洲磨剑。"

老掌柜伸手扶栏，叹了口气，感慨道："三者之中，又以第二种，最惹人厌。历史上，不知道多少在别洲家乡呼风唤雨的年轻人，仗着家族老祖或是传道人的身份显赫，做事说话就不太讲究，可几乎没一个能够讨到好，都是灰头土脸逃离北俱芦洲。这还算好的，断了修行路，甚至是直接死在这边的，不在少数。这其中，就有龙虎山天师府的黄紫贵人，有诸子百家的嫡传弟子，流霞洲仙家执牛耳者飞升境老祖的关门弟子，还有皑皑洲那位财神爷的亲弟弟，当初就被人活活打死在这边，林林总总，这些陈年烂账，多了去，那些死了亲人、弟子的别洲山顶修士，竟是至今连仇家都没搞清楚。"

陈平安点头道："黄掌柜的提醒，我会铭记在心。"

老掌柜恢复笑容，抱拳朗声道："些许忌讳，如几根市井麻绳，束缚不住真正的人间蛟龙，北俱芦洲从不拒绝真正的豪杰。那我就在这里，预祝陈公子在北俱芦洲，成功闯出一番天地！"

陈平安抱拳还礼，道："那就借黄掌柜的吉言！"

陈平安戴上斗笠，青衫负剑，离开了这艘披麻宗渡船。

按照黄老掌柜的说法，骸骨滩有三处地方必须去，不然就算白走了一遭。

一是那座品秩不高但是占地极大的摇曳河祠庙，身为河神，供奉金身的祠庙，比起北俱芦洲的绝大多数万里大江的水神，还要气派。

还有从披麻宗山脚入口一直延伸到地底深处的巨大城池，名为壁画城。城下有八堵高墙，绘有八位倾国倾城的上古仙女，栩栩如生，纤毫毕现，传闻还有那“不看修为只看命”的天大福缘，等待有缘人前往。八位仙女，曾是古老天庭某座宫殿的女官精魄残余，修为高低不一，若有相中了“裙下”的赏画之人，她们便会走出壁画，侍奉终生。如今八位仙境女官，只存三位，最高一位，竟然是上五境的玉璞境修为，最低一位，也是金丹地仙，其余五幅壁画都已经灵气消散。并且壁画之上，犹有法宝，都会被她们一并带离。披麻宗曾经邀请各方高人，试图以仙家拓碑之法，获取壁画所绘的法宝，只是壁画玄机重重，始终无法得逞。

除了仅剩三幅的壁画机缘，壁画城中多有售卖世间鬼修梦寐以求的器物和阴灵，便是一般仙家府邸，也愿意来此出价，购买一些调教得体的阴灵傀儡，既可以担任庇护山头的另类门神，也可以作为不惜为主替死的防御重器，携手行走江湖。而且壁画城多散修野修在此交易，经常会有重宝隐匿其中，如今一位已经赶赴剑气长城的年轻剑仙，其发迹之物，就是从这里的一位野修手上捡漏的一件半仙兵。

最后就是骸骨滩最吸引剑修和纯粹武夫的“鬼蜮谷”，披麻宗有意将难以炼化的厉鬼驱逐、聚拢于此地，外人缴纳一笔过路费后，生死自负。

陈平安打算先去最近的壁画城。

在陈平安远离渡船之后，一位负责跨洲渡船的披麻宗老修士，出现在黄掌柜身边。这位在骸骨滩久负盛名的元婴修士，在披麻宗祖师堂辈分极高，只不过平时不太愿意露面，最反感人情往来。此时他一身气机收敛，气府灵气点滴不溢出，笑道：“亏你还是个做买卖的，那番话说得哪里是不讨喜，分明是恶心人了。”

一个能够让大骊北岳正神露面的年轻人，一人独占了骊珠洞天三成山头，肯定要与店铺掌柜所谓的三种人沾边，至少也该是其中之一。稍微有点后生脾气的，指不定就要把好心当成驴肝肺，认为掌柜是在给个下马威。

老掌柜虽然境界与身边这位元婴境老友差了许多，但是平时往来，十分随意，此时抚须而笑，道：“如果是个好面子和急性子的年轻人，在渡船上就不是这般深居简出了，方才听过了壁画城三地，早就告辞下船了，哪里愿意听我一个糟老头子唠叨半天，那么我那番话，说也不用说了。”

老元婴随口笑道：“知人知面不知心。”

老掌柜哈哈大笑，道：“买卖而已，能攒点人情，就是挣一分。所以说老苏你就不是做生意的料，披麻宗把这艘渡船交给你打理，真是糟践了金山银山，多少原本可以笼络起来的关系，就在你眼前跑来跑去，你愣是都不抓。”

“修道之人，左右逢源，真是好事？”老元婴冷笑道，“换一个有望上五境的地仙过来，虚度光阴，岂不是糟践更多。”

老掌柜假装没听明白其言下之意，双肘搁在栏杆上，眺望故土风景。跨洲渡船的营生，最不缺的就是一路上饱览山河万象，可看多了，还是觉着自家的水土最好。此时听着一位元婴大修士的言语，老掌柜笑呵呵道："可别把我当箩筐啊，我这儿不收牢骚话。"

老元婴不以为意，记起一事，皱眉问道："这玉圭宗到底是怎么回事？怎的将下宗迁徙到了东宝瓶洲？按照常理，杜懋一死，桐叶宗勉强维持着不至于树倒猢狲散，只要荀渊将玉圭宗下宗轻轻往桐叶宗北方随便一摆，趁人病要人命，桐叶宗估摸着不出三百年，就要彻底完蛋了。为何这等白捡便宜的事情，荀渊不做？下宗选址东宝瓶洲，潜力再大，能比得上完完整整吃掉大半座桐叶宗？据说这荀老儿年轻的时候是个风流种，该不会是脑子给某位婆姨的双腿夹坏了？"

姓黄的虚恨坊掌柜摇头道："玉圭宗谁都可以是傻子，唯独荀渊不会是，即使从未打过交道，只看这位老前辈能够驯服姜尚真，就绝不简单。姜尚真什么脾气？当初不过金丹修为，单枪匹马，游历咱们北俱芦洲，结果坑害了多少山头和仙子？最后还给他吃干抹净，成功跑路了。老子这辈子没什么心结，只有我那小师姑的郁郁而终，令我始终无法释怀！小师姑当年于我有庇护和护道之恩，若非她的照拂，我早就坟头三尺草了。这个挨千刀的姜尚真，唉，他娘的，一提到这个家伙，老子是既一肚子火气，又不得不服气。"

老掌柜平时谈吐，其实颇为文雅，不似北俱芦洲修士，可当他提起姜尚真，竟是有些咬牙切齿。

元婴老修士幸灾乐祸道："我这儿，箩筐满了。"

老掌柜吐出一口唾沫，似乎想要把积郁之气一并吐了。

他好奇问道："看架势，大骊宋氏似乎有意拔高牛角山渡口，丝毫没有扩建长春宫渡口的企图，到时候老苏你需要跟哪条地头蛇打交道？是大骊武将，还是供奉修士？"

元婴老修士摇摇头，道："大骊最忌讳外人刺探谍报，我们祖师堂那边是专门叮嘱过的，许多用得烂熟了的手段，不许在大骊北岳地界使用，免得为此交恶。大骊如今不比当年，是有底气阻拦骸骨滩渡船南下的，所以我目前还不清楚对方的人选。不过反正都一样，我没兴趣捣鼓这些，双方面子上过得去就行。"

元婴老修士又啧啧道："这才几年光景，当初大骊第一座能够接纳跨洲渡船的仙家渡口正式运转之后，驻守的修士和武将，都算是大骊一等一的翘楚了，哪个不是炙手可热的权贵人物，可见着了我们，一个个赔着笑，从头到尾，腰就没直过。你也见过的。再瞅瞅如今，一个北岳正神，叫魏檗是吧，怎么样？弯过腰吗？没有吧。风水轮流转，很快就要换成咱们有求于人喽。"

元婴老修士心弦骤然紧绷，给那掌柜使了个眼色，后者如临大敌，老修士随即又摇摇头，示意不用太紧张。

只要是在骸骨滩地界,就出不了大乱子,当我披麻宗的护山大阵是摆设?

两人一起转头望去,来了一位逆流登船的“客人”,中年模样,头戴紫金冠,腰扣白玉带,十分风流。此人缓缓而行,环顾四周,似乎有些遗憾,他最后站在了闲聊的两人身后不远处,笑吟吟望向那个老掌柜,问道:“你那小师姑叫啥名字？说不定我认识。”

别的都可以商量,涉及个人隐私,尤其是小师姑,老掌柜就不好说话了,脸色阴沉,问道:“你算哪根葱？从哪儿钻出土的,从哪儿缩回去!”

那人说着一口流利圆熟的北俱芦洲雅言,点头道:“行不更名坐不改姓,在下春潮宫,周肥。”

老掌柜气笑道:“不是那姜尚真就给老子滚蛋。”

那位中年修士想了想,微笑道:“好,那我滚了。”

他还真就转身,径直下船去了。

老掌柜望向一旁那位脸色凝重的元婴修士,疑惑道:“该不会是与老苏你一样的元婴大佬吧?”

元婴老修士伸出一根手指,往上指了指。

老掌柜倒也不惧,至少没惊慌失措,揉着下巴,道:“不然我去你们祖师堂躲个把月？到时候万一真打起来,披麻宗祖师堂的损耗该赔多少,我肯定掏钱。不过看在咱们是老交情的分上,打个八折?”

元婴老修士拍了拍他的肩膀,道:“对方一看就不是善茬,你啊,就自求多福吧。那人还没走远,不然你去给人家赔个礼道个歉？要我说你一个做生意的,既然都敢说我不是那块料了,要这点面皮做甚。”

老掌柜“呸”了一声,道:“那家伙如果真有本事,就当着老苏你的面打死我。”

元婴老修士嘴上说着不管闲事,但是刹那之间,这位披麻宗高人一身宝光流转,然后双指并拢,似乎想要抓住某物。

可仍是慢了一步。

只见一片青翠欲滴的柳叶,就悬停在老掌柜心口处。

有嗓音响起在船栏这边:“先前你已经用光了那点香火情,再叨叨,可就真要透心凉了。”

柳叶一闪而逝。

片刻之后,元婴老修士说道:“已经走远了。”

老掌柜眼神复杂,沉默许久,问道:“如果我把这个消息散布出去,能挣多少神仙钱?”

元婴老修士笑道:“劝你别冲动,有命挣,没命花。”

老掌柜忍了又忍,一巴掌重重拍在栏杆上,恨不得扯开嗓子大喊一句,那个狗日的姜尚真又来北俱芦洲祸害小媳妇了。

披麻宗山脚的壁画城入口处，人满为患，陈平安走了半炷香，好不容易才找到一处相对僻静的地方，摘了斗笠，坐在路边摊糊弄了一顿午饭，刚要起身结账，就看到一个不知何时出现的熟人，已经主动帮着掏了钱。

陈平安拿起斗笠，问道："是专程堵我来了？"

那人笑道："有些事情，还是需要我专程跑这一趟，好好解释一下，省得落下心结，坏了咱哥俩的交情。"

陈平安愣了一下。

在藕花福地也好，在桐叶洲青虎宫也罢，此人都不至于如此熟络殷勤。

姜尚真哈哈笑道："不好意思，不好意思，以前我在北俱芦洲待了段时间，故地重游，入乡随俗，情难自禁，就喜欢与人称兄道弟。"

两人一起走向壁画城入口，姜尚真以心湖涟漪与陈平安言语。

走到入口处，姜尚真刚好说完，就告辞离去，说是书简湖那边百废待兴，需要他赶回去。

姜尚真与陈平安分开后，又去了那艘披麻宗渡船，找到了那位老掌柜，好好"谈心"了一番，动之以情，晓之以理，确定没有半点后遗症了，这才乘坐自家法宝渡船，返回东宝瓶洲。

陈平安沿着一条几乎难以察觉的十里斜坡，走入位于地底下的壁画城，道路两侧，悬挂着一盏盏仙家秘制的灯笼，映照得道路四周亮如白昼，光线柔和自然，如同冬日里的和煦阳光。

陈平安默默思量着姜尚真的那番措辞。

脚下横移两步，躲过一位怀里捧着一只瓷瓶，脚步匆匆的妇人，陈平安几乎全然没有分心，继续前行。

不承想身后那女子跌坐在地，号啕大哭，身边一地的瓷器碎片。

陈平安身体微微后仰，瞬间倒退而行，来到女子身边，一巴掌甩下去，打得对方整个人都有点蒙，又一巴掌下去，打得她的脸火辣辣生疼。

本该一把抱住对方小腿，然后开始娴熟撒泼的妇人，硬是没敢继续号下去，她怯生生望向道路旁的四五个同伙，觉得白白挨了两耳光，总不能就这么算了，大伙儿应该一拥而上，要对方多少赔两枚雪花钱不是？再说了，那只原本由她说是"价值三枚小暑钱的正宗流霞瓶"，好歹也花了二两银子的。

可惜妇人到头来，只挨了一位青壮汉子的一脚，踹得她脑袋一晃荡，又撂下一句："回头你来赔这三两银子。"

妇人哀怨不已:“不是说二两银子的本钱吗?”

结果不说话还好,这一开口,面门上又挨了一脚。那汉子阴笑不已:“兄弟们的路费,还不值一两银子?”

这伙男子离去之时,窃窃私语,其中一人,先前在路边摊子也叫了一碗馄饨,正是他觉得那个头戴斗笠的年轻游侠是个好下手的。

妇人顾不得擦拭嘴角血迹,赶忙从袖子里掏出一块大棉布,收拢好那些碎瓷片,仓皇离去。毕竟人来人往,碍着了真正的神仙老爷,可就不是两脚几巴掌的小事了。

妇人离开壁画城的斜坡入口,到了一处巷弄的宅子,门口张贴着有些泛白的门神、对联,还有个最高处的“春”字。她揉了揉脸颊,理了理衣襟,挤出笑容,这才推门进去,里面有两个孩子正在院中玩耍。

妇人关上院门,去灶房烧火做饭,看着只剩底部薄薄一层的米缸,轻轻叹息。

等到她做完一顿寒酸饭菜,一个孩子突然雀跃飞奔,屁股后边跟着个更小的,一起来到灶房,双手捧着两枚雪白钱币,两眼放光,问道:“娘亲娘亲,门口有俩钱,你瞧你瞧,是不是从门神老爷嘴里吐出来的啊?”

妇人愣在当场。哪来的两枚雪花钱?

有钱人可没兴趣逗弄她这一家三口,她也没半点姿色,自己两个孩子更是普普通通,这到底是怎么回事?

这时,一位头戴斗笠的青衫剑客走出巷弄,自言自语道:“只此一次,以后这些别人的故事,不用知道了。”

他缓缓而行,转头望去,看到两个都还很小的孩子,使出全身气力埋头狂奔,笑着嚷着买糖葫芦喽,有糖葫芦吃喽。

那个青衫剑客也跟着笑起来,扶了扶斗笠,这些年总是幽幽沉寂的眼神,少有如此暖意的时候,又自语道:“那以后就再知道一次?”

不知为何,下定决心再多一次“庸人自扰”后,大步前行的青衫剑客,突然觉得自己心胸间,非但没有拖泥带水的凝滞沉闷,反而觉得天大地大,这样的自己,才是真正处处可去。

壁画城占地相当于一座红烛镇的规模,只是街巷凌乱,宽窄不定,多有歪斜,而且少有高楼府邸,除了豆腐块大小的众多店铺,还有许多摆摊的包袱斋,叫卖声此起彼伏,像那乡野村庄的鸡鸣犬吠,当然更多的还是沉默的行脚商贾,就那么蹲在路旁,笼袖缩肩,对街上行人不搭理,爱看不看,爱买不买。

关于壁画城的来源,众说纷纭,尤其是那一幅幅绘满墙壁的天庭女官图,仪态万千,惹人遐想,选址此地开山的披麻宗,对此讳莫如深。

陈平安一路走走停停，约莫一盏茶的工夫，跟随同样是慕名而来的一股浩荡人流，来到了一堵壁画前。山壁高达十数丈，气势十足。陈平安站在人群当中，跟着仰头望去，壁画内容是一位身姿婀娜的神女侧身像，似在前行，神采飞扬，脚下有朵朵祥云，腰间系有一块当世已经不太常见的行囊砚。不知是光线的关系，还是壁画灵气蕴藉，只见神女眼神流转，宛如活人。

这幅被后世取名为“挂砚”的神女壁画，色彩以青绿色为主，不过也有恰到好处的沥粉贴金，如画龙点睛，使得壁画厚重而不失仙气。粗看之下，给人的印象，犹如书中行草，用笔看似简洁，细究之下，无论是衣裙皱褶、佩饰，还是肌肤纹理，甚至还有那睫毛，都可谓极其繁密，如小楷抄经，笔笔合乎法度。

想来那作画之人，必然是一位出神入化的丹青圣手。

陈平安只是粗通北俱芦洲雅言，所以身边的议论，暂时只能听懂大概。地下城中的八幅壁画，数千年以来，已经被各朝各代的有缘人，陆陆续续取走五份冥冥之中自有天意的福缘。当五位神女走出壁画，选择侍奉主人后，彩绘壁画就会瞬间褪色，虽然画卷纹路依旧，但是变得如同白描，不再绚烂多彩，并且灵气流散，所以五幅壁画，被披麻宗邀请流霞洲某个世代交好的宗字头老祖，以独门秘术覆盖画卷，免得失去灵气支撑的壁画被岁月销蚀殆尽。

来此赏景的游客，多是欣赏那位神女倾国倾城的容颜。陈平安当然也看，不看白不看，到底是壁画而已，看了还能咋的。

只不过陈平安更多的注意力，还是放在那块悬在神女腰间的小巧古砚上，依稀可见两个古老篆文为“掣电”。之所以认得，还要归功于李希圣赠送的那本《丹书真迹》，上面的许多虫鸟篆，其实早已在浩然天下失传。

这幅壁画附近，开设有一间铺子，专门售卖这幅神女图的摹本临本，价格不一，其中以双钩廓填硬黄本，最为昂贵，一幅团扇大小的，就敢开价二十枚雪花钱。不过陈平安瞧着确实画面精美，不但形似壁画，还有两三分神似，便买了两幅，打算将来自己留一幅，再送给朱敛一幅。

朱敛说过，收藏一事，最忌讳杂而不精。

铺子是一对少年少女在打理生意，少女不怎么爱搭理客人，少年却尤其伶俐，一瞧陈平安买了两幅铺子里最贵的廓填本，就开始给这位贵客隆重推荐一套装有五幅神女图的廓填硬黄本，以鲜红木盒搁放。少年说光是这木盒，造价就有好几枚雪花钱。

陈平安伸手轻轻抹过木盒，木质细腻，灵气淡却醇，应该是仙家山头出产。

少年还说其余两幅神女图，此处买不着，客人得多走两步，在别家铺子才可以入手。壁画城如今犹存三家各自祖传的铺子，有老辈们一起订立的规矩，不许抢了别家铺子的生意，但是五幅已经被披麻宗遮掩起来的壁画摹本，三家铺子都可以卖。

陈平安想了想,说再看看,就收起那幅“挂砚”神女图,然后离开了铺子。

至于神女机缘什么的,陈平安想都不想。

一群客人七嘴八舌在说,那神女一旦走出画卷,就会侍奉主人终生,历史上那五位画卷中人,都与主人结成了神仙道侣,至少也能双双跻身元婴地仙,其中一位修道资质平平的落魄书生,更是在得了一位“仙杖”神女的青眼相加后,一次次出人意料地破境,最终成为北俱芦洲历史上的仙人境大修士。既抱得美人归,又当了山巅神仙,人生至此,夫复何求。

陈平安当时就听得手心冒汗,赶紧喝了口酒压压惊,只差没有双手合十,默默祈祷壁画上的神女前辈眼光高一些,千万别瞎了眼看上自己。

此后陈平安又去看了其余两幅壁画,还是买了最贵的廊填本,样式相同,邻近店铺同样售卖一套五幅神女图,价格与先前少年所说的一样,一百枚雪花钱,不打折。这两幅神女天官图,分别被命名为“行雨”和“骑鹿”,前者手托白玉碗,微微倾斜,游客依稀可见碗内波光粼粼,一条蛟龙金光熠熠;后者神女身骑七彩鹿,裙带拖曳,飘然欲仙,这尊神女还背负一把青色无鞘木剑,篆刻有“快哉风”三字。

一路上陈平安夹杂在人流中,多听多看。

其中一番话,让陈平安这个财迷上了心,打算亲自当一回包袱斋,这趟北俱芦洲,除了练剑,不妨顺便做做买卖,反正咫尺物和方寸物当中,位置几乎已经腾空。

有行人说是壁画城这边的神女图,由于画工绝美,又有噱头,一洲南北皆知,在北俱芦洲的北方宫廷官场颇受欢迎,经常有修士出价极高,甚至还有豪阀仙师愿意支付五枚小暑钱,购买八幅齐整的一套壁画城神女图。

陈平安细细思量一番,一开始觉得有利可图,继而觉得不太对劲。陈平安便多打量了一下不远处那拨闲聊游客,瞧着不像是三座铺子的托儿,又一琢磨,便有些明悟。北俱芦洲疆域广阔,骸骨滩位于最南端,乘坐仙家渡船本就是一笔不小的开销,何况神女图此物,卖不卖得出高价,得看是不是对方千金难买心头好,比较随缘,多少得看几分运气,再就是得看三间铺子的廊填本套盒,产量如何,林林总总,算在一起,也就未必有修士愿意挣这份比较吃力的蝇头小利了。

当然,也有可能铺子这边和骸骨滩披麻宗,自有一条固定的销路,外人不知而已。

挣钱一事,在陈平安认识的人当中,当属老龙城孙嘉树和龙泉郡董水井,做得最好。不说已经家大业大的孙嘉树,只说陋巷出身而“骤然富贵”的董水井,他对于挣钱一事的态度最让陈平安佩服。董水井在明明已经日进斗金之后,会结交袁县令、曹督造,还有最近要去拜访结识的关翳然这样的大人物,而像馄饨铺子这样的小钱,他也挣。虽说如今董水井经营铺子,在某些人眼中,可能更多的是一种家缠万贯之后的闲情逸致了,可董水井依旧勤勤恳恳,认认真真,半点不含糊。

这才是一个生意人该有的生意经。

于是陈平安在两处店铺，都找到了掌柜，询问若是一口气多买些廊填本，能否给些折扣。一间铺子直接摇头，说是任你买光了铺子存货，一枚雪花钱都不能少，半点商量的余地都没有。另外一间铺子，当家的是位驼背老妪，说廊填本是精细活，出货极慢，而且这些廊填本神女图的主笔画师，一直是披麻宗的老客卿，其他画师根本不敢下笔，老客卿从来不愿多画，如果不是披麻宗那边有规矩，按照这位老画师的说法，给世间心存邪念的登徒子每多看一眼，他就多了一笔业障，真是挣着糟心银子。说完，她笑眯眯反问客人能够买下多少套装神女图，陈平安问铺子这边还剩下多少，老妪随即坦言，铺子本身又不担心销路，存不了多少，如今就只剩下三十来套，迟早都能卖光。说到这里，老妪便笑了，问陈平安："既然如此，打折就等于亏钱，天底下有这样做生意的吗？"

陈平安无可奈何，就凭老妪这些还算交心的实诚言语，花了一百枚雪花钱买了一只套盒，里头五幅神女图，分别命名为"长檠""宝盖""灵芝""春官"和"斩勘"。五位神女分别持莲灯，撑宝盖，怀里捧一枚白玉灵芝如意，百花缭绕、鸟雀飞旋，最后一位最迥异于寻常，竟是披甲持斤斧，电光熠熠，十分英武。

陈平安再次返回最早那座铺子，询问廊填本的存货以及折扣事宜。少年有些为难，那个少女蓦然而笑，瞥了眼青梅竹马的少年，摇摇头，大概是觉得这个外乡客人过于市侩了些，继续忙碌自己的生意，面对在铺子里边鱼贯出入的客人，无论老幼，依旧没个笑脸。

还是少年比较好说话，也可能是脸皮薄，拗不过陈平安在那边看着他笑，便偷偷领着陈平安到了铺子后面屋子，卖给陈平安十套木盒，少收了十枚雪花钱。

陈平安离开店铺的时候，便多了一只包裹，斜挎在身后。

少女以肩头轻撞少年，调侃道："哪有你这么做生意的，客人稍稍磨你几句，就点头答应了。"

少年无奈道："我随太爷爷嘛。再说了，我就是来帮你打杂的，又不真是生意人。"

少女公私分明，叮嘱道："我可不管，铺子这边十枚雪花钱的损失，我瞧在眼里的，回头你自个儿去你太爷爷那边找补回来，求着他给我铺子多画些。"

少年笑着点头，道："放心，太爷爷最疼我，别人求他不成事，我去求，太爷爷高兴还来不及。"

少女突然说道："出门在外不露黄白，铺子人多眼杂，那位客人背着这么多廊填本，可不是一笔小钱，壁画城附近本来就鱼龙混杂，乌烟瘴气的，最喜欢欺负外乡人，什么坑蒙拐骗的勾当都做得出来，你就没提醒两句？瞧他那与你杀价的模样，若是你不答应，都快能在咱们铺子当伙计了。还有那外乡口音，一看就不是手头特别阔绰的，越是如此，就越该小心才是。"

少女做生意，秉持着愿者上钩的脾气，唯独在少年这里，她倒是不吝言语，想必应该是个脸皮冷、心肠热的性情。

少年愣了一下，一拍脑袋，愧疚道："我给忘了！"

少女瞪了他一眼，压低嗓音道："那还不快去？你一个披麻宗嫡传弟子，都是快要下山游历的人了，怎的行事如此不老到。"

少年"哦"了一声，问道："那铺子这边生意咋办？"

少女气笑道："我打小就在这边，这么多年，你才下山帮忙几次，难不成没你在了，我这铺子就开不下去了？"

少年飞奔出铺子，找到了那个头戴斗笠的外乡游侠，小声说了些注意事项。

陈平安微笑道："好的，多谢提醒。"

少年摆摆手，就要转身跑回铺子。

陈平安问道："能不能冒昧问一句？"

少年立即停步，点头道："但问无妨，能说的，我肯定不藏掖。"

陈平安问道："这八幅神女壁画，机缘那么大，这骸骨滩披麻宗为何不圈禁起来？即便自家弟子抓不住福缘，可肥水不流外人田，难道不是常理吗？"

少年笑道："披麻宗可没这么小气，与其窃据宝地，独霸机缘，还不如与那些有缘人结一份善缘。披麻宗祖师堂有一句祖训：我辈大道修行，切忌担夫争道。"

陈平安将这句言语细细咀嚼一番后，感慨道："披麻宗气魄甚大！"

少年直乐和。

别看少年个儿不高，相貌平平，却是披麻宗祖师堂的内门弟子，修行有成，故而神华内敛，虽然年龄极小，辈分却很不低，到了披麻宗山头，喊他小师叔的白发老修士，不在少数，只是与壁画城店铺的少女自幼熟识，一有机会就下山来搭把手。

再与少年道了声谢，陈平安就往入口处走去。既然买过了那些神女图，作为将来在北俱芦洲开门做生意的老本，算是不虚此行，他就不再继续逛荡壁画城。一路上他其实也看了些大小店铺兜售的鬼修器物，物件好坏且不说，贵是真的贵，估计真正的好物件和尖儿货，得在这边待上一段时间，慢慢寻找那些躲在街巷深处的老字号，才有机会找着，不然渡船黄掌柜就不会提这一嘴。只是陈平安不打算碰运气，再者把壁画城最拔尖的阴灵傀儡买了当扈从，陈平安最不需要，所以便赶往距离披麻宗山头六百里的摇曳河祠庙。

出了壁画城，看了眼山头云雾缭绕，遮掩高处风景的披麻宗，陈平安没来由想起了桐叶洲的太平山。

山脚熙熙攘攘，人满为患，可是这座"内门嫡传三十六，外门弟子一百零八"的仙家府邸，对于一座宗字头洞府而言，修士实在是少了点，山上多半是冷冷清清。

其实如今自己的落魄山也差不多，人还是太少了。

但是将来人一多，陈平安也担心，担心会有第二个顾璨出现，哪怕是半个顾璨，也该头大。

道家曾有一个俗子忧天的典故，陈平安翻来覆去看过很多遍，越看越觉得回味无穷。

陈平安摘下养剑葫，喝了口酒，颠了颠包裹，收起思绪，继续远游。

依旧徒步前往。至于呼吸快慢与脚步深浅，刻意保持在世间寻常五境武夫的气象。

河神祠庙很好找，只要走到摇曳河畔，然后一路往北就行，鬼蜮谷位于那座祠庙的东北方，勉强能算顺路。

摇曳河河面极宽，一望无垠，水深河缓，有观湖之感。

摇曳河上没有一座桥，据说是这位河神不喜他人在自己头上行走，所以此河多渡口和舟船。陈平安在一座小渡口歇脚，喝了碗当地的阴沉茶。一般来说，煮茶之水，河水是下下品，但是这里的阴沉茶，随意汲水河中，茶水竟是极为爽口甘冽，多半是摇曳河水运浓郁的关系。水运鼎盛，又无形中惠泽两岸，草木丰茂，大丛大丛的芦苇荡，在初冬时分，依旧绿意葱茏，故而多飞禽水鸟栖息。

这一路行来，偶尔能够看到游历修士，身边跟随着铁甲铮铮作响的阴灵扈从，脚步却极为轻灵，几乎不溅尘土，如同东宝瓶洲藩属小国的江湖高手，身上披挂的铠甲极为精良，篆刻有道家符箓，金线银线交错，莹光流淌，显然不是凡品。魁梧阴灵几乎全部覆有面甲，些许裸露出来的肌肤，呈现青黑之色。

一方水土养育一方人，东宝瓶洲修士在大渡口行走，谨小慎微，多有克制，相比之下，北俱芦洲的修士，无论境界高低，神色旁若无人，十分豪放。

如果裴钱到了这边，估计会觉得如鱼得水。

陈平安又要了两碗阴沉茶，倒不是口渴到了需要牛饮的地步，而是茶摊的规矩就是三碗茶水卖一枚雪花钱，喝不到三碗，也是一枚雪花钱起步。

陈平安没那么着急赶路，就慢慢喝茶。摊上十几张桌子坐了大半，都是在此歇脚。据说再往前百余里，会有一处古迹，那边的摇曳河畔，有一尊倒地的远古铁牛，来历不明，品秩极高，接近于法宝，既未被摇曳河河神沉入河中镇压水运，也没有被骸骨滩大修士收入囊中。曾经有位金丹地仙试图窃走此物，河神对此视而不见，也未以神通拦阻，但摇曳河的河水却暴虐汹涌，铺天盖地，直接将这位地仙卷入河中，活活溺死。在那之后，这尊重达数十万斤的铁牛就再也无人胆敢觊觎。

陈平安刚喝完第二碗茶水，不远处就有一桌客人跟茶摊伙计起了争执，是为了茶摊凭啥四碗茶水就要收两枚雪花钱的事情。

掌柜是个惫懒汉子，瞧着自家伙计与客人吵得面红耳赤，竟然幸灾乐祸，趴在满是油渍的柜台那边独自小酌，身前摆了碟佐酒菜，是生长于摇曳河畔格外鲜美的水芹菜。年轻伙计是个犟脾气，也不向掌柜求援，任由四个客人围住，依旧坚持己见，说要么乖乖掏出两枚雪花钱，要么就有本事不付账，反正茶摊是一两都不少收的。

一位大髯紫面的壮汉，身后杵着一尊气势惊人的阴灵扈从，这尊披麻宗打造的傀儡背着一只大箱子。紫面汉子当场就要翻脸，被一位大大咧咧盘腿坐在长凳上的佩刀妇人劝了句，壮汉便掏出一枚小暑钱，重重拍在桌上，道："两枚雪花钱对吧？那就给老子找钱！"

这明摆着是刁难和恶心茶摊了。

山上的修行之人，以及一身好武艺在身的纯粹武夫，出门游历，一般来说，都是多备些雪花钱，而小暑钱，当然也得有些，毕竟此物比雪花钱更加轻盈，便于携带。如果是那拥有小仙冢、玲珑武库这些方寸物的地仙，或是自幼得了这些珍稀宝贝的大山头仙家嫡传，则两说。

至于更加金贵的谷雨钱，并不是什么多多益善，因为用得着谷雨钱的地方，不太多，除非是一下山，就直奔大笔交易去的。

果然，年轻伙计直接顶了一句："你咋不掏出枚谷雨钱来？"

紫面汉子一瞪眼，双臂环胸，喝道："少废话，赶紧的，别耽误了老子去河神祠烧香！"

那掌柜汉子终于开口解围道："行了，赶紧给客人找钱。"

年轻伙计抓起小暑钱去了柜台后面，蹲下身，接着便响起一阵钱磕钱的清脆声音，然后愣是拎了一麻袋的雪花钱，重重摔在桌上，示威地说道："拿去！"

紫面汉子笑了笑，招了招手，身后阴灵扈从便抓起那袋子沉甸甸的雪花钱，放入身后箱中。

年轻伙计板着脸道："恕不送客，欢迎别来。"

紫面汉子又掏出一枚小暑钱放在桌上，狞笑道："再来四碗阴沉茶。"

年轻伙计怒道："你他娘的有完没完？"

那个盘腿而坐的妇人姿容一般，身段诱人，扭转身躯，越发显得峰峦起伏。她对年轻伙计娇笑道："既然是做着开门迎客的买卖，那就脾气别太冲，不过姐姐也不怪你，年轻人火气大，很正常。等下姐姐那碗茶水，就不喝了，算是赏你了，降降火。"

其余几张桌子的客人，哄然大笑，有的还怪叫连连，有的直接吹起了口哨，使劲往那妇人身前风光瞥去。

年轻伙计恼羞成怒，正要对这个骚狐狸破口大骂，妇人身边一位佩剑青年，已经跃跃欲试，以手心悄悄摩挲剑柄，似乎就等着这伙计口无遮拦了。

好在那掌柜终于放下筷子，对那个年轻伙计开口道："行了，忘了怎么教你的了？

当面骂人，惹祸最大。茶摊规矩是祖辈传下来的，怪不得你犟，客人不高兴，也没法子，可骂人就算了，没这么做生意的。”

然后掌柜汉子笑望向那拨客人，道：“做生意有做生意的规矩，但是就像这位漂亮姐姐说的，开门迎客嘛，所以接下来这四碗阴沉茶，就当是我结识四位好汉，不收钱，如何？”

妇人掩嘴娇笑，花枝乱颤。

紫面汉子点点头，收起那枚小暑钱，白喝了新上桌的阴沉茶，这才起身离去。

妇人还不忘转身，抛了个媚眼给年轻伙计。

陈平安皱了皱眉头，瞥了眼桌上其中一只还剩下大半碗茶水的白碗，碗沿上，还沾着些不易察觉的胭脂。

掌柜汉子笑着摇摇头，绕出柜台，抢在年轻伙计之前，将那只白碗随手一丢，抛入摇曳的河水当中。

陈平安喝完了茶水，将一枚雪花钱放在桌上，起身离去。

从壁画城至此过河渡口，出现岔路，小路临河，大路稍稍远离河畔。这里头也有讲究。此地河神是个喜静不喜闹的性子，而骸骨滩那条大路，每天路上车水马龙，川流不息，据说是容易叨扰到河神老爷的清修，所以披麻宗出钱，打造了两条道路供人赶路，喜欢赏景就走小路，跑生意就走大路，井水不犯河水。

陈平安所走小路，行人稀疏。毕竟摇曳河的风景再好，到底也只是一条平缓大河而已，先前从壁画城行来，寻常游客，那股新鲜劲儿也已经过去，坑坑洼洼的小泥路，比不得大路车马平稳，而且大路两侧还有些路边摆摊的小包袱斋，毕竟在壁画城那边摆摊，还是要交出一笔钱的，不多，就一枚雪花钱，可蚊子腿也是肉。

当陈平安沿着河畔小路行去十数里，便依稀听到远处一大丛芦苇荡当中，有一阵有气无力的叫骂声传来，随后走出相互搀扶的四人，正是先前跟茶摊掰腕子较劲的客人。其中那位妇人腹部骤然响起打雷声，娇柔喘气道：“哎哟喂，我的亲娘啊，又来了。”妇人转身一路踉跄小跑向芦苇荡深处，不忘提醒道：“让你那尊刚买的傀儡滚远点，这荒郊野岭的，没给野汉子看去老娘的屁股蛋儿，难道还给一头阴物占了便宜去？”

陈平安目不斜视，加快步伐。

那个紫面汉子瞥了眼陈平安。

身边那个佩剑青年小声道：“这么巧，又碰上了，该不会是茶摊那边合伙捣鼓出来的仙人跳吧？先前见财起意，这会儿打算乘虚而入？”

一位管家模样的灰衣老人揉了揉绞痛不已的肚子，点头道：“小心为妙。”

紫面大汉脸色阴沉，骂道：“没想到这骸骨滩真是无法无天，一个做那不长脚生意的茶摊，都敢如此下作！”

灰衣老人无奈道：“骸骨滩历来就多奇人异士，咱们就当吃一堑长一智吧，多想想接下来的路途该怎么走。真要是茶摊那边谋财害命，到达河神祠庙之前的这段路程，难走。”

佩剑青年望向那个斗笠年轻人的背影，做了个手起刀落的姿势，轻声道：“那先下手为强？在某个地方咱们来个瓮中捉鳖，说不定杀鸡儆猴，对方反而不敢随便下手。”

紫面汉子觉得在理，灰衣老人还想要再谋划谋划，汉子已经对青年剑客沉声道：“那你去试试深浅，记得手脚干净点，最好别丢河里，真要着了道，咱们还得靠着那位河神老爷庇护。这么大的芦苇荡，别浪费了。”

佩剑青年笑着点头，然后笑呵呵道：“瞧着像是位过了炼体境的纯粹武夫，若万一是个深藏不露的，有一颗英雄胆，不说阴沟里翻船，可想要拿下问话，很棘手。”

紫面汉子瞥了眼灰衣老者，后者默默点头。

佩剑青年和灰衣老者先后向前掠去。

片刻之后，紫面汉子正揉着又开始翻江倒海的肚子，见两人原路返回，问道：“完事了？”

灰衣老人摇头道：“一下子就跑没影了，比兔子还快。不过也有可能是见机不妙，隐匿在了芦苇荡中，难找。”

大髯紫面的汉子脸色阴沉，环顾四周，道：“那就没辙了，再往前走一段路，我们见机行事。实在不行，就回去渡口那边，跟那下药的掌柜汉子低个头，就当是咱们强龙不压地头蛇。”

妇人一手叉腰，蹒跚走出芦苇荡，病恹恹道：“茶摊那厮蔫儿坏，挨千刀的笑面虎，好霸道的泻药，便是头壮牛，也给撂倒了，真是不晓得怜花惜玉。”

陈平安先前离开小路，折入芦苇荡中去，一路弯腰前掠，很快就没了踪影。

走出二十余里后才放缓身形，去河边掬了一捧水，洗了把脸，然后趁着四下无人，将装有神女图的包裹放入咫尺物当中，这才轻轻跃起，踩在茂盛繁密的芦苇荡之上，蜻蜓点水，耳畔风声呼啸，飘荡远去。

那一拨江湖人，即便有阴灵傀儡担任贴身扈从，加在一起，估计也不如一个经验老到的龙门境修士，陈平安不愿到了北俱芦洲就跟人打打杀杀，何况还是被殃及池鱼，兆头不好。

临近河神祠庙，小路那边也多了些行人，陈平安就飘落在地，走出芦苇荡，步行前往。

先前站在芦苇丛顶，远望那座享誉半洲的著名祠庙，只见一股浓郁的香火雾霭，冲天而起，以至于搅动上方云海，七彩迷离。这份气象，不容小觑，便是当初路过的桐叶洲埋河水神庙，和后来升官的碧游府，都不曾有这般奇异，至于家乡那边绣花江一带的几座江神庙，同样无此异象。

庙里，老百姓有老百姓烧的香，还有专供豪客的水香。

河神祠庙这边十分厚道，竖有木牌告示不说，还有一位年幼童子，专门守在木牌那边，稚声稚气，告知所有来此请香的客人，入庙礼神烧香，只看心诚不诚，不看香火贵贱。

陈平安没省这钱，请了一筒祠庙专门礼神的摇曳河水香，价格不菲，十枚雪花钱。香筒不过装了九支香，比起青鸾国那座河神祠庙的三支香一枚雪花钱，贵了不少。

陈平安从青绿水花纹的黄竹香筒拈出三支香，跟随香客们进了祠庙，在主殿那边点燃，双手拈香，高举头顶，拜了四方，然后去了供奉有河神金身的主殿。主殿气势森严，那尊彩绘神像全身镏金，高度有僭越嫌疑，竟然比龙泉郡的铁符江水神神像还要高出三尺有余。而大骊王朝的山水神祇，神像高度，一律严格恪守书院规矩，只是陈平安一想到这是北俱芦洲，也就不奇怪了。这位摇曳河水神的容貌，是一位双手各持剑锏，脚踩鲜红长蛇的金甲老者，做天王怒目状，极具威势。

陈平安光是走走停停，逛了一遍多达十数进的巨大祠庙，就花费了半个多时辰。

祠庙的屋脊都是瞩目的金色琉璃瓦。其中有一座偏殿打造成水中龙宫模样，塑像栩栩如生，尽是大鱼蛇蛟化成人形后的辅佐将官，姿态万千。有老香客与自家孩童笑言，这就是河神老爷的别宫，一到晚上，这些个个可以呼风唤雨的麾下文官武将，就会活过来，只不过祠庙有夜禁，到了夜间，只有那些腾云驾雾的神仙老爷们，才有资格来此登门做客，与河神老爷喝酒饮茶。

陈平安先前在后殿那边稍有停留，见着了一副楹联，便又拈出三支香，点燃后，毕恭毕敬站在白玉广场上，然后插在香炉内，这才离开。

陈平安身后那黑底金字的楹联，写着“心诚莫来磕头，自有阴德庇护”“为恶任你烧香，徒惹水神发火”。

陈平安离开这座河神祠庙后，继续北游。

日下西山，黄昏中，陈平安来到一座小渡口，需要乘坐渡船过岸，才能去往那座陈平安在骸骨滩辖境，最想要好好走上一遭的鬼蜮谷。

只是渡口的渡船停岸拴绳，老少舟子们都已歇工，纷纷返回家中，陈平安想要加价过河，依然没人答应，都说渡船夜不过河，是祖祖辈辈传下来的规矩，不然河神老爷要生气的，只有三种人例外，士子进京赶考，有人病重求医，苦难之人想要投河自尽。

陈平安想着摇曳河不架桥梁的讲究，以及这些规矩，连掠水过河的心思都没有了，干脆就在渡口附近的河边僻静处，点燃篝火，打算明早天一亮再乘坐渡船过岸。

夜幕沉沉，河水缓缓。

陈平安面朝河水，盘腿而坐，练习剑炉立桩。

一夜无事。

天微微亮，陈平安起身走向渡口，有一位肌肤油亮发黑的健硕老舟子，已经蹲在渡口那边，等待客人。

陈平安与老舟子谈妥了价格，八钱银子。老人说载一个人过河，只挣八钱银子，有些对不起一身气力，就问陈平安乐不乐意等一等，只要再来一人，再挣八钱银子，就可以撑船渡河。陈平安笑着说没关系，等着便是，反正不着急赶路。陈平安摘了斗笠，与老舟子一起坐在渡口，摘下养剑葫喝了口酒，壶内酒水，都是董水井赠送给落魄山的自酿米酒。

老舟子闻着酒香，眼睛一亮，转过身，笑问道："这位公子，能不能赏口酒喝？"

陈平安就要递过养剑葫，老舟子摆摆手，双手合捧，笑道："公子是讲究人，我这糟老汉可不能不讲究，公子只管倒酒在我手中。"

陈平安便倒了酒，老舟子抬起手心满是老茧的双手，低头如牛饮水，喝完之后，咂巴咂巴嘴，笑问道："公子可是去往那座'不回头'？哦，这个是咱们这儿的方言，按照披麻宗那些大神仙老爷们的说法，就是鬼蜮谷。"

陈平安笑着点头道："慕名前往。我是一名剑客，都说骸骨滩三个地方必须得去，如今壁画城和河神祠都去过了，想要去鬼蜮谷那边长长见识。"

老舟子伸出两根手指，捻了捻一旁盘腿而坐的陈平安青衫衣角，啧啧道："我就说嘛，公子其实也是位年轻神仙。老汉我别的不说，一辈子在这河上迎来送往，兜里银子没响动，可眼力还是有的，公子这身衣衫，很值钱吧？"

陈平安爽朗笑道："出门在外，还是要讲一讲派头的，打肿脸充胖子嘛。"

老舟子说道："公子这外乡口音，一听就是别洲人士，一定要改改。咱们这儿吧，林子大了，什么鸟都有，越是没本事的，越喜欢抱团欺生。"

陈平安"嗯"了一声，点头道："老伯说得是。"

老舟子转头瞥了眼渡口，道："公子运气不错，这么早就有人来渡口，咱们好像可以过河了。"

陈平安顺着老人视线转头望去，是一位蹒跚而行的老妪，再定睛一看老妪的面容，陈平安便有些无奈。

老妪到了渡口，一听老舟子要收八钱银子，便开始犯难，然后转头望向陈平安。陈平安一脸初出茅庐的江湖雏儿模样，假装什么都不知道。老妪愣了愣，主动开口询问说："这位公子能否帮个忙，我身上只有四五钱银子，劳烦公子垫一垫，好心一定有好报。"

陈平安只是摇头。

老舟子便有些着急，使劲给陈平安使眼色。在老人眼中，先前挺伶俐一后生，这会儿像是个不开窍的木头人。

闹到最后，老妪便气呼呼说欠着钱，下次过河再还，老舟子也答应了。

撑船过河，小舟上气氛有些尴尬。

陈平安眼观鼻鼻观心，假装老僧入定。

老舟子有些着急，但是又不好明说什么。

老妪最气，觉得这个年轻人，真是鸡贼抠搜。她越想越气，狠狠剐了一眼陈平安。

陈平安只当是没看到。

后来似乎“忍不住”，开始搬弄大道理，与老妪扯了一通迂腐酸文，大致意思就是解释为何怨不得他小气。

老妪听得一拍船栏。老舟子直翻白眼。

到了对岸渡口，老舟子刚想要说些什么，就被那老妪一把扯住袖子。

陈平安跳下渡船，告辞一声，头也没回，就这么走了。

老舟子瞠目结舌，愣了半天，转头对那位老妪问道：“就这么算了？不可惜吗？”

佝偻老妪此刻已经站直身体，冷笑道：“不然如何？还要我倒贴上去？是他自己抓不住福缘，怨不得别人！三次过过场的小考验，这家伙是头一个过不去的，传出去，我要被姐妹们笑话死！”

可老舟子总觉得哪里不对劲。怎么那个年轻人，像是故意错过这桩天大福缘呢？

第一场考验，是老妪设置的，是否强行过河，年轻人通过了。之后自己代替她，又象征性考验了他一次，年轻人也顺利通过了第二场考验，大大方方给了自己一口酒喝。所以老舟子觉得大局已定，事情肯定成了，便卖了年轻人一个小人情，故意撤去了些许障眼法，露出了一点蛛丝马迹，既然年轻人已经去过了河神庙，就该有所察觉才对，更应该应对得体，不会在几钱银子这种鸡毛蒜皮的事情上斤斤计较，刚刚是谁说“行走江湖，打肿脸充胖子”来着？

老妪一阵火大，一跺脚，竟是连老舟子和渡船一起沉入摇曳河水底。

两人一渡船，在河底穿梭自如。

老妪已经恢复曼妙真身，彩带飘摇，倾国倾城的容颜，当之无愧的神女之姿。

老舟子叹息不已，十分替那年轻人惋惜。

陈平安离开渡口后，开始撒腿飞奔，只恨御剑升空太扎眼，不然跑得更远。

摘下养剑葫喝了一大口酒，压了压惊，然后陈平安笑了起来，学那裴钱走了几步路，沾沾自喜，我陈平安可是老江湖！

陈平安笑过之后，又是一阵后怕，抹了抹额头冷汗，还好还好，亏得自己机敏，不然掰手指算一算，要被宁姑娘打死多少回？即便不被打死，下次见了面，哪还敢奢望抱一下她，还敢亲个嘴？

对岸渡口那边，姜尚真先前心意微动，察觉到一点迹象，便果断去而复返。这会儿他伸手捂住额头，喃喃道：“陈平安，陈兄弟，陈大爷！还是你厉害！”

图书在版编目(CIP)数据

剑来14：江清月近人 / 烽火戏诸侯著. —杭州：浙江文艺出版社，2020.9（2025.9重印）
ISBN 978-7-5339-6179-4

Ⅰ. ①剑… Ⅱ. ①烽… Ⅲ. ①长篇小说－中国－当代 Ⅳ. ①I247.5

中国版本图书馆CIP数据核字（2020）第134885号

选题策划　柳明晔
责任编辑　张　可
营销编辑　俞姝辰　徐轶暄
封面绘图　里　夏
责任印制　张丽敏

剑来14：江清月近人
烽火戏诸侯　著

出版　浙江文艺出版社
地址　杭州市环城北路177号
邮编　310003
网址　www.zjwycbs.cn
经销　浙江省新华书店集团有限公司
印刷　杭州杭新印务有限公司
开本　710毫米×1000毫米　1/16
字数　338千字
印张　17.25
插页　2
版次　2020年9月第1版
印次　2025年9月第20次印刷
书号　ISBN 978-7-5339-6179-4
定价　43.00元

选题策划：柳明晔
责任编辑：张　可
营销编辑：俞姝辰　　徐轶晅
封面绘图：里　夏
封面题字：任　平

在崖畔那边，陈平安趴在石桌上，滚烫的脸颊贴着微凉的桌面，就那么遥望远方。

眨了眨眼睛，晃了晃脑袋，总觉得自己是不是眼花了。

在龙泉郡，还有人胆敢这么急哄哄御风远游？

极远处，一抹白虹挂空，声势惊人，想必已经惊动很多山头修士了。

陈平安闭上眼睛，不去管了。在落魄山还怕什么？就这么昏睡过去。

这一晚，有一位眉心有痣的白衣少年，鬼迷心窍地就为了见先生一面，神通和法宝尽出，匆匆北归，更注定要匆匆南行。

他将已经酣睡的青衫先生，轻轻背起，脚步轻轻，走向竹楼，喃喃低语喊了一声：“先生。”

纵横文学

亚洲好书榜
粉丝力量
FANS POWER

扫一扫，有惊喜

网文大神俱乐部

上架建议：畅销·古典仙侠

ISBN 978-7-5339-6179-4

定价：43.00元